네크로폴리스

NECROPOLIS
written by Riku Onda

Copyright ⓒ Riku Onda, 2005.
All rights reserved.
First published in Japan by The Asahi Shimbun Company.
This Korean edition published by arragement with The Asahi Shimbun Company, Tokyo
in care of Tuttle-Mori Agency, Inc., Tokyo through Eric Yang Agency, Seoul.

Korean Translation Copyright 2008 ⓒ MUNHAKDONGNE Publishing Corp.

이 책의 한국어판 저작권은 Tuttle-Mori Agency와 Eric Yang Agency를 통해
The Asahi Shimbun Company와 독점 계약한 (주)문학동네에 있습니다.
저작권법에 의해 한국 내에서 보호를 받는 저작물이므로
무단 전재 및 무단 복제를 금합니다.

이 도서의 국립중앙도서관 출판예정도서목록(CIP)은
서지정보유통지원시스템 홈페이지(http://seoji.nl.go.kr)와
국가자료공동목록시스템(http://www.nl.go.kr/kolisnet)에서 이용하실 수 있습니다.
(CIP제어번호: CIP2008002344)

네크로폴리스
n e c r o p o l i s

온다 리쿠 장편소설
권영주 옮김

문학동네

등장인물

준이치로 이토 ─ 도쿄 대학 대학원생

하나 ─ 빅토리아 대학 학생. 준이치로의 친척

마리코 ─ 여고 교사. 준이치로의 친척

린데 ─ 영화관 경영자. 하나와 마리코의 고모

시노다 교수 ─ 빅토리아 대학 교수

조너선 그레이 박사 ─ 컬럼비아 대학 교수

지미 캠벨 ─ 빅토리아 대학 학생

테리 캠벨 ─ 지미의 쌍둥이 형

마티아스 다나카 ─ 장난꾸러기 소년

서니와 사이드 ─ 하나의 고양이

켄트 ─ 하나의 친척

니자에몬 ─ 린데의 아버지

마사코 ─ 시노다 교수의 누나

하루코 ─ 마리코의 할머니

피투성이 잭(재키?) ─ 연쇄살인범

메리 윈체스터(흑부인) ─ 남편을 연속으로 살해한 혐의를 받고 있는 부인

토머스 ─ 메리의 전남편

라인맨 ─ 어나더 힐 주변에서 유목 생활을 하는 선주민

검둥이 ─ 라인맨의 개

아스나 ─ 라인맨의 누나

이마무라 ─ 어나더 힐 특별역사지구 경찰서장

토머스 베커 ─ 올해의 히간 운영위원회 회장

데이비드 아오키 ─ 동同 부회장

닉 스카이라크 ─ 동 서기

로버트 호리카와 ─ 어나더 힐 우체국장

미유키 호리카와 ─ 로버트의 부인

쇼노스케 ─ '춤추는 구미호 주막' 주인

새러 오닐 ─ '웃는 태엽 주막' 주인

서맨서 ─ 수수께끼의 소녀

노부히코 데라다 ─ 양계장 스태프

차례

벽보 프롤로그

올해는 나쁜 바람이 유행하고 있습니다.
밤에는 반드시 덧문을 닫읍시다.
모래주머니를 빌려드리니 필요하신 분은 말씀해주십시오.
(본本에 나란히 서신 폐하께 영광 있으라!)

'밤의 테이블' 프롤로그

두 여자가 쌀쌀한 테라스에서 하늘을 올려다보고 있다.

한 사람은 아직 십대. 또 한 사람은 삼십대 중반쯤일까. 그러나 얼굴 생김새가 어딘지 모르게 닮았다.

"저기 봐, 제비야."

소녀가 손을 뻗어 흐린 하늘 한편을 가리켰다.

"어머, 그래? 길조네. 남쪽으로 가는 제비는 '손님'을 많이 데리고 온다고 하거든."

"어라? 미안, 아니네. 까치인데."

"아무리. 까치는 따뜻한 나라에 사는 새가 아닌걸."

"안 그래. 연안 지방은 난류의 영향으로 의외로 따뜻하기 때문에 까치가 있다고 지리 선생님이 그러던데."

방 안을 돌아다니던 은발 여자가 두 사람을 노려본다.

"둘 다 얼른 테이블에 앉아. 정신 산만해 죽겠어."

"어머, 미안."

"저런, 서쪽 바람이네. 구름이 움직이고 있어. 멋지다. 구름이 움직이는 걸 보면 가슴이 막 설레더라."

"얼른!"

하늘을 황홀히 올려다보던 소녀는 어깨를 으쓱하고는, 걸치고 있던 카디건을 바로잡고 방 안으로 돌아갔다.

여자들은 헛기침을 하고 진지해빠진 얼굴로 테라스와 평행으로 놓인 기다란 테이블 앞에 앉았다.

활짝 열린 테라스 창문으로 불어드는 약한 바람에 테이블 양끝에 밝힌 촛불이 깜박깜박 흔들리고 있다. 세 사람 앞에는 선명한 붉은색으로 주칠을 한 공기空器가 엎어져 있다. 촛불이 그 표면에 어렴풋이 밝은 점을 그리고 있었다.

"……올해야말로 켄트 아저씨일 거야."

소녀가 중얼거리자, 옆에 앉은 여자가 코웃음을 쳤다.

"아무리 생각해도 올해는 역시 니자 할아버지 아니겠어?"

"쉿! 조용! 본에 나란히 서신 폐하께 영광 있으라!"

은발 여자가 엄숙하게 중얼거리자, 다른 두 사람도 나지막이 복창했다.

본에 나란히 서신 폐하께 영광 있으라.

방 안에 침묵이 흐른다.

먼 하늘 저편에 섬광이 번쩍했다.

가을이 가고 겨울이 오는 것을 알리는 불분명한 천둥소리. 어딘지 모르게 습한 공기가 방 안에 흘러든다.

여자들은 눈살을 찌푸리고, 아득한 천둥소리조차 들리지 않는 듯 뭔가에 집중하고 있다.

방 안에서 뭔가가 부풀어오른다. 밀도가 높고 긴박감 어린 뭔가가.

세 개의 공기가 달그락달그락 흔들리기 시작했다. 처음에는 잘 들리지 않을 정도로 희미한 소리였는데, 낡은 나무 테이블에 부딪히는 진동이 서서히 증폭되어, 이윽고 온 방 안에 울려퍼질 정도로 큰 소리로 변해갔다.

갑자기 불 속에서 나무열매가 터지는 것 같은 소리를 내며 공기가 차례차례 튀어올랐다.

"오오!"

여자들은 작은 목소리로 부르짖고 눈을 뜨더니, 덜컹덜컹 의자를 뒤로 밀며 일어섰다.

일제히 쭈그리고 앉아 바닥에 떨어진 공기를 유심히 살펴본다.

여자들은 동시에 마주 보았다. 어느 얼굴에나 당혹감이 어려 있다.

"없잖아."

"없네."

"달걀은 어디 갔지?"

"거짓말 같아. 다 비어 있다니."

"말도 안 돼."

그 순간, 창밖에서 찌억 하고 세계가 갈라지는 듯한 둔탁한 소리가 났다.

모두들 소리가 들려온 쪽을 돌아보았다.

머나먼 천둥과 섬광. 방 안이 순간 색을 잃었다.

여자들은 꼼짝도 하지 않고 창밖을 응시했다.

마침내 은발 여자가 쉰 목소리로 중얼거렸다.

"……누구야?"

그 당혹한 목소리에 대답하는 자는 없었다.

어느 영화감독의 일지 프롤로그

……게다가 놀라운 것은 현재 우리나라가, 아니 세계가 이미 오래 전에 잃어버린 것이 이곳에서는 당연한 듯 존재하고 있다는 사실이다. 오랜 세월 속에 우리가 밤의 어둠과 유모가 들려주는 옛날이야기로 기억의 저편에 밀어넣은 것이 이곳에서는 어디까지나 실존하는 것으로 다루어진다. 믿는 자에게 복이 있나니. 간절히 바라면 이루어진다. 너무나도 진부한 말들. 그러나 믿음의 대상이 존재함을 증명하는 일은 대단히 어렵고 긴긴 과정을 필요로 했다. 우리의 선조는 그것을 기적이라 불렀다. 그러나 이곳에서는 그것이 일상이다. 그들이 어떤 정신 구조에 의해, 어떤 세월을 거쳐 이런 관습을 확립했는지는 앞으로 시간을 들여 규명할 필요가 있다. 과학자가 이것을 보면 뭐라고 할까. 그러나 나는 나 자신과 내 스태프와 필름에 찍힌 것을 믿을 뿐이다……

1장

어나더 힐로 가는
슬로보트

어나더 힐은 섬 북서부에 있다.

선착장은 보트에 타려는 사람들로 붐비고 있었다.

선착장이라 해도 이곳은 강변이니 별로 크지는 않지만, 오늘은 수문이 열리는 날이라 혼잡하다. 강변 카페는 어디나 만원이고, 배웅 나온 사람, 가족회의중인 사람, 구경 나온 사람 등 남녀노소가 뒤섞여 바로크 음악 같은 웅성거림이 흘러넘친다.

이 계절에는 흔치 않은 포근한 날씨. 구름 사이로 인상파 그림 같은 푸른 하늘도 내비치는 것이, 실로 여행을 떠나기에 어울리는 날씨다.

떠들썩함. 그야말로 떠들썩함이다. 흥분과 기대, 희미한 공포감. 지금부터 시작될 이벤트에 대한 사람들의 반응은 축제 전의 떠들썩함이라 부르기에 걸맞다.

그런 감개에 젖어, 한 호리호리한 청년이 호기심 어린 눈길로 주위를 두리번거리고 있다. 하얀 얼굴에 장밋빛으로 상기된 뺨이 청년을 어린 소년처럼 보이게 한다. 지성과 교양, 자기 앞에 열려 있는 빛나는 미래에 대한 청년다운 긍지, 그리고 타고난 듯한 성실함과 꼼꼼한 성격이 그 품위 있는 용모에 드러나 있다.

그러나 그는 주위를 관찰하는 데 정신이 팔린 나머지 주의가 다소 산만해진 듯했다. 다람쥐처럼 생긴 갈색머리 소년이 자기 주머니를 노린다는 것도 모르고 있다. 다만 뭘 훔치려는 것은 아니고, 아무래도 자기가 들고 있는, 먹다 만 민트 아이스크림을 청년의 재킷 주머니에 집어넣으려는 모양이다.

"준! 조심해!"

갑자기 들려온 또렷한 목소리에 청년은 흠칫 놀랐다.

장난을 들킨 것을 깨달은 소년은 재빨리 그 자리를 벗어났다.

"마티아스! 너 다음에 또 그런 짓 하면 가만 안 둬! 너희 엄마한테 세탁비 받아낼 테니까 그렇게 알아!"

가차 없이 외치는 큰 소리에 소년은 멀어지는 뒷모습으로 대답할 뿐이었다.

"저, 저기, 잠깐만요."

사람들의 주목을 받고 창피해진 청년이 숱 많은 검은머리를 경단처럼 틀어올린 여자에게 말했다. 여자는 청년을 매서운 눈으로 째려보았다.

"마리코 씨라고 불러."

"지금 그애, 어떻게 된 겁니까?"

"너도 멍하니 넋놓고 있지 말고 주머니에 신경 좀 써. 마티아스는 다른 사람 주머니에 물건 집어넣는 걸 아주 좋아한단 말이야. 작년에는 새끼 박쥐를 집어넣은 바람에 웬 노인이 충격 받고 죽었다고. 폭죽을 집어넣어서 화상을 입은 남자가 둘. 개구리를 집어넣어서 졸도한 여자가 하나. 간유랑 먹다 남은 오트밀 같은 건 일일이 셀 수도 없어."

"저런. 저애도 보트를 탑니까?"

"다나카 일가는 다른 보트야. 저쪽에서 만나게 되겠지만. 저애 얼굴 잘 기억해둬. 도쿄는 우아한 곳인가봐? 힐에서 살려면 좀더 정신 바짝 차려야 해."

"앞으로 조심하겠습니다."

준이라 불린 청년은 풀죽어 눈치를 보듯 여자를 쳐다보았다. 억지를 부려 동행하는 처지다보니 그의 입장은 매우 약했다.

"마리코도 참, 그렇게 준을 괴롭히지 마. 이래봬도 촉망받는 학자 선생님이라고."

검은 눈이 커다란 단발머리 소녀가 좋은 냄새를 풍기며 팔에 매달리는 바람에, 준은 얼굴을 붉혔다.

"어머, 하나도 참. 대체 어디 있었니?"

"보트 구경하고 있었어. 얼른 카페로 가자. 시노다 교수님이 기다릴 거야."

"응. 린데 아줌마도. 벌써 이십 분이나 지각했어."

준은 어리둥절한 표정으로, 생명력 넘치는 두 여자에게 끌려가다시피 하며 포석이 깔린 선착장을 걸어갔다. 준이 머리 하나는 더 큰데도 곁에서 보면 그가 인솔되는 것처럼 보인다.

"그건 그렇고, 늘 이렇게 떠들썩합니까? 꼭 무슨 축제 같군요."

준은 두 여자의 머리칼에서 풍기는 달콤한 냄새에 현혹되지 않으려 필사적으로 애를 쓰며 물었다.

하나가 후후 웃었다.

"응. 축제야. 옛날부터 히간*은 축제였다고. '손님'들을 대접하려면 흥겨운 분위기가 필요한 거야. 세인트루이스에선 밴드가 나와서 〈성자의 행진〉을 연주하고, 멕시코시티에선 색색이 칠한 해골 인형이랑 사탕으로 맞이해. 당연하잖아? '손님'들은 화려한 것을 좋아하니까."

"좀 점잖지 못한 것 같습니다만."

노래하듯 이야기하는 하나의 옆얼굴을 준은 살짝 비난 어린 눈길로 훔쳐보았다.

"어머, 준은 여기가 왜 이렇게 떠들썩한지 몰라?"

마리코가 한쪽 눈썹을 치올리고 준을 보았다.

"네."

마리코는 고개를 도로 앞으로 돌리고 목소리를 낮추었다.

"저기 말이야, 올해 히간은 이미 시작됐다고. 이렇게 많은 사람들이 몰려나온 건 다들 '손님'을 만날 예감에 들떠 있기 때문이야. 여기는 이미 어나더 힐의 입구란 말이야."

"입구……"

준은 순간, 북적거리는 주변 풍경의 색채가 달라진 듯한 기분이 들었다.

사람들의 미소가 탈바가지처럼 느껴지고, 웅성거림에도 사악함이 깃든 듯한……

준이 받은 충격을 누그러뜨리려는 듯 하나가 명랑한 어조로 끼어들었다.

"게다가 솔직히 올해는 다들 다른 때보다 들떠 있긴 해. 지난 일 년

---

* 彼岸. 춘분 및 추분 전후로 일주일 동안 계속되는 일본의 불교 행사.

동안 그렇게 난리가 났었으니까 말이야. 다들 사건의 진상을 알고 싶어하거든. 어나더 힐에 가려는 사람이 늘어날 만도 하지, 뭐."

"사건?"

준이 의아스레 되묻자, 마리코와 하나가 어처구니없다는 표정으로 동시에 그를 돌아보았다. 두 사람은 분위기가 다른 듯하면서도 이런 부분이 많이 닮았다.

"몰라? 일본에도 보도됐을 텐데."

"도쿄 대학 연구실엔 텔레비전도 없어? 나 참, 어이가 없어서. 이러니까 학자 선생님은 문제라니까."

"저, 그러니까……"

준이 정말 모른다는 사실을 깨닫자 이번에는 측은해하는 표정이 떠올랐다. 가십과 세간의 화제에 둔하다는 것은 스스로도 알고 있지만, 두 젊은 여자의 시선에 준은 어쩔 줄을 몰랐다.

하나가 새침한 얼굴로 말했다.

"'피투성이 잭' 말이야."

"마리코, 하나, 오랜만이구나. 두 사람 다 더 아름답고 총명해진 것 같은데."

"고맙습니다, 교수님. 교수님도 건강해 보이시네요."

오래된 벽돌 카페. 안쪽 창가에 앉은 몸집이 큰 노인과 포동포동한 은발 여자가 세 사람을 맞이했다.

"어머, 교수님, 뭐 마시세요?"

하나가 교수 앞에 놓인 컵을 들여다본다.

"음. 연유 녹차야. 요즘 이걸 즐겨 마시지."

"칼로리가 높을 것 같네요."

"하지만 맛있어 보여."

"하나는 옛날 생각 나는 옷을 입었군."

하나가 코트를 벗고 붉은 타탄체크 원피스 차림으로 자리에 앉자, 교수가 코를 벌름거렸다.

"유행은 돌고 돈다지만, 라인도 거의 예전 그대로네."

은발 여자 린데가 동의한다.

"요즘 타탄체크 의상을 내세우는 밴드가 나왔거든요, 교수님. 콘서트에 가면 여자애들이 다들 타탄체크 머플러를 흔들어요."

"저런. 요새 유행이라는 그건가? 에에……"

"아아, 회고주의요?"

"복고주의겠지."

마리코가 머플러를 풀며 끼어들었다.

"교수님 코트도 그런가요? 이거 백과사전에서 봤어요. 인버네스라고 하죠?"

하나가 코트걸이에 걸려 있는 큼직한 헤링본 외투로 시선을 돌렸다.

"내 건 복고주의가 아니야. 해마다 입으니까."

교수는 쓴웃음을 지었다.

"그냥 셜록 홈스에게 경의를 표하는 거지."

"참, 너희, 준을 교수님한테 정식으로 소개시켜야지."

린데가 긴장한 얼굴로 앉아 있는 준의 얼굴을 보고 마리코의 어깨를 쳤다.

"아, 맞다. 미안, 준. 시노다 교수님, 이번에 저희랑 같이 힐에 머물 준이치로 이토예요. 도쿄 대학 대학원에서 문화인류학을…… 음, 문화인류학 맞던가?"

"예에, 제 경우는 굳이 말하자면 민속학에 가깝습니다만."

"그래요, 민속학에 가까운 문화인류학을 전공하고 있어요."

"입산 허가증은 받았나?"

"이 친구, 저희 친척이거든요. 저희 친척은 정말이지 월드와이드지 뭐예요! 얼굴 한번 못 본 사촌이 수두룩해요! 게다가 혼인관계가 워낙 복잡해서, 아직도 정확히 무슨 관계인지 모르겠다니까요."

"아무튼 저희랑 혈연관계라는 건 구청에서 증명해줬어요. 문제는 전혀 없어요."

하나가 의기양양하게 말했다.

"최근 들어 각국의 학술 조사단이 힐에 들어가고 싶어하니 말이야. 정부는 주민의 프라이버시를 존중해서 거부하고 있지만, 온갖 수를 써서 숨어들려는 인간들이 늘어나 심사가 해마다 엄격해지는 상황이지. 용케 허가를 받았군. 자네, 입산 허가증은 귀중한 거야. 조심스럽게 다루도록."

똑바로 쳐다보는 교수의 시선에 준은 움츠러들었다.

"흐음, 하지만 혈연이라는 건 정말 신기하군. 유전도 그렇고."

"왜요?"

"이 친구가 누구를 닮았는지 처음 봤을 때부터 내내 생각하고 있었네만."

"준 말이에요? 어? 누굴 닮았지? ……우리 일족이랑은 좀 다른 것 같죠? 뭐, 우리나라 사람들은 넓은 의미에서 모두 친족이나 다름없지만요."

오이 샌드위치를 먹던 린데가 중얼거리자, 교수는 별안간 얼굴을 빛내며 무릎을 탁 쳤다.

"알았다. 켄트야. 켄트를 닮았어."

"네?"

테이블을 둘러싸고 있던 세 여자가 똑같은 타이밍으로 준을 돌아본 탓에 준은 밀크티가 코로 들어갈 뻔했다.

린데가 감격한 듯 중얼거렸다.

"어머, 진짜네. 맙소사, 왜 지금까지 몰랐지?"

"켄트 아저씨라…… 그러고 보니 진짜 그러네."

마리코와 하나도 탄성을 질렀다.

"맞아, 기본이 비슷해. 이 얼굴을 좀더 강하고 씩씩하게 만들면."

"야성미도 좀더 있으면 좋겠네."

"켄트 아저씨라고요? 처음 듣는 이름인데요. 지금은 어디 계십니까?"

준은 저도 모르게 소리쳤다. 의문이 꼬리에 꼬리를 물고 샘솟는데, 준을 제외한 세 사람은 멋대로 눈이 닮았느니 콧날이 닮았느니 가마가 닮았느니 각자 자기주장만 하고 그의 질문에 답해줄 눈치는 없었다.

"켄트 아저씨는 좀 이상한 사람이라서 말이야, 실종됐지 뭐야. 십 년 전부터 아무도 본 사람이 없어."

하나가 겨우 의문에 가득 찬 준의 표정을 깨닫고 말했다.

"실종? 그건 또 왜……"

"글쎄. 원래 청개구리 같은 사람이긴 했지만."

마리코가 담배를 꺼냈다. 자그맣고 하얀 담뱃갑에 파란 마크.

"어머, 쇼트호프잖아. 웬일이야, 이거?"

"준한테 사다달라고 부탁했어."

"저, 그, 켄트 아저씨는 몇 살 때 없어지셨죠?"

"당시 서른여섯 살. 아니, 일곱이었던가?"

"연기처럼 사라져버렸지 뭐야. 수문은 닫혀 있었는데."

"게다가 통로에는 경비가 있었고."

"네? 그럼……"

이 세 여자는 아무래도 숨 쉴 겨를도 없이 대화를 이어나가는 것이 버릇인 모양이다. 준은 대화에 끼어들 타이밍을 잡기에 익숙해지기까지 시간이 걸리겠다고 생각했다.

마리코가 담뱃불을 붙이고 한 모금 들이마신 다음 대답했다.

"그래, 켄트는 십 년 전 히간 도중에 어나더 힐에서 사라졌어."

일몰이 늦다. 사람들은 강가에서 잡담을 나누며 해가 지기를 기다렸다.

강 건너 해묵은 숲이 점차 주황색으로 물들어간다. 아무 생각 없이 보고 있다가, 날이 조금씩 저물어 어느새 방 안이 어두워진 것을 깨닫고 놀라게 된다.

어나더 힐을 향해 출발하는 것은 저녁 여섯시부터 열시 사이로 정해져 있었다.

"왜 그 시간입니까?"

천천히 다가오는 황혼을 느끼며 준은 물었다. 어느새 홍차에서 맥주로 바뀌어 배가 띵띵하게 불렀다.

어쩐지 꿈을 꾸는 기분이었다. 줄곧 이곳에 오기를 꿈꾸었는데, 지금 자신은 그 꿈의 입구에 서 있고 이제부터 그 꿈속으로 들어가려 하고 있다.

창밖에 고요하게 펼쳐지는 옛 풍경화 같은 경치에 자신이 도쿄에서 멀리 떨어진 V.파에 있음이 새삼 실감된다.

"정말 뭘 모르네. 황혼녘을 두고 마물을 만나는 때라고들 하잖아? 산 자와 죽은 자의 경계가 되는 시간에 출발하는 게 당연하지. 그러니까 맨정신이 아닌 게 맞는 거야. 이 경우엔 일상과 비일상의 경계라고 할까. 물론 나만 그런 건지 모르지만."

마리코가 맥주 거품을 핥으며 중얼거렸다. 그녀가 술을 좋아하고 제법 잘 마시지만 잘못 취하면 무섭다는 이야기는 하나가 귀띔해주어 알고 있었다.

"자네는 자네가 가는 데가 어떤 데인지 잘 모르는 것 같군."

교수는 이미 맥주를 2파인트 정도 마셨다. 준은 생각을 더듬어가며 천천히 대답했다.

"글쎄요. 그건 인정합니다. 하지만 V.파 사람들 말고는 다들 저하고 별로 다를 것 없지 않을까요? 그도 그럴 게, 지금까지 어나더 힐에 관해서 연구된 적이 거의 없으니까요. 오히려 터부시됐고, 그러면서 한편으로는 단순한 전설 취급을 받기도 했고요. 본격적으로 주목받은 건 67년에 쓴 핀치 박사의 논문이 70년에 발견된 뒤였습니다. 야나기타 구니오가 종전 직후에 힐에 들어가려 했다는 소문도 있었지만, 그건 사실이 아닌 것 같죠. 일본에서도 일부에서 연구했다고는 하지만, 어디까지나 민간전승으로 생각했던 셈이었습니다. 제임스의 소설 『언덕의 품에』가 발표됐을 때도, 픽션의 무대로서 인식됐을 뿐 설마 그게 진짜 있었던 사건을 바탕으로 했다는 생각은 아무도 못 했고, 그저 토속 소설 혹은 환상소설로 평가됐을 뿐이지 않습니까."

"『언덕의 품에』라. 정말 그 책만 봐서는 민간전승이라는 생각밖에 안 들 테지."

"저희 학교 영문과에는 영국 고딕소설의 아류로서 연구하는 학생들이 많았습니다."

"저기 봐, 맨 처음 보트가 떠나."

하나가 커튼 밖을 보며 작은 목소리로 외쳤다.

모든 사람의 시선이 저절로 창밖으로 향했다.

낮은 엔진 소리를 내며 한 척의 보트가 선착장을 떠나려는 참이었다. 내로 보트narrow boat라 불리는, 장기 체재가 가능한 지붕 있는 배다. 대개 열차와 마찬가지로 운전하는 배와 거주하는 부분의 배가 연결되어 있다. 가족 단위로 보트를 소유하는 것은 상당히 유복한 경우다. 대개는 친척들끼리, 혹은 일족 전체가 한 척을 공유할까. 개중에는 촌락 하나에 한 척인 곳도 드물지 않다. 매년 전원이 참가하는 촌락에서는 다함께 교대로 배를 운전한다. 오기가 쉽지 않은 벽지의 촌락이나 가난한 집에서는 상사喪事가 있었던 해에만 사용한다고 한다. 아무리 중요 무형 민속 문화재로 지정되어 정부에서 보조금을 받는다 해도, 예전처럼 다함께 어나더 힐에서 히간을 지내는 습관은 사라졌다고 한다. 도시에서는 상조조직에서 돌아가면서 정기적으로 간다든지, 상사가 있었을 때만 방문하는 가족이 늘었다고 한다. 보수적이고 느긋한 V.파에도 역시 변화의 물결이 밀려들려는 것인지 모른다.

어나더 힐의 수문이 열릴 새벽에 맞춰 보트는 조금씩 시간차를 두고 한 척씩 출발한다. 밤새 천천히 나아가('어미 오리를 쫓아가는 새끼 오리의 속도'라 부른다고 한다) 거의 한나절을 강과 운하에서 지내게 된다.

"올해는 역시 붐비는군."

"그럴 만도 하죠, 뭐. 다른 때는 별 대단한 이야깃거리가 없잖아요. 올해는 예정에 없던 죽은 사람이 그렇게 많이 나왔으니, 다들 흥미진진한 거죠."

"흠, 여러 모로 화제가 부족하지는 않을 테지."

"아, 호랑이도 제 말 하면 온다더니 저기 또하나의 화젯거리가 왔네요."

교수와 어깨를 맞대고 소곤대던 마리코가 넌지시 팔꿈치로 찔렀다. 준도 덩달아 시선을 돌렸다.

척 보기에도 거만할 것 같은 여자가 카페로 들어왔다.

광대뼈가 나온 얼굴에는 '나는 여느 여자들과는 다르다'라고 씌어 있었다.

쉰 살쯤 되었을까. 그런데도 금발에는 아직 윤기가 흐르고, 얼굴과 목덜미의 선이 매끄러운 것이 아름답다고도 할 수 있었다. 그러나 회색에 가까운 담청색 눈은 '하찮은 인간은 반경 오 미터 이내로 접근하지 말 것'이라고 명확히 선언하고 있었다.

레이스업 부츠에 검은 드레스. 장례식에 다녀오는 길인가 싶을 정도로 머리끝부터 발끝까지 검은색 일색이다.

그리고 키가 훌쩍 큰 그녀의 뒤를 이어, 이 역시 전형적인 집사 같은, 등이 구부정한 초로의 남자가 따르고 있었다. 실제로 그녀의 수행인인 듯, 그녀의 검은 코트를 받아들어 팔에 걸치고 정중하게 의자를 빼주었다. 준은 무슨 디킨스 소설 속에 들어온 기분이 들었다.

"'피투성이 메리'야. 혹은 흑부인이라고도 하고."

하나가 준에게 소곤소곤 가르쳐주었다.

"왜 저렇게 장례식 같은 복장을 하고 있죠?"

"편리하니까 그렇겠지."

마리코가 냉랭한 미소를 띠며 중얼거렸다.

"편리하다니요?"

준은 되물었다.

"올해 다섯번째 남편이 죽었거든. 저 여자 남편은 하나같이 유산을 듬뿍 남기고 사고로 죽지 뭐야. 저 여자는 학습한 셈이야. 언제 남편이 죽을지 모르니까, 아예 검은 옷을 입고 살자고."

마리코의 잔혹한 어조에 준은 당혹해서 침을 꿀꺽 삼켰다.

"그럼…… 그럼 마리코 씨는 저 사람이 남편을 죽였다고 생각하는 겁니까? 푸른 수염처럼?"

"글쎄. 좌우지간 올해 죽은 남편이 뭐라고 할지 기대되네."

마리코가 유쾌한 듯 웃음 짓는 것을 보고 준은 퍼뜩 생각났다.

"아, 그렇군. 히간에서 올해 죽은 남편이 어나더 힐에 돌아오면, 그러면 저 사람의 죄가 밝혀질지 모른다는 말이군요? 그거 엄청난 상황 아닙니까? 저 사람은 그걸 알면서 가는 건가요?"

어나더 힐에서 앞으로 일어날 일의 의미가 마음속에 서서히 스며들었다.

엄청난 일이다. 정말 어나더 힐에서 그런 일이 일어날까? 다들, 타지 사람인 나를 놀리느라 농담을 하는 것이 아닐까? 혼란에 빠진 준의 등에 식은땀이 흘렀다. 나는 엄청난 곳에 발을 들여놓으려 하는 것이 아닐까?

마리코는 이번에야말로 흥, 하고 소리 내어 차갑게 웃었다.

"바보, 남편이 죽은 해에 어나더 힐에 안 가면 그거야말로 자기 죄를 고백하는 거나 다름없잖아. 저 여자는 자신 있는 거야. '손님'은 거짓말을 안 해. 준, 기억해둬. 어나더 힐에서 '손님'이 하는 말은 법적인 증거로서 제출될 수 있다고. 저 여자는 자기가 한 일을 남편이 입증하지 못할 거라는 자신이 있기 때문에 저렇게 당당한 거야."

"하지만 올해는 모르는 일이야."

그때까지 느긋이 홍차를 마시던 린데가(아아, 그녀는 대체 홍차를 몇 잔이나 마신 걸까!) 차분한 목소리로 끼어들었다. 린데의 또렷한 목소리에는 연장자다운 설득력이 넘쳐흘렀다.

"토머스는 제법 똑똑한 남자였어. 그 사람 같으면 생전에 저 여자를 고발할 무슨 수단을 마련해뒀을지 모른다고, 나 내심 기대하는 중인데."

"어머, 우리 나중에 내기하자. 좋은 재료야. 토머스는 똑똑했나, 아니었나. 그 사람은 아내의 모략을 간파했나, 못 했나."

"배율은 내가 정하지."

교수가 흡족한 표정으로 자기 얼굴을 가리켰다.

"나도 끼워줘. 토머스에 관한 기사도 오려서 들고 온걸."

하나가 불만스레 입을 삐죽 내밀었다.

"허허, 준비성이 있군. 내 스크랩북에 넣어줄까?"

"유감이지만 전 제 앨범을 따로 만들고 있다고요. 남의 스크랩북 신세는 안 져요."

"밤은 길어. '피투성이 잭'도 있겠다, 내 회색 뇌세포에 도전할 테면 한번 해보지."

"바라는 바예요."

어쩐지 하나와 교수 사이에 불꽃이 튄 것 같았다.

마리코가 동작을 멈추고 귀를 기울였다.

"선착장에서 종소리가 나는데? 교수님, 우리는 몇 번이에요? 하나, 너 앉은 데서 승선번호 안 보여?"

"'하ば7.' 하의 7번인데."

"오오, 우리 차례군. 이런, 이런. 자, 가지! 어서 코트를 입게!"

교수가 남은 맥주를 예술적인 테크닉으로 마시고는 허둥지둥 일어섰다. 다른 네 사람도 코트를 들고 그 뒤를 따랐다.

바람은 불지 않았으나 공기는 제법 차가워져 있었다.

선착장에서는 더플코트를 입은 남자들이 입산 허가증을 확인하려 기다리고 있었다. 태도는 온화하지만 눈빛이 날카롭다. 그들은 국가공무원이다. 사전에 제출된, 배를 타고 어나더 힐로 가는 사람들의 명단을 호적과 대조해본다. 준의 경우에는 여권도 보여야 한다. 실제로 여기에 이르기까지 얼마나 힘들었는지 모른다.

굽이치는 강물만이 부연 주황색으로 빛나며 흐린 하늘 아래 이어지고 있다.

준은 긴장하고 있었다. 뺨은 차갑지만 그 안쪽은 뜨겁게 끓어오르고 있었다.

드디어. 드디어 어나더 힐에 간다.

밝은 물빛 보트에서 잠자리테 안경을 쓴 청년이 기다리고 있었다. 인상이 좋은 청년이다.

교수가 고용한 빅토리아 대학 학생인 그는 지미 캠벨이라고 이름을 밝혔다. 이 시기에는 밤새 운전해주는 대신 보트를 얻어 타려는 젊은 이들이 각지 구청 게시판에 광고를 붙인다. 어나더 힐에 가고 싶은데 경제적 사정 때문에, 혹은 친척과 일정이 맞지 않아 보트에 타지 못하는 젊은이들이다. 되도록 많은 사람들이 히간에 참가할 수 있게 구청이나 자원봉사 기관이 조정해주는 것이다.

준은 긴장으로 딱딱하게 굳어 있었지만, 더플코트를 입은 남자들은 신사적이었다. 몇몇 서류를 확인하고 명단과 제출 서류를 비교했으나, 결국에는 시노다 교수에 대한 신용이 가장 큰 영향력을 발휘한 것 같다. 보트에 올라타 몸이 크게 흔들린 순간, 저도 모르게 한숨이 나왔다.

"본에 나란히 서신 폐하께 영광 있으라."

"본에 나란히 서신 폐하께 영광 있으라."

왼손을 가슴에 대고 엄숙하게 인사를 주고받는 가운데, 보트는 천천히 뱃머리를 돌려 강물을 가르며 나아가기 시작했다.

이렇게 작은 강, 이렇게 변변치 못한 선착장인데.

준은 자신이 감동하고 있다는 것을 깨달았다.

선착장의 깃대에 나부끼는 유니언잭을 올려다본다. 단, 이 유니언잭은 파란색과 붉은색이 반전되어 있다.

선착장이 조금씩 멀어져간다. 다음 보트가 천천히 움직이는 것이 보이고, 승선을 재촉하는 종소리가 들린다.

"'본에 나란히 서신 폐하께 영광 있으라'라. 여기선 걸핏하면 그 말을 하네."

준은 비좁은 갑판에 서서 중얼거렸다. 옆에서 추운 듯 팔짱을 끼고 있던 하나가 가볍게 고개를 끄덕였다. 다른 세 사람은 곧바로 안으로 들어가버렸다. 하나는 준과 함께 멀어지는 선착장을 바라보고 있었다. 순식간에 선착장과 카페가 늘어선 촌락이 멀어지고, 울창한 숲과 해묵은 제방이 강기슭을 따라 좌우로 이어졌다. 들리는 것은 보트의 엔진 소리뿐, 주위는 쥐죽은 듯 조용했다.

"그러게, 어렸을 때부터 습관이었으니까."

나이가 비슷한 덕분인지 하나와 이야기하기가 가장 편했다. 그녀는 열여덟 살, 올해 빅토리아 대학에 갓 입학했다. 전공은 언론학일 것이다.

"본에 나란히 서신…… 그렇군, 밑 본本이구나. 원래는 '해의 근본', 즉 해가 뜨는 곳에 나란히 서신 여왕 폐하와 미카도(천황)였던 셈이야. 거기서 해가 빠지고, 근이 빠진 거였어."

준은 혼자 납득하고 고개를 끄덕였다. 하나가 살짝 웃었다.

"우리가 〈런던 다리〉를 부를 때는 마지막이 이렇게 돼.

London Bridge is falling down, my far Emperor.

무슨 뜻인지 알겠어?"

"아아, 그렇군. 여기는 파이스트 빅토리아 아일랜즈니까."

"응."

"조금씩 어두워지긴 했지만 해가 지려면 역시 아직 먼 것 같네. 도쿄는 이 계절이면 다섯시쯤에 해가 지는데."

"준은 도쿄 냄새가 나."

"어?"

준은 어리둥절해서 하나를 보았다. 하나는 농담으로 한 말이 아닌 것 같았다.

"도쿄 냄새라니, 무슨 냄새?"

"잘 표현을 못 하겠는데. 도회지 냄새. 현대사회와 발전의 냄새일까. 여기는 어때? 뭐 다른 냄새가 나?"

하나는 적당한 말을 찾듯 눈을 위로 치떴다.

준은 반사적으로 코를 벌름거렸다.

냄새. 그런 것은 의식해본 적도 없었다.

"글쎄. 숲 냄새가 나는데. 오존 냄새. 이렇게 해묵은 숲이 도시 근교에 남아 있다니. 도쿄에선 생각도 못 할 일이거든. 세월의 냄새. 축적된 기억의 냄새. 전통의 냄새. 그런 냄새일까."

"어머, 의외로 시인이잖아. 좋은데. 축적된 기억의 냄새."

발치에서 뭐가 꼬물거려 무심코 내려다본 준은 얼룩고양이 두 마리가 다리에 엉겨붙는 것을 보고 기겁했다.

"어, 어, 뭐야. 이 고양이."

"아아, 집에서 데리고 왔어. 서니랑 사이드. 얘들도 정식으로 입산 허가증을 받고 승선 명단에 올라 있다고."

고양이는 제 이름이 불린 것을 아는지 야옹야옹 울었다.

"흠, 세련된 이름인데."

사실은 동물이 질색인 준은 필사적으로 태연함을 가장했다.

"서니사이드업*에서 딴 거야."

"달걀 프라이?"

"달걀이랑 관련된 이름이야."

"달걀?"

"달걀은 중요해. 생명의 시작, 만물의 원천이니까."

하나는 두 고양이를 안아올려 준에게 안겨주려 했다. 고양이들은 기쁜 듯이 발톱으로 준의 스웨터를 할퀴었지만, 준은 제정신이 아니

---

* 흰자와 노른자가 섞이지 않게 하여 한쪽만 익힌 달걀 프라이.

었다.

"귀엽지? 하얀 부분이 많은 애가 서니, 검은 부분이 많은 애가 사이드야."

"그렇군."

준은 씩씩하게 아무렇지도 않은 표정을 짓고 고양이를 안아들었으나, 내심 역시 고양이는 질색이란 것을 재확인했다. 여자라는 생물은 왜 갓난아기나 애완동물처럼 말랑말랑하고 보들보들한 것을 무조건적으로 귀엽다고 단언하는 걸까. 준의 눈에는 어쩐지 뜨뜻하고 종잡을 수가 없고 이해불능이고 기분 나쁘게 보이는데.

"하나, 뭐 좀 물어봐도 될까?"

준은 필사적으로 질문거리를 생각했다.

"응."

하나는 긴 속눈썹을 깜박거리며 천진하게 준을 쳐다보았다.

"그…… 실제로는 어떤 식이지? 목소리가 들려온다든지, 그런 느낌인가?"

"실제로? 뭐가?"

"아니, 저…… 아까 이야기한 것 같은 일 말이야. 어나더 힐에서 일어날 일. 일어난다고 모두가 말하는 일."

"아아."

하나는 가볍게 고개를 끄덕이더니 장난기 어린 눈으로 준을 올려다보았다.

"그렇구나. 우리가 하는 말이 비유라고 생각하는 거네. 그래서, 준은 어떻게 생각하는데? 어떤 걸 상상하고 있어?"

"글쎄. 난 한 번도 본 적이 없기도 하고, 어나더 힐에 관해서 아는 건 아까 설명한 것뿐이라서. 난 처음 그 이야기를 들었을 때 신내림 같은 건가 생각했어. 요컨대 무당 같은 존재가 죽은 사람의 말을 대변하는 걸 다함께 듣는, 그런 걸로. 말 그대로 축제 같은 비밀 의식이 있고, 축제 도중에 일어난 일에서 죽은 사람의 말을 읽어낸다든지. 하지만 아까부터 다른 사람들 이야기를 듣자니, 정말 눈앞에 죽은 사람이 나타나서 이야기하는 것 같잖아."

"응, 맞아."

하나는 아무 일도 아니라는 듯 긍정했다. 자기 말을 긍정당한 준 쪽이 오히려 당황하고 말았다.

"맞다니, 정말 그렇다고? 실제로 모습을 드러낸다고? 생전의 모습 그대로?"

"그래."

하나의 대답은 명쾌했다.

"나한테도 보일까?"

하나는 잠시 생각해보더니 자신 있게 고개를 끄덕였다.

"아마 보일걸."

준은 할 말을 잃었다. 하나는 '그래서 뭐? 무슨 문제 있어?' 라고 하듯 커다란 눈으로 준을 보고 있다. 준은 자신의 가치관이 심한 혼란에 빠진 느낌을 얼마 동안 차분히 맛보았다.

"나 어떻게 보여?"

하나가 느닷없이 물었다. 준은 당황했다.

"어떻게라니?"

"예를 들어 말이야, 오컬트나 점 같은 거 좋아하고 뉴에이지가 어쩌고 우주 에너지가 어쩌고 할 여자 같다든지, 정서불안정이고 생리할 때는 가까이 가면 안 되겠다, 뭐 그런 인상이냐고."

준은 하나의 천연덕스러운 어조에 당황하면서도 진지하게 대답했다.

"아니, 안 그래. 넌 아주 이성적이고 정상적이고 현대적인 여자애라고 생각해."

하나가 짤막하게 웃었다.

"그래? 다행이네. 나도 나를 정상적이고 이성적인 사람이라고 생각했거든. 적어도 나랑 준의 인식은 일치한다는 이야기네."

"그야 물론이지."

준은 힘주어 고개를 끄덕였다.

"그럼 이건 어때? 누군가의 시선을 느낀 적 있어? 누가 부르는 것 같았던 적은? 좋은 예감, 또는 나쁜 예감이 맞았던 적은 없어?"

"있긴 하지만."

준은 주저했다. 어쩐지 이야기의 방향이 틀어졌다는 생각이 들었다.

하나는 준의 그런 기분을 꿰뚫어본 듯 메마른 목소리로 웃었다.

"결국은 그런 거잖아? 그런 말이 듣고 싶었던 거 아냐?"

"하지만 그건 좀 다르지 않나?"

"안 달라. 난 그쪽이 이상하더라. 눈에 안 보이는 건 안 믿는다는 사람도 말은 믿잖아. 말도 눈에 안 보이기는 마찬가지라고. 이렇게 이야기를 주고받고 의사소통할 수 있다는 게 나한테는 오히려 기적 같던데. 가끔씩 V.파 출신이 아닌 사람들이랑 이야기하다보면 이상할 때가 있어. 다들 어나더 힐은 안 믿으면서, 왜 매일 자기들이 하고 있는 일은 이상하게 생각하지 않는 걸까 하고."

하나는 준의 품속에서 꼼지락거리는 서니와 사이드를 받아들었다.

"뭐, 거기가 특별한 데라는 건 인정해. 좌우지간 준이 자기 눈으로 직접 봐. 내가 지금 아무리 논리정연하게 설명해도, 결국 직접 체험할 때까지는 반신반의할 테니까. 직접 확인해봐. 열두 시간 뒤에는 준도 힐에 서 있을 거야."

하나는 메마른 어조로 말하고는 어깨를 가볍게 으쓱했다.

"이제 그만 안으로 들어가자. 서쪽 바람이 불 것 같아."

발길을 돌려 선내로 들어가는 하나를 보고 준은 어쩐지 불안한 기분이 들었다. 선착장은 이제 그림자도 보이지 않고, 멀리 보이는 교회 종탑 외에는 단조로운 숲이 강 양쪽을 메우고 있을 뿐이다.

주황색으로 빛나는 수면에 검은 잔물결이 천천히 멀어져간다.

준은 얼마 동안 홀로 좁은 갑판에 서 있었다.

지금 나는 그야말로 경계선에 있다. 현실과 비현실의 틈바구니. 혹은 악몽과 현실의 틈바구니에.

배 안은 의외로 널찍한 것이 친한 사람 집의 거실처럼 편안했다.

바닥에 고정된 테이블 위에 햄과 치즈, 과일, 크래커가 놓여 있고, 사람들은 붙박이 소파에 각기 편안한 포즈로 앉아 있다.

낮은 천장에 매단 다섯 개의 램프 속에서 불꽃이 흔들리고 있다. 선내는 생각 외로 환했다.

좁은 통로 안쪽으로 조타실에서 배를 운전하는 지미의 뒷모습이 보인다. 통로 옆에 딸린 것은 작은 욕실과 부엌 같았다.

준은 갑판으로 이어지는 문을 닫고 소파 한편에 앉았다. 어디서 바람이 들어온다. 퇴창이 열려 있는 모양이다.

"뭘 그렇게 두리번거려, 준?"

이미 제법 마신 듯한 마리코가 그를 보고 말했다.

"아뇨, 어디 창문이 열려 있나본데요. 춥지 않습니까?"

"괜찮아, 준."

맞은편에 앉은 하나가 말했다.

"창문은 꼭 한 군데 열어둬야 하거든."

"그렇다네. 계속 깨어 있어야 하니까. 나중에 '밤의 테이블'도 있고 말이야."

"네? 다같이 밤을 새우는 겁니까?"

"전원은 무리야. 돌아가면서 자게 되겠지. 자네는 밤에 강한가?"

카드를 만지작거리던 교수가 말했다.

"아, 네. 잠이 얕은 편이라 늘 새벽까지 책을 읽곤 합니다."

"그거 믿음직스럽군. 좋은 위스키가 있으니, 아침까지 나와 함께 마시자고."

커튼은 걷혀 있었다. 방 안이 밝기 때문에 확실하게 보이지는 않으나, 하얀 하늘이 검은 숲 위로 끝없이 이어져 있다.

문득 준은 자기 앞에 작은 검은색 가죽 수첩이 놓여 있는 것을 알았다.

자세히 보니 표지에 자기 이름이 금색으로 새겨져 있다.

"저, 이게 뭡니까?"

준은 그렇게 말하며 수첩을 손에 들었다. 언뜻 보기에는 일기장 같다. 11월 1일에서 30일까지 한 달간의 날짜가 적혀 있다. 히간 기간의 일지인가보다.

"아아, 히간중의 기록이야."

린데가 포도 껍질을 벗기며 대답했다.

"어디 제출하는 겁니까?"

"제출할 의무는 없지만 무슨 일이 생기면 제출하라는 요구를 받을 때도 있어. 아까 마리코도 말했지만, 이 일기에 쓰인 내용은 공식적인 기록이 되거든."

"공식적인 기록?"

"정말 뭘 모르네."

마리코가 준의 얼굴에 대고 트림했다. 살짝 맥주 냄새가 난다.

"미안. 우리는 '손님'을 만나면 그 사람이 한 말을 기록해야 하는 거야. '손님'은 거짓말을 안 하니까. '손님'이 하는 말은 여러 가지로 도움이 되거든. 어나더 힐에 머무는 사람은 블랙 다이어리를 기록할 의무가 있어."

"그럼 저도?"

"그래, 귓구멍 크게 열고 잘 들어둬. 그리고 이 수첩에 잘 기록해두고."

"예에."

준은 신선한 기분으로 수첩을 내려다보았다. '손님'의 말. 정말 나도 들을 수 있을까.

"그래, 그러니까 예습을 꼼꼼히 해둬야지. 하나, 너 준의 자습서 준비했니?"

"그야 물론이지."

하나는 소파 밑에 놓여 있던 토트백에서 커다란 잡지 같은 것을 꺼냈다.

"어머, 〈더 선〉으로 했구나. 〈더 타임스〉 아니고?"

"〈더 선〉은 대중적이니까, 처음인 사람한테는 그쪽이 보기 편할 것 같아서."

"준한테는 좀 저속하지 않아? 보시다시피 고결한 학자 선생님이신데."

"준이 마음에 안 든다고 하면 힐에서 다른 사람한테 빌리지, 뭐. 〈더 타임스〉 걸 들고 온 사람이 있을 테니까."

준은 하나가 내민 잡지 표지를 보고 기겁했다.

모두의 히간을 위해 ─ 빅토리아 사망 연감

책장을 팔랑팔랑 넘겨보았다.

우선 눈에 들어온 것은 인물사진이다. 스냅사진과 초상사진. 사진에는 기사가 곁들여져 있다.

─2월 7일, 귀가 도중, 국도에서 소를 실은 트럭과 정면충돌. 전신 타박상으로 사망.

신문 기사를 그대로 옮겨 실은 것 같다. 옆에 고인의 이력과 신체적 특징, 눈 및 머리 색이 기재되어 있다.

기사의 길이는 사람마다 달랐다. 유명인의 것은 당연히 길고, 고인의 업적과 스캔들까지 상세하게 소개되어 있는가 하면, 무슨 주간지 가십 기사처럼 캐치프레이즈까지 있다.

책장을 넘기다가 겨우 알아차렸다.

요컨대 이 책은 지난 일 년간 사망한 사람들의 기록이다. 지난해 10월 중순부터 올해 10월 초순까지 사망한 사람들이 죽은 날짜순으로 기재되어 있다.

"저, 이게 어디에 필요합니까?"

거기까지는 알겠으나, 그 다음을 모르겠다.

"아, 정말, 왜 이렇게 이해력이 없을까, 학자 선생님이?"

마리코의 어조는 점점 더 신랄해졌다.

"아무리 작은 나라라지만 국민 모두가 서로 아는 사이는 아니라고. 자기가 만난 '손님'이 누군지 알기 위해 예습하는 거야. 이렇게 사진을 봐두면 자기가 만난 사람이 누군지 나중에 알아볼 수 있잖아? 다 같이 서로 도와야지."

그제야 비로소 수첩과 이 명부가 연결되었다. 그렇군, '손님'의 말을 기록하기 위해 상대방이 누군지 조사하는 것이다. 그 이야기는 즉, '손님'은 옛날이야기에서처럼 반드시 관계자 앞에 나타나는 것은 아니라는 뜻이다.

문득 의문이 생겼다.

"그럼 올해 히간중에 죽은 사람은요?"

"그건 수시로 속보가 들어와. 정부가 매일 죽은 사람들의 정보를 모아서 어나더 힐에 연락해줘."

"히간에 나타나는 건 어디까지나 그해 일 년 동안 죽은 사람뿐입니까? 그전에 죽은 사람은요? 여러 번 나타나는 사람은 없습니까?"

"이제 좀 이해가 된 모양이군."

교수가 기쁜 듯 고개를 끄덕였다.

"대부분은 죽은 지 일 년 안에 나타나지. 확률은 칠십 퍼센트쯤일까. 그렇기 때문에 집안에 상사가 있었던 해에는 거의 대부분 사람들이 어나더 힐에 간다네. 하지만 사람에 따라서는 몇 년 지나서 나타나기도 하고, 끈덕지게 매년 오는 인간도 있거든. 일률적으로 뭐라 단언할 수는 없어."

"올해는 나눠서 외우지 않을래? 이 나이에 이런 거 전부는 못 외워."

"나눠서 외워봤자 늘 다같이 '손님'을 만나는 것도 아닌데 의미가 없지 않아?"

"여기 마리아 벨 사진 좀 봐. 〈더 선〉에 투고할까보다. 이렇게 있는 대로 수정한 옛날 사진으로는 본인을 만나봤자 판별을 못 할 텐데 무슨 소용이야? 사용할 사람을 생각해서 좀더 사실적인 사진을 실어야지."

준은 눈앞에서 명부를 뒤적이며 와글와글 떠드는 여자들을 어안이 벙벙해서 바라보고 있었다.

이래서야 완전히 게임이나 도박이다. 다들 경마의 우승마라도 예상하듯 죽은 이들에 관해 이야기하고 있다. 죽은 이에 대한 모독이 너무 심한 것이 아닌가? 죽은 이는 좀더 공경해야 하는 것이 아닌가?

어쩌면 얼굴에 무언의 비난이 드러났는지 모른다.

준의 표정을 눈치 챈 마리코가 히쭉 웃었다.

"어머, 학자 선생님은 우리 수다가 마음에 안 드시나본데?"

준은 얼굴을 새빨갛게 붉혔다.

"아뇨, 저, 전……"

마리코는 킬킬 웃었다.

"괜찮아. 외부에서 온 사람한테는 그게 당연한 반응일지 모르지. 하지만 기억해둬. 여기선 죽은 사람은 오락이야."

"오, 오락이라고요?"

준은 순간 마리코의 말이 이해되지 않아 되묻고 말았다.

"그래, 오락. 엔터테인먼트."

마리코는 태연히 고개를 끄덕였다.

"옛날부터 그래. 인간한테 타인의 생사는 최고의 오락이라고. 권력

자들을 봐. 민중도 그렇고. 사형이나 죽음은 늘 모든 사람의 오락이었잖아. 그 정도로 가까이에, 일상과 맞닿은 곳에 있었단 말이야. 지금도 상황은 별반 달라지지 않았어. 다들 누군가의 생사에 강한 흥미를 갖고 있지. 너만 안 그렇다는 말은 할 생각도 마. 우리는 죽은 사람을 즐겨. 죽은 사람을 사랑해. 늘 죽은 사람이랑 함께 살고 있고, 실제로 생활하고 있는 거야. 결코 야만적이거나 무서운 일이 아냐. 오히려 개방적이고 건전한 일이라고 생각하는데, 어때?"

마리코는 심술궂게, 그것도 재미있어하는 듯한 표정으로 말했다.

준은 혼란에 빠져 생각에 잠겼다.

처음 엔터테인먼트라고 했을 때는 위화감이 들었지만, 마리코의 말에는 설득력이 있다고 생각했다. 아닌 게 아니라 죽음을 숨기고 봉인하고 극도로 두려워하는 현대사회보다는, 죽은 이를 쓸데없이 받들어 모시지 않고 당연한 일처럼 이야기하는 사회 쪽이…… 아니, 하지만 그렇다고 엔터테인먼트라고 잘라 말할 배짱은 자신에게는 없으려니와……

"아이 참, 저거 봐, 한참 생각하잖아. 그렇게 한꺼번에 좍 말해버리면 이해할 수 있는 사람 별로 없단 말이야."

"어머, 하나가 웬일이야, 그렇게 감싸고. 이런 순정 타입은 처음이 중요하단 말이야. 여기서 확실하게 기성관념을 깨뜨려놓지 않으면 힐에 가서 고생해."

"일에는 순서라는 게 있다고."

"느닷없이 '손님'을 만나 졸도하는 것보다는 낫잖아. 조지 사촌이 어떻게 됐는지 생각 안 나? 조지가 처음 힐에 갔을 때, 아무도 제대로 설명을 안 해준 바람에 하루코 할머니가 케이크 들고 나타나자마자 픽 쓰러져버렸잖아. 그 뒤로 한 달 동안 방 안에만 틀어박혀 있는 걸 끌어 내느라 얼마나 고생했는지."

준은 서서히 앞길이 불안해졌다.

과연 어나더 힐 생활을 한 달씩이나 견딜 수 있을까?

그것은 실제로 어떤 식으로 일어날까? 자신은 그때 도망치지 않을 수 있을까?

시간이 녹아간다.

준은 시계를 보았다. 저녁 여덟시를 막 지난 참이다. 그러나 창밖은 여전히 부옇게 밝고, 검은 숲은 끝없이 이어지고 있다. 꿈속이라기보다 영화 스크린 속에 들어와버린 기분이다. 이렇게 흔들리는 보트에서 잡담을 하며 영원히 어스름 속을 나아가는 것이 아닐까. 흑맥주의 취기도 거들어, 준은 그런 착각마저 들기 시작했다.

여자 형제가 있다면 늘 이런 느낌일까.

준은 어렸을 때 몇 번 만났을 뿐, 정식으로 시간을 함께 보내는 것은 실제로 처음인 세 사람의 친척을 관찰했다.

린데는 작은 영화관을 경영한다. 남편은 공무원이라고 들었다. 그러고 보면 어쩐지 '여지배인' 이미지다. 개성이 강한, 그녀의 마음에 든 영화만 골라 상영하는 모양이다. 마리코는 독신, 여고 교사. 균형이 잡혀 있고, 빈틈이 없고, 주장이 강한 점이 아닌 게 아니라 교사답다. 교실에서 그녀가 출석을 부르며 학생들을 위압하는 모습이 눈에 선했다. 하나는 총명하고 재기 넘치는 대학생. 동년배 남자들은 틀림없이 그녀에게 상대가 안 될 것이다.

언뜻 보면 각기 다른 것 같지만, 그들에게서는 어딘지 모르게 공통점이 느껴졌다. 남자 뺨치는 지성과 호기심이 엿보이는 점, 그리고 상식적인 사람처럼 보이지만 실은 마음속에 특이한 격정을 숨기고 있을 것 같은 점이 그렇다.

먼 친척인 린데와 마리코. 하나의 이야기는 때로는 고조되고 때로는 정체되면서도 느릿느릿 계속되고 있었다. 거기에 교수의 예리한 지적과 해설이 더해지면서 대화에 리듬이 생긴다. 그들의 화제는 다채로웠다. 거리낌 없는 수다는 외설적이면서도 신랄하고 기지가 넘쳐, 이따금 얼굴이 붉어지기는 해도 듣고 있기 지루하지 않았다. 그것은 바꿔 말하면 준이 이 나라에 대해 느끼는 인상이기도 했다. 이 나라에는 바닥을 알 수 없는, 앙금 같은 전통과 인습이 공기 중에 스며들어 있다. 해묵은 목조 건축과 석조 건축이 땅에서 자라난 듯 풍경의 일부가 되어 기묘한 조화를 보이는 수도를 걸을 때도 축적된 역사의 무게가 몸에 달라붙는 것 같다. 그러나 그곳에 사는 사람들은 언뜻 보기에 예의 바르고 딱딱한 것 같은데, 막상 접해보면 그로테스크하다는 생각마저 들 정도로 묘한 명랑함이 있다. 그 자학적이고 아이러니한 유머는 일본과 영국의 저변에 흐르는 섬나라 전통을 이어받은 걸까. 언젠가 이 세 나라가 가지는 비평성批評性의 공통점 및 차이점을 논해보는 것도 재미있을지 모른다.

"자, 이제 그만 이번 히간 최대의 토픽에 관해 이야기하지 않겠나?"

교수가 불그스레한 얼굴로 두 손을 맞비비며 사람들의 얼굴을 빙 둘러보았으므로 준은 퍼뜩 정신이 들었다.

"암요, 그래야죠. 교수님도 참, 준 앞이라고 노골적인 이야기는 안 하는 줄 알았잖아요."

마리코가 즉시 손가락을 딱 울렸다.

"아니, 적당한 기회를 기다리고 있었네. 준도 슬슬 익숙해진 것 같고 말이지."

교수는 준에게 공범자 같은 윙크를 던졌다. 역사학계에서는 상당한 위치에 있다고 들었는데, 장난기가 패나 많은 것 같다.

"슬슬 스카치위스키로 바꿔도 되겠지."

교수는 오히려 스카치위스키를 내놓을 타이밍을 기다린 것이 아닐까 싶을 정도로 기뻐하며, 벽장에서 술병을 꺼냈다.

"준은 아까 그 연감의 권말 특집을 봐."

하나가 테이블에 놓여 있던 연감을 가리키며 말했다.

준은 연감을 들고 끝부분을 펴보았다.

2도 인쇄된 페이지에 제목이 요란하게 찍혀 있다.

긴급 대특집! 올여름 수도를 뒤흔든 블러디 잭의 정체를 추리한다!

90년 시공을 뛰어넘은 살인마 잭의 부활인가? 희대의 살인마, 그 가공할 공통점을 의욕적인 미스터리 작가가 고찰!

준은 기겁해서 자세히 들여다보았다.

아무래도 이것이 마리코와 하나가 이야기하던 사건 같다. 상당히 떠들썩한 사건인 모양인데, 준은 생방송 뉴스 쇼 같은 프로그램을 전혀 보지 않기 때문에 이런 화제에는 대단히 취약하다. 그건 그렇고, 그 선정적인 제목에 읽는 사람이 다 창피해진다.

"이게 그……"

"그래, 올해 최대의 토픽이야."

어쩐지 다들 눈을 빛내고 있다. 마치 소풍 갈 계획이라도 짜는 사람들 같다.

"그도 그럴 게 피해자가 다섯 명이니까. 살인마 잭이 죽인 사람 수랑 같아. 목을 예리한 칼 같은 걸로 찔린 것도 마찬가지고. 다만 살인마 잭이랑 다른 점은, 피해자의 사인이 모두 교살이라는 거야. 죽은 직후 에 몸이 채 식기도 전에 목을 찔러 피해자가 피를 뒤집어쓰게 하거든. 그래서 '피투성이 잭'이라 불리는 거고."

준은 기억 밑바닥에서 정보를 끌어모았다.

살인마 잭은 19세기 말 런던을 공포에 떨게 한 연쇄살인마로, 세계 에서 가장 유명한 범죄자인데도 그 정체는 여전히 밝혀지지 않았다. 1888년 8월 무렵부터 11월까지 매춘부 다섯 명을 잔인한 수법으로 살 해. 그러나 그 뒤로는 유사 범죄를 일으키지 않고 역사의 무대에서 홀 연히 사라져버렸다. '살인마 잭'이라는 이름이 붙은 것은 신문사에 보 낸 범행 성명에 그렇게 서명되어 있었기 때문이다. 전 세계에서 '살인 마 잭'의 정체를 추리하는 책이 쏟아져나왔으나, 사건을 더욱 전설로 만들었을 뿐 진상은 여전히 어둠에 묻혀 있었다.

준은 권말 화보를 펴보았다.

커다란 사진들에 심장이 또다시 쭈그러들었다.

피해자들의 사진이었다. 모두 만면에 미소를 띠고 있다. 이쪽을 보 고 나란히 웃고 있어 마음이 불편했다.

'살인마 잭'의 피해자는 굳이 가리자면 중년 여성뿐이었으나, 이쪽 피해자는 모두 중년이 지난 남녀였다. 가장 젊은 사람이 54세. 가장 나 이 많은 사람은 67세.

준은 고개를 들고 물었다.

"'피투성이'는 알겠는데 '잭'은 어디서 나온 겁니까? 이번에도 범

50

행 성명이 있었나요?"

하나는 귀여운 타탄체크 무늬 앨범을 들춰보고 있다. '피투성이 잭' 기사를 스크랩한 모양이다. 젊은 아가씨의 앨범이 엽기사건 관련 기사 모아놓은 것이라니 한탄스러운 일이다.

"아니, 편지는 없어. 다만 현장에 알파벳 J가 피로 씌어 있었대. 경찰에선 모방범이 나타날까봐 자세한 정보는 공표 안 했거든. 하지만 그 다섯 명한테는 J 사인이 똑같은 방식으로 남아 있었다나봐. 그렇기 때문에, 경찰도 이 다섯 명에 관해서는 동일범의 소행이라고 인정하는 거야."

"내가 마음에 안 드는 건 J 사인만으로는 남자인지 아닌지 알 수 없다는 점이라네. 재키일 수도 있고 제인일 수도 있는 일 아닌가."

교수는 교수대로 두꺼운 가죽 장정 스크랩북을 넘기고 있다. 이 나라 사람들은 죄다 범죄 마니아인 걸까.

"어머, 그렇게 말하면 지로일 수도 있고 조일 수도 있죠. 교살은 힘이 상당히 필요하다고요. 피해자 중에는 고령자라곤 해도 체격이 큰 남자도 있는걸요. 역시 범인은 남자라고 생각하는데요. 이런 극장형 범죄, 타인의 시선을 의식한 연쇄살인은 보통 자기표현을 못 해서 스트레스가 쌓인 남자의 소행이에요."

마리코가 슬쩍 끼어들었다. 교수가 씩 웃었다.

"범죄에 관해서 나는 남녀평등주의자란 말이지."

"그야 살인을 즐기는 사람은 남녀 안 가리고 존재한다고 생각하지만, 전 여자는 연쇄살인이라도 주위에서 모르게 할 것 같거든요. 남자는 '자, 주목해라, 난 격정에 사로잡혀 사람을 죽이는 평범하고 하찮은 녀석들이랑은 다르다'고 자기과시욕을 전면에 내세우지만, 여자는 어디까지나 자기만족을 위해 살인을 계속할 것 같아요."

"흑부인처럼? 그 사람 경우엔 자기과시욕도 다소 섞여 있을 것 같지만."

하나가 수업 시간에 발표라도 하듯 의견을 진술하자, 마리코가 야유했다.

"난 그 사람, 보기랑은 달리 상당히 남성적이라고 생각해. 권력 지향이라 할지, 상승 지향성이 강한 사람이야. 그래서 여자치고는 자기과시욕이 강한 거야."

하나는 마리코가 빈정거린 것을 아는지 모르는지 정면으로 맞받아쳤다. 하나와 마리코는 사촌지간이었던가? 아니면 이복자매? 린데가 두 사람의 고모이고 혈연관계인 것은 확실하지만, 그 주변 사정을 준은 잘 알 수 없었다. 마리코의 말처럼 이토 일족의 혼인 및 혈연관계는 꽤복잡하기 때문이다. 가계 박물관에라도 가보지 않는 한, 자세히 아는 사람은 아무도 없지 않을까. 일본으로 돌아가기 전에 가계 박물관에 한번 들러보자고 준은 결심했다.

"내가 마음에 걸리는 건 미싱 링크야."

린데가 담담히 입을 열었다.

"피해자의 공통점을 찾아내야 해. 다섯 사람은 같은 구에 살고 있었지만 서로 모르는 사이였다잖아. 범인이 그 다섯 사람을 고른 무슨 이유가 있을 거야. 지나가는 사람을 무차별적으로 찔렀다면 또 몰라도, 그 사람들은 모두 집 안에서 살해당했다고. 도둑맞은 물건은 없다지만, 뒤진 흔적이 없으면 없어진 물건이 있는지 없는지 어떻게 알겠어? 일부러 위험을 무릅쓰고 타인의 집에 침입한 이상, 그 다섯 사람을 고른 명확한 목적이 분명히 있을 거라고 생각하는데."

린데의 당당한 어조는 그녀도 범죄 마니아의 일원임을 충분히 알려주고도 남았다.

"애초에 '살인마 잭'도 매춘부를 노린 무차별 살인이라고들 하지만, 출발점 자체가 잘못됐다는 느낌이 들거든. 잭은 매춘부를 증오했다, 여자를 증오했다는 게 정설처럼 돼 있지만, 그건 매춘부라는 선입견에 현혹돼 있을 뿐이야. 다섯 여자의 공통점을 좀더 철저하게 찾았어야 했어. 난 그 여자들이 거리에서 영업하는 사람이었다는 사실에 좀더 주목해야 한다고 생각해. 그 여자들은 뭔가를 본 게 아닐까. 보면 안 되는 걸 봤을 가능성이 있기 때문에 다들 제거당한 거야. 엽기적인 연쇄살인범이라면 사건이 왜 삼 개월 만에 종식됐느냐, 이 말이야. 세상이 떠들썩해지고 온 런던이 자기 이야기를 하다니, 범인한테는 더할 나위 없이 만족스러운 상황이잖아? 범행이 더욱 과격해져도 이상할 게 없는데 딱 그만둬버리다니 이해가 안 돼. 여자들을 잔인하게 죽인 건 이상성격자인 척하기 위한 위장이야. 처음부터 이 다섯 명을 죽이는 게 목적이었기 때문에, 목적이 달성됐을 때 잭은 살인을 중지한 거야. 예정대로."

교수가 감탄한 듯 턱을 어루만졌다.

"으음, 제법 경청할 가치가 있는 의견입니다그려. 그럼 이번 다섯 명도 처음부터 이 다섯 명이 목적이었다는 건가?"

"그렇잖아요. 그 증거로 이번에도 이 다섯 명이 죽고 나서 두 달이 지나도록 아무 일도 없잖아요. 살해 방법도 마음에 걸려요. 교살하고 나서 피투성이로 만들다니, 화제를 모으려는 속셈이 뻔하다고요. 세간의 눈을 속이기 위해서예요. 교살도, 단숨에 목을 졸라서 기절시키면 참 간단할뿐더러 피해자의 고통도 적죠. 오히려 사무적이고 전문가적인 느낌이라는 생각 안 들어요?"

마리코와 하나도 납득한 듯 고개를 끄덕이고 있다. 준도 저도 모르게 린데의 이야기에 빨려들었다.

"흠흠. 구십 년 전 사건이나 이번 사건이나 아직 한참은 더 화제를 제공해줄 것 같군. 각각의 미싱 링크는 숙제로 남겨두고 앞으로 기회를 봐서 논해봅시다."

교수가 흐뭇한 얼굴로 제안했다.

"그러고 보니 나 이상한 소문을 들었어."

마리코가 불현듯 말했다.

"올해 히간에 경찰이 개입할지도 모른다던데."

"말도 안 돼. 전대미문이야, 그곳에 경찰이 들어오다니."

린데가 분개한 듯 중얼거렸다.

"하지만 나도 들었는걸."

하나가 고개를 쳐들었다.

"역시 이번 사건이 국회에서도 문제가 돼서, 경시청이 상당한 압력을 받고 있는 모양이야. 적어도 경찰이 올해 히간에 강한 관심을 갖고 있는 건 틀림없어. 다섯 피해자의 이야기를 들으면 범인이 잡힐지도 모른다고 생각하는 게 인지상정 아니겠어?"

"올해는 상당히 많은 사람들이 블랙 다이어리를 제출하게 되겠네. 준은 참 운도 좋지. 어쩌면 화제의 다섯 피해자를 만날 수 있을지도 몰라."

마리코가 들뜬 표정으로 준을 보았다.

"그러게, 잘됐네. 좋은 리포트를 쓸 수 있겠는데."

하나도 웃는 얼굴로 준을 본다.

"운이 좋다고요?"

준은 쓴웃음을 지었다. 이 기묘한 상황에 조금씩 익숙해진 것은 사실이지만, 아직 이벤트라고 잘라 생각할 수는 없었다.

"히간중에 장보기 같은 건 어떻게 합니까?"

준은 질문했다. 한 달 동안 어떤 식으로 생활하는지 전부터 궁금했었다.

"사흘에 한 번 정부 보트가 히간중에 필요한 생활 물자를 실어다줘. 공영 잡화점이랑 진료소가 문을 열고, 펍도 몇 군데 영업해."

하나가 대답했다.

"사고나 화재가 발생하면?"

"처음에 자경단이 결성되니까 힐 내부의 일은 스스로 처리하게 돼 있어. 부득이한 경우에는 외부에 원조를 요청하지만, 그런 일은 한 번도 없었다고 들었어."

"히간중에 힐에 드나들 수는 있고?"

"정부 보트가 올 때만 수문이 열려. 요새는 잠깐만 체류하는 사람도 많은가봐."

"우편물은? 전화는?"

"간이 우체국도 있고, 외부에서 온 우편물도 배달해줘. 단 배편 때문에 배달은 역시 사흘에 한 번뿐이지만. 타이밍이 안 맞으면 엿새야. 전화는 공중전화밖에 없어. 힐 안에서는 서로 전화를 걸 수 있지만."

"그럼 간단히 드나들 수는 없겠군요."

"원칙적으로는 외부와의 접촉이 금지된다네. 뭐, 소위 육지의 고도 孤島인 셈이야. 넓은 의미에서의 밀실이라 해도 되고."

교수가 어딘지 모르게 자랑스럽게 말했다.

"그런데 교수님, 이제 곧 열시예요."

하나가 헛기침했다. 교수는 회중시계를 꺼내더니 과장되게 놀란 척했다.

"오오, 벌써 시간이 이렇게 됐나. 바깥은 어떤가?"

"어나더 에어리어에는 들어선 것 같은데요."

"탑은 보였고?"

"마침 저기 보이네요."

다들 일어나 창밖을 내다보았다. 준도 따라 일어났다.

여전히 모호한 시간이 이어지고 있었다. 영원히 계속되는 황혼.

문득, 똑같은 높이로 계속되는 숲속에 불쑥 튀어나온 검은 막대기 같은 것이 보였다.

"오, 일 년 만에 보는 어나더 타워다."

곧게 솟은 석탑이었다. 벽돌을 사각으로 쌓아올렸을 뿐인 기다란 탑인데, 맨 꼭대기에 종루가 보인다. 지은 지 백 년은 더 됐을 것 같다.

보트가 천천히 나아가면서 탑이 조금씩 커졌다. 주위에 높은 건물이 없다보니 연필 같은 탑은 눈에 잘 띄었다.

준은 갑자기 배 안에 긴장감이 감도는 것을 깨달았다.

다들 아까까지 주고받던 대화 따위는 처음부터 없었던 양, 진지한 표정으로 탑을 지켜보고 있다.

뭐지, 이 긴장감은?

다들 홀린 사람처럼 탑에서 눈을 떼지 못한다.

마치 무슨 일이 일어나기를 기다리는 것 같다.

탑이 점점 더 가까이 다가왔다. 굽이치는 강가에 서 있기 때문에 밑에서 올려다보는 형태가 된다.

뭐지? 대체 뭘 기다리는 거지?

준은 꼼지락거렸다. 다른 사람들의 긴장이 그에게도 전염되었다.

하나가 옆에서 침을 꿀꺽 삼키는 것을 알 수 있었다. 그녀는 눈도 깜박거리지 않았다.

그때였다.

준은 온몸이 오싹했다.

어?

혼란에 빠져 주위를 둘러본다.

다들 꼼짝도 하지 않는다. 그러나 각자 상기된 얼굴로 흥분을 감추지 못하는 모습이다.

처음에는 기분 탓인가 했으나, 역시 살갗이 오싹오싹한 감촉은 사라지지 않았다.

게다가 어쩐지 머리카락이 찌릿찌릿한다. 공기 중에 눈에 보이지 않는 뭔가가 감도는 것 같다.

전기?

준은 깨달았다.

"저기 봐!"

하나가 소리쳤다.

"오오."

"됐다!"

"올해도 다들 와줄 모양이네."

준은 눈을 휘둥그렇게 뜨고 입을 딱 벌렸다.

머리 위가 환했다.

뭔가가 탑 위에서 깜박거리고 있다.

싸늘한 빛. 흐릿하고 둥근 창백한 빛이 반딧불이 무리처럼 탑 꼭대기에 둥실둥실 떠 있다. 중심은 하얗게 빛나 아무것도 보이지 않는다. 빛이 차례차례 나타나 공중에서 춤춘다. 마치 탑 주위를 맴돌듯, 공중에 원을 그리며 날아다니고 있다.

"저거. 저 빛."

준은 입을 뻐끔거렸다. 도깨비불?

"다행이네. '손님'들은 우리를 환영하고 있어."

마리코가 가슴을 쓸어내리는 시늉을 했다. 다른 세 사람도 안도한 얼굴로 서로 어깨를 두들기며 기뻐하고 있었다.

"뭐지? 움직이는데. 거대한 반딧불이? 아니면 리모컨으로 조종하는 건가?"

준 혼자 혼란에 빠져 빛을 가리키며 손을 휘젓고 있었다.

하나가 그 모습을 이상하다는 듯 쳐다보았다.

"'손님'이라니까. 우리가 히간에 온 걸 기뻐해주는 거야."

"저건 대체 어떤 현상이지? 공중에 정전기가 발생한 게 느껴졌어. 무슨 방전현상이 틀림없어. 연구는 되고 있나?"

"준, 너무 깊이 생각할 것 없어. 저건 '손님'이야."

"말도 안 돼. 도깨비불? 영혼? 저런 거 처음 보는데."

"준도 참, 그렇게 멋대가리 없는 말 좀 쓰지 마. 그러다 '손님' 기분이 틀어지면 어쩔래? 그 사람들도 의외로 너그러운 것 같으면서 섬세하단 말이야. 기껏 저쪽에서 받아들여줬는데, 로마에 가면 로마법을 따라야지."

마리코가 팔짱을 끼고 어처구니없다는 듯 준을 보며 말했다.

"아니, 어떻게. 하지만, 하지만 저건 아무리 봐도."

58

준은 퍼뜩 정신이 들었다. 다른 사람들이 모두 자신을 측은한 얼굴로 보는 것을 깨달았기 때문이다.

사회가 다수파에 의해 형성된다는 것을 그는 실감했다. 선악과 도덕을 결정하는 것은 신이 아니라 다수파 대중이다. 그는 자신의 상식이 통용되지 않는 세계에 있다는 사실을 다시금 인식했다.

준은 힘없이 손을 내리고, 다시 한번 겁에 질린 눈으로 창밖을 올려다보았다.

탑은 조금씩 멀어져갔다.

그러나 그 창백한 빛은 얼마 동안 탑 주위를 천진하게 날아다니고 있었다.

준이 어쩐지 비참한 기분으로 소파에 앉아 있는데, 배가 덜컹 흔들렸다.

아까부터 낮게 들려오던 엔진 소리가 뚝 끊어졌다.

배가 멈춰 선 것이다.

"지미, 이쪽으로 오지. '밤의 테이블' 시간이네."

교수가 조타실에 있던 지미를 불렀다.

'밤의 테이블'?

준은 설명해달라는 듯 여자들을 보았다.

"우선은 그냥 해봐. 설명은 그 뒤에 해줄게. 안 그러면 분명히 안 믿을 거야."

하나가 달래듯 말했다. 다른 두 사람도 말없이 고개를 끄덕였다.

준은 자신이 당황하는 것을 깨닫고 동요했다.

여기서는 상상을 초월하는 일이 너무 많이 일어난다.

무섭다. 앞으로 일어날 일이 무섭다. 견뎌낼 자신이 없다.

지미가 머뭇머뭇 선실로 들어왔다.

"자네는 올해 누구 가까운 사람 중에 죽은 사람이 있나?"

교수가 소파의 빈자리를 권하며 물었다.

"네."

지미는 고개를 까딱했다.

동작이 침착하고 차림새는 학생답게 수수하지만, 이목구비가 매우 단정한 청년이었다. 안경 렌즈 너머로 보이는 눈에 성실함과 잘 자란 품성이 드러나 있었다.

여자들도 그 사실을 알아차린 듯, 별안간 안절부절못하며 머리를 어루만지고 자세를 바로잡는 것이 우스웠다.

"누구지?"

교수는 술잔에 위스키를 따라 청년에게 권했다. 청년은 가볍게 고개를 숙이고 술잔을 받아들었다.

"형입니다. 봄에 사고로 죽었습니다. 술에 취해 다리에서 떨어졌죠. 너무나도 갑작스러운 일이라, 부모님이나 저나 아직 형이 죽었다는 게 믿기지 않아요. 형은 누구보다도 생명력이 강했는걸요. 세상 사람이 다 죽어도 형만은 살아남을 거라고 누구나 믿던, 그런 사람이었는데요."

"저런, 그거 안됐군. 형님은 술이 약했나?"

"아뇨, 굉장히 셌습니다. 밤에 여느 때처럼 친구들하고 떠들썩하게 놀던 중에 장난으로 다리 난간 위를 걷다가 발을 헛디뎠어요. 봄이기는 했어도 그날은 날씨가 추웠기 때문에, 저녁에 내린 비가 밤사이에 얼어붙어 난간이 미끄러웠던 걸 몰랐겠죠. 추락해서 즉사하고 말았습니다. 형의 존재감이 워낙 강렬했기 때문에, 전 아직도 형의 죽음이 믿기지 않아요."

"저런, 부모님도 충격이 아주 크셨겠네요."

마리코가 정중한 말씨로 말했다. 자기를 대할 때와 너무나도 큰 차이에 준은 내심 충격을 받았다.

"네. 놀랐다는 게 아마 맞을 겁니다. 벌써 반년도 더 지났는데 아직 슬퍼하는 단계까지도 못 갔습니다. 이번에 부모님도 여기 몹시 오고 싶어하셨는데, 영국에 계시는 조부모님 용태가 안 좋으셔서 같이 올 수 없었어요. 그래서 저 혼자 온 겁니다."

"그렇군. 형님 이름은?"

"테리입니다."

준은 의식이 시작된 것을 깨달았다. 지금 대화도 그 의식의 일부인 모양이다.

교수는 몸을 돌려 진지한 얼굴로 준을 보았다.

"준."

"네?"

정색을 한 교수의 목소리에 준도 똑바로 앉았다.

"자네는 최근에 가까운 사람 중에 죽은 사람이 있나?"

"아뇨, 덕분에 최근 몇 년 동안은 없습니다."

"죽은 사람 중에 지금 만나고 싶은 사람은?"

"당장 생각나는 사람은 없는데요."

"그렇군. 안 될 건 없겠지."

교수는 엄숙하게 고개를 끄덕이고 이번에는 하나를 돌아보았다.

"하나는? 올해 누가 와줬으면 좋겠지?"

"켄트 아저씨요."

하나는 자세를 고쳐 앉으며 딱 잘라 대답했다.

마리코와 린데가 희미하게 움찔하는 것을 알 수 있었다.

"뭐야, 너 여태 그런 소리 하니? 저번 '밤의 테이블' 때도 그런 소리 하다가 멋들어지게 실패했잖아."

"그러게 말이야. 교수님, 저번에 저희 셋이서 '밤의 테이블'을 했었거든요. 그랬더니 이상한 일이 벌어졌지 뭐예요. 달걀이 밖에서 깨진 거예요. 저희 공기는 텅 비어 있고요. 이거 어떻게 해석해야 하죠?"

의식이 중단된 것을 알 수 있었다. 갑자기 스스럼없는 분위기로 돌아갔다.

"밖에서 깨졌다고? 달걀이?"

"그래요. 이상하죠?"

"그런 이야기는 처음 듣는군. 그보다, 하나는 왜 켄트가 와줬으면 하는 거지?"

교수는 눈살을 찌푸리고 하나를 보았다.

"전…… 전 켄트 아저씨가 이미 죽었다고 생각해요. 그것도 아마 실종된 직후에. 그렇기 때문에 그 이유를 물어보고 싶어요."

"너 무슨 근거로 그런 말을 하니?"

마리코가 분개한 듯 말했다.

"몰라. 내 직감이야."

"직감? 네 직감? 난 그런 직감 안 느껴지던데. 그런 직감, 아무도……"

"그래, 좋아. 하나는 켄트. 마리코는?"

교수가 끼어들었다. 마리코는 불만스러운 얼굴이었으나 그 이상 뭐라 하지는 않고 잠깐 호흡을 가다듬고 나서 입을 열었다.

"전 당연히 니자 할아버지예요. 재작년에 돌아가시고 나서 다들 만나고 싶어하는데 아직 한 번도 안 와줬어요. 그 이유도 듣고 싶고요."

"합당한 선택이군. 나도 그게 이상했네. 그 친구 같으면 즉시 올 것 같았는데 말이야. 좋아, 린데는?"

"저도 아버지예요. 니자에몬 아버지. 왜 아버지는 안 오는 거죠? 다들 기대하는 걸 알면서."

린데는 퉁명스럽게 대답했다.

니자에몬이라는 이름은 준도 들은 적이 있었다. 맨손으로 사업을 일으킨 장로격의 거물이라 한다. 지지난해에 죽었을 때는 일본 신문에서도 크게 다뤄졌던 기억이 있다. 그때는 친척이라는 자각도 별로 없었으나.

"그래서, 교수님은요?"

린데가 되물었다. 교수는 턱을 쓰다듬었다.

"나도 올해는 딱히 이렇다 할 사람이 없군. 만날 사람은 다 만났고. 집사람은 마사코를 만나고 싶다고 하네만."

"어머, 마사코라면 저도 만나고 싶은데요."

"마사코?"

준은 하나에게 넌지시 물었다.

"교수님 누님. 오 년 전에 병으로 돌아가셨어."

"그래?"

"좋아, 그럼 난 마사코로 하지."

"오케이."

마리코가 찬장에서 공기를 꺼냈다. 많이 낡기는 했어도 근사한, 주칠을 한 공기다.

공기? 어디에 쓰는 거지? 다같이 차라도 마시나?

린데가 부엌에서 달걀이 든 바구니를 가져왔다.

마리코가 공기를 나눠주었다. 모두 자기 앞에 공기를 엎어놓는다.

"달걀을 공기에 넣어."

하나가 준에게 달걀을 건네주었다.

"달걀을?"

준은 시키는 대로 엎어놓은 공기에 달걀을 넣었다. 테이블에 달걀이 데구루루 구르는 느낌에 어쩐지 옛날 생각이 난다.

달걀은 생명의 시작. 하나가 한 말이 머릿속에 떠올랐다.

이 달걀이 대체 어떻게 된다는 말일까.

린데가 선실 창문을 활짝 열어젖혔다. 서늘한 공기가 흘러든다.

"자, 모두 눈감아. 와줬으면 하는 사람을 생각해."

"……본에 나란히 서신 폐하께."

"본에 나란히 서신 폐하께."

누가 먼저랄 것 없이 읊는 말을 준도 무의식중에 입 속으로 중얼거렸다.

영광 있으라.

쥐죽은 듯 조용해진 선실.

준은 어쩐지 진정이 되지 않았다. 머릿속으로 무슨 생각을 해야 좋을지 모르겠다. 몰래 눈을 뜨고 다른 사람들이 어떻게 하고 있는지 보고 싶었으나, 이 긴장된 분위기에서 차마 엄두가 나지 않았다.

이번에는 무슨 일이 벌어질까?

준은 꼼지락거렸다. 몸 둘 바를 모르겠다. 다른 사람들은 게임의 규칙을 숙지하고 있는데, 게임에 처음 참가하는 그는 아직 규칙을 잘 모른다.

얼마 동안 침묵이 이어졌다. 알코올 기운도 거들어 준은 슬슬 잠이 왔다.

큰일났다. 이러다 정말 잠들 것 같다. 힘내라, 여기서 잠들 순 없어.

준은 필사적으로 수마와 싸웠다.

그때, 몸이 별안간 흔들했다.

어이쿠, 이러다 정말 자겠다.

그렇게 생각한 순간, 덜컹 소리가 나고 밖에서 물결이 철썩한 것을 알 수 있었다. 배가 흔들린 모양이다. 어째서?

준은 저도 모르게 눈을 떴으나, 꼼짝도 하지 않고 눈을 감고 집중하는 마리코와 하나의 얼굴이 보일 뿐이었다. 허둥지둥 눈을 도로 질끈 감았다.

배는 아직 조금 출렁거리고 있었으나 곧 가라앉았다.

방금 그게 뭐지? 물고기와 충돌이라도 했나?

갑자기 조금 전 탑 앞에서 느꼈던 것처럼 공기가 변화했다.

전기가 흐른다. 조금 전보다도 훨씬 강하게.

준은 눈을 뜨고 싶어 견딜 수 없었다.

그러나 호기심으로 터져버릴 것 같은 마음과는 반대로, 눈꺼풀은 왜 그런지 위아래가 들러붙기라도 한 것처럼 말을 듣지 않았다.

보고 싶다! 보고 싶지 않다. 아니, 역시 보고 싶다.

살갗에 닿는 공기는 점점 더 찌릿찌릿해져 꼭 감전될 것만 같았다.

그러던 중에 달그락달그락 소리가 들리기 시작했다. 뭔가 부딪치는 소리.

무슨 소리지? 그렇군, 공기가 흔들리는 소리다. 공기가 테이블 위에서 움직이는 것이 틀림없다. 아니, 움직이는 것은 공기 속의 달걀인가?

아니, 잠깐, 나도 참, 무슨 그런 비과학적인 생각을. 공기든 달걀이든 저 혼자 움직일 리가 없지 않나. 하지만 아까 탑에서 본 창백한 빛은? 그때도 다들 전혀 이상해하는 얼굴이 아니었다. 너 바보냐. 그런 것쯤 얼마든지 트릭을 생각해낼 수 있다. 뭔가에 발광 물질을 바르고 실에 매달아 종루 창문에서 흔들면 그렇게 보일 것이다. 다들 네가 신참자라고 자기들끼리 짜고 초자연 현상인 척 꾸미는 것뿐이다. 정신 차려, 속으면 안 돼. 장차 연구자가 되겠다는 사람이.

그러나 공기가 달그락거리는 소리는 점점 커져만 갔다. 어쩌면 공기가 아닐지 모르지만, 누군가가 테이블 위에서 춤을 추는 것만은 틀림없다.

그때, 준은 무슨 좋은 냄새가 나는 것을 깨달았다.

뭐지? 이것도 환각인가? 뭔가를 굽는 냄새. 그래, 달걀이다. 마치 프라이팬에 달걀을 부치는 것 같은 냄새……

아무리. 역시 나는 속고 있는 것이다. 지금 눈을 뜨면 교수가 테이블 위에서 춤을 추고, 린데가 달걀을 부치고 있을 것이 틀림없다. 그리고 내가 눈을 뜬 순간, 마리코와 하나가 배꼽을 쥐고 웃는 것이다. 맙소사, 준도 참. 정말로 믿었어? 아아, 웃겨 죽겠다. 저 진지한 얼굴 좀 봐. 공기랑 달걀이 진짜로 춤출 거라고 생각하다니!

다음 순간, 가까운 곳에서 딱 하고 맑은 소리가 났다. 이어서 불분명한 소리가 겹친다.

"저런!"

하나가 부르짖는 소리를 듣고 준은 눈을 떴다. 어둠침침해야 할 방 안이 유난히 환하게 느껴졌다.

"이게 어떻게 된 일이야."

모든 사람의 시선이 테이블에 쏠려 있었다.

공기가 깨졌다.

테이블 위에 자잘한 파편이 흩어져 있었다.

"왜?"

마리코가 나지막이 중얼거렸다.

"달걀은 어디 갔지?"

준은 순간 상황이 파악되지 않았다. 테이블 위를 둘러보니, 린데와 마리코, 하나, 준 앞에 놓인 공기가 정확히 반으로 쪼개져 있다. 공기를 쪼개다니 생각해본 적도 없다. 생각해본들 엄청난 힘이 필요할 것이다. 그러나 공기의 위치는 달라지지 않았다. 조금 전 본 그 자리에 둘로 쪼개져 있다. 자리에서 일어서지 않고 공기를 쪼개는 일은 무리다. 그렇다면 다들 자기 앞에 놓인 공기를 쪼갰다는 뜻이 되는데, 준의 공기는 누가 쪼갰단 말인가?

게다가 공기가 쪼개진 틈으로 테이블이 보인다. 공기에 들어 있어야 할 달걀은 그림자도 없다. 어디로 간 걸까?

모두들 말없이 테이블 위를 둘러보고 서로 표정을 훔쳐보는 것을 알 수 있었다. 그들의 얼굴에 떠오른 것은 명백히 의혹의 빛이었다. 지금 자신도 똑같은 표정을 하고 있으리라고 준은 생각했다.

"달걀은?"

린데가 혼잣말처럼 중얼거렸다.

"이 냄새 뭐지?"

마리코가 코를 킁킁거렸다. 역시 환각이 아니었다고 준은 내심 안도했다.

모든 사람의 시선이 교수와 지미 앞에 놓인 공기에 집중되었다. 이 두 개는 아무 변화가 없다.

교수가 공기를 홱 들어올렸다.

날달걀이 주르르 흘러나왔다.

"어이쿠. 기분이 그런대로 괜찮은 모양이군."

교수는 눈을 둥그렇게 뜨고 입술 끝을 내렸다.

"그럼 지미 거네."

지미가 몸을 움찔하는 것을 알 수 있었다.

얼굴이 새파랗게 질려 있다.

"지미, 얼른 공기를 들어봐."

린데에게 재촉을 받고 비로소 지미는 머뭇머뭇 손을 뻗어 순간 망설이다가 공기를 들었다.

하얀 김이 흘러나왔다.

"와우, 달걀 프라이네."

준은 자기 눈이 믿기지 않았다.

지미는 얼어붙은 듯 눈앞의 달걀 프라이를 응시하고 있다.

하얗게 응고된 달걀 프라이에서 김이 모락모락 피어올랐다.

"어머, 세상에. 이런 거 처음 봐."

끄트머리는 눌어붙어 지글지글 소리가 나고, 막으로 뒤덮인 노른자가 희미하게 흔들리고 있다.

"왜? 어떻게 한 거지?"

준은 하나의 어깨를 잡고 흔들었다.

"나도 몰라. 이런 거, 지금까지 들어본 적도 없단 말이야."

"이거 어떻게 해석해야 되지? 스크램블드에그가 됐다는 이야기는 들어본 적 있는데."

마리코가 거칠게 머리를 쥐어뜯었다.

"으음. 나도 처음이군그래."

"우리 달걀은 어디 간 거죠?"

하나가 주위를 두리번거렸다.

"모르겠군."

"좀 가르쳐줘."

준이 그 이상 참지 못하고 물었다.

"이거 뭐야? 누가 달걀을 깨뜨렸지? 대체 무슨 방법을 쓴 거야?"

하나가 쓴웃음을 지었다.

"이거 봐, 여러 번 말했지만 트릭을 쓰는 게 아니라니까. 이건 점이야. 주술 같은 거. 커피 점이라고 알아? 컵 바닥에 남은 커피 얼룩 모양으로 오늘의 운세를 점치는 건데, 그거랑 비슷한 거야. 어떤 일을 할 때 우리는 '밤의 테이블'이라고 달걀로 점을 쳐."

"보통 때는 어떻게 되는데?"

"대개는 달걀이 깨지느냐 안 깨지느냐의 차이야. 금간 방법이랑 방향도 중요한 포인트고. 교수님처럼 말끔하게 깨지는 게 일단 가장 이상적인 거라고 해."

"그럼 이건? 지미의 달걀 프라이는?"

"그건 모른다니까. 김이 모락모락 피어오르는 달걀 프라이라니."

하나는 짜증스러운 어조로 말했다.

"신기한 일이군. 조사해봐야겠어. 전례가 있는지 세시기歲時記를 찾아보지."

교수는 흥미가 동한 것 같다.

"뭐, 할 수 없지. 지미, 그 달걀 어떻게 할래? 먹을래?"

린데가 한숨을 쉬고 깨진 공기 파편을 주워모으기 시작했다.

"아뇨, 관두겠습니다."

지미는 여전히 창백하게 질린 얼굴이다. 달걀 프라이가 어지간히 충격이었나보다.

"그래? 알았어."

린데는 뒤집개를 가져와서는 솜씨 좋게 테이블 위의 날달걀을 떠 교수의 공기에 담았다.

"점에 썼던 달걀은 먹는 거야. 헌잔獻殘구이*라고 해."

"헌잔구이라고요?"

준은 저도 모르게 큰 소리로 말했다.

"그거 들어본 적 있습니다. 신단에 바쳤던 밥을 구운 거죠?"

그렇군. 이쪽에서는 그렇게 바뀌었나. 생각지도 못한 형태로 문화가 계승되는 것에 신선한 놀라움을 느꼈다.

"호오, 일본에서는 그런가? 흠, 재미있군. 올해는 이것저것 화제가 많군. 기록해둬야겠어."

교수는 줄곧 재미있어하고 있다. 준은 눈앞에서 벌어진 일을 여태 받아들이지 못하고 있었다.

그것은 여자들도 마찬가지인 듯, 모두 어딘지 모르게 석연치 않다는 표정이다. 방금 있었던 일은 그들에게도 생각지 못한 일이었나보다.

---

*찬밥을 납작하게 뭉쳐 굽고 다진 생강을 섞은 달짝지근한 일본 된장을 묻혀 다시 한번 구운 것. 유래에 대한 설명은 여러 가지가 있다.

준은 어느 쪽에 공감해야 할지 모른 채 어중간한 표정을 하고 있었다.

"달걀이 하나밖에 없어서, 풀어서 국 끓였어."

린데가 작은 컵에 든 달걀 국을 모두에게 나눠주었다.

"달걀 국 오랜만이네."

"가끔 먹으면 맛있지."

이런 식으로 점에 썼던 달걀을 다함께 먹는 모양이다. 파슬리를 띄우는 것은 이쪽 식인가보다. 지친 위장에 걸쭉한 국물이 맛있게 느껴졌다.

지미가 컵을 내려놓고 입을 열었다.

"그럼 전 이만 다시 운전하러 가보겠습니다. 다른 분들은 쉬세요. 전밤새워도 괜찮으니까요."

"아니, 젊다고 그러면 안 되지. 조금 있다가 교대하러 가겠네."

교수가 손을 내저으며 단호하게 말하자, 그때까지 딱딱하게 굳어 있던 지미의 얼굴에 겨우 작은 미소가 떠올랐다. 그는 고개를 까닥 숙이고 조타실로 사라졌다.

부르르 하고 둔탁한 소리가 나고, 이윽고 배가 다시 움직이기 시작했다.

"교수님, 제가 가겠습니다. 운전도 별로 어려울 것 같지 않고요."

준이 그렇게 말하자 교수도 고개를 끄덕였다.

"미안하지만 그렇게 해주겠나? 운전이라 해봤자 오른쪽으로 돌거나 왼쪽으로 돌거나 하는 정도니까 바로 익힐 수 있어. 나는 좀 자겠네. 밤에 교대하러 갈 테니까 부탁하네."

"네."

린데가 담요와 무릎담요를 나눠주며 교대로 눈을 붙일 준비를 하고 있었다. 마리코와 하나는 아직 졸리지 않은 듯, 점 결과에 대해 수런수런 이야기하고 있다.

준은 화장실에 들렀다가 썰렁한 조타실로 갔다.

"교대하지. 어떻게 운전하는지 간단히 가르쳐주겠어?"

자기에게 말을 붙인 것을 얼마 동안 알아차리지 못했던 듯, 지미가 어색한 동작으로 돌아보았다.

"아, 아아. 그러죠. 금세 익히실 겁니다."

"괜찮아? 어디 불편한 건 아니고?"

준은 지미의 멍한 표정이 마음에 걸렸다. 밤눈에도 안색이 좋지 못한 것을 알 수 있었다.

준은 지미에게 커브를 도는 요령과 속도를 조절하는 법을 배웠다. 정말 단순해서, 익숙해지기만 하면 어린아이도 다룰 수 있을 것 같다.

얼마 동안 나란히 서서 배를 운전했다.

눈앞에 이어지는 강을 보고 있으려니 더더욱 시간을 잊게 된다.

흐르는 강물에는 묘하게 마음이 끌리는 구석이 있다. 그냥 떠 있을 뿐인데 아무리 봐도 질리지 않는다.

수면은 어슴푸레한 빛을 받아 모노크롬으로 빛나고 있다. 물결이 잔잔해 마치 거울 위를 미끄러지는 것 같다.

"보셨죠? 아까 그거."

갑자기 지미가 중얼거렸다.

"응?"

준은 지미의 옆얼굴을 보았다. 앞을 보고 있는 눈에 공포가 역력했다.

그 눈을 본 순간, 지미의 공포가 전염되는 것이 느껴졌다. 그는 뭘 보고 있는 걸까.

시선이 향한 곳을 봐도, 보이는 것은 어두운 숲뿐이다.

"달걀 말입니다."

"아아, 그거 정말 놀랐어."

준은 애써 가벼운 어조로 대답했다. 지미의 공포에 휩쓸리면 안 된다는 생각이 들었기 때문이다.

"무슨 트릭이 있는 게 아닐까 유심히 관찰했지 뭐야. 이야기 들었겠지만, 난 도쿄에서 왔거든. 다른 사람들이 무슨 수를 쓴 게 아닐까 반신반의했어. 친구 중에 마술을 잘하는 녀석이 있는데, 어째 그 녀석 생각이 나더라고. 컵과 달걀. 공기와 작은 공을 이용하는 기술奇術은 기술 중에서도 역사가 길고 전 세계적으로 존재한다던데."

그래, 그것이 연상되어 계속 속는 기분이 들었던 것이다.

이야기를 하며 준은 그런 생각을 하고 있었다.

"트릭이라면 얼마나 좋을까요."

지미는 으르렁거리듯 나지막이 신음했다. 준은 저도 모르게 지미를 보았다. 깊은 절망이 어린 목소리였기 때문이다.

"테리는 반드시 옵니다."

지미는 숨을 꿀꺽 삼켰다.

"어? 하지만 지미도 형을 만나고 싶어하잖아?"

"그래요. 만나고 싶습니다."

지미는 괴로운 듯 천장을 올려다보았다.

"하지만 테리는 절 미워해요. 아까 달걀을 보고 잘 알았습니다."

"어? 왜?"

"그건 테리의 증오가 표현된 겁니다. 테리는 화가 나 있어요. 자기는 그렇게 시시한 사고로 죽었는데, 전 살아 있다고."

"아무리. 형제잖아? 그럴 리 없어."

"아뇨, 당신도 죽기 전의 테리를 봤더라면 그렇게 생각 안 할 겁니다. 왜 내가 아니라 형이 죽은 건지, 그런 생각이 들어요. 테리는 뭐든지 잘하고 모두의 마음을 사로잡곤 했죠. 전 테리의 그림자에 불과했습니다. 내성적인 성격이라 남들하고 이야기도 잘 못하고, 다들 제가 테리하고 형제라고 하면 놀라곤 했습니다. 얼굴은 똑같은데 성격이 정반대였으니까요."

"어? 그럼 지미하고 테리는……"

"네, 저하고 테리는 일란성 쌍둥이입니다."

준은 어안이 벙벙했다.

지미는 절박한 눈으로 준을 똑바로 보았다.

"전 어나더 힐에서 테리한테 죽임을 당할 게 틀림없어요."

어나더 힐에서 쌍둥이 형에게 죽임을 당한다.

얼마 동안 지미의 말이 준의 머리를 떠나지 않았다.

홀로 보트를 운전하며, 준은 오늘 하루 있었던 일을 천천히 돌아보았다.

혼란에 빠진 머릿속에서 온갖 장면이 거품처럼 떠올랐다 사라진다.

황혼에 물들어 있던 수면이 어느새 달빛에 빛나고 있었다. 드디어 밤이 된 것이다.

뒤에서 바닥을 밟는 삐걱 소리가 났다.

"늦어서 미안하네."

교수가 하품을 하며 조타실로 들어왔다. 어느새 다들 잠든 듯, 선실은 고요했다.

"아닙니다. 보트 운전 제법 재미있는데요."

"마시겠나?"

교수가 김이 피어오르는 머그잔을 내밀었다. 핫위스키 같다. 갑자기 추위가 느껴졌다.

"잘 마시겠습니다."

"좋아, 교대할까."

운전을 교대하고 나서, 준은 얼마 동안 두 손으로 따뜻한 머그잔을 감싸쥐고 있었다.

배는 천천히 밤의 강을 나아간다.

"어쩐지."

"응?"

"어쩐지 몹시 종교적인 기분이 듭니다."

"흠. 종교적이라니?"

"잘 표현을 못 하겠습니다. 그런 말이 그냥 머리에 떠올랐습니다."

교수가 살짝 웃었다.

"제법 재미있는 친구군. 자네가 무슨 말을 하고 싶은지 알 것 같네."

"그렇습니까? 전 너무 여러 가지 일이 일어난 바람에, 아직 채 소화를 못 시키고 있습니다만."

"자네는 우리가 뒤처졌다고 생각하나?"

"뒤처졌다고요? 무슨 말씀입니까?"

"우리는 남들이 우리에 관해서 어떻게 이야기하는지 아네. 시대에 뒤떨어진 촌놈이라고들 하지. 오컬트 같은 풍습에 얽매인 별종 집단. 아닌가?"

"아니, 그게······."

준은 말문이 막혔다. 실제로 도쿄에서 들은 소문은 그런 것들뿐이었다.

교수가 명랑하게 웃었다.

"정직한 친구군. 하지만 자네는 그렇게 생각 안 해. 오히려 우리의 생활에 이끌리고 있어. 안 그런가?"

"예에. 그럴지도 모르겠습니다."

"뭐가 보통인지, 뭐가 현실인지, 뭐가 옳은지는 아무도 모르는 거야. 우리가 있는 곳, 자네가 지금 가는 곳도 틀림없는 현실이라네."

"그렇죠. 하나도 같은 말을 하더군요."

"하나는 똑똑한 애야."

교수는 혼자 고개를 몇 번씩 끄덕였다.

"하지만 조심하는 게 좋을 걸세."

"네?"

"올해는 어째 이상해."

교수의 옆얼굴이 전에 없이 진지하게 보였다.

"아까 그 달걀, 그런 일은 처음이야. 달걀은 늘 뭔가를 고하는 법."

"달걀이요?"

"그래. '피투성이 재키' 일도 있고, 올해는 여느 때와 다르다는 생각이 드는군."

"'피투성이 재키'? '잭'이 아니고요?"

"나는 여자라는 쪽에 걸겠네."

교수는 씩 웃었다.

아침에 눈을 떠보니 이미 날이 밝은 뒤였다.

그러나 햇빛은 없다. 엷은 안개가 강을 메워 검은 숲을 묵화처럼 지워버리고 있다. 그리고 하늘은 두꺼운 구름으로 뒤덮여 있었다. 이 계절에는 늘 이런 날씨다.

일본에서는 9월에 지내는 히간을 11월에 하는 것도, 겨울이 긴 이곳에서 아직 낮이 긴 9월은 귀중한 활동기이기 때문일 것이다. 언제부터인가 이쪽 계절에 맞춰, 낮이 긴 여름부터 가을까지는 농사일에 전념하기로 하고, 죽은 이들을 맞이하는 행사를 농한기인 겨울로 옮긴 것이 틀림없다.

준은 그런 생각을 하며 부스스 일어났다. 린데와 마리코는 아침식사를 준비하는 것 같았다. 교수는 자고 있고, 지미가 또다시 배를 운전하고 있다.

하나는?

그런 생각을 하며 좁은 갑판으로 나서자, 회색 카디건을 걸친 하나가 갑판에 웅크리고 있는 것이 보였다.

"잘 잤어, 하나? 뭐 해, 그렇게 추운 데서?"

"좋은 아침. 준, 이거 봐."

하나는 쭈그리고 앉은 채로 준을 돌아보며 손짓으로 불렀다.

"무슨 일인데?"

참새 비슷하게 생긴 새가 갑판에 모여 있었다.

"우리 달걀이야. 어제 우리 공기에서 사라졌던 달걀 네 개는 여기 있었던 거야."

준은 새들이 쪼아먹고 있는 것을 보고 앗 하고 소리를 질렀다.

주사위 눈처럼 나열된 노른자 네 개.

완벽한 서니사이드업이 바야흐로 새들의 아침밥으로 먹히는 중이었다.

"어떻게 된 거지? 켄트 아저씨랑 니자 할아버지는 지금 어디 있는 걸까?"

뜨거운 밀크티를 무심히 따르며 하나가 중얼거렸다.

갑판에 있던 노른자 네 개는 이미 다들 확인했다. 물론 확인했다고 해결된 것은 아니다. 오히려 수수께끼는 더욱 깊어졌을 뿐이었다.

"그건 이제 어나더 힐에서 확인하는 수밖에 없네."

교수는 홍차에 머핀을 담그고 이쑤시개로 피클을 집었다.

"얼마나 더 가야 하지?"

"한 시간도 안 남았을걸. ……앞쪽에 다른 배가 보이네. 이제 곧 수문에 닿을 거야."

"배가 워낙 많으니 꽤 기다려야겠지. 첫 수문으로는 못 들어갈지 몰라."

마리코와 린데가 나지막이 이야기하고 있다.

준은 어느새 자신이 그들의 생활에 익숙해졌음을 깨달았다. 겨우 하룻밤 지났는데 그들과 꽤 오래 시간을 보낸 기분이다.

"첫 수문이 보입니다!"

조타실에서 지미가 소리쳤다. 오늘 아침에는 어젯밤 보인 표정이 거짓말이었던 것처럼 침착했다. 준에게 웃는 얼굴로 인사했을 정도다. 어젯밤에는 그도 동요해서 제정신이 아니었을 것이다.

"어디어디."

"아, 진짜다. 다른 배들이 벌써 수문이 열리길 기다리고 있어."

"흠, 첫 개문開門에 들어갈 수 있을 것 같군."

다들 조타실에 모여들었다.

앞쪽에 색색의 보트가 나란히 떠 있고, 그 너머에 거대한 검은 철문이 우뚝 솟아 있는 것이 보였다. 강 양옆으로 가건물 같은 것이 서 있다.

교수의 설명에 따르면, 어나더 힐을 둘러싼 운하와 지금 그들이 올라온 강은 수위가 다르다고 한다. 파나마 운하를 생각하면 된다. 파나마 운하도 수위 차를 해소하기 위해, 문을 닫고 물을 주입해 배가 떠 있는 곳의 수위를 높은 쪽에 맞추고 나서, 다음 문을 연다. 어나더 힐의 운하로 들어갈 때도 같은 방법을 쓴다. 첫 수문을 열고 배를 안으로 들인 다음 수문을 닫고, 운하에 맞춰 수위를 높인 다음 운하 쪽 수문을 연다.

그렇군. 이래서는 아닌 게 아니라 밤에 멋대로 수문을 열고 들어가기는 불가능하다. 수문 해금일 전에 운하에 들어가지 못하는 것은 그 때문이다. 어나더 힐은 그야말로 육지의 고도였다.

다른 보트를 본 순간, 정신이 번쩍 드는 기분이었다.

드디어 어나더 힐에 들어간다.

준은 얼마 동안 잊고 있던 젊은이다운 흥분이 몸속에 되살아나는 것을 느꼈다.

"드디어."

준의 흥분을 감지한 듯 하나가 어깨를 툭 쳤다.

어디선가 장엄한 종소리가 울려퍼졌다.

보트가 곳곳에서 움직이기 시작했다.

구름이 옅어진 곳으로 아침 햇살이 장지문 너머 비치는 빛처럼 부옇게 스며나온다.

준은 어느새 심장이 쿵쿵 뛰기 시작한 것을 깨달았다.

끽, 끽, 끽, 둔탁하고 커다란 소리가 들려왔다.

수문이 움직이고 있다. 거대한 톱니바퀴가 돌아가고 철문이 천천히 올라간다. 곳곳의 배에서 환성이 터져나온다.

준 일행도 저도 모르게 환호하며 박수를 치고 있었다.

문이 완전히 올라가자, 보트가 천천히 움직이기 시작했다. 문을 지나 백 미터쯤 더 들어간 곳에 또하나의 수문이 보인다. 현재는 닫혀 있는 그 문 너머가 운하일 것이다.

보트는 차례차례 문을 지나 인공호로 들어간다. 스무 척쯤 되는 보트가 모인 광경은 장관이었다. 뒤에서도 속속 배가 나타난다. 그러나 인공호에 들어갈 수 있는 수가 다 찬 듯, 가건물에서 직원이 나와 여기까지라고 손을 크게 흔들며 소리치는 것이 보였다.

그들은 그로부터 한 시간 이상을 더 기다리게 된다.

뒤에서 거대한 수문이 천천히 닫히고 물이 주입되기 시작했다. 배의 위치가 차츰차츰 높아지는 것을 알 수 있었다. 석벽 너머로 꼭대기만 보이던 나무들이, 조금씩 모습을 드러낸다.

준 일행은 초조하게 주입이 끝나기를 기다렸다. 다들 흥분한 듯, 잡담도 하지 않았다.

한 삼십 분쯤 걸렸을까.

드디어 앞쪽 문이 열리기 시작했다.

아까보다도 더 큰 환성이 하늘에 울려퍼진다.

끽, 끽, 끽 소리를 내며 검은 문이 서서히 하늘로 치솟는다.

수면과 문 사이로 두 개의 붉은 기둥이 보였다.

"저게 뭐지?"

"운하 입구에 있는 대大도리이*야. 어나더 힐에 들어가는 사람은 모두 저 도리이를 지나게 돼."

도리이. 이런 데서 도리이를 보게 될 줄이야.

준은 묘한 기분이 들었다.

철문은 애태우듯 조금씩 올라간다.

다른 사람들도 모두 이제나저제나 하고 문이 완전히 열리기를 기다리고 있다.

이윽고 정면에 거대한 도리이가 모습을 드러냈다.

두껍게 드리운 구름 아래 우뚝 선 도리이는 한층 더 장엄하게 보였다.

여기저기서 사람들이 만세를 부르고, 준도 까닭 없이 감동이 끓어올랐다.

또다시 보트가 움직이기 시작했다. 수면에 이는 물결이 다른 보트의 물결과 뒤섞이면서 보트가 전에 없이 출렁출렁 크게 흔들렸다.

"다른 보트와 충돌하지 않게 조심하게. 다들 머릿속에 어나더 힐에 들어갈 생각밖에 없으니까."

흥분한 지미가 속도를 높이자 교수가 넌지시 충고했다.

처음에는 도리이밖에 눈에 들어오지 않았으나, 그 뒤로 검은 언덕이 어렴풋이 보이기 시작했다.

"저게"

준은 저도 모르게 중얼거렸다.

"저게 어나더 힐인가."

---

* 鳥居. 신사 입구에 서 있는 붉은 기둥.

완만한 언덕에 검은 숲으로 둘러싸인 성채 도시가 보이기 시작했다. 마을 자체가 유적인 모양이다. 나선형으로 세워진 석성에 촌락이 통째로 들어앉아 있다고 한다.

준은 저도 모르게 가슴이 뜨거워졌다.

곳곳에서 환성이 터져나오고 있다. 어쩐지 앞쪽이 상당히 소란스럽다.

"다들 꽤 흥분한 모양이네. 해마다 와도 역시 감격스러운 걸까?"

준이 상기된 얼굴로 하나를 돌아보자, 그녀는 의아한 얼굴을 하고 있었다.

"뭐 좀 이상하지 않아요?"

하나가 교수를 보았다. 교수도 기묘한 표정으로 앞쪽을 바라보고 있었다.

"이상하다니 뭐가?"

그렇게 묻고 난 뒤에야 준은 사람들이 지르는 소리가 환성이 아님을 깨달았다. 그 웅성거림에는 비명이 뒤섞여 있었다.

"저기 봐."

하나가 준의 팔을 꽉 붙들었다.

"저 도리이…… 도리이에 사람이 매달려 있어!"

"뭐라고?"

이제 곳곳에서 들려오는 것이 비명 소리임을 분명히 알 수 있었다. 공포 어린 외침이 사방을 메우고 있었다.

도리이가 서서히 가까이 다가온다. 위풍당당하게 우뚝 선 거대한 기둥이.

그리고 그 기둥에 뭔가 붉은 것이 늘어져 있었다.

남자다. 얼굴은 보이지 않는다. 얼굴이 긴 머리로 완전히 뒤덮여 있기 때문이다. 목에 감긴 밧줄이 도리이의 가로대에 묶여 있었다.

남자는 도리이에 매달려 있었던 것이다.

남자는 이미 숨을 거둔 것 같았다. 온몸이 시뻘겋다. 목의 찔린 상처에서 흘러나온 피가, 온몸을 붉게 물들이고 있었다.

"'피투성이 잭'."

준은 저도 모르게 쉰 목소리로 중얼거렸다.

2장

경계선상의 살인

웅성거림은 멀리 운하 저편에서 다가왔다.

수문에서 발이 묶인 지 벌써 두 시간 가까이 지나, 날이 환하게 밝았다. 그래봤자 두터운 구름으로 뒤덮인 무뚝뚝한 풍경은 여전해서 이따금 구름 틈새로 빛의 존재가 어렴풋이 감지되는 정도다.

운하는 발이 묶인 다른 내로 보트들로 북적거리고 있었다. 승객들은 홍차를 마시거나 카드 게임을 하며 느긋하게 시간을 보내고 있다. 하지만 문득 시선을 돌리면 대도리이에는 여전히 시체가 매달려 있다. 살인사건은 분명히 현실 속의 일. 준에게는 이해하기 힘든 광경이었다.

경찰의 고속정으로도 여기까지 오려면 몇 시간 걸린다. 현장 보존에 협력한다는 것은 경찰의 도착을 기다린다는 것을 뜻했다. 지금까지 히간에 경시청이 개입한 적은 없다고 한다. 이번 경우에는 어떻게 될까. 사건 때문에 히간이 중지되면 어떻게 하나. 준은 줄곧 그런 걱정을 하고 있었다.

애태우는 준 옆에서 다른 사람들은 제각기 아침 시간을 즐기고 있었다. 교수는 손가락에 침을 묻혀가며 스크랩북 검토에 여념이 없고, 마리코는 아침부터 담배를 뻑뻑 피워대며 독서에 몰두하고, 린데는 열심히 매니큐어를 바르고, 하나는 고양이들과 함께 바깥 경치를 바라보며 콧노래를 흥얼거리고 있다.

"히간이 중지되거나 하지는 않을까?"

준은 조타실에 조용히 앉아 있는 지미에게 불안스레 물었다.

지미는 온화한 웃음을 띠었다.

"괜찮아요. 경찰하고 라인맨이 올 겁니다."

"라인맨?"

"네."

"라인맨이라니, 그, 배구 같은 데서 공이 라인 위인지, 안인지, 밖인지를 판정하는 라인맨 같은?"

"네. 바로 그거죠. 저 시체를 보세요."

지미가 자연스러운 표정으로 시선을 돌렸으므로, 준도 엉겁결에 허공에 매달린 시체를 보고 말았다. 피투성이 오브제. 준의 동요를 알아차리고, 지미가 미안해하는 얼굴을 했다.

"문제는 저 장소입니다. 실은, 당국이 개입할 수 없는 구역과의 경계선이 저 대도리이거든요. 저 시체가 어느 쪽에 매달려 있는지에 따라 경찰의 개입 여부가 결정됩니다."

"아닌 게 아니라, 도리이는 성역과의 경계선을 나타내는 거니까. 이거 미묘한데. 도리이 바로 아래잖아. 그럼 라인맨은……"

"네. 어느 쪽 사건인지 판정하러 오는 거죠."

"도리이 안쪽이라고 판정되면 어떻게 되지?"

"그때는 경찰하고 문화청하고 유이* 삼직三職이 협의하게 되겠죠."

"유이? 아아, 자치조직 말이군. 그럼 라인맨은 어느 쪽에 속하는데?"

"어느 쪽에도 속하지 않습니다."

"어? 무슨 뜻이지?"

준이 되묻자, 지미는 난처한 얼굴을 했다.

"잘 설명을 못 하겠는데요…… 그 사람들은 어나더 힐 주위의 국립공원인 구릉지대에서 유목 생활을 하고 있어요. 원래 살던 유목민하고 초기 이주자들의 자손인데, 저희가 보기에도 상당히 영적이랍니다."

"솔직히, 너희들보다 영적이라니 굉장할 것 같은데."

준은 그 사람들을 상상해보았다. 즉, 이른바 이인異人이군. 일본의 산민山民으로 대표되는 것 같은.

"실은 저도 지금까지 직접 만난 적은 없어요. 그 사람들은 저희 앞에 모습을 드러내는 걸 별로 안 좋아하거든요."

"왜 그 사람들이 라인맨이 된 거지?"

"글쎄요, 잘 모르겠습니다. 어나더 힐은 원래 그 사람들의 성지였다고 합니다. 히간이 오늘날 같은 형태를 띠게 된 경위에는 아직 수수께끼에 싸인 부분이 많아요. 그래도 그 사람들이 어디까지나 중립적인 입장에서, 관습적으로 법률가 역할을 해왔다는 건 기록에 남아 있답니다."

"흐음, 재미있네."

거기까지 이야기했을 때, 지미가 문득 고개를 들고 시선을 돌렸다.

---

* 한국의 두레와 비슷한 마을 공동 노동 조직.

그리고 그 웅성거림이 전해져온 것이다.

보트에 탄 사람들이 일제히 뒤를 돌아보았다. 떨어져 있어도, 홍분과 강한 호기심이 잔물결처럼 공기를 타고 전해졌다. 그때까지 느긋했던 분위기와 사뭇 다른 것이 인상적이라, 준은 다시금 이 나라 사람들의 숨은 파워를 느꼈다.

이윽고 내로 보트가 물결에 흔들리며 마치 모세가 바닷길을 열듯 좌우로 길을 열기 시작했다. 지미도 키를 잡고 보트를 천천히 강가에 댔다.

모두가 몸을 내밀고 중앙에 생긴 공간을 보았다.

맨 처음 눈에 들어온 것은, 검은 후드 달린 망토를 두른 호리호리한 사람이었다.

"어머, 저게 라인맨? 처음 보네."

"얼굴도 보고 싶은데."

"미남이라면 좋겠네."

세 여자가 중얼거리듯 말했다.

그는 아주 작은 배를 타고 있었다. 미끄러지듯 노를 저어 이쪽으로 천천히 다가온다. 갈대배처럼…… 아니, 그보다 훨씬 불안정해 보인다. 나뭇잎처럼 작은 배다. 발치에 있는 검은 것은 가방인가 했더니 칠흑 같은 광택이 흐르는, 한눈에 사냥개임을 알 수 있는 커다란 개가 엎드려 있었다.

"어머, 개 멋지다."

"순종일까?"

"아무리."

명계에서 온 사자使者. 준은 그런 말이 생각났다.

남자는 키가 제법 컸다. 검은 후드가 눈을 가려 코와 입가밖에 보이지 않았다. 뜻밖에 피부는 하얗고 고운데다 면도 자국이 푸른 것을 보면 아직 젊은 것 같다. 어쩌면 자기와 비슷한 나이가 아닐까. 어쩐지 그런 생각이 들었다.

남자의 조각배 뒤로 새하얀 경찰 고속정이 일정한 속도를 유지하며 따라왔다. 경찰 몇 명과 검은 터틀넥에 재킷을 걸친 민간인 같은 남자, 가운을 입은 노인(검시의일 것이다)이 타고 있었다.

조각배는 도리이 밑에 멈춰 서고, 고속정은 천천히 선회해서 그 근처 강가에 정박했다.

승무원들이 도리이를 향해 경례했다. 죽은 이에게 묵례하는 것임을 알 수 있었다.

라인맨이 작은 나뭇가지를 도리이 아래 수면에 던졌다. 그가 뭔가를 읊조리는 동안, 나뭇가지는 빙글빙글 돌다가 이윽고 정지했다. 그가 경관에게 고개를 끄덕이자 큰 사다리를 든 경관 몇 명이 배에서 내려 도리이 기둥에 사다리를 걸쳤다. 밑에서 다른 사람들이 잡고 있고, 한 사람이 날렵하게 사다리를 타고 올라갔다. 시체를 내릴 모양이다. 도리이는 꽤 높았으므로 사다리가 중간까지밖에 닿지 않았다. 사다리 끝까지 올라가도 시체가 매달려 있는 곳은 그보다 몇 미터 더 높았다. 그러나 경관은 밧줄 같은 것을 자기 몸과 기둥에 감더니 재주 좋게 기둥을 오르기 시작했다. 자세히 보니 고무 밑창이 붙은 버선을 신고 있다.

"숙달됐네."

"가지치기 기술자 같군."

옆에서 교수도 감탄했다.

경관은 도리이의 가로대를 부둥켜안고 시체 위까지 슬금슬금 나아가 자신의 몸을 가로대에 묶었다. 그리고 시체를 매단 밧줄을 끊고 그 끝을 몸에 감은 다른 밧줄과 연결시킨 다음, 시체를 조금씩 내리기 시작했다. 이렇게 보니 매달려 있던 사람은 꽤 몸집이 큰 남자다. 힘이 꽤 드는 듯, 멀리서도 경관이 뻘겋게 상기된 얼굴로 이를 악문 것을 알 수 있었다.

도리이 밑에서 다른 경관이 시체를 받자, 뒤쪽에서 지켜보던 사람들이 저도 모르게 박수를 쳤다. 가운을 입은 남자와 검은 터틀넥을 입은 남자가 배에서 내려 시체가 놓인 곳으로 다가갔다.

도리이에 올라갔던 경관이 사다리 없이 기둥을 빙빙 돌며 내려왔다. 그가 땅으로 뛰어내리자, 또다시 박수가 터져나왔다. 경관은 모자를 벗고 박수에 답했다. 덩달아 박수를 치던 준은 문득 상황의 기묘함을 깨닫고 당황해서 손을 내렸다. 그 모습을 보고 하나가 킬킬 웃었다.

검시가 얼마 동안 계속되었다. 모두 선내로 돌아가 잡담을 즐겼다. 이 나라 사람들은 모두 기다리는 것이 아무렇지도 않은 것 같다. 느긋한 편이라고 생각했는데, 여기 있으니 자신이 유난히 조급한 성격처럼 느껴진다.

준은 어쩐지 눈을 떼지 못하고 경관들을 지켜보고 있었다. 라인맨은 조각배에 탄 채, 도리이 너머를 꼼짝 않고 응시하고 있다. 개는 얌전하게 그의 발치에 엎드려 있다. 역시 사냥개는 참을성이 강하구나, 하고 감탄했다.

그때, 별안간 개가 몸을 일으키더니 털을 곤두세웠다. 벼락이 친 것처럼 라인맨도 노를 들고 경계 태세를 취했다.

무슨 일이지?

준도 무심코 긴장해서 몸을 앞으로 내밀고 도리이 너머를 보았으나,

돌담에 둘러싸여 뻗어나가는 은색 수로가 보일 뿐 아무것도 없었다.

라인맨은 얼마 동안 경계 태세를 풀지 않았으나, 이윽고 개가 관심을 잃은 듯 도로 주저앉자 조금 있다가 긴장을 풀고 몸을 바로 폈다. 준도 안심하고 어깨의 힘을 뺐다.

주위를 둘러보았으나, 방금 전 일을 알아차린 사람은 아무도 없는 것 같았다.

방금 그건 뭐였을까.

검시가 끝난 듯, 시체가 천으로 덮이고 들것에 실려 배로 운반되었다. 주위에서 감식과 직원이 찰칵찰칵 사진을 찍고 있다.

이윽고 가장 높은 사람으로 보이는, 체격이 좋고 나이 지긋한 경관이 확성기를 꺼냈다.

스위치를 켜자, 끼잉 하고 귀에 거슬리는 소리가 공기를 갈랐다.

순식간에 갑판 위에 사람들이 모습을 드러냈다. 역시 이 순간을 기다리고 있었던 것이다.

"안녕하십니까, 여러분. 저는 어나더 힐 특별역사지구 경찰서장인 이마무라라고 합니다. 오래 기다리시게 해서 죄송합니다."

이마무라는 잠깐 헛기침을 한 다음 긴장한 목소리로 인사했다. 사람들이 웅성거리며 제각기 인사에 답한다.

"여러분도 이미 아시다시피, 저희는 지금 유례없는 사태에 직면해 있습니다."

주위에서 동의하는 목소리들이 나왔다.

"이번 사건은 매우 중대하고 무서운 일입니다. 우리 전통에 대한 중대한 모독입니다. 히간 첫날에, 그것도 대도리이에 이런 무례한 행위를 하다니 용납할 수 없는 일입니다. 우리는 이같은 흉악한 사건에 단호히 대처해야 합니다."

경찰서장은 말을 중단했다.

그 발언에 주위에서 심상치 않은 웅성거림이 흘러나왔다. 경시청의 개입을 예고하는 것으로 받아들였을 것이다.

"조용히 해주십시오. 여러분이 우려하시는 바는 잘 압니다만, 이번 일은 비상사태입니다. 전부터 경시청은 올해의 히간을 크게 주목하고 있었습니다. 이유는 여러분이 더 잘 아시겠죠. 그렇습니다. 유례없이 흉악한 범죄가 올해, 수도를 뒤흔들었습니다. 잔학한 수법으로 무고한 사람들의 목숨을 빼앗은 연쇄살인사건입니다. 경찰에서는 필사적으로 수사를 계속하고 있습니다만, 범인은 아직 잡히지 않았습니다. 그렇습니다. 히간에는 비명에 죽은 피해자들이 돌아올 가능성이 매우 높습니다. 저희는 그 사람들의 귀환에 주목하고 있습니다. 그러므로 모쪼록 여러분께 협조를 부탁드리고 싶습니다."

제법 연설을 잘하는데. 준은 생각했다. 예의 바르고, 솔직하고, 정열이 느껴진다. 관리들이 곧잘 쓰는 완곡어법이 적은 것도 미덕이다.

"게다가 방금 행한 검시에 따르면, 이 피해자가 사망한 경위는 항간에 '피투성이 잭'이라 불리는 연쇄살인범의 수법과 극히 유사하다고 합니다. 만일 동일범의 소행이라 판정된다면, 그것은 곧 범인이 여기까지 왔음을 시사합니다. 범인이 일부러 여기까지 시체를 옮겼다는 것은, 히간에 대한 중대한 도전이라 생각하는 게 자연스러울 것입니다."

이번에는 불안에 찬 소곤거림이 주위를 메웠다. 연쇄살인범이 앞으로 자기들이 들어갈 곳에 있다고 생각하면 역시 기분이 꺼림칙하다.

준은 그 장면을 상상해보았다. 달빛 아래 몸집이 커다란 남자를 묵묵히 도리이에 매다는 남자. ……어떻게?

준은 불쑥 떠오른 그 의문에 경악했다.

수문은 닫혀 있었다. 저 도리이까지 어떻게 시체를 운반했을까? 주위는 숲이고, 절대 못 올 것까지는 없어도 여간 힘든 일이 아니었을 것이다. 게다가 어두운 밤에 저런 데까지 시체를 운반해서 사다리도 닿지 않는 도리이에 시체를 매달다니, 엄청난 중노동이 아닌가.

범인은 복수? 잭은 한 명이 아니다?

"하지만 지금은 히간입니다. 저희는 전통을 존중합니다. 중요 무형 민속 문화재인 이 행사를, 올해도 무사히 마쳐야 합니다."

"피해자의 신원은 밝혀졌나?"

중년 남자의 목소리가 날아들었다. 이마무라는 고개를 가로저었다.

"신원을 알 수 있는 물건은 못 찾았습니다. 좀더 상세히 조사해봐야겠지만, 현재로서는 신원불명입니다."

"수문 관리인이 수상한 게 아닐지?"

"그 사람들은 이제부터 조사할 겁니다."

그 외에도 여기저기서 질문들이 날아드는 것을 이마무라는 손을 들어 중단시켰다.

"피해자의 신원 및 부수적인 사실이 판명되는 즉시 여러분께 속보로 알려드리겠습니다. 지금 여기서 제가 문제 삼고 싶은 것은,"

이마무라는 말을 잠깐 끊고 모두가 자신의 말을 듣고 있는지 확인했다.

모두가 경청하는 것을 확인하고는 가볍게 고개를 끄덕이고 입을 열었다.

"시신이 경계선상에 있었다는 사실입니다."

동요가 퍼져나갔다.

"경계선상?"

"경계선상이라니."

"그런 이야기 처음 들어봐."

모두들 퍼뜩 생각난 듯, 꼼짝 않고 가만히 서 있는 라인맨을 주목했다. 경찰서장의 연설을 듣느라 그때까지 그의 존재를 잊고 있었다.

라인맨은 여전히 머리를 살짝 숙인 채, 후드로 눈을 감추고 배 위에 서 있었다.

"그렇지? 자네는 시신이 경계선상에 있다고 판정했지?"

이마무라는 다짐을 받듯 라인맨을 돌아보았다.

라인맨은 힘차게 고개를 끄덕였다.

"그렇습니다."

뜻밖의 낭랑한 목소리에 모두들 흠칫 놀랐다.

"저, 이런 말씀을 드리면 실례가 될지 모르겠는데, 그 후드 좀 벗어주시면 안 될까요? 어디를 보는지 모르면 대화하기가 힘들잖아요?"

그렇게 말한 사람은 린데였다. 단순히 그의 얼굴을 보고 싶을 뿐이라는 것은 그 구슬리는 듯한 목소리로 빤히 알 수 있었으나, 다른 사람들도 같은 생각이었는지 여기저기서 동의하는 목소리가 들려왔다.

라인맨이 살짝 웃었다. 하얀 이가 드러난 것을 보고, 준은 역시 젊은 남자라고 확신했다.

"이거 실례했습니다. 판정을 내릴 때까지 후드를 벗으면 안 된다는 게 저희 관습이라."

라인맨은 후드를 슥 벗었다. 모두가 놀라 숨을 들이켰다.

강한 빛이 두 눈을 관통한 듯한 착각이 들었다.

빡빡 민 잘생긴 머리통 아래 사려 깊고 신비한 얼굴이 있었다.

준은 그를 유심히 관찰했다.

생각했던 대로 젊기는 한데 묘하게 관록이 있다. 어쩌면 자기보다 훨씬 연상일지 모른다. 이목구비가 뚜렷뚜렷하지만, 쌍꺼풀이 없는 기름한 눈 때문인지 매우 동양적인 인상을 주는 얼굴이었다. 귀에는 파란 돌이 붙은 귀고리가 빛나고 있다.

그렇군, 그들은 승려인 모양이다. 준은 그제야 이해가 되었다.

아마 독자적인 종교 생활을 하고 있을 것이다. 승려가 때로 재판관이 되어 민간의 분쟁을 중재하는 역할을 맡는 것은 일종의 제삼자적 입장이기 때문이며, 부자연스러운 일은 아니다.

"경계선상에 있으면 어떻게 되지?"

누가 소박한 의문을 제기했다. 지당한 물음이었다. 배구에서는 공이 라인 위였을 경우 득점으로 인정되는데. 준은 경기 규칙을 아는 몇 안 되는 운동 종목 중 하나인 배구에 결부시키려 했다.

"경계선상에서의 살생. 성역에 대한 거센 악의가 느껴집니다."

라인맨은 매끄러운 어조로 말했다.

공기가 진동하는 것이 느껴진다. 사람들의 동요가 공명하는 것이다.

"누가 저희에게 도전하는 것인지 모릅니다."

"'저희'라면, 저희도 포함해서 말씀입니까?"

준은 저도 모르게 입을 열었다가, 자기를 슥 돌아본 라인맨의 시선에 움찔했다.

그 맑고 침착한 눈이 자기를 본 순간, 까닭도 없이 수치심에 사로잡혔다.

"아닙니다. 이 주위에 사는 저희입니다. 저희는 본래 성역에 들어갈 수 없습니다. 하지만 경계선상에 징조가 나타났을 때만은 성역에 들어가 균형을 유지해야 할 의무가 있습니다."

"그럼."

라인맨은 또다시 말없이 고개를 끄덕였다.

"저는 히간중에 어나더 힐에 체류하게 됩니다. 경우에 따라서는 성역에 대한 현세의 간섭을 막아야 하니까요."

오오, 하는 탄성이 터져나왔다. 놀람과 기대와 호기심. 사람들의 얼굴에 흥분이 되살아났다.

"그렇게 된 겁니다."

또다시 경찰서장이 목청을 높였다. 준은 라인맨이 확성기를 쓰지 않았음을 깨달았다. 그런데도 그렇게 목소리가 또렷하게 잘 들리다니.

"이번 히간중에는 이분이 힐에 체류하며 망을 보게 됩니다. 저희가 힐에 들어갈지 말지는 당분간 판단을 유보하겠습니다. 다만 오늘 아침 발견된 시신에 관해서는 여러분께도 조사에 응해주시기를 부탁드릴 수밖에 없기 때문에, 여기 이분에게 그 역할을 일임할 생각입니다."

이마무라는 검은 터틀넥을 입은 남자에게 신호를 보냈다.

남자가 앞으로 나섰다. 쉰 살이 조금 안 됐을까. 살짝 긴 듯한 은발은 윤기가 흐르고, 색이 들어간 안경 때문에 표정이 보이지 않는다. 태도는 온화하지만 척 보기에도 수완가 같은, 다소 비정한 인상을 주는 남자다.

"컬럼비아 대학의 조녀선 그레이 박사입니다."

소개를 받은 남자가 고개를 가볍게 숙였다. 주위에 당혹감이 퍼져나갔다.

"안녕하십니까. 그레이라고 합니다. 사회심리학을 연구하는데, 실은 저도 이번에 처음으로 이 히간에 참가하게 됐습니다. 선친이 연초에 돌아가서서 선친의 고향인 이 V.파를 태어나서 처음 찾은 겁니다. 입산 허가증은 물론 갖고 있습니다."

허가증과 여권을 재킷 안주머니에서 꺼내 보인다.

사람들에게서 놀람 어린 탄성이 터져 나왔다.

"이 '피투성이 잭' 사건에 관해서는 저도 큰 흥미를 갖고 있습니다. 어제는 그 사건에 관해 이것저것 조사해보느라 이곳 경찰을 방문한 참이었죠. 원래는 내일 입산 예정이었습니다만, 오늘 아침에 이번 사건 발생 소식을 듣고 조사에 협력하기 위해 배를 얻어 타고 온 겁니다. 물론 전통은 존중합니다. 모쪼록 관찰자의 눈으로 선입견 없이 여러분의 이야기를 들음으로써 사건 해결에 도움이 되기를 희망하고, 또 그럴 것을 약속드리겠습니다."

그레이 박사는 깔끔하게 인사를 마쳤다.

사람들의 마음속에서 호기심과 의문이 줄다리기를 하는 듯했다.

"왜 저 사람이 조사를 하지? 유이 삼직이 아니고?"

당연하다는 듯이 질문이 나왔다. 그것은 준의 생각이기도 했다. 공무원이 관여하지 않고 조사를 한다면 자치조직에게 맡겨도 되지 않나.

"그건……"

경찰서장은 말을 어물거리며 헛기침했다.

"아무래도 제삼자 쪽이 낫기 때문에, 처음 이 나라에 온 사람이 객관적이지 않을까 해서 말이죠."

"즉, 우리 중에 '피투성이 잭'이 있을지도 모른다는 말인가?"

그렇게 말한 사람은 시노다 교수였다.

서장은 눈길을 피하고, 경관들은 침묵했다. 거북한 분위기가 흘렀다.

시노다 교수는 하늘을 우러러보며 유쾌하게 웃음을 터뜨렸다.

"하하하, 좋아, 좋아. 모름지기 탐정은 결백해야지. 사건 당시에 이 나라에 없던 사람이라면 알리바이는 확실해. 반면에 국민은 알리바이가 없거든. 전 국민이 용의자가 될 수 있는 셈이야. 진범은 역시 한정된 등장인물 중에 있어야지. 암, 그렇고말고. 낯선 침입자가 범인이면 독자가 재미없으니까. 올해는 참신한 신인도 대거 등장했으니 마침 잘됐어. 이 '피투성이 재키 머더'는 여기 어나더 힐로 무대를 옮긴 거로군. 좋습니다, 환영하죠. 어이, 우리의 넓은 도량을 보여주자고."

시노다 교수는 어색한 표정을 한 경관들을 빙 둘러보고, 어안이 벙벙해하는 다른 사람들에게 윙크했다.

서니와 사이드는 겁을 먹고 테이블 밑에 숨어 나오려 하지 않았다.

선실 구석에 웅크리고 앉은 커다란 검정 개 때문이었다. 대단히 조용한 개는 소리도 없이 배에 올라타 주인 근처에 얌전히 웅크렸다. 그러나 그 큰 몸뚱이에서 발산되는 야성의 느낌이 집고양이인 서니와 사이드에게는 심각한 위협으로 비쳤나보다.

그들은 보트에서 상륙할 차례를 기다리는 중이었다. 사람이 둘 늘어난 탓에 배 안에 서먹한 분위기가 감돈다.

라인맨은 몸을 곧게 편 채 언제든지 움직일 수 있도록 소파 끄트머리에 걸터앉아 있고, 그레이 박사는 다리를 꼬고 편히 앉아 있다.

경관들은 도리이 밑에서 경례를 한 다음 시체를 싣고 돌아갔다. 그레이 박사는 라인맨의 조각배를 타고 힐에 상륙할 생각이었으나, 시노다 교수가 두 사람을 자기들 보트에 반강제로 태웠다. 물론 정보 수집이 목적이다.

경찰은 형식상으로는 히간에 개입하는 것을 피했다. 그러나 이후의 전개 여하에 따라 개입 가능성이 없다고 할 수는 없었다. 힐에는 들어가지 않아도 오늘밤부터 힐 밖에 인원을 배치하고 침입자가 없도록 순찰을 돈다고 했다. 이것도 전례가 없는 일이라 한다.

"범인이 어나더 힐에 머물 가능성이 아주 높다고 보는 거야, 경찰은."

마리코가 담배를 피우며 중얼거렸다.

"그야 그렇겠지. 피해자는 꼭 돌아올 테니까."

하나가 테이블 밑에 있던 서니와 사이드를 안아올렸다. 두 마리는 그야말로 빌려온 고양이처럼 얌전했다.

"과연 그럴까? 범인이 다섯 명의 피해자랑 아는 사이였을 가능성은 낮단 말이야. 범인이 피해자가 모르는 사람이고 복면이라도 하고 있었으면, 피해자가 돌아와봤자 별 대단한 증언은 못 할걸. 게다가 다들 저항할 겨를도 없이 등뒤에서 목을 졸리고 찔렸잖아. 상대방은 프로야. 도움이 될 만한 증거를 남겼을 것 같지 않은데."

린데가 냉랭하게 대답했다.

"하지만 만약 린데 아줌마가 범인이라면 어떻겠어? 완벽하다고 생각하기는 해도, 혹시 어딘가에 자기가 모르는 허점이 있으면 어쩌나 싶지 않겠어? 프로고 자기 일에 자신이 있다면, 더더욱 여기로 와서 은근슬쩍 정보를 수집하지 않을까? 피해자들의 증언을 직접 듣고 조기에 증거를 인멸한다. 이거야말로 프로페셔널 아냐?"

하나는 큰 눈을 더 크게 뜨고 반론했다.

"프로페셔널이라."

마리코는 재떨이에 담배를 비벼 껐다.

"그럼 이번 사건은 어떻게 되지?"

"이번 사건이라니?"

"방금 전에 두 눈으로 직접 본 시체 말이야. 프로인 범인이 왜 그런 수고스러운 일을 해서 경찰의 주목을 끌어야 하는데? 안 그래도 경찰의 개입이 우려되는 상황인데, 그런 곳에 시체를 보란듯이 매달아놓으면 제발 개입해달라고 하는 거나 다름없잖아. 그래, 범인은 진짜로 여기 머물면서 피해자들의 증언에서 정보를 모으려고 할지도 몰라. 그럼 되도록 조용히 있으면서 세간의 주목을 어나더 힐이 아닌 다른 데로 돌리는 게 낫지 않겠어?"

마리코의 말은 지당한 것 같았다. 하나도 "그건 그러네" 하고 순순히 고개를 끄덕였으나, 금세 "하지만" 하고 눈을 빛냈다.

"반대로 경찰을 불러들이면 일석이조잖아. 범인이 어나더 힐에 있으면, 피해자의 증언이랑 경찰의 수사 상황을 동시에 탐색할 수 있잖아. 다른 데서 안절부절못하느니 차라리 경찰을 어나더 힐로 끌어들이는 게 낫지. 그거야말로 대담하고 냉정한 범인이 생각할 법한 일이라고. 준은 어떻게 생각해?"

하나가 하는 말 역시 조리가 섰으므로, 느닷없이 지목당한 준은 고개를 끄덕일 수밖에 없었다.

"범인은 한 명일까요?"

반사적으로 중얼거린 말을 여자들은 놓치지 않았다.

"뭐? 복수란 말이야?"

"네."

준은 주저하며 대답했다.

"밤중에 저 도리이까지 와서 일부러 저렇게 높은 데에 시체를 매단다는 게, 마음먹는다고 쉽사리 할 수 있는 일이 아닙니다. 주위에 불빛도 없지, 발밑은 불안정하지, 자칫하면 자기가 운하로 떨어질걸요. 그렇다고 조명을 밝혔다가는 눈에 띌 테고요. 전 아무래도 혼자 했을 것 같지 않아요. 다른 피해자들 중에서도 건장한 사람이 있었다면서요. 갑자기 혼자 공격하는 것보다, 누가 피해자하고 담소하면서 주의를 끌고 있는 틈을 타서 또 한 사람이 뒤에서 공격하고, 둘이 힘을 합쳐 제압하는 편이 위험이 적을 것 같습니다만."

여자들이 의표를 찔린 표정으로 준을 보았다. 처음으로 그녀들을 앞지른 것 같아 어렴풋한 쾌감이 느껴졌다.

"흐음, 제법 괜찮은 지적을 하는군, 학자 선생."

시노다 교수가 히죽히죽 웃으며 턱을 쓰다듬었다.

"여성분들도 각자 날카로운데. 하지만, 조직적 범행. 그게 오늘 아침 사건의 키워드야."

"어머, 교수님은 죄다 간파했나보네요."

린데가 빈정거리듯 곁눈질을 했다.

그때까지 말없이 다른 사람들의 이야기를 듣고 있던 그레이 박사가 유쾌하게 쿡쿡 웃기 시작했다.

여자들이 비난 어린 눈으로 쳐다보자, 박사는 "아, 죄송합니다" 하고 가볍게 손을 내저었다.

"워낙 흥미롭고 한 분 한 분 독창적이셔서 기분이 좋아졌습니다. 저희 연구실에서도 이렇게 재미있는 대화는 못 듣습니다. 좀더 일찍 이 나라에 올 걸 그랬다고 지금 맹렬하게 후회하는 중입니다. 게다가 이렇게 아름다운 아가씨 입에서 그런 이야기를 들으니 말이죠."

박사는 의미심장한 눈길로 세 사람을 둘러보았다. 세 사람 모두 당황했다.

"신대륙 분은 말씀도 잘하시지. 보통 때는 V.파의 촌뜨기들이라고 술자리의 농담거리로 삼으시면서. 설마 우리를 계몽하러 오신 건 아니겠죠?"

마리코의 어조는 여느 때와 다름없이 신랄했으나, 목소리에 교태가 어려 있다.

"천만의 말씀. 저희가 이 나라를 신비의 나라, 노스탤지어의 나라로 보는 건 인정하죠. 그것도 여러분에 관한 정보가 워낙 부족하기 때문입니다. 하지만 제 인식은 벌써 달라졌습니다. 여러분의 지성과 위트에 최고의 경의를 표합니다."

박사는 정중하게 고개를 숙였다.

"후후후, 이제 제1막은 점점 더 순조롭게 진행되겠군."

시노다 교수가 의미심장한 웃음을 띠었으므로 그레이 박사가 이상한 듯 물었다.

"제1막이라니요?"

"음, 뭐. 게임은 이제 막 시작됐을 뿐이야. 즐겁게 해나가자고."

"무슨 말씀이신지 모르겠습니다만."

"참으로 순조롭군. 아아, 감탄했어."

"무슨 소리예요, 교수님?"

마리코가 짜증스레 끼어들었다.

"암시적인 말은 추리소설에 나오는 걸로 충분해요. 저희는 솔직함이 장점이라고요."

"마리코는 성격이 급하군."

"저도 급해요."

하나가 교수를 째려보았다.

"키워드는 조직범일세. 준이 말한 대로."

"교수님, 한 대 맞고 싶으세요?"

린데가 으름장 놓듯 한마디하자 교수는 어깨를 으쓱했다.

"무서운 부인이군. 박사, 박사가 앞으로 상대할 사람은 이런 맥베스에 등장하는 마녀 같은 세 사람이니까 각오해두라고. 아아, 좀더 비밀로 해두고 게임을 진행시키려 했더니만. 세상 살기가 이렇게 힘들어서야."

"한탄할 시간이 있으면 건설적인 의견을 제시해야 옳죠."

마리코가 피도 눈물도 없는 목소리로 말했다.

"어이쿠. 마리코도 하나도 진실의 일부를 건드렸으면서 정말 눈치 못 챘나? 오늘 아침의 그 빤한 연극을?"

"연극이라고요?"

마리코와 하나가 동시에 부르짖었다.

"그래."

교수가 만족스레 고개를 끄덕였다.

"하는 수 없군. 조용히 지나칠까 했네만, 상륙하기 전에 못 박아두는 것도 좋겠지. V.파에는 진실을 놓치지 않는 두 개의 눈이 있다는 사실을."

"그거 교수님 이야기예요?"

"야유하는 거 아니다, 하나. 모처럼 좋은 순간인데."

말허리가 꺾인 교수는 얼굴을 찌푸렸다. 하나가 혀를 쏙 내밀었다.

"그냥 들어 넘길 이야기가 아니군요. 연극이라니 무슨 뜻입니까?"

온화하지만 박력 넘치는 시선으로 그레이 박사가 교수를 똑바로 쏘아보았다. 그런 박사의 태도조차 교수는 더없이 기분 좋은 것 같다.

"하나는 아까 이렇게 말했지? 범인은 보란듯이 시체를 드러내 경찰을 불러들이려 했다고. 그럼 이렇게 말할 수도 있지 않겠나? 거꾸로 보는 걸세. 히간 첫날, 어나더 힐 입구에 '피투성이 재키'의 소행으로 보이는 시체를 대대적으로 걸어두면, 경찰이 당당하게 어나더 힐에 상륙할 구실이 생기는 게 아니겠나?"

"네?"

"경찰 짓이란 말이에요?"

"아무리. 아무리 그래도 그렇죠."

저마다 의문을 제기하는 것을 교수는 가볍게 넘겼다.

"좋아, 그럼 증거를 제시하지. 우선 내가 의문을 품은 건 경찰이 시체를 내리는 그 놀라운 솜씨였네. 사다리에, 나무타기 명수까지 모든 게 참으로 순조로웠지. 물 흐르듯 막힘없이 진행되지 않았나. 마치 예정된 일이었던 것처럼 말이야. 그때 꼭 필름을 되감는 것 같다는 생각이 든 건 나뿐인가? 조직적으로 그 도리이에 시체를 매달았기 때문에, 순서를 거꾸로 해서 조직적으로 내려놓을 수 있었던 게 아니겠나?"

"세상에, 나 참 어이가 없어서. 그게 근거예요?"

마리코가 한숨을 내쉬었다.

"도리이에 시체가 매달려 있으면 어떻게 생각해봐도 도리이에 올라가야 하니까 나무타기 명수를 데리고 오는 게 당연하잖아요. 사다리도 당연히 필요하고, 사다리를 걸치려면 붙잡아줄 사람도 필요하고요. 지극히 상식적인 행동인데요, 뭘. 도리이에 올라가는 데 잔디 깎는 기계랑 재봉틀을 들고 왔다면 저도 이상하게 생각했겠지만."

"그게 다가 아니야."

교수는 마리코의 빈정거림에도 꿈쩍하지 않았다.

"문제는 시체를 우리가 못 보게 경찰이 재빨리 치웠다는 걸세. 우리는 워낙 호기심 왕성한 사람들이니 말이야. 우리가 가까이 가면 시체가 가짜라는 게 금세 탄로나겠지. 시체를 그런 데 매달아둔 건 선정적인 연출인 동시에 우리 손이 닿지 않게 하려는 방편이었던 걸세. 맨 처음 시체를 건드리는 사람은 경찰이어야 했어. 그 때문에라도 시체를 그렇게 높은 곳에 매달아둬야 했던 거지."

이번에는 아무도 반론하지 않고 교수의 이야기를 음미하는 듯했다. 준 역시 교수의 완곡함에 어이없어하면서도, 거기까지 듣고 나니 그의 이야기에도 신빙성이 있는 것 같다는 생각이 들었다. 그레이 박사도 무표정한 얼굴로 꼼짝 않고 그의 이야기를 듣고 있지만, 눈빛이 날카로운 것이 교수의 이야기가 어디로 흘러가는지 지켜보려는 것 같았다.

"시체가 가짜라는 증거는 도처에 보이더군."

교수는 자신만만하게 말을 이었다.

"적어도 그 가짜 시체를 물들인 게 피가 아니라는 건 확실하네. 먹잇감이 많지 않은 이 계절에 까마귀가 한 마리도 모여들지 않다니 이상하지 않나?"

준은 내심 앗 하고 소리를 질렀다. 그러고 보니 새가 한 마리도 모여들지 않았다. 시체만 흔들거리고 있었다.

"게다가 자네 개."

교수는 방구석에 엎드려 있는 검은 개를 슥 돌아보았다.

라인맨의 시선이 어렴풋이 움직인다.

그러고 보니 이 남자는 자기 존재를 완벽하게 지우고 있었다고 생각하며 준은 라인맨을 보았다. 다른 네 사람도 방금 처음으로 그의 존재를 떠올린 것처럼 흠칫 놀라 라인맨을 본다.

"대단히 우수한 사냥개로 보이네만, 그 사냥개가 피 냄새에 반응하지 않은 것도 이해하기 어려운 일이야. 하지만 그게 진짜 피가 아니었다고 생각하면 납득할 수 있지. 그건 피처럼 보이게 만든 안료였던 걸세."

"그럼 인형 같은 거였단 말이에요?"

"내 생각에는 인형이라기보다는 배우였을 거야. 목에 줄이 감긴 것처럼 보이게 하고, 실제로는 옷깃 사이로 줄을 넣어 옷 속으로 겨드랑이와 허리를 지탱하도록 매단 게 아니었을까. 인형을 사람처럼 보이게 하기는 의외로 어려우니 말일세. 사람은 자기가 본 물체의 양감이나 느낌으로, 그게 살아 있는 인간인지 아닌지를 직감적으로 판단하거든."

"중노동이네. 특별 수당을 두둑이 얹어줘야겠는데."

"조심조심 내린 것도 무리가 아니지. 살아 있는 인간이 허공에 매달려 있으니 말이야. 도중에 떨어뜨렸다가는 진짜 시체가 돼버리는 걸세."

"아주 재미있군요."

그레이 박사가 빙긋 웃고 두 팔을 벌렸다.

교수도 미소로 답한다.

"진심으로 이 나라에 연구소를 두고 싶어졌습니다."

"그때는 꼭 날 연구원으로 써주면 좋겠군."

"물론이죠."

두 사람 사이에 보이지 않는 불꽃이 튀는 것 같았다.

"그리고 배우는 무사히 회수됐어. 검시를 하는 척하며 시간을 더 끈 뒤에, 경찰서장의 효과적인 연설. 새로운 등장인물의 소개. 이렇게 해서 무대는 순조롭게 진행되고, 국가공무원이 보증하는 조너선 그레이라는 조사원이 파견된 셈일세. 아, 잘됐군, 잘됐어."

교수는 박수치는 시늉을 했다. 여자들은 입을 다물고 있었으나, 보아하니 교수의 의견에도 일리가 있다고 생각하는 것 같다. 물론 준도 그중 한 사람이다. 교수의 설을 통해 왜 저런 곳에 고생해서 시체를 매달아두었는지 그 이유뿐 아니라 방법까지 설명된 것은 틀림없었다.

"물론 전부 상황 증거라는 건 교수님도 아시겠죠?"

"알고말고. 그러니까 말하지 않았나. 이건 게임이라고. 난 게임의 규칙은 존중하는 편일세. 그건 나뿐 아니라 우리나라 사람 모두의 미덕이라고 생각하네만."

교수는 고개를 힘차게 여러 번 끄덕였다. 박사는 씩 웃었다.

"훌륭한 미덕이라고 생각합니다. 교수님의 설은 대단히 재미있게 들었습니다. 어쨌든 간에 여러분 모두 제 조사에 응해주시겠죠?"

모두들 묘한 웃음을 띠고 천천히 고개를 끄덕였다. 어딘지 모르게 공범자 같은 기분을 맛보며 준도 모호하게 고개를 끄덕인다.

교수의 설은 사실일까? 그럼 그 시체는 가짜? 그렇다면 그 시체는 '손님'으로 돌아오지 않는다. 속보에는 뭐라 기재될까.

"내 생각에,"

교수는 웃음을 띤 채로 중얼거렸다.

"그 시체를 보고 나와 같은 의견에 도달한 사람이 적지 않을 거야. 그 사람들이 나처럼 게임의 규칙을 존중할 줄 알면 좋겠네만."

박사는 정색을 하고 교수의 눈을 얼핏 보았다.

"그건 경고입니까?"

"무슨, 충고일세."

그때, 쿡 하는 웃음소리가 들려 모두 그쪽을 돌아보았다.

웃은 사람은 뜻밖에도 라인맨이었다.

"뭐가 우습죠, 라인맨? 그리고 당신을 뭐라고 부르면 되나요?"

하나가 또렷또렷한 어조로 물었다.

라인맨은 온화하게 대답했다.

"라인맨이면 됩니다. 그리고 제가 웃은 건 여러분이 할아버지나 아버지가 말씀하셨던 것과 전혀 다르지 않기 때문입니다."

"어머, 그거 궁금하군요. 뭐라 하셨는데요?"

"기분 상하지 않으셨으면 좋겠습니다만. 결점을 일부러 드러내고, 호기심이 강하고, 소문을 좋아하고, 토론하기 좋아한다."

"분하긴 하지만 맞네요."

"그게 여러분의 강인함이자 인간다움이기도 합니다. 저는 좀 부럽군요."

"라인맨을 만나는 건 처음이에요. 해마다 히간에 왔었는데."

린데가 라인맨을 물끄러미 바라보았다.

"저도 여러분과 이야기하는 건 처음입니다."

"왜 당신이 지명됐죠?"

"저에게 나쁜 바람이 보였기 때문입니다. 검둥이에게도요."

라인맨이 개를 보자, 개도 자기 이름이 불린 것을 아는지 움찔하고 머리를 쳐들었다.

"나쁜 바람?"

라인맨은 무표정한 얼굴로 돌아가 그대로 자기 존재 안에 몰입해버린 것 같았다.

좁은 수로를 천천히 돌자 넓고 조용한 선착장이 나왔다.

준은 그때까지 계속되던 추리 대결도 잊고 그 정밀靜謐한 분위기에 매료되었다.

그야말로 시간의 기억. 아득히 먼 과거에서부터 이어져온 유적 속의 세계다.

이 나라에 도착했을 때부터 해묵은 시간의 축적에 압도되었으나, 이곳에는 한층 더 신비롭고 특별한 분위기가 있었다. 그래, 이곳에서라면 무슨 일이 일어나도 이상할 것 없다는 생각이 든다.

색이 짙은 물에 그려진 줄무늬는 해묵은 수채화의 색이다.

이끼와 일체화된 높다란 돌담 위로, 힐 꼭대기까지 이어지는 오래된 숲이 계속된다.

과거에 세계가 한꺼번에 좁아진 시대가 있었다. 왕과 여왕의 위광을 다투고, 목숨 걸고 땅 끝까지 여행한 사람들이 있었다. 그 정열, 그 호기심, 명예욕, 정복욕은 이런 극동의 땅에까지 이르렀다. 그 극적인 시대의 부산물은 지금 이렇게 조용한 시간을 보내고 있다.

선착장에서부터 완만한 비탈이 이어졌다. 비탈은 금세 선착장을 둘러싼 숲속으로 사라지고, 그 너머에 있는 교회 같은 건물로 사람들이 빨려들듯 들어간다.

어나더 힐의 건물은 고둥 같은 형태로 이어진다고 한다. 외적의 침입을 막기 위해서겠으나, 원래부터도 그런 지형이었던 모양이다. 고분처럼 보이기도 하는데 전에는 어떤 식으로 쓰였을까. 기도의 장. 깨달음의 장. 좌우지간 사람들의 신앙을 끌어모으는 특이한 지형임이 틀림없다. 자연의 조형造形은 특수한 조작에 의해 정신성을 부여받는다.

"멋진 곳이군요. 여기서 시간을 보내면 누구나 위대한 영감을 얻겠는데요."

그레이 박사도 오래된 풍경화 속 같은 이 경치에 매료된 것 같았다.

확실히 미국의 도회지 풍경과는 전혀 다를 것이다.

"물론이죠. 영감은 물론이고, 실물도 만날 수 있는걸요."

마리코가 고개를 끄덕이는 것을 보고 준은 별안간 불안해졌다.

그래. 여기는 이미 성역. 이미…… 만날 수 있는 것이다.

갑자기 등골이 오싹해져 주위를 두리번거렸다. 어디선가 누가 몰래 이쪽을 보고 있는 것 같아 불안하다.

"박사님도 처음이시죠? 그러니까 즉…… 돌아오는 사람들을 만나는 건."

준이 머뭇머뭇 그레이에게 말했다.

그레이 박사는 히죽 웃으며 고개를 끄덕였다.

"그래. 자네도 처음이라고 들었네. 같은 연구의 길을 걷는 사람으로서 신선한 기분을 최대한 맛보자고. 스릴이 넘치는군."

여유가 있다. 준은 겁에 질린 자신이 부끄러워졌다.

"아침에 시간을 잡아먹은 바람에 해가 꽤 높이 떴네. '시필식'은 오후로 늦춰질 수도 있겠어."

하나가 구름 새로 비쳐드는 힘없는 빛을 손으로 가렸다.

"시필식?"

준이 묻자 하나는 방긋 웃었다.

"응, 올림픽 선수촌 입촌식 같은 거지. 이거 말이야, 이거. 여기에 처음 히간의 인상을 적는 게 '시필식'이야."

하나는 작은 숄더백에서 블랙 다이어리를 꺼냈다.

"꼭 무슨 경찰수첩 같네."

"그러고 보니 그러네. 이름이 씌어 있긴 해도 다들 똑같은 걸 갖고 있으니까 헷갈리지 않게 스티커 같은 걸 붙여두는 게 좋아."

"해외여행 갈 때 여행가방처럼?"

"응. 자, 이거 붙여줄게. 준한테 딱 맞아. 손톱으로 긁으면 향기 나는 거야."

하나는 어디선가 스티커를 슬쩍 꺼내 준의 수첩 표지에 붙였다. 파인애플 그림이다.

이게 나에게 딱 맞는다는 것은 무슨 뜻일까?

"봐, 세트야."

하나는 자기 수첩 표지에 붙은 딸기 스티커를 보여주었다. 준은 힘없이 웃었다.

짐을 들고 상륙하자 땅이 단단한 데 놀랐다. 한나절 이상 배를 탄 탓에 걸음걸이가 어색하다.

"어쩐지 평형감각이 이상해."

하나도 커다란 가죽 트렁크를 들고 휘청휘청 걸어간다. 서니와 사이드는 라인맨이 데리고 있는 개의 위협에서 겨우 해방된 듯, 기운차게 포석 위로 튀어나가 마리코와 하나를 쫄랑쫄랑 따라간다.

라인맨으로 말하자면, 그는 자기가 타고 온 조각배와 노를 짊어지고 개와 함께 숲으로 들어갔다.

"신기한 사람이네."

"하지만 제법 미남이지."

"어디에 묵는 걸까?"

"어쩌면 노숙할지도 몰라. '망'을 본다고 했지만, 저 사람들 생활은 역시 잘 모르겠는걸."

하나와 마리코가 소곤소곤 이야기했다.

"봤어? 그 사람, 두 눈 색깔이 다르더라."

"진짜? 몰랐어. 의안인가?"

"아니, 분명히 원래 그런 걸 거야. 아주 드물게 그런 사람이 있다고 들은 적 있거든. 오른쪽이 갈색이고 왼쪽이 진녹색이었어."

준은 하나의 예리한 관찰력에 놀랐다. 그렇군, 어딘지 모르게 이 세상 것 같지 않은 인상은 그 탓이었을지 모른다. 어떤 유전의 장난일까. 풍경은 대체 무슨 색으로 보일까.

"어라, 이나리* 사당이다."

준은 숲속에 동그마니 서 있는 작은 사당 앞에서 걸음을 멈추었다.

이 풍경에서 어쩐지 친숙한 느낌, 일본적인 인상을 받은 것은 그 때문이었나.

"응, 이나리 사당."

"여기서도 저걸 이나리 사당이라고 하는군."

"하지만 바치는 건 달걀이야."

"뭐?"

"우리는 오믈렛을 이나리라고 부르거든. 요즘에는 그냥 오믈렛이라고 부를 때가 많지만."

"정말 이거나 저거나 다 달걀이네."

"영국에는 유부가 없었잖아. 옛날에 일본에서 사람들이 이주해왔을 때는 이 근처에서 콩이 수확되지 않았으니까 타협한 거야."

"그렇군."

준은 별안간 유부우동이 먹고 싶어졌다. 유부에 장국이 배어 있고

---

* 稻荷. 오곡을 관장하는 신. 또 이나리 신의 사자인 여우나 그 여우가 좋아한다는 유부를 가리키기도 한다.

114

채 썬 파와 칠미를 듬뿍 얹은 유부우동.

군침이 돌려는 것을 이럼 안 되지, 하고 억지로 삼켰다. 그러고 보니 아침에는 시체를 본 탓에 식욕이 없었지만, 생각해보면 홍차와 머핀밖에 먹은 것이 없다. 배가 고픈 것도 당연하다.

길은 석조 건물로 이어져 있었다. 그 안에서 다시 한번 입산 수속을 밟아야 한다.

천장이 높고 휑뎅그렁한 건물 안은 줄 선 사람들의 수런거리는 소리로 가득했다. 자치회 임원인 듯한 사람들이 볼펜으로 명부를 체크하고 있다. 여기는 이미 자치회 관할이다.

"여기는 교회인가? 예배당?"

"여기는 언덕 전체가 성지이기 때문에 제단이 없어. 그냥 집회소라고 할까."

"언덕 자체가 신체神體라는 이야기인가."

"비슷해. 하지만 '기도의 성' 예배당만은 예외인가봐. 제단 비슷한 게 있거든. 거기만은 만들어진 시대가 다른 것 같던데."

"거기엔 신부가 있어?"

"없어. 지금은 고급 숙박시설인걸."

이 나라의 종교는 일단 영국 국교회의 흐름을 수용하므로 가톨릭계라 할 수 있다. 그러나 준이 보건대, 조금 전 본 도리이에서도 알 수 있듯 일본 신도神道와의 융합이 이 땅에도 영향을 미치고 있다. 습관적으로 교회에 가는 사람은 많지만, 거의 다과회나 다름없는 느낌이다. 신부의 설교도 옛날이야기와 도덕적 교훈이 대부분을 차지하고, 일본의 민간 종교와 불교가 미묘하게 섞여 독자적인 종교관을 형성한 것으로 보인다.

히간중에 어나더 힐의 인구는 늘 이백 명가량으로 조정된다. 너무 많아도, 너무 적어도 안 된다는 것 같다. 내로 보트와 마찬가지로 부유층은 자기 집을 갖고 있고, 주민회에서 공동으로 소유하는 집도 있다. 공동숙소로 대여되는 곳도 있고, 개인이 빌리는 곳도 있다. 가루이자와의 별장지대 같은 것을 생각하면 된다. 나선형 비탈길을 따라 집들이 죽 이어진다. 각 집의 입구는 다른 집에서 보이지 않으며, 나무들이 각 집을 둘러싸게 배치되어 있다.

"어째서 그런 건지 알아?"

하나의 질문에 준은 고개를 흔들었다.

하나는 검지를 세우고 설명했다.

"'손님'이 찾아오기 쉽게 하려고 그러는 거야. '손님'은 부끄럼쟁이거든. 안 그런 '손님'도 있지만. 그렇기 때문에 낮에는 되도록 혼자 있어야 해. 그래서 다들 거의 한 마디도 안 하고 사는데, 그것도 '손님'이 찾아오기 쉽게 하려고 그러는 거야. 여기서 하는 모든 행동은 기본적으로 그 생각이 바탕이 돼. 우리는 그 사람들을 만나려고 여기 와 있다는 사실을 잊지 마. 밤에는 또 좀 달라. '손님'은 수줍음을 타기는 해도, 떠들썩하게 있으면 그 틈에 끼어들기 쉽다고 하거든."

"흐음. 그럼 낮에 숲에서 오솔길을 걷다가 딱 마주치는 게 가장 이상적이겠는데."

머리로는 이해하려고 필사적으로 애를 썼는데 불안만 가슴에 밀려들 뿐이라, 준은 한심한 기분이었다.

"만약 다른 사람이 '손님'이랑 접촉하는 장면을 보면 숨는 게 에티켓이야. 보는 건 상관없고, 물론 기록은 해야 하지만."

"으음. 누가 다른 사람하고 이야기하는데, 어느 쪽이 '손님'인지 모

116

를 때는 어떻게 하지?"

"그럴 때가 종종 있는 건 사실이야. 아는 사람이 아니면, 낮에는 두 사람 이상 같이 있는 걸 보면 말 안 시키는 게 무난할 거야."

"꽤 복잡하네."

"첫 히간이잖아. 어쩔 수 없어. 조금씩 익숙해지는 게 중요해."

하나는 처음 심부름 가는 어린아이를 격려하듯 고개를 끄덕였다.

그러고 보니 언덕 곳곳에 은밀한 작은 장소들이 있다. 정자라든지, 나무 그늘에 눈에 띄지 않게 놓인 벤치라든지, 그네라든지. 혼자 시간을 보낼 수 있는 장소가 의도적으로 많이 마련되어 있는 것이다.

정말 기묘한 세계다. 여기서는 모두가 유령을 기다리고, 유령과 접촉하는 것이 상식이다. 아니, 그들에게 그것은 유령조차 아니다. 사람들이 너무나도 당연한 일로서 받아들이기 때문에 이곳에서는 그것이 일상이다. 그것을 이상하게 여기는 자기가 이단이다.

비탈길 곳곳에 계단참 같은 곳이 있다. 공용 공간인 모양이다. 펍 간판과 잡화점 불빛이 그곳에만 화려한 분위기를 자아내고 있다.

춤추는 구미호 주막

펍 간판을 보고 준은 눈을 껌벅거렸다. 흔들거리는 녹색 금속판에 꼬리가 아홉 개 달린 여우가 춤을 추는 그림이 그려져 있다.

다마모노마에* 펍인가. 어쩐지 굉장히 무서운 음료가 나올 것 같다.

"우편물은 저기 잡화점에서 보낼 수 있어."

---

* 玉藻前, 중국에서 온 금빛 구미호가 둔갑했다는 일본 전설 속의 미녀.

하나는 문에 붙은 우체국 마크를 가리켰다.

우체국이라. 우표를 사야겠는걸.

"여자친구한테 엽서 꼭 보내."

"어, 아, 아니, 별로……"

"진짜 알기 쉬운 사람이네, 준은."

하나가 깔깔 웃었다.

시노다 교수의 집은 언덕을 삼분의 이 정도 올라간 곳에 있었다.

정육면체 모양을 한 아담한 석조 저택은 벽 전체가 이끼와 담쟁이로 뒤덮인 것이 유서 있어 보인다.

집 구조가 특이했다. 네모난 안마당을 둘러싸듯 세워져 있고, 통로는 단 하나뿐이다. 안마당을 빙 둘러 회랑이 있는데, 채광창이 있을 뿐 안마당 자체는 보이지 않게 되어 있다. 큰 방은 식당 하나뿐이고, 두 평 조금 넘는 작은 방이 여러 개 있다. 방마다 침대와 테이블과 작은 옷장이 있다. 얼핏 보면 감옥 독방이 늘어서 있는 것 같은데, 이것이 어나더 힐의 표준적인 가옥 구조라 한다. 역시나 승려의 생활 같다는 생각이 들었다. 되도록 다른 사람들과 얼굴을 마주하지 않고 시간을 보낼 수 있게 설계되었을 것이다.

재미있는 것은 방 창문이었다. 퇴창이라기보다, 창밖에 L자형 돌이 튀어나와 있는 형태다.

"이게 뭐지?"

준이 묻자, 하나는 씩 웃었다.

"모르겠어?"

"이것도 '손님' 하고 관련된 건가?"

"물론이지. 이건 '손님'을 위한 의자야."

"뭐? 그럼……"

"응, '손님'이 여기 앉는 거야."

"맙소사."

준은 그 장면을 상상해보고 오싹했다. 문득 창문을 올려다봤더니 누가 앉아서 이쪽을 보고 있다. 생각만 해도 무섭다.

"안심해. 여길 이용하는 '손님'은 별로 없으니까."

"하지만 아예 없는 건 아니잖아?"

준은 창백한 얼굴로 중얼거렸다.

"금방 익숙해질 거야."

하나가 명쾌하게 보증해도, 준은 도무지 그럴 것 같지 않았다.

또하나 마음에 걸린 것은 안마당이었다. 안마당 중앙에는 십자형 돌벽이 세워져 있었다. 즉, 안마당이 넷으로 나뉘어 있는 것이다. 벽과 벽 사이에 있으면 서로 얼굴을 마주칠 일이 없다. 이곳에서 각자 기도나 명상을 한다고 한다. 안마당도 '손님'이 찾아오기 쉬운 곳 중 하나라는 것 같다.

"철저하네."

"그것 때문에 여기 온 거잖아."

하나는 이제 와서 새삼스럽게 무슨 말을 하느냐는 눈으로 준을 보았다.

준은 이층 동남쪽 모퉁이 방을 배정받았다. 문은 달려 있지 않고, 그 대신 복도에서는 침대가 보이지 않게 입구가 배치되어 있다. 모든 방의 창문에는 커튼이 없다. 물론 밖에 '손님'이 왔을 때 바로 알아차릴 수 있게 하기 위해서다.

생각하기에 따라서는 너무 조심성이 없는 것 같다. '손님'이 언제든지 찾아올 수 있도록. 그 말은 즉, 누구든지 들어올 수 있다는 말이 아닌가.

만약 여기에 정말 '피투성이 잭'이 있다면. 그렇게 생각하니 등골이 오싹했다.

불특정 다수의 희생자를 물색하려는 살인마가 숨어들기에 이보다 더 좋은 곳이 있을까. 모두 혼자 시간을 보내고, 사각死角이 많고, 숨을 수 있는 장소가 곳곳에 있다. 아니, 설마 그럴 리 없다. 이곳은 신성한 장소다. 사람들의 전통은 그런 이질적인 망상이 파고들 여지를 주지 않을 것이다. 입산 허가증의 발행도 엄격하게 제한된다. 그런 생각을 하며 짐을 풀어 옷을 옷걸이에 걸고 머리맡에 책과 손에 익은 필기도구를 늘어놓으니 마음이 안정되었다. 처음에는 감옥 독방 같다고 생각했는데, 자신의 물품이 놓이니 순식간에 편안한 공간이 되었다. 공간이 좁은 것도 되레 안정되고 좋다. 공부가 잘 될 것 같다. 여름에 수험생에게 빌려주면 떼돈 벌지 않을까. 그런 발칙한 생각도 해본다. 기업 연수나 전지요양에도 좋을 것 같다.

어나더 힐은 국가에서 관리하므로 공용 구역의 정기적인 청소 및 보수는 국가에서 한다. 풍치지구 같은 것이라 민간인이 경관이나 건조물에 멋대로 손을 댈 수 없다.

짐 풀기를 끝내고 식당에 모인 그들은 스튜 깡통을 따서 빵 및 밥과 함께 간단한 점심을 들었다.

"나중에 신선식품을 사와야지."

린데가 장보기 목록을 적기 시작했다.

그때 갑자기 딩동댕동 소리가 들려왔다.

유선방송이다.

오늘 '시필식' 은 오후 한시에 시작됩니다.

좋은 히간을 만듭시다.

오늘 '시필식' 은 오후 한시에 시작됩니다.

좋은 히간을 위해 정진합시다.

"역시 한시부터네. 시간이 별로 없는데."

마리코가 손목시계를 보았다. 외출 준비를 하며 이야기를 주고받는다.

"그레이 박사님은 어디에 묵을까 몰라?"

"경찰에서 준비했으면 공동숙소 아닐까?"

"하지만 그 사람, 고급스러운 거 좋아할 것 같지 않아?"

"그럼 '기도의 성' 이려나."

언덕 꼭대기에 '기도의 성' 이라 불리는 작고 오래된 성이 있다. 그곳이 어나더 힐에서는 가장 고급 숙소라고 한다.

"와, 성이라고요? 그런 데서도 한번 묵어보고 싶은데요."

준이 중얼거리자 마리코가 고개를 내저었다.

"그만두는 게 좋아. 거기, 엄청 나오니까."

"'손님' 이?"

"그런 거 말고, 훨씬 무서운 거."

"그거, '손님' 하고 다릅니까?"

"달라."

마리코는 딱 잘라 대답하더니 쿡쿡 웃었다.

"혹시 성에 묵는다면 박사님, 꿈 한번 제대로 꿀걸."

"심술궂긴."

준은 주위를 두리번거리며 다른 사람들을 따라갔다.

'손님'이 아니라면 대체 뭐란 말일까?

사람들이 집회소를 향해 줄지어 간다. 인사를 주고받는 목소리가 여기저기서 들린다. 가을 축제를 앞두고 집회에 가는 마을 사람들 분위기다.

집회소에 모인 사람들은 대략 백오십 명쯤 될까. 남녀노소라고 하고 싶지만 다소 고령자에 편중된 것은 부정할 수 없다.

앞에 남자 세 명이 섰다. 상륙했을 때 입산 허가증을 체크하던 사람들이다.

가운데 선, 땅딸막하고 어딘지 모르게 두더지처럼 생긴 남자가 마이크를 들었다.

"안녕하십니까, 여러분. 제가 올해 운영위원회 회장을 맡게 된 토머스 베커입니다. '시필식'이 늦어진 점 사과드립니다. 이쪽이 부회장인 데이비드 아오키, 이쪽이 서기인 닉 스카이라크입니다. 올해의 히간이 아무 탈 없이 진행될 수 있도록 협조 부탁드립니다."

느긋한 목소리에는 선량함이 드러나 있고, 땀을 많이 흘리는 듯 빈번히 타월로 이마를 닦는다. 긴장했는지 모른다.

아오키라고 소개된 남자는 굴뚝 청소용 빗자루 같은 몸통에 신경질적으로 생긴 역삼각형 얼굴이 얹혀 있다. 또 한 사람, 스카이라크 씨는 근사한 하얀 수염을 기른 위엄 있는 얼굴이다. 모두 육십대에서 칠십대쯤 됐을까.

동그라미, 세모, 네모로군.

그런 생각을 하니 웃음이 났다.

122

회장인 베커의 실루엣은 동그라미, 부회장 아오키는 세모, 서기 스카이라크는 네모다.

"회장은 저렇게 사람 좋아 보여도 상당한 수완가야. 인망도 있고. 부회장은 걸어다니는 히간 사전 같은 사람이야. 스카이라크는 규칙이랑 관례에 굉장히 까다로우니까 조심해."

하나가 조그만 목소리로 속삭였다. 걸어다니는 히간 사전이라는 말에 귀가 쫑긋했다.

재미있겠다. 꼭 한번 이야기를 들어보고 싶다.

"올해는 여러 가지로 전례 없는 일이 일어나 여러분도 불안하시겠습니다만, 여느 때처럼 평정을 잃지 않으면 두려워할 필요는 없다고 생각합니다. 아까 경찰에서 발표한 대로 조너선 그레이 박사가 개별적으로 여러분을 방문하신다고 하니, 오늘 아침 사건에 관해 눈치 채신 게 있으면 기탄없이 말씀하시고 수사에 협조해주십시오. 집회소 앞 게시판에 속보 및 주의사항을 붙여두겠습니다. 매일 확인해주기를 바랍니다. 달걀이 배달될 날은 추후 통지하겠습니다. 그럼, 히간 첫날도 이미 시작됐으니 이제 '시필식'으로 옮겨갈까요? 여러분, 일기를 꺼내주십시오."

사람들이 부스럭부스럭 검은 수첩을 꺼냈다.

준도 긴장하며 블랙 다이어리를 꺼냈다. 파인애플 스티커가 눈에 들어와 그는 무심코 코를 갖다댔다.

"그럼 첫 장을 펴고 다함께 복창해주십시오."

수첩을 펴는 소리가 높다란 천장에 메아리친다.

"하나, 나는 항상 변함없는 희망을 품고 고요한 마음으로 방문을 기다리겠습니다."

"하나, 나는 항상 변함없는 희망을 품고 고요한 마음으로 방문을 기다리겠습니다."

회장에 이어 다른 사람들이 복창했다. 소리가 벽에 부딪혔다 왕왕 울리며 되돌아온다. 상당히 기분 좋은 느낌이라고 준은 생각했다.

"하나, 나는 방문을 성의 있게 받아들이고 주어진 말을 정확히 기록하겠습니다."

"하나, 나는 방문을 성의 있게 받아들이고 주어진 말을 정확히 기록하겠습니다."

따라 읽으며 준은 긴장이 고조되는 것을 느꼈다. 정말 지금 한 말대로 할 수 있을까? 처음 오는 것은 언제일까? 아니, 그전에 정말 나에게 그것이 보일지가 문제다.

"하나, 나는 존경심을 갖고 이 땅에 전해내려오는 우리 역사와 전통을 준수하는 데 기여하겠습니다."

"하나, 나는 존경심을 갖고 이 땅에 전해내려오는 우리 역사와 전통을 준수하는 데 기여하겠습니다."

"이상입니다. 여러분, 이제 해산합니다. 좋은 방문, 좋은 히간을 보내시길 바랍니다."

'시필식'은 간단하게 끝났다. 사람들이 삼삼오오 흩어진다. 그러나 모였을 때와 대조적으로 매우 조용했다. 올 때는 대화를 주고받았는데, 돌아갈 때는 모두 입을 다물고 뿔뿔이 걸어간다.

그렇게 이야기하기 좋아하는 사람들이.

기이한 광경이었다. 조용히 집 안으로 빨려 들어가는 사람들. 소리 없는 세계. 마치 우주인 무리를 보는 느낌이었다. 준은 고요한 감동을 느꼈다. 이것이 히간의 생활인 것이다.

딴 사람이 된 것처럼 조용해진 하나와 마리코 등의 뒷모습을 보며, 그는 바야흐로 별세계別世界에 들어선 것을 실감했다.

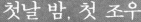

3장

첫날 밤, 첫 조우

멀리서 개가 짖었다.

언덕 어딘가에서 짖는 것치고는 꽤 먼데. 언덕 바깥쪽? 그 기분 나쁜 라인맨이 데리고 온 개인가.

로버트 호리카와는 벽에 붙은 올해의 히간 기념우표를 보며 손가락 끝으로 수염을 쓰다듬었다. 올해의 디자인은 어나더 힐의 대도리이다. 이 기념우표 가격에는 기부금이 포함되어 있는데, 그 돈은 어나더 힐의 유지 보수 및 히간 운영에 사용된다. 그렇지 않아도 오래된 힐에 히간중에 사람들이 거주하다보면 곳곳에 보수가 필요해지기 때문에, 우체국장인 그에게는 해마다 늘어나는 기념우표 판매 할당량이 큰 부담이었다. 따라서 오늘 아침 그 대도리이에 시체가 매달려 있었던 것에 기절초풍하기는 했어도, 그가 맨 처음 걱정한 것은 이 때문에 기념우표 판매가 줄어들지 않을까 하는 것이었다.

그러나 그런 걱정은 기우에 그쳤다. 그가 우체국 카운터에 앉자마자

"시체가 매달려 있던 도리이야" "'피투성이 잭'이라고" "기념이 되겠군" "시체를 그려넣은 우표는 안 만드나?" "집에 돌아가면 보여주고 자랑할 수 있겠다" "손자 선물로 줘야지" 하고 평소보다 많은 손님이 밀려들었다.

문 위의 시계를 흘깃 보니 네시 반이 지났다. 일몰의 종까지는 아직 세 시간 반 가까이 남았다.

어서 한잔 하고 싶다. 아무리 장사라지만 히간은 따분하기만 하다.

나선형 거리는 오후의 정적에 잠겨 있다. 여전히 무겁고 탁한 하늘은 그림자마저 녹여버린다. 이 경치를 가만히 보고 있으면 지금이 무슨 계절이고 하루 중 어느 때인지 점점 알 수 없게 될 것이다.

히간은 이미 시작되었다. 주민들은 자기 집이나 저마다 고른 장소에서 시간을 보내고 있다.

로버트는 유리 너머로 상점 앞 광장을 보았다.

포석이 깔린 작은 원형 광장. 나무 벤치가 둘, 우체통이 하나. 이런 광장은 그 외에도 몇 개 더 있는데, 어디나 상점에 둘러싸인 형태다.

우체국을 겸한 잡화점 옆은 '춤추는 구미호 주막'이라는 펍이다. 어나더 힐에는 그 외에 펍이 두 개 더 있다. '기도의 성' 레스토랑은 따로 치고, '춤추는 구미호 주막' 외에 제대로 된 식사를 제공하는 펍은 가장 오래된 '은방울집'뿐이다. 남은 하나 '웃는 태엽 주막'은 매가리 없는 젊은 것이 운영한다. 굳이 말하자면 술도 파는 카페 같은 느낌이라, 기껏해야 국수와 스콘 정도밖에 팔지 않는다.

로버트는 수염을 쓰다듬고, 흔들리는 펍 간판을 아쉬운 눈으로 흘깃 올려다보았다.

지금쯤 주인인 쇼노스케가 오뎅을 준비하고 있을 것이 틀림없다.

아까부터 맛있는 간장 냄새가 풍겨와 로버트는 마음이 서글펐다.

저도 모르게 카운터를 굵은 손가락으로 초조하게 툭툭 친다.

아이고, 배고파.

히간중에는 낮 동안 채식을 하기 때문에 변변한 것을 먹지 못한다. 오늘은 잡화점 준비에 쫓기느라 잼 바른 머핀을 한 조각 먹은 것이 전부다. 잡화점은 그의 아내 미유키가 맡고 있다. 첫날부터 며칠 동안은 다들 히간중에 필요한 생활용품을 사러 오기 때문에 그쪽이 더 바쁘다. 방금 전까지 기념우표를 사려는 손님과 생활용품을 사려는 손님으로 가게가 붐볐으나, 지금은 썰물 빠진 것처럼 조용해졌다.

실은 가슴 주머니에 초콜릿 바가 들어 있다. 부적처럼 늘 주머니에 넣고 다닌다. 아까부터 그 초콜릿 바를 먹을까 말까 망설이는 중이었다. 그는 가벼운 당뇨가 있는데도 술도 달콤한 것을 좋아한다. 꾹 참고 있지만, 이에 쩍쩍 들러붙는 토피의 감촉이 생각나 죽을 지경이다.

히간은 당신한테 다이어트가 될 거야, 라고 미유키는 매년 똑같은 말을 한다. 그때마다 그는 늘 다이어트는 무슨, 하고 대꾸한다. 히간에서 돌아왔을 때 몸무게가 줄어 있던 적이 있었느냐 이 말이야. 낮 동안 참느라 쌓인 스트레스를 밤에 펍에서 발산하지, 돌아와서는 어나더 힐에서 못 먹었던 만큼 폭식하니 늘 더 찌기만 하잖아. 스모 선수도 하루 두 끼 먹는다더라. 그게 제일 살찐다고. 아내는 어처구니없다는 얼굴로 말한다. 스모 선수가 지금 무슨 상관이야? 그 사람들은 운동선수라고. 적어도 토피 든 건 그만두고 튀밥 초콜릿으로 바꾸기라도 하지?

우체국장이라고 해봤자 직원은 그 한 사람뿐. 물론 이런 특수 지역이다보니 우체국장 자리는 호리카와 집안 대대로 세습된다. 그가 입은 제복은 특별 주문품이거나 특대 사이즈로 보이는데도 조끼 단추가 채워지지 않는다. 우체국장이라기보다 술집 바텐더 같다. 카운터 뒤에 앉은 로버트는 흡사 러시아 인형 같았다. 목이 거대한 체구에 파묻혀 있고, 작은 입술 위에 작은 갈색 콧수염이 얹혀 있다. 머리숱이 얼마 없어 꼭대기가 벌써 허옇게 번쩍이지만, 피부는 매끈거리는 것이, 어딘지 모르게 산 사람 같지 않다.

또다시 멀리서 가늘고 긴 개 울음소리가 들려왔다.

우리 리틀 풋은 어디 갔지?

로버트는 문득 시야 끄트머리에서 움직이는 그림자를 깨닫고 고개를 들었다.

완만한 비탈 아래서 한 청년이 올라온다. 검정 폴로셔츠에 청바지를 입은 가벼운 몸차림에 빈손이다. 잠자리테 안경을 쓴 단정한 얼굴, 어깨까지 내려오는 머리. 느긋한 걸음걸이로 길 한복판을 걷는 그는, 이따금 개 우는 소리가 들려오는 방향을 돌아보며 신기한 듯 주위를 두리번거리고 있다.

로버트는 터벅터벅 비탈을 올라가는 청년을 유리 너머로 지켜보았다.

히간에 처음 온 신출내기인가보군. 아니면 저렇게 무방비로 길 한복판을 걸을 리 없지.

그는 어렸을 때 길 한복판을 걷지 말라고 아버지에게 자주 야단맞곤 했다.

한복판을 걷는 건 여왕 폐하와 '손님' 뿐이다. 그러니까 한복판은 늘 비워둬라. 안 그러면 네 그림자의 목이 뎅강 달아난다. 그림자 목이 달아나면 넌 한평생 그림자 없이 사는 거다.

그림자가 없어진다는 것은, 왜 그런지 어린아이 마음에도 무섭게 느껴졌다.

그 아버지도 이제는 없다. 아버지가 세상을 떠나고, 그가 처음 이곳에 국장으로 부임하자마자 유리문을 열고 맨 먼저 찾아온 사람이 아버지였다.

문에 달린 종이 딸랑딸랑 맑게 울리는 것을 듣고 고개를 들자 아버지가 서 있었다.

지금의 그 못지않게 거구였던 아버지가 들어온 것을 보고도 아무런 위화감이 없었던 것이 지금도 선명하게 기억난다.

'재고 파악을 착실하게 해라.'

아버지는 입을 열자마자 그렇게 말했다.

'좌우지간 수를 세는 습관을 들여. 뭐든 마찬가지다. 다른 사람에게 물품을 건네줄 때, 재고를 볼 때, 물건을 보면 수를 세라. 알겠니?'

그가 알았다고 대답하기도 전에 아버지는 발걸음을 돌리고 딸랑딸랑 종소리를 울리며 밖으로 나갔다. 조금 떨어진 곳에서 짐정리를 하던 아내는 알아차리지 못한 듯, 돌아보지도 않은 채로 손님이 왔었느냐고 물은 기억이 있다.

그로부터 벌써 십 년도 더 지났다……

어느새 멍하니 그런 감개에 젖어 있던 로버트는 시야 끄트머리를 가로지르는 그림자를 깨닫고 다시 한번 유리 너머로 밖을 내다보았다.

그는 벌떡 일어나 앉았다.

어떻게 된 일이지?

비탈 아래서 한 청년이 천천히 올라온다.

로버트는 머리가 어질어질했다. 머릿속에서 필름이 되감긴 것 같은 기분이었다.

말도 안 돼. 기시감이라는 그건가?

방금 전 본 광경이 또다시 눈앞에서 반복된다.

검은 폴로셔츠에 청바지, 잠자리테 안경, 어깨까지 내려오는 머리.

두리번거리며 길 한복판을 걸어가는 청년.

혼란에 빠진 로버트의 시선도 알아차리지 못한 듯, 터벅터벅 비탈 위로 사라진다.

아, 그렇군. 놀라긴 왜 놀라? 밑으로 돌아갔었던 거야.

로버트는 그것을 깨닫고 안심했다.

뭐 두고 온 물건이라도 있어서 뛰어내려갔을 것이라고 자신을 타일렀다.

하지만 거리가 꽤 되는데. 눈앞의 비탈을 뛰어내려갔다면 분명 보이지 않았을까. 그래, 만약 그랬다면 못 봤을 리가 없다.

마음 한구석에서 목소리가 의아스레 속삭인다.

말도 안 돼.

로버트는 안절부절못하며 캐비닛에 든 관제엽서를 세기 시작했다.

물건을 보면 수를 세라. 알겠니? 아버지의 목소리가 들려온다.

한 청년이 비탈을 올라갔다. 그리고 또 똑같은 청년이 비탈을 올라갔다. 일 빼기 일은 영. 영 빼기 일은?

길 한복판을 걸으면 안 된다, 로버트. 머릿속에서 아버지의 목소리가 들려온다.

한복판을 걷는 건 여왕 폐하와……

로버트는 고개를 번쩍 쳐들고 문 밖을 내다보았다.

물론 그곳에는 아무도 없다. 졸린 듯이 고요한 오후의 비탈길과 작은 광장이 있을 뿐이다.

어디서 개 짖는 소리가 들린 것 같았으나 이윽고 조용해졌다.

시간이 답답하리만큼 천천히 흘러간다.

조용하다. 어쩌면 이렇게 조용할까. 새소리조차 들리지 않는다.

준은 손을 멈추고 한숨을 돌렸다.

이번 여행중에 상세한 일지를 기록하기로 마음먹었던 그는, 우선 오늘 저녁식사 전까지 이 나라에 도착해서 여기 오기까지의 일을 적어보려고 했다. 그러나 눈으로 본 것, 귀로 들은 것이 워낙 하나같이 신기하고 온갖 이미지를 불러일으키는 탓에, 내로 보트에 타기 전까지만 써도 상당한 양이 될 것 같았다.

어쨌든 일지를 적는 데 몰두한 덕에 어나더 힐에 있다는 긴장이 간신히 풀린 것 같았다.

그래, 내가 긴장할 필요는 없다. 누가 나를 찾아올 예정도 없으니, 여느 때처럼 일하고 있으면 그만이다. 나는 그레이 박사님 말처럼 연구의 길을 걷는 사람에 불과하다. 평정을 잃지 않고, 타지 사람의 신선한 시각으로 관찰하면 된다.

그렇게 생각하니 스스로가 믿음직하게 여겨지고 기분이 고양되었다. 한편으로, 내내 긴장하고 있었던 탓에 갑자기 졸음이 밀려왔다.

의자에 앉은 채 기지개를 켠 다음, 커피라도 마시러 아래층에 내려가기로 했다.

손목시계를 보니 아직 일몰의 종까지 세 시간 남았다.

돌방은 고치 속에 있는 것처럼 쾌적했다. 좀더 단절된 느낌이 들까 했는데, 창문 두 개와 문 없는 입구 덕에 세상과 연결되어 있다는 느낌이 든다. 잘 표현을 못 하겠으나, 방이 숨쉰다고 할지, 어디서 반드시

한 줄기 바람이 불어 지나는 듯한, '열린' 느낌이 든다. 마치 어나더 힐이라는 거목의 가지에서 쉬는 작은 새가 된 듯한 기분이다.

이상하다. 지금 이렇게 어나더 힐에 있다니.

준은 창문으로 밖을 내다보았다.

두꺼운 창유리 너머로 나무들이 천천히 바람에 흔들리고 있다.

두툼한 구름으로 뒤덮인 하늘은 변함없었으나, 아직 저물녘이라는 느낌은 없었다. 여덟시에 일몰의 종이 울리지만 그것은 사람들의 낮 생활에 점을 찍기 위해서이고, 실제로는 아직 어두워지지 않는다.

날씨 덕분일까. 어딘가 마음속 깊은 곳이 고요해지고, 기다리는 행위에 긴 시간을 들일 수 있는 것은.

멀리 숲을 통과하는 바람 소리가 들린 것 같았다.

어나더 힐의 거리는 나선형으로 만들어져 있지만, 엄밀히 말하면 완전한 나선이 아니라 느슨하게 풀린 태엽 같은 형태다. 태엽 사이사이에 태고의 숲이 남아 있다. 아까 이나리 사당을 봤던 선착장 주위의 숲은 그대로 해묵은 숲으로 이어진다. 그 숲에는 특정한 경우를 제외하고 주민이 발을 들여놓을 수 없다. 유이 삼직만이 숲속에서 벌이는 비밀 의식이 있다는 소문도 있다.

하나가 놓아준 작은 꽃병에 꽂힌 파란 국화를 가볍게 찔러본 다음, 준은 가만히 방을 나섰다.

어두운 복도는 정적에 잠겨 있었다.

꼭 아무도 없는 것 같다.

준은 불안한 기분이 들었다.

이층에는 샤워실과 화장실 외에 작은 방이 열 개 있다. 일층에는 식당과 헛방이 있으므로 여덟 개. 현재 이 집에는 여섯 명이 있는데, 다들 일층과 이층에 뿔뿔이 흩어져 있다. 일층에 두 개 있는 모퉁이 방을 지미와 린데가 쓰고, 이층의 모퉁이 방 세 개는 교수와 마리코와 준이 쓴다. 이층의 나머지 한 모퉁이는 샤워실과 화장실이라, 샤워실 옆 계단 건너편이 하나의 방이다. 모두 한 방 이상씩 떨어져 있는 셈이다.

계단을 내려가 식당으로 들어가려던 준은, 문득 안마당에 누가 있는 듯한 기분이 들었다.

안마당을 둘러싼 회랑은 일층에는 발치, 이층에는 머리 쪽에 가로세로 이십 센티미터쯤 되는 채광창이 몇 개 뚫려 있을 뿐이라, 안마당에 누가 있어도 얼굴을 볼 수 없다.

준은 걸음을 멈추고 귀를 기울여보았다.

복도 정면에 현관문이 있다. 문에는 둥근 창에 불투명유리가 끼워져 있었다.

유리 저편으로 검은 그림자가 슥 지나갔다.

자박, 자박, 하는 발소리도 들린다. 누가 안마당에서 밖으로 나간 것이 틀림없다.

안마당으로 들어가는 통로에만 자갈이 깔려 있는 것은 정화의 의미일까.

누구지? 몸집은 지미와 비슷한데.

준은 식당으로 들어갔다. 식당에도 문이 없다.

식당 창문으로 바깥 길을 향해 걸어가는 지미의 뒷모습이 보였다. 역시 지미였다. 안마당에서 명상이라도 했었나보다.

커다란 배불뚝이 난로 위에서 큼직한 주전자가 쉭쉭 김을 내뿜고 있었다. 물이 졸아들지 않았을까 해서 들어올렸다가 생각 외의 무게에 저도 모르게 휘청거렸다.

"어머, 준도 차 마시려고?"

휘청거리던 찰나에 목소리가 들려와 준은 움찔했다. 오랜만에 다른 사람의 목소리를 들은 것 같아 가슴이 쿵쿵 뛴다. 뒤를 돌아보자, 하나가 생긋 웃었다.

"으, 응, 커피 마시려고."

"따분하지? 히간이란 게 실은 이래."

하나는 고양이처럼 몸을 뒤로 젖히며 크게 하품했다. 난로 옆 테이블 위에 몸을 말고 있던 서니와 사이드가 하나의 발치로 다가온다.

"아까 개가 유난스럽게 울어대던데. 혹시 라인맨의 개 아닐까 몰라?"

하나는 테이블에 있던 인스턴트커피 병을 들고 손으로 탁탁 쳐서 머그잔 두 개에 쏟아넣었다.

"아아, 그러게. 개가 여러 번 울었지."

"우유랑 설탕은?"

"우유만."

왠지 모르게 소곤소곤 속삭이게 된다.

"저, 낮에는 말하는 거 별로 안 좋아?"

준은 목소리를 낮추고 물었다.

"응, 뭐, 일단은 최소한의 말만 하게 돼 있긴 해. 실내에선 괜찮지만, 바깥을 다닐 때는 인사 정도만 하고 이야기는 안 하는 게 에티켓이야."

"흠, 말하기 좋아하는 이 나라 사람들이 용케 잘 참네."

"그 대신 밤엔 굉장해. 펍은 여덟시부터 열한시까지 영업하는데, 그때는 다들 거기선 숨도 안 쉬고 떠들어대니까 이따 한번 봐."

"반동이군."

"어머, 이상하네. 현관문이 닫혀 있잖아?"

하나가 문득 고개를 돌리고 눈살을 찌푸렸다. 식당의 복도 쪽 벽은 초등학교 교실처럼 위쪽 절반이 유리창으로 되어 있다.

"열어둔 거였어?"

"낮에는 현관문을 열어두는 게 습관이거든. 안 그러면 '손님'이 못 들어오잖아."

하나는 당장 복도로 나가 문을 열고는 고개를 갸웃거리며 돌아왔다.

"이상하네. 왜 문 받침이 안마당에 버려져 있지?"

"지미려나? 방금 안마당에서 밖으로 나가는 걸 봤는데."

"어머, 그래? 모르고 넘어갔나? 지미도 규칙은 알 텐데."

"저, '손님'은 물건을 만지지 못해? 문이나 창문, 물건을 못 움직이기 때문에 문이 없는 방이 많은 건가?"

준은 이런저런 의문이 들어 따뜻한 머그잔을 두 손으로 감싸쥐고 하나를 보았다.

"안 그래. 우리랑 마찬가지로 물건을 만질 수 있고, 먹을 수도 있고, 술도 마실 수 있어. 다만 굳이 말하자면 생전에 자주 쓰던 물건을 만지는 걸 좋아하거든. 예컨대 유명한 이야기로 우체국장 로버트네 아버지 이야기가 있어. 로버트네 집안은 대대로 우체국장이라서 그 사람 아버지도 오랜 세월 우체국에서 일하셨거든. 그래서 아버지가 돌아가시고 로버트가 처음 국장이 됐을 때, 그 사람 아버지가 맨 먼저 문을 열고 들어오시더래."

"그렇군. 생전에 자주 쓰던 거니까."

"응. 그래서 생전에 어나더 힐에 온 적이 별로 없는 사람은 다른 사람 집 문을 열고 들어가기가 쉽지 않아. 전례가 없는 건 아니지만. 하지만 우리는 되도록 들어와줬으면 하잖아? 그러니까 자연스럽게 문을 없애거나 활짝 열어두게 된 거야."

"위험하다고 생각한 적은 없고?"

"어머, 그런 적 없어. 여긴 어나더 힐인걸."

하나가 의외라는 얼굴로 대답했다.

"하지만 올해는 어쩌면 '피투성이 잭'이 숨어들었을지도 모르잖아?"

"괜찮아. 그건 프로의 소행이고 우리 서민들이랑은 상관없어. 게다가 내가 모은 자료로 반드시 범인을 잡아내고 말 거야."

하나는 자신만만했다. 이 자신감은 대체 어디서 나오는 걸까.

"그러고 보니 그레이 박사님이 아직 안 오시네. 분명히 여기저기서 주민들한테 붙들리는 바람에 조사가 진척이 안 되는 걸 거야. 다들 자기 설을 피력하고 싶어서 안달이 났으니까."

"아까 교회에서 본 바로는 대략 백오십 명은 되겠던데. 하지만 실제로 그 시체를 가까이에서 목격할 수 있었던 건, 선두에 있던 열 척쯤 되는 보트에 탄 사람들뿐이잖아? 그렇게 할 이야기들이 많으려고?"

"준, 아직 우리나라 사람들이 어떤지 잘 모르는구나. 시체가 소금쟁이 크기로 보였던 인간들도 그 얼굴은 자기가 아는 남자랑 똑 닮았더라고 우길 게 틀림없다고."

"아무리, 과장도 심하긴."

준은 커피를 마시며 쓴웃음을 지었다.

"어머, 호랑이도 제 말 하면 온다더니."

하나가 창밖을 내다보고 눈을 크게 떴다.

조금 지친 얼굴로 그레이 박사가 이쪽으로 오고 있었다.

"우후후, 꽤 시달린 얼굴이네."

하나는 히죽 웃고 일어섰다.

"준도 비스킷 먹을래?"

"간식은 먹어도 돼?"

"응."

그레이 박사가 식당에 있는 두 사람을 발견하고 겸연쩍게 미소 지으며 한 손을 들었다.

준은 고개를 꾸벅 숙였다.

"어이구, 죽겠다."

아까 선착장에서 보였던 여유는 그림자도 없이 박사는 한숨을 푹 내쉬며 식당으로 들어왔다.

"어서 오세요, 박사님. 어나더 힐에 오신 걸 환영해요."

하나가 히죽히죽 웃으며 커피를 내밀었다.

"아아, 커피다. 이거 반가운걸. 가는 데마다 나오는 게 진한 홍차뿐이라."

박사는 진심으로 고마워하는 얼굴로 컵을 받아들었다.

"신대륙 사람들은 역시 아메리칸 커피려나요? 죄송해요, 인스턴트라서."

"괜찮네. 이게 여러 잔 마실 수 있고 더 좋아."

박사는 고개를 끄덕이며 컵을 입가로 가져갔다.

"그럼 다른 사람들 집에서 과자도 대접받으셨겠네요. 단 건 사양이신가요?"

"정답."

"어떠셨습니까, 조사는?"

준도 호기심에 가득 찬 얼굴로 박사의 얼굴을 빤히 쳐다보았다.

박사는 눈을 크게 뜨고 고개를 설레설레 내저었다.

"솔직히 말해서 아무것도 못 알아냈다는 게 옳을 걸세. 하여튼 별별 이야기를 다 들었어. 이 나라 사람들이 '피투성이 잭' 사건에 얼마나 유별나게 관심이 많은지 잘 알았네."

"현장 보존은 어떻게 되죠?"

"당분간 도리이에 경비를 세운다는 것 같더군."

하나는 눈 깜짝할 새에 커피를 다 마신 박사를 보고 바로 한 잔 더 탔다.

"그런데 지금 교수님을 좀 뵐 수 있을까? 일몰의 종 전이라 죄송하네만."

"괜찮아요. 지금쯤 심심해하고 있을 테니까 불러올게요."

하나가 그렇게 말하고 일어서자, "심심해하다니 무슨 말인가?" 하고 계단 위에서 교수가 말했다.

"어머, 엿듣다니 너무하시네요."

"애먼 소리 말게. 사색에 지쳐 오후의 홍차를 마시러 온 사람한테."

V.파 사람들은 남녀노소를 불문하고 티타임이 절대 빠뜨릴 수 없는 일과인가보다. 대영제국의 각인은 과연 위대하다. 교수가 내려왔나 싶더니, 린데와 마리코도 각각 식당으로 들어왔다.

"아아, 잘 잤다. 여기 오면 편하게 잘 수 있더라. 대신 밤낮이 뒤바뀌지만 말이야."

기지개를 켜며 들어온 마리코가 그레이 박사를 보고 당황해서 입을 손으로 가렸다.

"어머, 박사님, 어떠셨어요? 무슨 유익한 증언은 있었고요?"

린데와 마리코가 즉각 눈을 빛내며 뛰어왔으므로 박사는 쓴웃음을 지었다.

"이런 이야기를 정말 좋아들 하시는군요."

"그런데 나에게 무슨 볼일인가? 우리가 조사받을 차례인가?"

교수가 기쁜 얼굴로 박사 옆에 앉았다. 식당에는 큼직한 원탁이 두 개 있다. 이 집이 만원이 되어도 앉을 자리는 모자라지 않겠다.

"대단히 죄송스러운 부탁입니다만, 혹시 폐가 되지 않는다면 여기서 며칠 묵으면 안 되겠습니까?"

박사가 진지한 얼굴로 말을 꺼냈다. 모두 놀란 표정이 되었다.

박사는 겸연쩍은 듯 손으로 머리를 만졌다.

"그게, 원래는 '기도의 성'에 방을 얻었습니다만, 자기 의견을 들려주겠다는 사람들이 하도 쉴새없이 찾아와서요. 숙소에서도 비명을 지르는군요."

"그렇군."

교수는 고개를 끄덕였다.

"그럴 만도 해요. 그 정도로 주목을 끌었으니 아무리 히간이라도 다들 참을 수가 없겠죠."

마리코도 고개를 끄덕였다.

"그래서 여기에 또하나의 기지를 만들고 싶습니다. 필요에 따라서 '기도의 성'에도 묵지만, 여기도 활동 거점으로 삼게 해주시면 감사하겠습니다. 제가 여기 있다는 것도 되도록 비밀로 해주시고요."

"좋네, 좋아."

교수는 만면에 미소를 띠었다.

"대환영일세, 친구여. 빈 방은 잔뜩 있고 말이야. 이층 서쪽 계단 옆

방을 쓰게나. 조용히 있을 수 있을 게야. 그럼 당장 하나를 '기도의
성'으로 보내지. 하나가 박사의 짐을 챙겨오면 박사가 여기 있는 것도
알려지지 않을 테니까."

"어떻게 감사드려야 할지 모르겠군요. 정말 감사합니다."

박사는 안도한 표정으로 교수의 손을 쥐었다.

박사의 손을 꽉 쥐는 교수는 정말 기뻐 보였다. 대도리이 살인사건
의 수사를 가까이서 볼 수 있게 됐으니, 감사하고 싶은 사람은 되레 교
수임이 틀림없다.

"박사님, 뭘 갖고 오면 되는지 적어주시겠어요? 다른 건 안 건드릴
테니까 염려 놓으시고요."

하나가 말했다.

"그럼 미안하지만 하나 양한테 부탁 좀 할까? 우선 내 방 테이블 위
에 놓인 작은 검정 보스턴백만 갖다주면 돼. 나머지는 나중에 내가 가
지러 갈 테니까. 전화 좀 쓸 수 있을까요? 숙소에 전화해서 하나 양이
제 방에 간다고 말해둬야겠군요."

교수가 식당 구석에 놓인 검정색 전화를 가리키자 박사는 고개를 가
볍게 숙이고 일어섰다.

"하나, 부탁한다."

교수가 윙크하자 하나는 맡겨두라는 듯 고개를 힘차게 끄덕였다.

"맞다, 내 큰 가방을 들고 가렴. 주민들은 눈이 밝으니까 박사가 들
고 있던 보스턴백을 기억할지 몰라. 그보다 큰 여자용 가방에 넣어 들
고 나오면 눈에 안 띌 거야."

린데가 일어나 식당에서 나갔다.

"오, 역시 다르네."

144

다들 감탄해서 지켜보는데, 린데가 회랑으로 나가는 것과 동시에 회랑 안쪽에서 지미가 나타났다.

준은 "어라?" 하고 큰 소리로 말했다.

지미는 사람들이 모두 식당에 모여 있는 것을 보고 뜻밖이라는 얼굴로 들어왔다.

"지미, 언제 돌아왔지?"

준이 묻자, 지미는 어리둥절한 얼굴로 "네?" 하고 되물었다. 다른 사람들을 둘러보고 머리를 긁적인다.

"내내 방에서 자고 있었습니다. 어젯밤에 피곤했었는지 잠이 푹 들어버렸지 뭡니까, 쑥스럽게. 아까 우편물 부치러 잠깐 나갔다 왔지만요. 어라, 박사님도 계셨군요? 저도 커피 마셔야겠네요."

"정말? 방금 전에 지미가 안마당에서 나가는 걸 봤는데."

이번에는 다들 "뭐?" 하고 준을 돌아보았다. 준은 눈을 껌벅거렸다.

지미는 순식간에 얼굴이 새파랗게 질렸다.

"제가…… 제가 안마당에서?"

"어, 응. 현관문이 닫혀 있고, 문 밖으로 그림자가 지나가고, 자갈 밟는 소리도 났어. 그리고 식당 창문으로 지미가 밖으로 나가는 뒷모습이 보였는데."

준이 그렇게 말하자 주위가 조용해졌다.

준은 다른 사람들의 얼굴을 둘러보았다. 모두들 정색을 하고 있다.

"뭐, 뭡니까?"

"맞아, 문 받침이 안마당에 버려져 있었어. 누군가 현관문을 닫은 거야."

준이 허둥대자 하나가 침착한 목소리로 말했다.

"테리야."

지미는 공포 어린 목소리로 중얼거렸다.

"테리가 온 거야. 이렇게 일찍."

사람들이 동요하는 지미를 이상스레 쳐다보았다.

"안마당에서?"

마리코가 중얼거렸다.

"잠깐 안 가볼래요?"

"그럴까."

다들 동의하고 복도로 줄줄이 나섰다.

"어머, 잠깐, 다들 어디 가?"

빨간 보스턴백을 들고 돌아온 린데가 물었다.

"아무래도 맨 처음 '손님'이랑 조우한 게 준인 모양이야."

마리코가 나지막한 목소리로 대답했다. 준은 기절초풍했다. 입을 뻐끔거리며 다른 사람들의 얼굴을 둘러보았다.

"조우, 조우라니, 설마 그게?"

마리코는 어깨를 으쓱했다.

"아직 모르지만. 어물어물하지 말고 너도 와."

다같이 밖으로 나갔다. 자갈 밟는 소리가 교차했다.

싸늘한 공기.

"여기가 안마당이군."

준은 주위를 두리번거렸다.

안마당의 십자형 벽은 통로에서 볼 때 사선으로 놓여 있다. 열린 부분이 이쪽을 향하고 있고, 그곳에 커다란 파란 수반이 놓여 있다.

"우선 저기서 손을 깨끗이 해."

146

수반 앞에 줄 서서 그 위에 엎어둔 국자를 집어 차례대로 손을 헹구었다.

"원래는 이렇게 여러 사람이 이곳에 있을 일이 없네만. 뭐, 지금은 어쩔 수 없지."

교수가 어깨를 으쓱했다.

안마당은 작은 창만 뚫려 있고 사방이 벽으로 둘러싸인 탓인지 갇힌 느낌이 들고 답답했다.

네모난 회색 하늘을 올려다보니 숨이 막혔다.

"문 받침은 수반 앞에 뒹굴고 있었어요."

하나가 수반을 가리켰다.

"눈에 띄는 장소에 말인가?"

"네, 바로 보이는 곳에요."

교수의 질문에 하나가 고개를 끄덕였다.

"흐음."

"꺄!"

갑자기 비명 소리가 들려와 모두 그쪽을 돌아보았다. 마리코의 목소리다.

"무슨 일인가?"

다들 얼어붙은 듯 꼼짝하지 않는 마리코에게 달려갔다.

수반이 놓여 있는 곳의 반대편 공간이었다.

마리코 앞에 작은 비글 사냥개의 시체가 누워 있었다.

"어째서 이런 곳에."

"잠깐 볼까요?"

박사가 앞으로 나가 개를 살펴보았다. 머리가 피로 젖어 있지만 이미 마르기 시작한 것 같다.

"머리가 깨졌군요."

"사고일까요?"

마리코가 머뭇머뭇 물었다. 박사는 고개를 갸웃했다.

"모르겠군요. 뭔가 단단한 걸로 강타당했을지도 모르겠는데요."

"제 발로 들어온 걸까요? 뭔가에 쫓겨서?"

박사는 뒤를 돌아보고 몸을 굽혀 포석을 살펴보았다.

"그럴 가능성은 낮을 것 같군요. 이렇게 피를 흘렸으니, 제 발로 도망쳐 들어왔다면 포석에 핏자국이 남아 있을 겁니다. 하지만 지금 보기로는 그런 흔적이 없어요."

"그럼, 누가 일부러 이 개를 데리고 들어왔다고요?"

린데가 낮은 목소리로 말했다. 모두들 흠칫해서 린데를 보았다.

"그렇게 생각하는 게 자연스러울 것 같습니다."

모두들 저도 모르게 얼굴을 마주 보았다. 섬뜩한 침묵이 흘렀다.

준은 유리 너머로 지나간 그림자를 떠올려보았다. 그 자갈 밟는 소리도.

"그 남자가?"

준이 중얼거리자 지미가 부들부들 떨기 시작했다.

"역시 테리입니다. 이런 짓을 할 사람은 그 녀석밖에 없어요."

모두들 떨고 있는 지미를 주목했다.

사람들의 의문을 대표하듯 교수가 물었다.

"자네는 아까부터 죽은 쌍둥이 형을 상당히 무서워하는 것 같네만, 무슨 이유라도 있나?"

지미는 어린아이처럼 도리질했다.

"형은 절 원망하고 있습니다. 아직 살아 있는 절 미워해요. 절 궁지에 몰아넣으려고 해요. 이유 같은 건 없어요. 원래 그런 인간이에요. 형한테 이유 같은 건 필요 없어요. 그냥 제가 살아 있는 게 마음에 안 드는 것뿐이에요."

빠르게 중얼거리는 그를 흥미로운 얼굴로 보던 교수가 그의 어깨를 툭툭 쳤다.

"그런 생각 말게. 아직 준이 목격한 게 누구인지 모르지 않나. 다른 사람이었을지 모르고, 어쩌면 다른 '손님'이었을지도 몰라. 준은 얼굴을 본 건 아니지? 어디까지나 뒷모습뿐이었지? 왜 지미라고 판단했나?"

"음, 그게 말이죠."

교수의 말을 듣고 보니 준은 자신이 없어졌다. 창문 너머로 본 뒷모습을 곰곰이 되새겨보았다.

"네, 뒷모습뿐입니다. 하지만 체격하고 머리 모양도 같았고, 그래요, 지금 지미가 입고 있는 그 폴로셔츠를 입고 있었습니다."

지미는 놀라 자기 셔츠를 내려다보았다.

"제 옷은 거의 대부분이 테리하고 세트입니다."

"으음, 자네와 테리는 똑같이 생겼다고 했지? 구분할 수 있는 특징은 없나?"

"아뇨, 별달리 신체적 특징이라 할 만한 건 없는데요."

"머리를 자르면 어떨까? 그럼 금세 구분될 텐데."

"상대방도 자를지 모르는 일이야. 여기선 그 사람들도 실체가 있으니까."

"아아, 그러네요."

준은 머리가 뒤죽박죽이 되었다. '손님'은 옷도 갈아입을 수 있고 머리도 자를 수 있다? 그럼 '손님'은 옷을 어디에 보관하고 있지? 아니, 애초에 '손님'은 '어디'에 있지?

"뭔가 구분할 수 있는 방법을 마련해야겠는걸. 앞으로의 일을 생각해서라도 말이야. 안 그러면 지금 여기 있는 사람이 정말 지미인지 아닌지도 모른다는 이야기잖아?"

린데가 그렇게 말하자, 지미는 순식간에 얼굴이 시뻘게졌다.

"맙소사. 저는 접니다. 지미예요. 정말입니다."

린데는 손을 가볍게 내저었다.

"물론 알아. 하지만 학생의 안전을 위해서도 학생 자신을 증명할 수 있는 방법을 생각해두는 게 좋을 거야. 우리만 알고 상대방은 모르는 방법을."

"흠, 그건 이제부터 다함께 잘 생각해보지."

교수는 흥미가 생긴 것 같았다.

"그런데 이 개, 어디서 본 적 없어?"

마리코가 기분 나쁜 듯, 꼼짝하지 않는 개를 찬찬히 뜯어보았다.

"리틀 풋이야."

린데가 대답했다. 마리코가 놀란 얼굴이 되었다.

"그러네, 정말 리틀 풋이야. 우체국 호리카와 씨 부부가 키우던 개잖아. 불쌍해라, 두 사람이 그렇게 귀여워했는데."

"어떻게 하지? 가서 불러와?"

"난감하네."

"가게도 이제 곧 닫을 때가 됐고."

"그리로 데려다주는 게 나으려나?"

150

"문제는 이게 사건이냐 아니냐 하는 거겠군."

린데는 박사를 보았다.

"어떻게 하겠어요, 박사? 박사는 '피투성이 잭' 사건 수사 담당이지, 애완견 변사사건하고는 상관없을지 모르지만요."

"저도 모르겠군요. 이런 경우에는 보통 어떻게 처리합니까?"

"유이에 보고하고 다함께 협의하죠."

"그런데 왜 그렇게 안 하죠?"

"첫째는 안 그래도 출발이 불길했는데 이 이상 사람들이 흥분하고 기뻐하게 하고 싶지 않아서. 둘째는 지미의 개인 사정을 남들한테 알려주고 싶지 않아서예요."

"그렇군요. 하지만 지미의 사정을 가르쳐줄 필요는 없지 않습니까. 그냥 안마당에서 개가 변사체로 발견됐다는 것만 보고하면 되니까요."

"그것도 그렇군요."

린데는 고개를 끄덕였다.

"어찌 됐든" 하고 교수가 끼어들었다.

"로버트에게는 이 일을 알려야 하고, 그렇게 되면 유이에 보고할 수밖에 없을 게야. 이게 '손님'과 관계있는 일인지 아닌지는 모르겠지만, 결국 조만간 다른 사람들에게도 알려질 테지."

"여기 좀 보세요."

하나가 멀리서 큰 소리로 부르자 다들 그쪽으로 이동했다.

하나는 현관 앞에서 문 받침을 들고 쭈그리고 앉아 있었다. 커다란 팥죽색 벽돌이다.

"닦아낸 자국이 있지만 잘 보면 피가 묻어 있어요. 분명히 이게 흉기예요."

모두가 하나가 가리킨 곳을 보았다. 아닌 게 아니라 검붉은 얼룩이 보인다.

"왜 현관문이 닫혀 있는지 이상했거든요. 누가 이걸 들고 가서 개를 죽이는 데 쓴 거예요."

"어쩌면 비탈 위에서 개를 향해 떨어뜨렸을지도 모르겠군."

교수가 문득 생각났다는 듯 말했다.

"개를 붙들고 때린다는 건 쉬운 일이 아니야. 짖어대고 몸부림칠 테니까. 리틀 풋은 경사면을 자주 산책하곤 했으니까 그럴 가능성이 높네."

"어머나, 아까 들었던 개 우는 소리, 혹시 리틀 풋이었나? 꽤 멀리서 들리는 소리 같았는데. 만약 그런 거라면 너무 잔인해."

하나가 얼굴을 찡그렸다.

"내가 가서 로버트에게 알리지. 로버트의 의견을 들을 때까지 리틀 풋은 저대로 놔두게."

모두들 고개를 끄덕였다.

"하나는 박사의 짐을 부탁한다."

"어째 시작이 언짢네요. 진짜 올해는 여느 때랑 다른 느낌이 들어요."

하나는 찌뿌드드한 하늘을 불안스레 올려다보았다.

교수와 하나가 돌아올 때까지 남은 다섯 사람은 각자 자기 방으로 돌아갈 마음이 나지 않아 식당에서 잠자코 차를 마셨다. 누가 개를 죽이고 일부러 안마당에 방치했다고 생각하니 혼자 있을 마음이 나지 않는다.

"밤엔 현관문을 잠그죠?"

준은 머뭇머뭇 물었다.

마리코가 고개를 끄덕였다.

"그래. 밤엔 오히려 경계해야 해."

"왜죠?"

"밤엔 바람이 부니까."

준은 어리둥절했다. 마리코는 딱해하는 얼굴로 준을 보았다.

"말로 설명해봤자 아마 모를 거야. 직접 체험해보면 알겠지."

그녀는 그 이상 설명하려 하지 않았다.

밤에는 바람이 분다.

준은 머릿속으로 되풀이해보았으나 도무지 상상이 되지 않았다.

바람. 바람이라는 말을 낮에 다른 데서도 들었다. 기억을 더듬어 본다.

머릿속에 라인맨의 옆얼굴이 훌쩍 되살아났다.

저에게 나쁜 바람이 보였기 때문입니다. 검둥이에게도요.

그래서 그가 왔다고 했다. 그 말은 무슨 뜻이었을까? 방금 마리코가 한 말과도 관계가 있을까?

습관과 인습은 이상하다. 다른 곳에 가면 전혀 통용되지 않는 것이, 어떤 곳에서는 눈에 보이지 않는 저주가 되어 공기와 사람들의 대화 속에 압도적인 억압과 강박관념을 발생시킨다.

아닌 게 아니라 이곳은 특별하다.

준은 멍하니 창밖을 내다보았다.

그레이 박사도 조용히 사색에 잠겨 있었다. 주머니에 든 담배를 찾는다.

"박사님, 일몰 전까지는 금연이에요."

마리코가 눈치 빠르게 주의를 주었다.

"아아, 그렇군요."

"저도 참는 중이라고요."

"흠, 그러고 보니 줄담배를 피웠었지."

"그래요. 하지만 저, 히간은 별로 싫지 않아요. 낮에 금욕하다가 밤에 피우는 담배 한 대가 얼마나 맛있는데요. 그걸 맛보는 게 매일의 낙이랍니다."

"맞는 말이군요. 금욕은 쾌락의 양념이죠."

두 사람은 공범자 같은 웃음을 띠었다.

"게다가 담배를 피우면 정신이 맑아지잖아요? 좀더 정확히 말하자면, 꿈에서 깨버리죠. 전 말이죠, 히간은 일종의 집단 히스테리 같은 게 아닐까 생각하거든요. 딱 무슨 일이 일어날 것만 같은, 분위기 넘치는 곳에 격리돼서 다함께 꿈을 꾸는 그런 상황 말이에요. 혼자 맨정신으로 있을 수는 없는 노릇이라고요. 그렇기 때문에 히간중에는 담배가 꽤 영적인 아이템인 거예요."

"흐음, 담배에 원래 주술적인 의미가 있긴 했죠."

"그런 이야기 못 들어보셨어요? 일본에선 옛날부터 들일을 나갈 때 담배를 갖고 갔대요. 물론 피로를 달래기 위해서였지만, 여우나 너구리한테 홀리지 않으려면 담배 한 대 피우는 게 제일이었다더군요."

"호오."

"그거 일본만 그런 게 아닙니다."

옆에서 듣고 있던 지미가 입을 열었다.

"유럽에도 비슷한 이야기가 있어요. 정령이나 마물에 속지 않게 담뱃불을 붙인다는 거죠. 담배 그 자체보다 불을 붙인다는 작업이 중요한 게 아닐까요? 불을 붙일 때만은 아무래도 거기에 집중하게 되니까요. 주위 분위기에 현혹될 것 같을 때 다른 데 집중하면 주의를 전환시킬 수 있다는 걸 경험으로 알고 있었던 게 아닐까 싶습니다."

"그거 재미있는걸. 반대로 모두가 꿈에서 깨버리면 어떻게 될까."

박사는 턱을 쓰다듬었다.

"방금 마리코 씨가 한 말이 히간이라는 것의 실체를 정확히 표현한다는 생각이 드는데요. 환각이라고까지는 않겠지만, 집단환상에 가깝겠죠. 이곳은 무대 배경으로서 완벽하거든요. 오랜 세월에 걸쳐 형성된 습관이 히간에 실체를 부여하는 겁니다."

"그럼 박사는 우리가 단체로 망상을 보고 있다는 건가요?"

린데가 냉정한 목소리로 물었다.

"망상이라고는 안 하겠습니다. 아마 실제로 '볼' 테니까요. 어떤 약을 복용하거나 뇌의 특정한 부분을 자극하면 사람은 여러 가지를 실제로 보기도 하고 듣기도 하거든요. 그러니 전 어나더 힐에서 여러분이 체험하는 걸 거짓이라 할 생각은 없습니다."

린데가 눈초리를 가볍게 치올렸다.

"우린 약에 취한 게 아닌데요. 그럼 준이 본 건 어떻게 설명하겠어요?"

"이 친구가 본 게 '손님'이라고는 아직 단정할 수 없죠. 지미와 비슷하게 생긴 살아 있는 사람이었을지도 모르는 일 아닙니까. 게다가 준은 아직 젊습니다. 정신적으로나 신체적으로나 아직 유연하니, 다른 사람들과 장소의 영향을 받기 쉬운 게 당연합니다."

"제가 환각을 봤다는 말씀입니까?"

준은 조금 울컥해서 큰 소리로 말했다.

박사는 어깨를 으쓱했다.

"그러니까 모른다니까. 본 사람은 자네 하나뿐이야. 유령이 됐든, UFO가 됐든, 봤느냐 안 봤느냐 하는 논의는 무의미하다고 생각하네."

"어차피 결말이 안 나는 논쟁이죠. 히간을 따라다니는 패러독스에요. 린데 아줌마, 설명해봤자 소용없어. 좌우지간 직접 체험해볼 수밖에."

마리코가 빈정거리는 웃음을 띠고 린데의 팔을 툭툭 쳤다.

"그러게. 아직 첫날 밤도 안 됐으니까."

린데가 수수께끼 같은 대답을 했다.

준과 박사와 지미는 의아스레 두 사람을 보았다.

"지미는 테리가 자기한테 해를 가할 거라고 믿는 것 같은데, 왜 그런데도 히간에 온 거지? 안 올 수도 있었을 텐데."

준은 아까부터 이상하게 생각했던 일을 물어보았다.

지미는 얼굴을 붉히고 어물거렸다.

"사실은 오고 싶지 않았습니다. 하지만 부모님이 꼭 가달라고 애원하셨어요. 부모님은 저희 관계를 전혀 이해 못 하시거든요. 저희가 사이좋은 형제라고 생각하셨죠. 주위 사람들도 그렇고요. 제가 얼마나 테리를 무서워했는지, 꺼림칙하게 여겼는지, 부러워했는지, 아무도 알아주지 않았습니다. 그런데 어느 날 순식간에 테리가 죽어버렸어요. 제가 받은 충격을 다들 착각하더군요. 그래서 다들 저한테 히간에 가라고 열심히 권한 겁니다. 전 거절할 수 없었어요."

"죄의식을 느낀 거군."

준은 가만히 말했다. 지미는 움찔해서 준을 보았다.

"지미는 아마 형이 없어져서 안도했을 테지. 마음 한구석으로 기뻐했어. 거기에 대해 강한 죄의식을 느끼는 거지? 지미가 충격을 받은 건, 자기가 형의 죽음을 기뻐했다는 사실에 대해서야. 그렇기 때문에 지미는 테리한테 벌을 받고 싶어하고 있어."

지미는 웃는지 우는지 알 수 없는 복잡한 표정을 지었다.

"그럴지도 모릅니다. 하지만 테리는 그렇다고 봐줄 인간이 아니에요. 그걸 잘 알면서도 전."

지미는 한숨 섞인 목소리로 중얼거렸다.

"아, 교수님이 먼저 왔네. 로버트도 같이 왔어."

마리코가 눈치 빠르게 발견하고 소리쳤다.

그들은 표정이 굳은 우람한 남자와 교수가 안마당으로 들어가는 것을 지켜보았다.

그 가엾은 비글 사냥개의 시체와 대면한다고 생각하니 가슴이 아팠다.

"그럼 전 잠깐 이층에 숨어 있겠습니다. 여기 있는 게 알려지면 곤란하니까요."

박사는 그렇게 말하고 일어나, 린데에게 방의 위치를 묻고 계단을 올라갔다.

얼마 있다가 두 사람이 식당으로 들어왔다.

각자 나지막이 애도의 말을 했다.

"미안해. 이 집 마당에 우리 개가 들어가서 폐를 끼쳤어."

로버트는 교수에게 고개를 숙였다. 교수는 고개를 흔들었다.

"무슨 그런 말을. 이런 소식을 전하게 돼서 정말 유감일세."

"헌 담요를 갖고 왔으니 싸서 데리고 가지."

"매장은 좀 기다려보는 게 좋겠네. 유이에게 상의해봐야지. 어디 묻을지도 문제고."

"음, 이런 일은 처음이군."

나지막이 말을 주고받던 로버트는 문득 테이블을 둘러싸고 앉은 사람들을 둘러보았다. 그러더니 갑자기 눈을 휘둥그렇게 뜬다.

"앗, 너, 넌."

그 시선이 향한 곳에 지미가 있었다.

지미는 움찔해서 몸을 뒤로 젖혔다.

"어?"

다른 사람들도 모두 놀라 로버트를 보았다.

"어째서 이런 곳에. 넌 대체 뭐지?"

로버트는 벌게진 얼굴로 부르짖었다.

지미는 겁에 질린 듯 그를 응시하고 있었다.

"무슨 일인지 설명해보게. 저 친구도 놀랐지 않나. 저 친구는 지미 캠벨. 빅토리아 대학 학생이고, 나에게 고용돼서 이번 히간에 참가한 걸세."

교수가 달래듯 로버트의 어깨를 두들겼다.

"아, 아아. 그래?"

그래도 로버트는 여전히 유령이라도 본 사람처럼 지미의 얼굴에서 눈을 뗄 줄 몰랐다.

방 안에 기이한 분위기가 감돌았다. 준은 흘깃 시계를 보았다.

일몰의 종까지 두 시간 남았다.

영원히 밤이 오지 않는 것이 아닐까 싶을 정도로 시간이 길게 느껴졌다.

하나가 돌아오고 로버트가 죽은 개를 데려간 다음, 준은 자기 방으로 올라갔다.

배가 고파 책을 보고 있어도 글자가 머릿속에 들어오지 않았다. 그렇지 않아도 점심식사는 간소하게 때웠는데.

으으, 낫토랑 밥이 먹고 싶다.

벌써부터 일식이 그리워졌다. V.파에도 일식 같은 것이 있지 않을까.

문득 공기가 진동한다 싶었더니 종소리였다.

'시필식'을 했던 집회소에서 울리는 것 같다. 정각 밤 여덟시. 그러나 주위는 아직 허옇게 밝다.

종소리는 제법 음색이 좋았다.

꼬리를 길게 끄는 낮은 울림에 장엄한 기분이 든다. 이제 저녁을 먹을 수 있다는 안도감 때문인지도 모르지만.

종은 천천히 다섯 번 울렸다.

저도 모르게 크게 기지개를 켰다. 바로 내려가면 어쩐지 이제나저제나 기다린 것으로 보일 것 같아 부끄러워서 잠시 방에서 꾸물댔지만, 결국 참지 못하고 방을 나섰다.

다른 사람들도 마찬가지였던 듯, 마리코가 하품을 하고 교수가 어깨를 주무르며 나오는 것이 보였다.

"아아, 배고파."

"늘 그렇지만 첫날은 힘들군."

"특히 여섯시 지나면서부터 두 시간이 힘들다니까요."

식당에 가자 다른 네 사람도 이미 와 있었다. 역시 다들 시장기를 견디기 힘들었던 모양이다.

물론 집에서 식사하는 사람도 많지만 저녁은 매일 펍에서 먹는 사람도 적지 않다. 낮에 절제하는 만큼 밤에는 사람들과 어울려 웃고 즐기고 싶은 것이다. 하긴 그들은 히간이 아니더라도 다른 사람들과 토론하며 밤을 보내기를 좋아하지만. 식사에 초대하고 초대받는 것과, 온갖 정보 교환은 밤에 이루어진다. 이곳에서 펍의 영업시간은 여덟시부터 열한시까지로 정해져 있다. 교수 일행은 펍에 갈 생각인 것 같았다.

"뭐니 뭐니 해도 첫날이니 말일세. 정찰해야지."

"어디 갈까요? 제일 넓은 데는 '기도의 성'인데."

"오늘밤에는 안 가는 게 좋을걸. 분명히 그레이 박사님을 만나려는 사람들이 우르르 몰려들 거야."

"부르르."

마리코가 말하자 박사가 과장되게 어깨를 떨었다. 다함께 웃었다.

"그럼 '웃는 태엽 주막'은 어때?"

린데가 검지를 세웠다. 교수와 마리코가 동시에 이의를 제기했다.

"싫어. 거긴 메뉴에 먹을 게 얼마 없단 말이야."

"거기는 젊은 사람들이 많아서 정보 교환이 안 돼."

린데가 쯧쯧 하며 검지를 흔들었다.

"겉보기엔 그럴지 몰라도, 실은 그 집을 경영하는 젊은 애가 내 고등학교 때 단짝친구 아들이거든요. 그 집 이층에서 친구가 은밀히 개별실만 있는 완전예약제 레스토랑을 하고 있어요. 이 이야기는 아직 별로 안 알려져 있고, 그애도 자기 아는 사람한테만 가르쳐준단 말이죠. 예약할 수 있는 사람은 한정돼 있다 이거예요."

"어머, 몰랐어. 하지만 당연히 유이는 알 거 아냐?"

"그야 물론이지. 가장 큰 단골손님이 유이라는데. 거기서 이것저것 상의하는 모양이야."

"저런, 이거 놀랐는데."

"방이 몇 개인데? 지금 예약하긴 늦은 거 아냐?"

마리코가 묻자 린데는 히쭉 웃었다.

"물론 예약해뒀어. 첫날은 어디든지 붐빌 것 같아서. 이러면 박사도 안심하고 식사할 수 있을 테고."

"린데 아줌마는 역시 준비가 철저하다니까."

"교수님은 식사하고 나서 정보 수집 하러 펍에 가면 되고요."

"린데에게는 못 당하겠군."

준은 어느새 바깥이 시끄러워진 것을 깨달았다. 다들 와글와글 떠들며 펍이나 친구 집으로 가나보다. 일몰의 종이 울리자 일제히 밖으로 몰려나온 것이다.

"다들 기다렸나봐. 지금 나가면 고생하실 거예요, 박사님."

하나가 까치발을 하고 창밖을 내다보았다. 교수가 옆에서 고개를 끄덕였다.

"그럴 것 같군. 제일진이 지나가길 기다렸다가 지름길로 가지."

"그 가게는 어디 있는데요?"

준이 물었다.

"비탈 밑. 선착장 근처야. 다른 펍이랑 달리 후발주자라서 좋은 자리를 못 차지했어."

아무래도 언덕 위로 올라갈수록 지위가 높은 모양이다. 경영자가 젊은 탓에 오래된 펍과 차별당하는 것이리라.

"지금이에요, 박사님."

얼마 동안 밖에서 망보던 하나가 손을 흔들어 신호를 보냈다.

"이거 어째 스릴 넘치는군."

다함께 몰래 길을 건넌다.

어나더 힐의 비탈길은 낮은 돌담으로 둘러싸여 있지만, 경사면을 내려가는 돌계단이 간간이 놓여 있다. 그곳을 통해 아래 길로 바로 내려갈 수 있다.

경사면에는 상록수가 심어져 있어 모습을 가려준다.

돌계단이 좁기 때문에 한 줄로 서서 말없이 내려갔다.

준은 어쩐지 어렸을 때 하던 탐험대 놀이가 생각나 조금 가슴이 설렜다.

"저기야."

"금방이군."

하나가 가리키는 방향을 보자, 정말 집회소에서 조금 들어간 곳에 반쯤 경사면으로 삐져나온 석조 건물이 있고 그곳에서 불빛이 흘러나오고 있었다. 그러나 어떻게 생긴 구조인지는 잘 모르겠다. 벽면이고 지붕이고 모두 담쟁이로 뒤덮여 경사면과 일체가 된 탓이다. 가게 앞 작은 광장에는 테이블이 몇 개 놓여 있고, 젊은 커플과 이십대 무리가 테이블 두 개를 메우고 있는 것이 내려다보였다.

선착장은 천천히 어스름에 휩싸여갔다. 수문은 닫혀 있고, 빽빽이 늘어선 내로 보트가 어두운 수면에서 출렁거리고 있다.

저 보트를 타고 온 것이 벌써 까마득히 먼 옛날 일처럼 느껴졌다.

"어디로 들어가?"

"뒷문. 실은 옥상이지만."

162

린데는 확고한 발걸음으로 계단을 내려가 선착장으로 가는 길을 벗어나더니 담쟁이로 뒤덮인 지붕 쪽으로 걸어갔다. 애기동백 비슷한 정원수를 헤치며 나아가다 말고 뒤를 돌아보고 손짓해서 불렀다.

"이쪽이야."

덤불 뒤로 지붕에 높이 일 미터쯤 되는 작은 문이 나 있었다.

린데가 초인종을 눌렀다. 몇 마디 짤막하게 주고받자, 문이 열렸다.

좁다란 계단을 내려가 아담한 방으로 안내되었다. 커다란 원탁을 둘러싸고 앉은 다음, 모두 한숨을 후 내쉬었다.

"호오, 비밀 회담에 안성맞춤이군."

교수가 장식이 거의 없는 소박한 방을 둘러보며 재킷을 벗었다.

"여기는 친구 혼자 하는 데라서 메뉴를 고를 순 없으니까 불평하지 말 것. 하지만 애는 무뚝뚝해도 요리 솜씨 하나는 확실해."

"지금 뭐라고 했어, 린데?"

맥주를 돌리며 꼬챙이처럼 마른 여자가 장난스럽게 눈썹을 치올렸다. 아닌 게 아니라 가게에 들어섰을 때부터 무표정하고 애교가 없기는 했지만, 이런 가게에서는 오히려 그 편이 나을 것이다.

허식을 좋아하지 않는 린데가 그녀와 친한 이유를 알 것 같았다.

어찌됐든 히간 첫날을 무사히 마친 것에 건배를 들었다.

본에 나란히 서신 폐하께 영광 있으라.

그 건배의 말이 정겹게 느껴지기조차 했다.

"감상이 어때, 준?"

편안한 표정으로 하나가 물었다.

"아이고, 아직 뭐가 뭔지 잘 모르겠어. 긴장되지, 배는 고프지. 독특한 분위기에 휘말려서 정신이 없네."

"블랙 다이어리는 꼬박꼬박 기입해야 해."

"박사님 인상은 어떠세요?"

"다소 갈피를 못 잡겠군요. 죄송합니다, 식후까지 못 기다릴 것 같아서."

박사는 다른 사람들에게 양해를 구하고 담뱃불을 붙인 다음 천장을 올려다보았다.

"뭐랄까…… 대단히 흥미롭습니다. 이런 나라가 정말 있군요."

준은 박사의 기분을 알 수 있었다. 눈앞에 있는 사람들은 상당히 속되고 세상 물정에 밝으며 논리적인 사람들이다. 그런 그들이 이 기묘한 풍습을 아무런 위화감 없이 받아들인다는 것이 신기했다.

"'피투성이 잭' 건은 어떻게 됐어요?"

마리코가 물었다. 박사는 눈을 감고 고개를 흔들었다.

"지금으로선 별다른 단서가 없군요. 도움이 될 만한 증언은 아직 안 나왔습니다. 수문 관리인의 알리바이는 입증됐고요. 관리인은 네 명이 한 팀인데, 그 사람들이 근무하는 가건물은 운하에서 조금 떨어진 곳에 있고 단독행동을 한 사람은 없다는 게 판명됐어요."

"네 사람이 한통속일 가능성은?"

"그건 제로에 가깝다고 생각합니다. 다들 오래 근무한 사람들이고, 나이가 꽤 지긋하거든요. 게다가 모니터를 체크해봤지만 어젯밤부터 오늘 아침까지 밖으로 나간 사람은 아무도 없었습니다."

"즉, 목격자가 아무도 없다는 이야기군."

"원래 인적이 없는 데고 말이죠."

아닌 게 아니라, 여주인이 날라온 요리(그녀의 이름은 새러 오닐이라고 했다)는 모두 흠잡을 데 없었다. 닭고기 야채찜과 흰살 생선 마리네이드, 감자 샐러드가 순식간에 손님들의 왕성한 식욕에 희생되었다. 자연히 술도 계속 들어간다.

"그건 그렇고, 역시 이야기해둬야겠지."

공복이 일단 진정됐는지 교수가 정색을 하고 말했다. 모두가 기다렸다는 듯 교수를 흘깃 보았다.

"아까 로버트가 한 이야기 말이네."

지미가 경계하듯 포크를 내려놓았다. 복잡한 표정이다.

"지미, 그렇게 경계할 것 없네. 지금 여기서 이야기해두는 게 좋아. 아직 끝나려면 멀었으니까. 자네 자신을 지키기 위해서도, 의문을 해결해두는 편이 두고두고 좋을 걸세."

묘한 이야기다. 무슨 뜻인지 잘 모르겠다.

준은 가볍게 취기가 오른 머리로 생각했다.

로버트의 이야기는 놀라운 것이었다. 가게 앞으로 같은 인물, 그것도 지미와 똑같이 생긴 남자가 올라가는 것을 연달아 두 번 봤다는 것이다. 로버트는 마치 필름을 되감아 두 번 연속으로 재생한 것 같았다고 했다. 그는 지미를 오늘 처음 만났을 터였고, 거짓말을 하는 것 같지도 않았다.

"내 생각을 들어보겠나? 나는 테리가 정말 왔다고 생각하네. 아니면 똑같이 생긴 두 사람이 거의 연달아 목격됐다는 게 설명이 안 돼. 자네가 테리를 따라간 건지, 테리가 자네를 따라간 건지는 모르겠네만."

지미는 딱딱한 표정을 풀지 않은 채 테이블 위의 포크를 응시하고 있었다.

"또 한 가지, 마음에 걸리는 일이 있네."

교수는 연감을 꺼냈다. 4월 부분을 편다.

"세상에, 진짜 똑같이 생겼네."

연감을 들여다본 린데의 눈이 동그래졌다. 준도 호기심이 나 들여다보았다.

지미의 얼굴이 눈에 확 들어왔다. 안경도 같고, 머리 모양도 같다. 다만 기분 탓인지 지미가 어딘지 모르게 소심하게 타인의 표정을 살피는 데 비해, 사진 속의 청년은 성깔 있고 자신감이 넘쳐 보였다. 지미가 지금도 이렇게 테리와 똑같은 머리 모양을 하고 있는 것을 보면 죽은 형의 영향력이 꽤 강한 것이 틀림없다.

"테리 캠벨, 20세. 11일 새벽, 웨스트포트 남쪽 브리튼 다리에서 추락."

교수는 담담히 그 페이지의 글을 읽었다.

"자네는 즉사라고 안 했나? 하지만 이 기사로 보건대 시체는 발견되지 않았어. 행방불명인 채로 장례를 치렀다고 하는데."

"4월의 웨스트포트였단 말입니다. 그날 밤은 분명히 기온이 영하로 내려갔었습니다. 그런 높이에서 머리부터 떨어졌으니 살아 있을 리가 없어요. 테리의 친구들도 즉사라고 증언했습니다. 그곳은 거의 해안이나 다름없는 곳인데다가 썰물이 엄청납니다. 바다가 거친 계절이라 수색대가 도착했을 때는 이미 바다로 떠내려간 뒤였어요. 그 주위는 조수의 흐름이 복잡해서 물에 빠진 사람의 시체가 안 떠오르는 걸로 유명하다고요."

"교수님, 무슨 생각을 하시는 거죠?"

하나가 몸을 앞으로 내밀었다.

"여러 가지 가능성이네."

"설마 테리가 살아 있다는 말씀은 아니겠죠?"

166

"그것도 가능성 중 하나지."

"그럴 리 없습니다."

지미가 파랗게 질린 얼굴로 딱 잘라 말했다. 그 이상의 설명은 거부하겠다는 의사가 드러나 있었다.

교수는 어깨를 으쓱하고, 그 이상 추궁하려 하지 않았다.

"그보다 진짜로 테리가 나타나서 리틀 풋을 죽였다면, 역시 실질적인 조치로서 무슨 표시를 정해두는 게 좋을 것 같아. 우리가 두 사람을 구별할 수 있게."

하나가 정색을 하고 다른 사람들을 둘러보았다.

"테리랑 뭐 다른 점 없어?"

지미는 생각해보더니 "아!" 하고 나지막이 외쳤다.

"있긴 한데 겉으로 보면 모를 겁니다. 테리의 안경은 도수 없는 안경입니다. 전 심한 근시지만 테리는 눈이 좋거든요. 저를 놀리고 주위 사람들을 혼동시킬 셈으로 저하고 같은 안경을 썼었죠."

"으음, 그건 좀 부족한데."

"암호는 어때?"

마리코가 제안했다.

"암호?"

"응. 테리가 모르는 암호. 예를 들어 말이지, 상대방이 지미인지 테리인지 알 수 없을 때 이렇게 묻는 거야. 되도록 자연스러운 질문이 좋겠지. '그러고 보니 지미, 조조한테서 편지 왔어?' 이런 건 어때?"

"그렇군. 그럼 지미는 뭐라고 대답하고?"

"글쎄. '조조는 도쿄에 나무하러 갔기 때문에 편지는 안 온다'는 어때?"

"뭐야, 그게. 갑자기 무슨 나무야, 나무는."

"예를 든 거야. 안 잊어버리고 좋지 뭘. 어라, '할아버지는 산에 나무하러' 하는 게 무슨 이야기더라? 일본 민화 맞지?"

"'모모타로'입니다."

준이 킬킬 웃으며 끼어들었다.

"나무한다는 게 뭐야? 나무를 심는 거야?"

"아뇨. 땔감을 찾으러 간다는 뜻입니다."

"그러고 보니 지미, 조조한테서 편지 왔어?"

마리코가 묻자, 지미도 쓴웃음을 지으며 대답했다.

"조조는 도쿄에 나무하러 갔기 때문에 편지는 안 옵니다."

"그래, 그거야. 꼭 그렇게 대답해."

마리코는 만족스레 고개를 끄덕였다.

"도쿄에서 나무를 한다고?"

준은 입 속으로 중얼거렸다.

린데, 하나, 지미, 박사 네 사람은 식사가 끝나고 집으로 돌아갔으나, 나머지 세 사람은 펍 한 곳에 더 들르기로 했다.

이제야 겨우 땅거미가 주위에 깔리기 시작했다. 언덕 곳곳에 부드러운 불빛이 밝혀지고, 마치 언덕 전체가 살아 있는 생물인 양 숨을 쉬고 있다. 전기는 들어오지만 주로 촛불을 켜기 때문에 불꽃이 흔들려 감박거리는 것이다. 그리고 곳곳에서 사람들의 이야기 소리가 들려오는 것이 기분 좋게 느껴졌다. 집 마당에서, 또는 광장의 벤치에서 모두들 저마다 히간의 밤을 보내고 있었다.

"아름답군요."

준은 저도 모르게 중얼거렸다.

"그렇지? 마운트 후지에서도 보석처럼 반짝이는 어나더 힐의 불빛이 보인다네."

이 나라에도 후지 산이 있다. 높이는 원조의 삼분의 일에도 미치지 못하지만.

문득 라인맨은 지금 어디에 있을까 하는 생각이 들었다. 그들은 노숙이 예사인 것 같던데, 이 어두운 밤의 숲 어딘가에서 그 검은 사냥개와 함께 졸고 있을까.

"지미는 뭔가 감추는 게 있어."

마리코가 준의 감개를 깨버리듯 입을 열었다.

"음. 역시 난 우체국에 가기 전에 지미가 한 번 밖에 나갔었다고 생각하네. 아니면 지미가 둘 있었다는 게 도통 설명이 되지 않아."

"그건 어떤지 모르지만, 아무튼 우리한테 말 못 할 사정이 있는 건 틀림없어요."

"그 친구는 괴로워하고 있어요. 그냥 가만히 내버려두는 게 좋지 않을까요?"

"하지만 상대는 리틀 풋을 죽이고 신성한 안마당에 내팽개친 녀석이잖아. 진짜로 지미를 죽일 생각일지도 몰라."

"내일도 낮 동안 현관문을 열어둡니까?"

"그야 물론이지. 히간 규칙을 바꿀 순 없어."

"교대로 식당에 사람을 두는 게 좋을지도 모르겠군. 누가 들어오면 알 수 있게."

그런 말을 주고받는 사이에 '춤추는 구미호 주막'에 도착했다. 작은 광장은 발 디딜 틈 없이 북적거렸다. 교수는 온갖 사람들과 인사를 하고 준을 소개했다. 모두들 악수를 청하고, 모두들 맥주를 사주고 싶어했다. 정신을 차려보니 어느새 맥주를 다섯 잔이나 마셨다.

술집의 화제는 역시 오늘 아침에 있었던 살인사건이었다. 모두 침을 튀겨대며 자기가 생각하는 범인상을 이야기하고 있다.

"그 미국인은 어디로 사라졌지?"

"어디서 경시청하고 연락하고 있을 게 틀림없어."

"내 이야기만 들으면 단숨에 해결되는데 숨어버리고 말이야. 내일은 아침부터 '기도의 성'에서 지키고 서 있어야겠군."

그레이 박사 이야기가 나올 때마다 준은 찔끔했다. 사람들이 그레이 박사에게 자신의 추리를 들려주고 싶어하는 정열에 압도되는 동시에, 박사가 안됐다는 생각이 들었다.

"그러고 보니 그 이야기 들었어? 로버트네 개가 죽었다나봐."

"어? 리틀 풋이? 만날 우체국 카운터 밑에서 자던 그 녀석 말이야? 키운 지 십 년 가까이 됐잖아."

"그게 그런데 이상하게 죽은 것 같더라고. 소문에 따르면 누가 독약을 먹였다던데?"

"설마 '피투성이 잭'인가?"

"글쎄, 어떨까. 아까 로버트가 어디서 리틀 풋의 시체를 들고 온 모양이야. 짐이 뒷마당에서 봤다는군."

"맙소사. 첫날부터 이게 웬 피비린내 나는 일이래?"

"개를 죽이면 안 되지, 개를."

태연히 맥주와 위스키를 마시고 있지만, 교수나 마리코나 주위에 오가는 대화에 유심히 귀를 기울이는 것을 알 수 있었다.

그건 그렇고 하여튼 정보가 빠르기도 하다. 다들 상상 이상으로 다른 사람을 관찰하고 있다. 혼자 시간을 보낼 수 있는 장소가 많다는 것은 몸을 숨길 수 있는 곳이 많다는 이야기다. 즉, 늘 누가 엿듣고 엿보고 있을지 모른다는 이야기이기도 하다.

준은 가슴을 졸이며 사람들이 주고받는 소문에 집중했다. 개가 독약을 먹었다는 이야기는 와전된 것이겠지만, 리틀 풋이 발견된 곳이 교수의 집 안마당이라는 이야기까지는 알려지지 않은 모양이었다. 그 점을 확인하고 교수나 마리코나 만족한 것 같았다.

일몰의 종을 기다리던 때와는 달리 눈 깜짝할 새에 열한시가 되어 펍 주인이 폐점을 선언했다. 투덜거리려나 했는데 다들 자리를 털고 일어나 삼삼오오 밖으로 나간다.

집으로 돌아가는 사람들의 머리 위로, 하늘은 이제 겨우 어두워진 참이었다.

집으로 돌아가보니 린데와 박사는 브랜디를, 하나와 지미는 녹차를 마시고 있었다.

"리틀 풋의 변사 이야기가 벌써 좍 퍼졌어."

마리코가 자리에 앉아 담뱃갑을 테이블 위에 놓았다.

"장소가 여기라는 것도?"

린데가 물었다.

"아니, 그건 아직 아닌 것 같아. 로버트가 말 안 했겠지."

"내일부터 로버트한테도 사람들이 몰려들겠네. 불쌍해라."

"준도 좀더 마실래?"

"아뇨, 전 이만 자겠습니다. 다른 분들한테 맥주를 얻어 마셨더니 취한 것 같습니다."

"저런, 그럼 잘 자. 기도의 종은 여섯시야."

등뒤에서 들려오는 린데의 목소리를 들으며 다른 사람들에게 손을 흔들고 준은 계단을 올라갔다. 정말로 긴장과 피로도 거들어 몸이 천근만근이었다. 내일 아침에 기도의 종에 맞춰 일어나면 히간의 하루가 또다시 시작된다.

샤워실 세면소에서 세수를 하고 양치하는 것까지가 한계였다. 어두운 복도를 터벅터벅 걸어 자기 방으로 들어와서 침대에 풀썩 쓰러질 마음의 준비를 하던 바로 그 순간이었다.

"하이."

그가 풀썩 쓰러지려던 그 침대에 한 소녀가 걸터앉아 있었다.

준은 눈을 껌벅거렸다.

"멋진 밤이네."

소녀는 그렇게 말하고 생긋 웃었다.

두툼한 검은색 긴팔 티셔츠, 녹색 체크무늬 바지. 예닐곱 살쯤 됐을까? 양갈래로 땋은 머리는 담황갈색이고, 눈은 녹색. 하지만 어딘지 모르게 동양의 피가 느껴졌다.

준의 머리는 사고 정지 상태를 일으켰다.

이 아이는 누구지? 왜 이런 시간에 이런 데 있지?

"멋진 방인데. 여기 오빠 방이야?"

소녀는 정중하게 말하고 방 안을 둘러보았다.

"어, 음, 넌 누구지?"

자기가 생각해도 얼빠진 질문이었다.

"난 서맨서야. 예쁜 꽃이네. 가져도 돼?"

소녀는 일어나 책상 위에 놓인 파란 국화를 만졌다.

"그, 그래."

172

소녀는 가만히 국화를 꽃병에서 뺐다. 그 몸짓이 너무나도 가련했으므로 준은 무의식중에 손을 뻗었다.

어느새 어울리지도 않게 그 꽃을 받아들어 소녀의 땋은 머리에 꽂아주고 있었다.

"고마워. 이름이 뭐야?"

소녀는 생긋 웃고 준을 올려다보았다.

"난 준이야. 준이치로 이토."

"준? 미카도의 나라 사람이구나."

소녀는 그의 얼굴을 찬찬히 뜯어보았다.

"어머, 이상하기도 하지. 준은 우리 아빠랑 아주 비슷하게 생겼는걸."

"너희 아빠?"

"응. 진짜 똑같이 생겼네. 아빠보다 많이 젊지만."

"그렇구나. 그거 신기하네."

준은 이 목가적인 상황이 머릿속으로 전혀 이해되지 않았다. 강가에서 소녀에게 꽃을 따주는 프랑켄슈타인이 된 기분이다.

"음, 너희 아빠는 어디 계시지? 엄마는? 대체 어디로 들어왔니?"

머리 한구석으로는 그것이 무의미한 질문임을 알고 있었다.

이 상황. 이 상황은 대체. 혹시 이게, 그, 예의.

"미안. 도중에 잠깐 들른 거야. 원래는 벌써 잘 시간인데, 나쁜 바람이 보여서 이리로 도망쳐 들어왔어. 오늘은 이만 갈게. 오늘밤엔 조심해."

소녀는 불현듯 창문을 돌아보더니 훌쩍 일어났다. 그리고 눈 깜짝할 새에 밖으로 뛰어나갔다.

"아, 얘."

한 박자 늦게 정신이 든 준은 허둥지둥 방을 나섰다.

그러나 밖에는 쥐죽은 듯 조용한 밤의 복도가 있을 뿐이었다.

희미한 촛불 불빛이 군데군데서 흔들릴 뿐, 소녀의 모습은 어디에도 없었다.

준은 혼란에 빠진 머리로 양옆 방을 들여다보았다. 침대 밑까지 들여다봤지만 아무도 없었다.

설마 이게. 방금 그게 그.

'손님.'

준은 마침내 그 말을 머릿속으로 중얼거렸다. 방금 전까지 쏟아지던 잠은 간 데 없고 온몸에 식은땀이 흘렀다.

맙소사. 그런 말도 안 되는 일이. 그렇게 선명하게.

준은 도로 자기 방으로 달려갔다.

방 안을 둘러보고 침대 위를 본다.

소녀가 앉아 있던 자리가 동그랗게 꺼져 있었다. 자기 엉덩이로는 이렇게 귀여운 자국이 남지 않는다.

문득 책상 위를 돌아보았다. 텅 빈 꽃병. 소녀의 머리를 만지고 국화를 꽂아준 감촉이 손에 남아 있다.

역시. 역시 그 아이는 존재했구나. 나와 이야기를 주고받았다.

창문이 덜컹덜컹 흔들려 준은 그쪽으로 눈길을 돌렸다.

밖에서 나무들이 흔들리고 있다. 바람이 불기 시작한 모양이다.

그 순간, 소녀의 목소리가 되살아났다.

미안. 도중에 잠깐 들른 거야. 나쁜 바람이 보여서 이리로 도망쳐 들어왔어.

나쁜 바람? 그런 말을 한 사람이 또 있지 않았던가?

준은 창가로 다가갔다.

나무들이 바람에 마구 춤추고 있었다.

멀리서 작고 하얀 빛이 번쩍했다.

번개다. 이 계절에 웬일일까.

하늘은 암회색으로 가라앉아가고 있었다. 밤이 다가오는 시간에 날씨까지 나빠져, 시커먼 구름이 움직이는 것을 알 수 있었다.

또다시 멀리서 섬광이 번쩍했다. 뇌운이 엄청난 속도로 이쪽으로 다가오고 있다.

누군가 복도를 뛰어온다.

설마 또 그 소녀가?

준은 허둥지둥 복도로 고개를 내밀었다. 그러나 심상치 않은 표정으로 뛰어온 사람은 하나였다.

"준! 덧문 닫아! 얼른!"

"아아, 번개 치더라."

"서둘러! 큰일이야! 다른 방들도! 도와줘!"

하나의 기세에 준은 당황했다. 그렇지 않아도 방금 전에 본 광경 때문에 머리가 혼란스럽던 차인데.

"얼른! 시간 없어!"

하나는 비명을 지르듯 소리치고 다른 방으로 뛰어들었다. 다른 사람들도 집 안을 뛰어다니는 듯, 여기저기서 덧문을 닫는 금속음이 요란하게 들렸다.

예삿일이 아니라는 것을 깨닫고 준도 허둥지둥 창문을 열었다.

순식간에 빗발 섞인 거센 바람이 들이쳤다.

위치를 몰라 허둥대다가 간신히 덧문을 내렸다. 이어서 또하나의 창문도 덧문을 내렸다. 창문이 막히니 방이 더욱 어두워졌다.

복도를 뛰어다니는 소리가 난다.

준은 다른 방들을 들여다보았다. 하나가 이미 덧문을 닫은 듯 어디나 캄캄하다.

"준, 닫았어?"

복도 안쪽에서 하나가 소리쳤다.

"응. 채광창은?"

"이걸 창문에 틀어막아!"

하나가 양손에 들고 있는 것은 삼베 주머니였다. 던져준 것을 받아드니 묵직하다.

"점토가 들었어. 조심해."

"어쩐지."

그렇게 분담해서 채광창을 막는 새에 우르릉 하는 천둥소리가 가까이 다가왔다. 땅울림 같은 섬뜩한 소리가 서서히 언덕 위로 접어들려는 기미가 느껴졌다.

"이제 곧 올 거야. 첫날부터 이게 웬일이지?"

하나가 진지한 표정으로 천장을 올려다보며 침착하지 못하게 시선을 여기저기 옮겼다.

"오다니, 폭풍 말이야? 이런 석조 가옥이라면 괜찮을 텐데."

"폭풍보다 더 심한 거야. 준, 아래층으로 가자. 밑이 나아."

하나는 준의 팔을 잡고 뛰기 시작했다. 준은 눈을 껌벅거리며 따라갔다.

아래층으로 내려가자, 계단 밑에 모두들 모여 있었다.

"준, 창문에서 떨어져."

마리코가 소리쳤다. 준은 마리코가 손에 든 것을 보고 놀랐다.

그녀가 들고 있는 것은 철제 방패였다. 두껍고 억센, 경찰이 폭도와 맞설 때 쓰는 것이다.

"저기, 그거,"

"자, 얼른, 이 방패 뒤에 숨어!"

마리코가 하나와 준을 방패 뒤로 끌어당겼다.

계단 밑 작은 공간에 마리코와 교수, 하나와 준이 방패를 바리케이드 삼아 웅크렸다. 보아하니 반대쪽 계단참 밑에는 나머지 세 사람이 들어가 있는 것 같다.

"대체 무슨 일이 일어나는 겁니까?"

"쉿! 그건 일어나봐야 알아. 하지만 심한 게 오는 건 확실해. 이렇게 이른 시간에 천둥이 치는 건 좀처럼 없는 일이니까."

빗소리가 들렸다.

강풍을 동반한 비라서, 이따금 쏴아 하는 세찬 소리와 함께 빗줄기가 건물을 때렸다.

하지만 그래봤자 비와 바람 아닌가. 뭘 그렇게 두려워하지?

준은 석연치 않은 기분으로 커다란 몸을 쭈그린 채 좁다란 어둠 속에 숨어 있었다.

그러나 평소에는 방글방글 웃는 하나까지 마른침을 삼키고 몸을 움츠리고 있는 것으로 보아 예삿일이 아니라는 것만은 이해할 수 있었다.

기이한 침묵이 이어졌다.

꽤 길게 느껴졌지만, 실제로는 오 분쯤이었을 것이다.

갑자기 건물이 흔들리기 시작했다.

처음에는 덜컹거리다가, 이윽고 진동이 커졌다.

어? 어? 지진?

준은 저도 모르게 일어서려다가 지진이 아님을 깨달았다.

뭔가가 건물을 때리고 있다.

그것도 딱딱하고 커다란 것이 빗발치듯 건물에 쏟아지고 있었다.

"무슨……"

준은 부르짖었으나 제 목소리조차 들리지 않았다.

엄청난 굉음이었다. 말 그대로 돌이 퍼붓고 있다고 생각할 수밖에 없는 소리다.

덧문에서도 뭔가가 수없이 부딪히는 둔탁한 소리가 난다. 유리가 깨지는 쨍그랑 소리. 채광창에 부딪힌 게 틀림없다.

"으아악!"

준은 소리를 질렀다. 시끄러운 나머지 두 손으로 귀를 틀어막았다.

그 순간, 굉음이 딱 그쳤다.

준은 허둥지둥 주위를 둘러보았다. 다른 사람들은 꼼짝도 하지 않고 아직 천장을 뚫어지게 응시하고 있었다.

뭐지? 아직 끝난 게 아닌가?

준은 식은땀을 흘리며 다른 사람들의 안색을 살폈다.

얼마 동안 침묵이 이어지나 싶더니, 또다시 희미한 진동이 느껴졌다.

또 시작인가.

그러나 이번에는 땅울림에 가까웠다.

쿵, 쿵, 쿵, 쿵.

규칙적인 리듬. 마치 큰북을 치는 듯한 진동이 지면을 타고 느껴진다.

쿵, 쿵, 쿵, 쿵, 쿵, 쿵, 쿵, 쿵.

"이게 대체."

준이 그렇게 중얼거린 것과 동시에, 리듬에 맞춰 엄청나게 큰 소리가 울려퍼졌다.

"으악!"

모두 귀를 틀어막고 몸을 웅크렸다.

준은 그것이 수많은 사람들이 복창하는 소리임을 깨달았다.

꼭 부도칸*에 있는 것 같다. 그리고 발치에 거대한 앰프가 놓여 있는 것 같다.

좌우지간 사람이 엄청나게 많다. 건물을, 아니, 어나더 힐 전체를 에워쌀 듯한 함성.

여기가 무슨 우드스톡이냐.

귀가 서서히 익숙해지자 말을 알아들을 수 있었다. 리듬에 맞춰 사람들이 외치고 있다.

에스, 에이, 티유알, 디에이와이, 나이트
에스, 에이, 티유알, 디에이와이, 나이트

준과 하나는 동시에 마주 보았다.

"이거."

"요즘 유행하는 영국의,"

"〈토요일의 기사騎士〉."

---

* 武道館, 도쿄에 위치한 유명 공연장.

"왜 이런 게?"

천지를 뒤흔들 듯한 함성이 끊일 줄 모른다. 대체 언제까지 계속될까, 라고 생각한 순간, 함성과 겹쳐 이번에는 요란한 브라스밴드 연주가 시작됐다.

"악!"

"시끄러!"

견디지 못하고 모두들 머리를 싸안았다.

그러나 태평스러운 행진곡은 〈토요일의 기사〉에 대항이라도 하듯점점 커졌다. 이렇게 엄청난 소리를 대체 누가 내고 있는 걸까. 곡은 〈아메리칸 패트롤〉. 게다가 음정이 약간 맞지 않는다. 준은 머리가 어질어질해졌다. 이것도 '손님'이란 말인가? '손님'은 대체 어떤 존재인가? 아까 만난 아이는? 안마당에서 나간 남자는?

브라스밴드 연주는 스테레오 음향으로 사방에서 들려온다. 멀어졌다가, 가까워졌다가, 위에서 들려왔다가, 밑에서 들려왔다가. 그야말로 사방에서 소리의 폭탄이 날아드는 기분이다.

그때 갑자기 한층 더 큰 땅울림이 쿵, 하고 밑에서 치받았다. 한순간 몸이 공중에 뜰 정도로 엄청난 에너지였다.

"이번엔 또 뭐지?"

공기가 삐걱거리는 느낌이 들었다.

뭔가 엄청난 소리가 더해졌는데, 〈토요일의 기사〉나 〈아메리칸 패트롤〉도 여전히 존재를 주장하고 있기 때문에 뭐가 뭔지 모르겠다.

"이거 뭐야?"

하나도 귀를 틀어막으며 부르짖고 있다.

준은 고막이 찢어질 것 같은 소음 속에서도 필사적으로 새로운 소리를 분간하려 애썼다.

맹렬한 기세로 연주되는 악절. 무슨 현을 긋는 소리라는 것은 알겠는데…… 이 독특한 음계는…… 문득 답을 알았다.

"쓰가루자미센*이다."

"뭐?"

"일본 악기야."

록 음악과 행진곡과 〈쓰가루존가라 절節〉**의 동시 연주라는, 십중팔구 처음이자 마지막 체험이다. 하지만 왜 하필 여기서 이런 곡이?

너무나도 큰 소리들이 한꺼번에 들리니 소리가 느껴지지 않았다. 어디 멀리서 초음속 여객기가 비행하는 듯한, 거의 금속음에 가까운 압력을 몸으로 느낄 뿐이다.

준은 의식이 몽롱해졌다. 머리가 지끈지끈 쑤셨다. 벌써 고막이 찢어졌는지도 모른다.

이윽고 소리가 조금씩 멀어지는 것이 느껴졌다.

어라?

하나를 보니, 그녀도 그것을 느낀 듯 평정을 되찾기 시작한 얼굴이었다. 그 얼굴을 보고 준도 서서히 긴장이 풀렸다.

소리가 역력히 멀어져갔다.

모든 소리가 뒤섞여 뿌옇게 혼탁한 덩어리를 이루던 것이 서서히 해체되어, 각기 음악이 되고 멜로디가 들리기 시작했다.

소리가 멀어진다.

---

* 일본 쓰가루 지방에서 쓰던 샤미센. 강하고 빠른 주법이 특징이다.
** 쓰가루자미센의 주요 연주곡인 쓰가루 3대 민요 중 하나.

마치 뇌운이 멀어지듯 먼 곳으로 이동해간다.

설마 방금 그것이 정말 뇌운이었나? 그 요란한 소리가 빗소리이고, 구름이 이동하며 소리의 비를 퍼붓는 걸까.

준은 그런 근거 없는 착각에 빠졌다.

소리는 더욱 멀어지고, 정적이 메우는 공간이 더 많아졌다. 그러자 우르릉 하는 보통 천둥소리가 들렸다.

"갔나?"

"쉿!"

준이 중얼거리자 하나가 소리 없이 부르짖었다.

쿵, 하고 지면을 치받는 진동.

"왁!"

그러나 그 한 번만으로 끝났다.

마지막에는 우르릉 하는 머나먼 천둥소리만이 중얼거림처럼 들리고, 이윽고 그것도 사라졌다.

그래도 얼마 동안 아무도 움직이지 못했다. 대체 얼마나 그러고 있었을까, 간신히 움직이기 시작했을 때는 모두 온몸이 뻣뻣했다.

"오늘밤 건 굉장했네."

마리코가 아야야, 하고 허리를 문지르며 일어섰다.

"장난이 좀 지나쳤군, 오늘 바람은."

"방금 그게 대체 뭡니까?"

"아폴로 극장에서도 저런 소리는 안 난다고."

박사가 창백한 얼굴로 휘청휘청 걸어왔다.

누가 먼저랄 것 없이 식당으로 들어가 테이블을 둘러싸고 앉았다.

"귀가 멍멍해. 귀마개도 준비해둘걸."

하나는 머리를 톡톡 쳤다.

"폴터가이스트. 그렇죠?"

박사는 진지한 얼굴로 다른 사람들을 둘러보았다. 그러나 다른 사람들은 김샌 얼굴이다.

"저렇게 강렬한 폴터가이스트는 본 적도 없고, 들어본 적도 없습니다. 저렇게 돌이 엄청나게 쏟아지는 것도요."

"저건 우박일세. 늘 저런 우박이 쏟아져."

교수가 두 팔을 벌렸다.

"우박? 저게 말입니까?"

"그래. 지름이 삼 센티미터나 되지. 전에는 물고기나 소가 떨어진 적도 있어."

"그건 자연현상으로 설명할 수 있습니다. 하지만 저 엄청난 음악은,"

"우리를 환영하는 걸세. 일본과 영국, 미국의 음악이었잖나."

태연하게 대답하는 교수를 보고 박사와 준은 저도 모르게 마주 보았다.

"아마 다른 집에선 다른 음악을 들었을 게야. 그 사람들이 아는, 그 사람들이 듣고 싶어하는 음악을 듣는 거지."

"역시 집단 히스테리군요."

박사는 몇 번씩 고개를 끄덕였다.

"폴터가이스트는 사춘기 청소년의 불안정한 잠재 에너지가 원인이라고들 하죠. 어나더 힐의 경우, '손님'을 맞이하고 싶어하는 주민들의 강렬한 의지가 그 원동력이 되는 게 틀림없습니다."

다소 흥분한 박사가 빠른 어조로 말하는 것을 마리코와 린데는 냉담한 눈으로 보고 있었다.

준의 심경은 복잡했다. 박사의 의견은 지당하다고 생각하려니와 그렇게 믿고 싶은 마음은 굴뚝같은데, 방금 일어난 일, 체험한 일을 생각하면 도무지 그렇게 간단히 치부할 수 있는 문제는 아닌 것 같았다.

"채광창이 문제네요."

마리코가 중얼거렸다.

"꼭 깨지잖아요. 거기도 바깥쪽에 덧문을 달면 어때요?"

"하지만 창이 작으니 덧문을 달려면 밖으로 나가야 하지 않나. 아까처럼 빠른 속도로 접근해오면 밖에 나갈 틈이 없을 게야."

"검토해볼 문제군요."

"저, 매일 밤 저런 일이 벌어집니까?"

준은 머뭇머뭇 물었다.

"그래, 정도의 차는 있지만. 그러니까 밤은 위험하다고 했잖아."

마리코가 지친 목소리로 대답했다.

"늘 저런 식입니까? 다양한 곡을 연주하나요?"

"그날그날 달라. 며칠씩 아무 일 없을 때도 있고, 밤새 밖에서 누가 〈리처드 3세〉를 연기한 적도 있었지. 하지만 오늘밤처럼 심한 건 히간 중에 한 번 있을까 말까야. 올해는 이상하다는 생각이 점점 더 강해지는데."

린데가 대답했다.

"무서워할 거 없어. 그냥 받아들이면 돼."

하나가 준의 어깨를 툭 쳤다.

"그래, 곧 익숙해질 거야. 오히려 이걸 학수고대하는 사람도 있는 걸."

마리코도 말했지만, 그리 위로가 되는 말이라 할 수는 없었다.

"자, 이만 자지. 히간이 끝나려면 아직 멀었으니 체력을 아껴야 해."

교수가 다른 사람들을 재촉했다.

심야의 식당에 밤 인사를 주고받는 지친 목소리가 겹쳐 울려퍼졌다.

휘청휘청 자기 방으로 돌아온 준은 텅 빈 꽃병을 보고 움찔했다.

아까 만난 여자아이에 관해 다른 사람들에게 물어보는 것을 까맣게 잊고 있었다.

도로 내려가려다가, 다른 사람들도 피곤할 것이라 생각해서 그만두었다. 뭣보다도 그 자신이 피곤했다.

책상 앞에 주저앉아 그 연감과 블랙 다이어리를 멍하니 바라보았다.

안마당에서 나간 남자. 침대에 앉아 있던 소녀.

준은 파인애플 스티커가 붙은 블랙 다이어리를 폈다.

'시필식'에서 따라 했던 말이 되살아난다.

하나, 나는 항상 변함없는 희망을 품고 고요한 마음으로 방문을 기다리겠습니다.

하나, 나는 방문을 성의 있게 받아들이고 주어진 말을 정확히 기록하겠습니다.

하나, 나는 존경심을 갖고 이 땅에 전해내려오는 우리 역사와 전통을 준수하는 데 기여하겠습니다.

준은 만년필을 들고, 소녀를 만났을 때의 상황과 그녀가 한 말을 천천히 적어내려갔다.

그러나 돌이켜 생각해보니 왜 그런지 공포감이나 섬뜩함은 전혀 없었다.

오히려 어쩐지 정겨운 느낌마저 들었다.

이유가 뭘까. 그저 귀여운 여자아이였기 때문일까. 아니, 그 분위기, 그 정겨움은 어디서 오는 걸까.

문득 소녀의 목소리가 뇌리에 되살아났다.

어머, 이상하네. 준은 우리 아빠랑 아주 비슷하게 생겼는걸.

준은 문득 생각나서 연감을 뒤적여보았다.

그녀의 이름은 서맨서. 그렇게 어린 아이가 대체 무슨 이유로 죽었을까.

준은 연감을 몇 번이고 구석구석까지 훑어보았다. 점점 정신이 맑아져 눈을 등잔만 하게 뜨고 서맨서를 찾았다.

없다.

한 시간 가까이 몇 번씩 뒤져봤지만, 소녀의 이름은 연감에 실려 있지 않았다.

말도 안 돼. 내가 빠뜨리고 못 찾았나? 준은 고개를 갸웃했다.

그러나 서맨서라는 이름도, 비슷한 나이의 소녀도 없었다. 모두 선명한 사진이 실려 있으니 이렇게 여러 번 봤는데 못 찾을 리가 없다.

죽은 지 얼마 안 됐나?

준은 그 가능성을 깨달았다. 연감이 간행된 뒤에 죽었다면 실려 있지 않을 터. 내일 속보를 확인해보자.

그렇게 마음을 정리하고 나니 겨우 잠이 밀려왔다. 책상 스탠드를 끄고 이불 속에 파고들자마자 그는 깊은 잠에 빠졌다.

짧은 밤이 끝나고 이른 새벽이 찾아왔다.

부옇게 동이 트기 시작했으나, 사물의 윤곽은 아직 흐릿한 혼돈 속에 잠겨 있다.

축축하게 안개 낀 숲속에 움직이기 시작한 그림자가 있었다.

후드를 쓴 라인맨. 그리고 그의 개가 발치에서 몸을 일으켰다.

라인맨은 후드를 벗고 발치에 뒹구는 무수한 우박을 둘러보았다.

대단한 에너지다.

그조차도 폐옥에 뛰어들지 않았더라면 위험했을 것이다.

나뭇가지가 무수히 부러져 숲속에 섬뜩한 실루엣을 자아내고 있었다.

발치에 쌓인 우박 무더기는 흐릿한 빛을 발하며 서서히 녹아내렸다.

후드에서 우박 조각이 후드득 쏟아진다.

라인맨은 소리도 없이 숲속을 이동했다.

선착장에 이르러 보트를 살펴본다.

그렇게 거대한 우박을 맞았으니 무사할 리 없다. 많은 보트의 지붕과 창문에 구멍이 뚫려 있었다.

이게 어떻게 된 일인가. 무슨 일이 일어나려는 건가.

라인맨은 일찍이 경험해본 적이 없는 초조감을 느꼈다.

뭔가가 느껴진다. 뭔가 기이한 것이.

라인맨은 부옇게 안개 낀 어나더 힐의 비탈을 오르기 시작했다.

힐의 거주 구역에 발을 들여놓는 것은 내키지 않지만, 그쪽에서 어떤 기운이 느껴지니 어쩔 수 없다.

라인맨은 발걸음을 빨리했다. 검둥이도 속도를 높여 따라온다.

이제 곧 달걀 배달이 시작된다. 그전에 이 기이함의 정체를 밝혀내야 한다.

좌우로 기척을 살피며, 라인맨은 자박자박 비탈을 올라갔다.

여기도 아니다. 더 위쪽인가?

언덕을 반쯤 올라가도록 이렇다 싶은 것이 없었다.

그는 초조한 마음으로 계속 올라갔다. 아무리 라인맨이라지만, 이렇게 빠른 속도로 단숨에 올라왔더니 역시 숨이 찼다.

문득 고개를 들자 아침 안개 속에 회색 성이 떠올랐다.

'기도의 성'. 대체 몇 년 만에 이곳에 발을 들여놓는 걸까.

저기가 정상이다. 더는 올라갈 곳이 없다. 감이 둔해졌나? 도중에 지나쳐버렸나?

라인맨은 막연한 불안을 느끼면서도 계속해서 나아갔다.

안개가 천천히 걷히면서 성의 모습이 드러났다.

마지막은 돌계단이다. 발밑을 보며 올라가니 작은 돌문이 나왔다. 그곳이 '기도의 성'으로 들어가는 입구다.

안개가 목으로 흘러들어 차가웠다. 그러나 그 차가움이 지금은 기분 좋게 느껴졌다.

여기까지 오고 말았다. 이제 어디로?

라인맨은 머리에 뭐가 똑 떨어진 것 같아 고개를 들었다.

그리고 자기가 찾던 것을 그곳에서 발견했다.

'기도의 성' 뒤에는 작은 농원과 양계장이 있다.

'기도의 성'을 운영하는 것은 민간인이지만, 농원과 양계장은 국가에서 경영한다. 그러나 관리의 일부는 '기도의 성' 스태프에게 일임되어 있었다.

양계장 관리는 중요하다. 히간을 보내는 주민들에게 달걀을 배달해야 하기 때문이다.

양계장 당번이 된 노부히코 데라다는 졸린 눈을 비비며 일어났다.

어젯밤 바람은 너무 시끄러웠다. 대체 어떻게 된 일일까. 그런 밤은 처음이었다.

양계장에는 방음 설비가 철저하게 되어 있다. 밤바람에 놀라 닭이 알을 낳지 않으면 곤란하기 때문이다. 하긴 어나더 힐의 닭들은 신경이 매우 무뎌 어지간한 일에는 놀라지 않는다. 몇 세대에 걸쳐 이곳에 살면서 소리와 진동에 내성이 생겼을 것이다. 잘은 모르겠지만, 실제로 밤바람 소리가 들리는 것은 사람뿐이고 닭들에게는 아무 소리도 안 들리는지 모른다고 하는 사람도 있었다.

노부히코 데라다는 건강한 몸을 쭉 뻗고 준비운동을 했다.

달걀 배달은 기도의 종이 울리기 전에 마쳐야 한다.

양계장이 '기도의 성' 뒤에 있는 것은 배달상의 편의를 생각해서이기도 하다. 대량의 달걀을 운반하기 때문에 위에서 밑으로 내려가는 것이다. 어나더 힐에서는 오토바이나 차를 쓸 수 없으므로, 자전거로 배달을 다니는 것은 상당한 중노동이었다.

그러나 그는 달걀 배달이 그리 싫지 않았다. 오히려 어떤 특별한 일을 한다는 기분이 들고, 또 균형을 잡으며 새벽녘의 힐을 천천히 내려가다보면 어쩐지 몸이 다잡아지는 것 같기 때문이다.

양계장에서 달걀을 모으는 일은 즐거운 작업이다. 물건이 뭐가 됐든 수확은 즐겁다.

노부히코는 작게 콧노래를 흥얼거리며 전용 케이스에 달걀을 담았다.

달걀은 전날 밤에 '기도의 성' 안내 데스크에 접수된 주문서대로 배달한다.

173개.

한 번 더 수를 체크하고, 자전거 타이어와 브레이크를 점검한 다음, 노부히코는 조심스럽게 달걀을 실었다. 떨어지지 않게 짐받이에 꽉 붙들어맨다.

됐다.

자전거에 올라탈 때가 가장 긴장되는 순간이다.

노부히코는 조심스럽게, 아침 안개 속을 천천히 나아가기 시작했다.

얼마 가니 '기도의 성'의 아치형 문이 보였다.

그는 평소 습관대로 작게 십자를 그었다.

그러나 뭔가가 여느 때와 달랐다.

"어?"

저도 모르게 의아한 소리가 나왔다.

뭔가 이상하다.

눈앞의 안개가 조금씩 걷혔다.

검은 사람 그림자가 보였다.

"으악!"

노부히코는 하마터면 173개의 달걀을 깨뜨릴 뻔했다. 균형을 잃고 넘어질 뻔하다가 가까스로 버텼다.

"저, 저게 뭐야."

노부히코는 부들부들 떨며 자전거에서 내려, 눈앞의 광경을 응시했다.

돌문 밑에 후드를 쓴 남자와 개가 있었다. 라인맨과 그의 사냥개다.

그리고 그의 시선이 향한 곳을 머뭇머뭇 보자,

그곳에는 여자가 있었다.

문 위에 목을 매고 피투성이가 되어 고개를 축 늘어뜨린 채, 꼼짝도 하지 않는 여자가.

4장

이상한 나라의
꼭대기에서

아침 안개 속에 검은 나무들이 흐릿하게 떠올라 있었다.

먼 나라의 묵화 같다. 아니면 옛날 흑백영화.

고요한 숲은 새소리조차 없이 침묵하고 있었다.

오늘 아침의 안개는 여느 때보다 짙었다. 울창한 나무들의 윤곽을 모호하게 흐리며 공기 밑바닥을 천천히 떠돌기만 하고 도무지 걷힐 줄 몰랐다.

살갗에 들러붙는 차가운 물방울은 얇은 옷을 한 겹씩 걸쳐입듯 서서히 몸을 무겁게 한다.

문득 기척이 느껴져 돌아보자, 어른이 웅크린 것만큼 작은 이나리 사당이 보였다. 싸늘하게 식은 오믈렛이 접시에 놓여 있다.

그는 안도의 한숨을 내쉬었다.

아무도 없다. 여기에 누가 있을 리 없다. 뭣보다도 아직 기도의 종조차 울리지 않았다.

한 발짝 내디딜 때마다 몸이 무거워진다. 흠뻑 젖은 풀이 발을 적셔 온몸에서 서서히 열을 빼앗아가는 것이 느껴진다.

마치 거대한 어항 속을 걷는 기분이었다. 아침 안개에 휩싸인 숲은 물속에 일렁이는 수초 같다.

한동안 잊고 있던 느낌이었다. 예전과 다름없는 태고의 공기. 역시 이곳은 신비한 곳이다.

그는 기억을 일깨우듯 눈을 가느스름하게 뜨고, 축축한 아침 공기를 허파 가득 들이마셨다.

숲속에 허옇게 소용돌이치는 안개는 방황하는 그림자조차 비춰낼 듯 끈끈하고 짙다.

이나리 사당이 또하나 보였다.

그러나 이곳에는 공물이 없었다. 하얀 직사각형 접시는 비어 있었다.

음?

그는 가만히 몸을 굽히고 접시를 들여다보았다.

문득 손 언저리가 어두워진 것 같아 무심코 뒤를 돌아보았다.

검은 그림자가 슥 가로지른다. 머리에 망토를 뒤집어쓴 그림자가 나무들 사이로 사라져간다.

움직이는 자 없는 세계에 순식간에 침묵이 되돌아왔다.

그는 축축하게 젖어가는 머리의 냉기를 느끼며 사라진 그림자를 찾기라도 하듯 그 자리에 우뚝 서 있었다.

환영? 아니면……

안개는 여전히 무겁게 세계를 뒤덮고 있었다.

우뚝 서 있는 그의 모습도 안개 속으로 사라져갔다.

결국 그날 아침, 기도의 종은 울리지 않았다.

여느 때와 다름없는 히간의 아침일 터였다.

겉보기에는 분명 그랬다. 흐릿하게 밝아오는 하늘, 힐을 뒤덮은 무거운 아침 안개. 몇십 년, 아니 몇백 년 동안 되풀이된 고요한 아침.

이미 일어나 가벼운 아침식사를 준비하던 사람도, 첫날에 과음하고 늦잠 자던 사람도, 밤잠을 이루지 못하고 졸다 깨다 하던 사람도, 이윽고 모두 그 이변을 알게 된다.

모두가 이변을 깨닫기 시작했을 무렵, 준은 아직 꿈을 꾸고 있었다.

그는 꿈속에서 열심히 편지를 쓰고 있었다. 어나더 힐에 있는 자기 방에서 도쿄에 있는 소노코에게 편지를 쓰는 것이었다. 꿈속에서 그는 어나더 힐에 정이 든 나머지 좀처럼 떠나지 못하고 상당히 오랜 기간 체류하고 있었다. 그에 대해 소노코가 매우 화가 나 있었기 때문에, 그는 어나더 힐에 왜 이렇게 오래 있게 됐는지 변명하는 편지를 필사적으로 쓰고 있었던 것이다.

여기 네가 있었더라면 아주 재미있어했을 거야, 그는 그렇게 썼다가 지우개로 지웠다. 준은 물론 편지를 쓸 때 초고를 쓴 뒤에 정서하는 습관을 갖고 있다. 한참 망설인 끝에 그 말을 지운 것은, 나처럼 V.파에 친척이 없는 사람이 거기 갈 수 있을 리가 없잖아, 라고 편지를 읽으며 되받아치는 소노코의 얼굴이 눈에 선했기 때문이었다. 그는 소노코의 기분을 상하게 하지 않을 문장을 생각하느라 고심했다. 그는 그런 부분에 몹시 소심한 성격이라, 편지를 쓸 때 단어 하나를 갖고도 끙끙 고민하는 버릇이 있다. 소노코는 평소에는 대범하고 남을 배려할 줄 아는 성격인데, 한번 기분이 상하면 이상하게 옹고집을 부리며 세세한 데까지 꼬치꼬치 따지고 든다.

편지에 쓸 말을 생각하며 준은 꿈속에서 역시 끙끙 고민하고 있었다. 어나더 힐의 즐거움과 흥미로움을 이곳에 오래 머무는 이유로 내세우는 것은 곤란하지 않을까. 친척의 사정을 주된 이유로 제시하는 것이 좋지 않을까. 하지만 그렇게 되면 나보다 먼 친척이 소중하구나, 라든지, 그래, 어차피 난 가족 아니네요, 같은 대꾸가 돌아올 것은 상상하기 어렵지 않았다.

어쩌지? 어쩌면 좋지? 준은 끙끙 신음했다.

그렇게 고민하면서도 그는 서서히 잠에서 깨어났다. 꿈속의 소리와 현실 속의 소리가 뒤섞여 들린다. 몸의 일부가 이제 꿈에서 깰 때라고 속삭이는 것을 느끼고 준은 눈을 번쩍 떴다. 꿈속에서 생각하던 문장이 아직 머릿속을 빙빙 맴돌고 있다. 어쩐지 몹시 손해 본 기분이 들었다가, 맞다, 소노코에게 편지 써야 하는데, 하고 허둥댔다. 그러나 현실에서는 어나더 힐에 도착한 지 아직 만 하루밖에 되지 않았다는 사실이 생각나, 쳇 뭐야, 괜한 걱정을 다 하는군, 하며 침대에 누워 안도했다.

안도하고 나서, 복도가 어쩐지 술렁이는 것을 깨달았다.

기도의 종이 벌써 울렸나?

썰렁한 방에서 몸을 일으키고 책상 위에 놓아둔 손목시계에 손을 뻗었다. 이미 일곱시가 지난 것을 보고 그는 기겁했다.

첫날부터 늦잠 잤다!

허둥지둥 일어나 옷을 갈아입기 시작했다.

그러나 어딘지 모르게 분위기가 이상했다. 밖에서도 누가 불안스레 수런거리는 소리가 들려왔다. 히간 아침인데 왜 이렇게 어수선하지?

세수하고 아래층으로 내려가자, 다들 식당에 모여 나지막이 이야기

198

를 나누고 있었다.

"안녕히 주무셨습니까? 첫날부터 늦잠 자서 죄송합니다. 종이 울린 것도 몰랐습니다."

모두가 준을 돌아보았으므로 그는 당황해서 머리를 긁적였다.

"오늘 아침엔 종 안 울렸어."

"비상사태야."

"뭔 일이 있었던 거야. 지금 유이가 오늘 히간에 관해 검토중이야."

마리코와 린데와 하나가 동시에 말했으므로 준은 눈을 껌벅거렸다.

"커피 드세요."

지미가 준에게 머그잔을 내밀었다.

"아, 고마워. 비상사태라뇨?"

준은 식당을 둘러보았다. 의자에 앉아 있는 시노다 교수가 보였다.

"어라, 그레이 박사님은요?"

"데이비드 아오키한테 아침 일찍 불려나갔네. 어제 사건과 관련된 일이 일어난 게 틀림없어."

교수가 낮은 목소리로 대답했다.

운영위원회 부회장이 불러냈다면 교수의 말이 맞을 것이다. 하지만 이렇게 이른 아침에? 준의 마음에도 불길한 예감이 시커멓게 피어올랐다.

"다들 그렇게 오래 기다리지는 못할 테니, 이제 곧 유선방송으로 무슨 이야기가 있을 게야."

일단 자리에 앉아 가벼운 아침식사를 들기는 했으나, 다들 정신이 딴 데 팔려 있었다.

바깥에서 들려오는 웅성거림도 그칠 줄 모른다. 이웃 사람들이 모여 있는 것이다.

그때, 뚝, 끼잉, 하고 귀에 거슬리는 소리가 났다.

딩동댕동 벨이 울린다.

"그거 보게."

유선방송이다. 집 안팎이 갑자기 쥐죽은 듯 조용해졌다.

오늘 기도의·종은 정오에 울립니다.

오늘 기도의 종은 정오에 울립니다.

오전 아홉시에 임시 집회가 열립니다. 모두 집회소에 모여주십시오.

오전 아홉시에 임시 집회가 열립니다. 모두 집회소에 모여주십시오.

유선방송은 간결하게 끝났다. 모두 뒷말이 이어지기를 잠자코 기다렸으나, 다른 말은 없이 또다시 얼빠진 벨소리가 방송 종료를 알리자 일제히 불만의 목소리가 터져나왔다.

"임시 집회? 이런 거 생전 처음이야."

"좀더 자세히 설명을 할 것이지."

린데와 교수가 투덜거렸으나, 어중간한 상태에서 해방된 덕분인지 다들 어딘지 모르게 안도한 표정이었다. 밖에 모여 있던 사람들도 집으로 돌아갔다.

그때, 식당 구석에서 전화벨이 따르릉 울렸다. 여기서 전화벨이 울린 것은 처음이었으므로 준은 움찔했다.

린데가 전화를 받았다.

"아, 안녕하세요. 네? 뭐라고요? 정말?"

모두 귀를 쫑긋 세웠다.

린데가 수화기를 내려놓자마자 또다시 벨이 울렸다.

그로부터 삼십 분 동안 전화벨이 쉴새없이 울려댔다. 힐 주민들이 무서운 기세로 정보 교환을 하는 모양이다. 그렇군, 아직 기도의 종이 울리지 않았기 때문에 지금은 히간으로 간주되지 않는 것이다. 가십을 즐기는 타고난 기질이 어나더 힐 전체에서 폭발한 것 같았다.

수많은 전화 통화 끝에 린데와 교수가 입수한 정보에 따르면, 힐에서 또다시 '피투성이 잭'이 범행을 저지른 모양이었다. 그것도 '기도의 성' 근처인 것 같다. 아침에 '기도의 성'으로 가는 길이 통행금지됐다는 것이 그 근거였다.

"설마."

"아무리 그래도 그렇지, 어제 그런 일이 있고 오늘 또?"

마리코와 하나는 회의적이었다.

"하지만 임시 집회를 열 정도니 곤란한 상황이 벌어진 것만은 틀림없지."

교수는 태연한 표정으로 중얼거렸다.

"속보가 발표될까? 어제 죽은 사람도 있잖아."

"집회소에 가기 전에 게시판을 보고 가자."

"뭐 단 것 좀 먹고 싶군그래. 뇌를 활성화시키기 위해 당분을 섭취해야겠어."

다들 저 하고 싶은 말을 늘어놓는 상태에 준도 점점 익숙해졌다. 오히려 그 편이 마음이 편하다는 사실을 깨달았다.

스콘에 꿀을 발라 먹으며 초조하게 시간을 보내다가, 결국 참지 못하고 다함께 여덟시 반에 집을 나섰다. 다른 주민들도 마찬가지 기분인 듯, 완만한 비탈길은 수군수군 이야기를 주고받으며 집회소로 가는 사람들로 가득했다. 사람들이 뒤를 흘끔흘끔 돌아보는 것은 '기도의 성'을 보려는 것이 틀림없다.

집회소 앞, 지붕을 얹은 목제 게시판 앞에 인파가 모여 있었다.

광고 전단 비슷한 종이가 몇 장 붙어 있다. 연감에 실리지 않은, 최근에 죽은 사람에 관한 정보다. 사진과 경력이 쓰인 속보를 보려고 다들 밀치락달치락하는 것이다.

"어제 시체는 어느 거야?"

"그런 건 없는데."

"아직 신원이 안 밝혀졌나?"

모두들 수군수군 이야기한다. 역시 어제 도리이에 매달려 있던 시체가 신경 쓰이는 모양이다.

"나올 리 없지, 그건 시체가 아니었으니까."

교수가 준에게 소곤거리고 가볍게 윙크했다. 히간에 개입하기 위해 경찰이 가짜 시체를 매달아두었다는 가설에 제법 자신이 있나보다.

준은 문득 어젯밤 만난 소녀가 생각났다. 서맨서.

발돋움을 하고 속보의 사진들을 보았다. 그러나 그중에 어린 소녀의 얼굴은 없었다.

그 아이는 누구였지?

준은 고개를 갸웃했다. 그 아이는 분명히 '손님'이었다. 이곳에 나타났으니, 그 아이는 이미 죽었다. 연감에도 실리지 않고 현시점의 속보에도 없다는 이야기는, 즉 그녀의 죽음이 아직 세상에 알려지지 않았다는 뜻이다.

범죄와 관련돼 있을지 모른다.

그런 생각이 들어 준은 어렴풋이 등골이 오싹했다. 실종되어 시체가 발견되지 않으면 어느 쪽에나 실리지 않는 게 아닐까. 하지만 지미의 형은 사망이 확인되지 않았는데도 실렸고……

"저기, 하나, 실종자는 어떻게 되지?"

준은 하나에게 물었다. 하나는 준이 하고 싶은 말을 바로 짐작한 듯했다.

"똑같아. 실종자도 본인이 스스로 모습을 감췄다는 증거가 없는 한 연감에 실릴걸. 실종은 실종이라고 씌어 있어."

"일본에서는 아마 실종된 지 칠 년이 지나야 사망한 걸로 간주된다고 기억하는데, V.파에서는 어때?"

"V.파도 마찬가지야. 그렇기 때문에, 가족 중에 실종자가 있는 사람은 생사를 확인하기 위해서라도 열심히 히간을 지내러 와."

"그럼 연감에도 없고 속보에도 없는 '손님'은 어떻게 생각하면 돼?"

하나가 놀라 준을 보았다.

"혹시 만났어?"

"응. 어젯밤에 방에 있었어."

"어머나. 준도 참, 확률 한번 높네. 어제 낮에 테리도 봤잖아?"

하나는 감탄과 어이없음이 반반씩 섞인 얼굴로 준의 눈을 빤히 들여다보았다. 그 커다란 검은 눈동자에 준은 당황하고 말았다.

"아니, 하지만 테리에 관해선 어째 좀 자신이 없어져서."

"아니, 박사님은 그렇게 말했지만 난 믿어. 준은 선입견이 없으니까 오히려 착각이 아니었을 거라고 생각해. 그래서 어젯밤 만난 건 어떤 '손님'이었어? 연감, 속보 양쪽에 다 없었구나?"

"응. 샅샅이 찾아봤지만 연감에는 분명히 없었어. 작고 귀여운 여자애인데, 이름이 서맨서라고 했어. 내 침대에 앉아 있었고. 어젯밤에 나쁜 바람을 발견해서 그걸 피하느라 잠깐 들렀다고 하던데."

"어머."

하나는 생각에 잠겼다.

"연감, 속보 양쪽에 다 없는 이유는 몇 가지 생각해볼 수 있어."

하나는 고개를 들고 입을 열었다.

"하나는 실종신고를 안 한 경우. 행방불명됐다고 인정하고 싶지 않아서, 혹은 무슨 사정이 있어서 그애가 없어졌다는 사실을 감추는 거야."

"사정이라는 건, 즉 범죄에 휘말렸다거나 하는 경우야? 예컨대 부모가 아이를 학대해서 죽이고 자기 집 마당에 묻었다든지."

"극단적으로 생각하면 그런 경우도 있을 수 있겠지. 하지만 실종됐다는 것을 인정하기 싫어서 연감에 기재되는 걸 거부한 걸지도 몰라."

"연감에 기재되는 걸 거부할 수도 있나?"

"잘 없는 일이긴 해도 불가능진 않아."

"그 외엔?"

"가끔씩 있는 일인데, V.파 출신자가 객사한 경우야."

"객사?"

"응. 예컨대 일 때문에 외국에 가족들이랑 함께 이주했다든지. 외국에서의 사망이나 실종 정보는 이쪽에 안 들어오는 경우가 있거든."

"아아, 그렇군. 사전에 정보가 없으니까 죽은 이가 와도 모른다는 거군?"

"응, 그런 거지."

그럴지도 모른다. 그 소녀는 범죄에 휘말린 듯한 느낌은 없었다. 먼

외국에서 죽은 소녀라고 생각하니 마음이 놓였다.

"빼먹지 말고 블랙 다이어리에 기록해둬."

"응, 벌써 썼어."

"어땠어? 조우한 감상은."

하나는 조금 부러운 표정으로 물었다. 그 얼굴을 보니 왠지 모르게 자랑스러운 기분이 들었다. 이상한 일이다.

"전혀 안 무섭던데. 어쩐지 어안이 벙벙해서, 저게 그거였구나 하고 인정하는 데 시간이 걸렸지 뭐야."

"그렇구나. 잘됐다. 준은 운이 좋아. 몇 년씩 와도 한 번도 못 만나는 사람도 있는걸."

"호오, 그런 사람도 있어?"

"역시 '손님' 쪽에서도 고르는 거겠지. 준은 다정할 것 같으니까. 이야기를 잘 들어줄 것 같다고 생각하는 거야, '손님'도."

"그런 건가?"

그리 나쁜 기분은 아니었다. 잘 생각해보면 별로 고마운 일도 아닌 것 같지만.

둘이 나란히 집회소로 들어가자, 흥분과 불안에 웅성거리는 사람들의 목소리가 왕왕 메아리치고 있었다.

"세상에, 벌써 거의 다 온 것 같은데?"

"대단하군. 아, 저기 그레이 박사님이다."

준은 정면에서 운영위원회 사람들과 이야기하는 박사를 발견하고 가리켰다. 다들 표정이 심각하다.

"점점 더 상황이 심상치 않아 보이는군."

교수가 린데 일행이 앉아 있는 옆자리로 두 사람을 불렀다.

"속보 어땠나?"

"아는 사람은 없었어요. 그보다 제 말 좀 들어봐요. 준도 참, 어젯밤에도 '손님'을 만났다지 뭐예요."

"호오, 운이 좋은 친구군."

"행운아네."

"그렇죠? 준이랑 같이 붙어다녀야 할까봐요."

다들 신기한 것 보듯 자신을 보는 통에 준은 어쩔 줄을 몰랐다.

"아, 토머스가 나왔군. 시작이야."

시계가 아홉시를 가리키자, 회장인 토머스 베커가 침통한 얼굴로 앞에 섰다. 헛기침 소리가 한바탕 이어진 다음, 주위가 조용해졌다.

"본에 나란히 서신 폐하께 영광 있으라."

토머스의 말에 모두가 화답했다. 목소리가 서로 공명하며 천장으로 사라져갔다. 그때까지 시끌시끌했던 것이 거짓말인 양, 주위는 엄숙한 분위기에 휩싸였다.

"여러분에게 일찍이 없던 사태를 보고해야 하는 것을 대단히 유감스럽게 생각합니다. 히간중에 이런 일이 벌어진 데 대해 진심으로 사죄드립니다."

토머스의 얼굴은 새파랗게 질려 있었다. 그 절박한 표정에 관중이 웅성거렸다.

"대단히 송구한 말씀입니다만,"

토머스는 괴로운 목소리로 말했다.

"이제 곧 경찰이 도착합니다. 오늘 아침 일찍 '기도의 성'에서 타살로 보이는 시체가 발견됐습니다. 경찰이 이제부터 검시를 할 예정입니다."

관중의 웅성거림이 분명해졌다.

"뭐라고?"

"경시청이 히간에 개입한다고?"

"어떻게 이런 일이?"

저마다 불만을 터뜨리는 사람들을 토머스는 단상에서 필사적인 제스처로 만류했다.

"조용히. 조용히 해주십시오. 좀더 자세히 설명하겠습니다."

아직 불만은 남아 있었지만 토머스의 이야기를 듣는 것이 먼저라고 생각했는지 집회소가 조용해졌다. 토머스의 얼굴에 안도의 빛이 떠올랐다.

"경찰이 이곳에 들어오는 것은 사실입니다만, 그것은 사인을 조사하고 증거를 보존하기 위해서입니다. 경찰이 직접 이곳에서 수사를 벌이는 것은 단호히 거부할 생각입니다. 저희는 시체를 발견한 이래로 협의를 거듭했습니다. 우리의 히간을 지키고 계속하기 위해서라도 우리는 단결해야 합니다. 그러나 오늘 아침에 여기 어나더 힐에서 시체가 발견됐다는 사실의 중대함은 여러분도 인식하시리라 생각합니다. 즉,"

토머스는 가볍게 숨을 들이쉬었다.

"여기 어나더 힐에 지금도 살인범이 있다는 뜻입니다. 이것은 의심할 여지가 없습니다. 오늘 아침 사건이 어제 아침 사건과 관련이 있는지, 범인이 저 '피투성이 잭'과 동일 인물인지는 알 수 없습니다. 그러나 이제부터 히간을 계속하기 위해서는 우리가 일치단결해서 직접 범인을 찾아낼 필요가 있습니다. 여기까지는 납득하시겠습니까?"

토머스는 관중을 둘러보았다. 동의로도, 불안으로도 해석될 수 있는 침묵이 그에 답했다.

사람들은 뒷말을 기다렸으나, 토머스는 얼마 동안 입을 열려 하지 않았다. 긴장한 듯 이마에 식은땀이 맺혀 있다. 하지 않으면 안 되는 말이 있는데 하고 싶지 않아서 주저하는 듯한 기묘한 표정이다.

모두들 불안한 얼굴로 토머스의 다음 말을 기다렸다.

뭘 망설이는 거지? 준은 고개를 갸웃했다.

"그래서 오늘밤 '기도의 성'에서 갓치를 하기로 결정했습니다."

토머스는 얼굴을 일그러뜨리고 내뱉듯 말했다.

갓치?

준은 어리둥절했다. 처음 듣는 말이다. 설명을 청하려고 하나를 돌아본 그는 흠칫 놀랐다.

모두들 입을 다물고 토머스를 응시하고 있었다.

그 표정에 떠오른 것은 하나같이 경악과 공포다. 린데나 교수마저, 유머는 그림자도 없이 창백하게 질린 얼굴이었다.

"어, 어, 무슨 일이야?"

준은 동요해서 주위를 둘러보았으나, 그때까지 흥미진진해하던 얼굴들이 모두 얼어붙은 것을 깨닫고 혼란에 빠졌다.

갓치? 분명히 그렇게 들렸는데 그게 대체 뭐지? 명랑하고 가십을 좋아하는 사람들을 이렇게까지 조용하게 만들다니.

"진심인가, 토머스? ……아, 발언해도 되겠나?"

어딘지 모르게 인품이 좋아 보이는 노인이 조심스럽게 발언권을 청했다.

토머스는 고개를 끄덕했다.

"다소 성급한 결정 아닌가? 그…… 너무 위험하다고 생각하네만.

대상자는?"

노인은 주뼛거리는 어조로 말했다. 토머스는 떨떠름한 얼굴로 입을 열었다.

"전원입니다. 단 한 사람의 예외도 허락하지 않습니다."

이번에야말로 오오, 하는 절망 어린 소리가 천장에 메아리쳤다.

"아니면 의미가 없습니다. 우리 가운데 살인자가 있다는 걸 알면서 이렇게 무방비하게 살 수는 없는 노릇이니까요. 우리에겐 히간을 무사히 완수할 의무와 책임이 있습니다. 지금 우리 손으로 범인을 찾아내서 배제하지 않으면 안심하고 히간을 보낼 수 없지 않습니까. 저희도 고민했습니다. 하지만 지금 이대로는 히간 기간 내내 경시청에게 경계를 부탁해야 합니다. 그래선 곤란합니다. 개입이냐 자치냐를 저울질할 때, 역시 자치를 지켜야 한다는 결론에 도달했습니다."

나지막이 이야기를 계속하는 토머스의 목소리에는 암담한 결심이 서려 있었다.

주위는 장례식장처럼 조용해졌다. 아니, 장례식이라면 좀더 감정의 움직임이 있을 법한데, 모두가 말 그대로 돌덩이처럼 굳어 있었다.

"그건 알겠네만, 아이들도 해야 하나?"

노인은 힘없이 저항을 시도해보았지만, 헛된 노력이라는 것은 이미 잘 알고 있는 것 같았다.

"아이들도 합니다."

토머스는 사형을 선고하듯 고개를 끄덕였다. 노인은 한숨을 내쉬더니 아무 말 않고 물러났다. 이어서 나서는 사람은 아무도 없었다.

"전원이 오늘밤 갓치를 합니다. 시작은 밤 열두시입니다."

토머스는 창백한 얼굴로 선언했다.

"하지만 여기서 범인에게 기회를 주겠습니다. 부탁합니다. 오늘 아침 사건의 범인은 부디 그전에 저희나 그레이 박사에게 자수해주십시오. 지금 자수하면 비밀리에 경찰에 넘기겠으며, 오늘밤 갓치는 행하지 않습니다. 그러니까 그전에 자수해주십시오. 제발 부탁합니다. 오늘밤 열두시 전에 자수해주십시오. 아니면 갓치를 하는 수밖에 없습니다."

토머스는 진지하게 부탁하고 있었다. 범인의 입장에서도 그 갓치라는 것을 하느니 자수하는 쪽이 나을 것이라 진심으로 생각하는 것 같았다.

대체 뭐지? 준의 혼란은 가중될 뿐이었다. 하나에게 물어보고 싶은데, 그녀도 창백한 얼굴로 입을 다물어버린 탓에 선뜻 말을 걸 수 없었다.

"이상으로 임시 집회를 마치겠습니다. 경찰은 이제 곧 상륙할 예정입니다. 기도의 종이 울릴 정오까지는 검시를 끝내도록 부탁할 생각입니다만, 여러분은 절대 경찰과 접촉하는 일이 없도록 부탁드립니다. 오전중에는 되도록 집 안에 계시길 다시 한번 부탁드립니다. 오후에는 어제에 이어 도리이에 매달려 있던 시체에 관해 그레이 박사가 조사할 예정이므로 모쪼록 협조 부탁드립니다. 본에 나란히 선 폐하께 영광 있으라."

토머스는 음울한 목소리로 그렇게 끝을 맺었다. 화답하는 사람들의 목소리도 그에 못지않게 음울하고 허했다.

호기심에 가득 차 모여들었던 때와는 딴판으로, 돌아가는 길은 그야말로 초상집에 다녀오는 분위기였다.

마음속이 물음표로 가득했으나 준은 집에 당도할 때까지 질문을 참았다.

"홍차를 진하게 끓이자."

집에 도착하자, 린데가 그렇게 중얼거리고 차를 준비하기 시작했다.

"저, 뭡니까, 아까 말한 그……"

"갓치."

준이 묻자 하나가 작은 목소리로 중얼거렸다.

"나도 소문으로만 들었지, 해본 적은 없어."

"나도 없어. 교수님은 있어요?"

마리코가 교수를 보았다.

"나도 없네. 아주 오래전에 하는 걸 본 적은 있네만. 난 어렸기 때문에 대상에서 제외됐었거든. 뭔지 몰라도 무시무시한 분위기였다는 건 기억해. 린데도 없지? 그 왜, 조니가 누군가에게 습격당한 사건이 있었지 않나? 그때는 어른들만 갓치에 참가했었지."

"아아, 그때 말이군요. 맞아요, 아이들은 제외됐었죠. 어른, 그것도 남자 어른만 '기도의 성'에 갔었어요."

린데는 찻주전자를 데우며 과거를 회상하는 표정으로 말했다.

"범인이 누구였더라? 대장간 주인이었죠, 분명히?"

"음. 그때 그 비명 소리가 온 어나더 힐에 메아리쳤었으니 말이야, 그 목소리는 잊으려야 잊히지가 않아. 한동안 다들 악몽을 꾸곤 했지."

"범인은 어떤 상태로 발견됐어요? 역시 무서운 일을 당했나요?"

하나가 정색을 하고 물었다.

린데와 교수는 순간 난처한 얼굴로 마주 보았다.

"갓치에 실수는 없다고들 하는데 그거 진짜예요? 진짜 아니면 곤란해요. 실수로 갈가리 찢겼다간 되돌릴 수도 없잖아요."

마리코가 냉랭한 목소리로 말했다.

준은 무슨 이야기인지 이해하지 못한 채로, 대화 속에서 갓치라는 것의 정체를 알아내려 필사적으로 애썼다. 뭔가 무서운 행사라는 것은 분명한데 아직 실체를 모르겠다.

"……말 그대로 갈가리 찢겼다더라."

린데가 나지막이 말했다.

"뭐?"

마리코가 놀란 얼굴로 되물었다.

"예배당이 온통 피바다였다고 해. 범인은 산 채로 팔, 다리, 목이 찢겨져나갔고, 당시 입회했던 운영위원은 충격으로 한동안 병원에 입원했었대."

"세상에."

마리코와 하나는 새파랗게 질렸다. 지미도 평정을 가장하고 있지만, 처음 듣는 이야기인 듯 동요를 감추지 못했다. 교수도 복잡한 표정이었다.

"아까 집회소에서 사람들 태도를 보건대, 다들 그때 일을 아직 기억하는 게야. 우리가 어렸을 때는 어른들이 무슨 일이 있을 때마다 그 이야기를 들먹이면서, 거짓말을 하면 갈가리 찢긴다고 위협하곤 했지."

파랗게 질려 있던 하나가 준의 표정을 알아차리고 입을 열었다.

"있죠, 나도 갓치가 실제로 어떤 건지 잘 모르거든요. 준도 있고 하니까 이 기회에 설명해줘요."

"으음, 준한테 이런 이야기를 할 날이 올 줄은 몰랐네. 너한테 히간의 야만적인 부분은 별로 보여주고 싶지 않았는데."

린데가 내키지 않는다는 듯 투덜거렸다.

212

"무슨 말씀이십니까. 전 연구자고, 어나더 힐을 미화할 생각은 없습니다. 뭐든지 있는 그대로 가르쳐주세요."

준은 항의했다. 사실은 그보다 갓치의 내용이 못 견디게 궁금했다고 해야 할 것이다.

"……이 언덕 꼭대기에 있는 '기도의 성' 정원에 작은 예배당이 있다는 건 자네도 알지? 그곳은 성지 어나더 힐에서도 으뜸가는 명소라 할 수 있다네."

교수가 설명하기 시작했다.

"에, 으뜸가는 명소라뇨?"

준이 되물었다.

"나온다고, 이것저것 무서운 게."

린데가 단적으로 대답했다.

그러고 보니 어제 마리코가 '손님'보다 무서운 것이 나온다고 하지 않았던가? 준은 그레이 박사가 '기도의 성'에 묵는다고 했을 때 그녀가 지은 표정을 떠올렸다.

"예배당 안에 '진실의 입'이라 불리는 수반이 있어. 이 수반에 손을 넣은 상태에서 거짓말을 하면 어나더 힐의 정령이 벌을 내려. 그것도 아주 무서운 방법으로. 간단히 설명하자면 그런 거야."

린데가 이 또한 간결하게 설명했다.

"벌이라는 건 늘 죽음인가요?"

하나가 물었다.

"목숨을 건진 적도 있다고는 하네만, 예배당의 정령은 잔학하다고 들었네. 게다가 절대 범인을 틀리지 않아. 그렇기 때문에 모두가 무서워하는 게야."

교수가 덧붙여 말했다.

준은 서서히 상황이 이해되었다.

"그럼 오늘밤에 저도 그곳에 가서 그 수반에……"

"그런 거지. 전원이 갓치를 하는 건 이례 중의 이례가 아닐까. 뭣보다도 지난 사십 년간은 없었으니까. 나도 아까 들을 때까지 그런 행사가 있다는 것조차 잊고 있었네."

교수는 어깨를 으쓱했다.

"즉, 오늘밤에 살인사건의 범인을 알게 되는 거군요. 하지만 동시에 범인이 죽을지도 모르고요. 그거 곤란하지 않나요? 왜 그런 범행을 했는지 알 수 없잖습니까. 재판도 없이 피고를 사형에 처하는 거나 다름없는 일이에요. 동기도, 수단도 모두 해명 못 하고요. 게다가 정령이 틀리지 않았다는 것도 피고가 죽은 다음에는 증명할 수 없잖습니까."

준은 머뭇머뭇 물었다. 모두가 돌멩이를 삼킨 듯한 얼굴이 되었다.

"하지만 원래 그런 걸세. 어나더 힐에서 범죄를 저지른다는 건 그런 일이야. 그 정도 각오 없이 이 성지에서 히간을 보내는 일은 용납되지 않아."

교수가 어딘지 모르게 슬픈 얼굴로 대답했다.

준은 '피투성이 잭'이 숨어들었을지 모르는데도 모두가 무방비한 생활에 아무런 불안도 보이지 않았던 것이 생각났다. 그것과 지금 이야기는 결부되어 있었다. 이 성지의 강제력에 대한 신뢰가 그들을 그렇게 무방비하게 했는지 모른다.

그는 자신이 아무것도 이해하지 못했음을 깨달았다.

역시 여기는 이상한 나라. 자신의 상식이 통용되는 곳이 아니려니와, 그에 대해 뭐라 운운할 자격은 자신에게 없다.

준은 그 이상 그들을 비난할 수 없었다.

"그나저나 유이도 용케 결심했군요. 느닷없이 이틀째에 전원 갓치라니."

어색한 분위기를 수습하듯 지미가 온화한 어조로 말했다.

"으음, 어지간히 난처했겠지. 이대로 가다간 경찰의 개입을 피할 수 없다고 본 게야. 중요 무형 민속 문화재라곤 해도, 경찰의 본심으로는 여기가 치외법권인 게 못마땅할 테니 말이네. 한번 개입을 허락하고 나면 결국엔 당국의 관리하에 들어가고 말 테지. 토머스는 전부터 그에 대해 강한 위기감을 갖고 있었고 말이야."

"올해는 워낙 이례가 속출하고 있으니까요. 이쯤에서 확실하게 고삐를 다잡자는 느낌이랄까."

마리코가 고개를 끄덕였다.

"그래도 그건 역시 싫네. 아아, 이 나이에 그걸 하게 될 줄이야. 실제로 목격한 것도 아닌데 꽤 트라우마로 남았다는 걸 이제야 깨달았지 뭐야."

린데가 우울한 표정이 되었다.

"어머, 하지만 우리는 켕기는 게 없으니까 괜찮지 않아?"

마리코는 아무렇지도 않은 얼굴이다.

"그거야 그렇지만. 하지만 솔직히 말해서, 그걸 하면 스릴이 워낙 엄청나기 때문에 아드레날린이 일 년치쯤 분비되거든. 그러니까 그 뒤로 한동안 맥이 풀려서 아무것도 못 하게 된다고. 자기가 참가 안 해도 그랬으니, 히간 이틀째에 그런 걸 했다간 완전히 쓸개가 빠져버리고 말 거야."

"저런, 그 정도야?"

"응. 게다가 아무 예고도 없고 설명도 없이 갑자기 목숨이 끊어지는 걸 보면 엄청난 무상감이 느껴지거든. 인생이 대체 뭔가 싶은 거야. 그야말로 단죄야. 내가 무슨 벌레가 된 기분이 들더라. 그 뒤로 한동안 어른들이 우울해하던 기억이 있어. 지금 생각하면 그 심정 이해되고도 남지만."

린데가 아득히 먼 곳을 보는 눈이 되었다.

"범인도 바보네. 지금쯤 벌벌 떨고 있을 게 틀림없어. 어떤 심경일까. 오늘밤 자기가 단죄된다는 걸 알고 있다는 건. 게다가 그 사실을 아는 사람은 자기 하나뿐이고."

하나가 턱을 괴고 중얼거렸다.

"혹시 범인은 어나더 힐을 잘 모르는 사람일지 몰라."

린데가 나지막이 중얼거렸다.

"어째서?"

"어렸을 때부터 왔던 사람이나 가족이 히간에 왔던 사람이라면, 갓치에 관해 다소는 알고 있을 테니까. 갓치가 얼마나 무서운 건지 각인돼 있다면, 여기서 범죄를 저지르는 일은 무의식중에 피하지 않을까?"

"어머, 거꾸로 범인은 어쩌면 갓치에 참가하기 위해 일부러 여기서 범죄를 저질렀는지도 몰라."

하나가 뭔가 생각난 듯 눈을 빛냈다.

"왜?"

"역시 '피투성이 잭'인 거야. 범인은 쾌락 살인자야. 그 사실에 대해 마음속 깊은 곳에선 죄의식을 느끼는데, 자기 힘으론 도저히 그만둘 수 없어. 그래서 여기서 단죄를 받기 위해서 일부러 살인을 저지른 거

216

야."

"자살이란 이야기야?"

"그렇다고도 할 수 있겠지."

"경찰은 우리가 오늘밤 갓치를 한다는 걸 알까?"

마리코가 끼어들었다. 린데가 코웃음을 쳤다.

"알 리가 없잖아. 경찰이랑 접촉하지 말라고 했잖니. 즉, 경찰에 알리지 말라는 이야기야."

"혹시 오늘밤 죽은 사람이 '피투성이 잭'이라면 진실은 영원히 어둠 속에 묻힌다는 이야기네. 그거 굉장한 일 아냐?"

"경찰이 알면 분명히 막으려 들겠지. 나라도 그러겠어. 범인을 잡을 기회를 잃는 거잖아."

"토머스가 그렇게 필사적인 얼굴을 할 만도 하네. 경찰을 무시하고 자기들끼리 범인을 단죄하려는 거니까. 사형私刑이라고 간주돼도 이상할 것 없지."

"토머스는 사람은 그렇게 온후한데 히간의 유지에 관해서만은 철저한 보수파니까. 경시청이 개입할 생각을 하면 못 견딜 거야. 혹시 그런 일이 벌어지면 엄청난 굴욕이라고 생각할걸."

여자들은 나지막이 이야기를 주고받았다. 시대의 흐름은 거스를 수 없다. 시민들도 히간 운영에 관해 여러 의견으로 나뉘는 모양이었다.

"그런데 왜 갓치라고 하죠? 무슨 뜻입니까?"

준이 묻자, 교수가 의표를 찔린 얼굴이 되었다.

"그러고 보니 그렇군. 옛날에 장로가 일본의 신사神事에서 비롯된 모양이라고 하는 걸 들은 적이 있긴 하네만."

"일본의 신사?"

"서양에도 있지. 뜨거운 물에 손을 넣었을 때, 진실을 말하는 자는 화상을 안 입는다는."

"아아, 그렇군요! 구가타치*군요! 그래, 그게 세월이 흐르면서 발음하기 쉽게 갓치로 바뀐 거야!"

준은 그 사실을 깨닫고 흥분했다.

"아는 사람이 아니라면 좋겠네만."

교수는 준의 흥분에도 아랑곳하지 않고 우울하게 한숨을 내쉬었다.

"네?"

"오늘밤에 누구 한 사람은 죽는다는 말 아닌가."

기도의 종이 울리기 조금 전에, 그레이 박사가 심각한 표정을 하고 교수의 집으로 은밀히 돌아왔다.

모두들 즉각 알아차렸으나 역시 바로 상황을 묻기는 망설여지는지 인사만 하고 아무도 말을 붙이지 않았다.

하나가 끓인 커피를 다 마셨을 즈음, 절묘한 타이밍으로 교수가 물었다.

"경찰은 떠났나?"

"네, 이미 힐에서 나갔습니다."

생각지 않게 온화한 목소리로 박사가 대답했다. 그도 이야기하고 싶어한다는 것이 느껴졌다.

모두들 테이블 주위에 모여 앉았다.

---

* 盟神探湯, 고대 일본에서 시비를 가리기 어려울 때, 신에게 서약한 뒤 뜨거운 물에 손을 넣어보던 재판법.

"박사님, 경찰한테 오늘밤 행사 이야기 하셨어요?"

하나가 다들 묻고 싶어하던 것을 단도직입으로 물었다.

박사는 떨떠름한 표정이 되었다.

"제 입장이 미묘하다는 건 아시겠죠? 오늘 아침 운영위원회에게 '오늘밤에 모종의 행사를 하는데 이 일은 경찰에게 말하지 말아달라'는 말을 들었을 때는 간단히 승낙했습니다. 당연한 일이라고 생각했어요. 전 그 사람들이 거행할 의식에 참견할 생각은 털끝만큼도 없었으니까요. 그런데 경찰은 그 의식을 가장 우려하고 있었습니다. 이마무라 서장이 떠보더군요. 설마 요즘 세상에 그런 터무니없는 일을 하지는 않겠지만, 하고 돌려서 말하는 겁니다. 순간적으로 잡아떼긴 했지만 나중에 내용을 듣고 기절초풍했습니다. 설마 그렇게 중대한 행사였을 줄이야."

준은 유이와 경찰의 틈바구니에 긴 박사를 진심으로 동정했다.

자기였다면 어떻게 했을까?

"그래서, 이야기했어요?"

마리코가 따지듯 물었다.

박사는 힘없이 고개를 흔들었다.

"아뇨, 도저히 말 못 하겠더군요. 수사에 협조하기 이전에 전 일개 민간인으로서 히간에 참가하고 있으니까요."

그렇게 말하면서도 박사는 망설이고 있었다. 그럴 만도 하다. 죽는 사람이 확실히 생긴다는 것, 게다가 그 사람이 모든 정보를 쥐고 있다는 것을 생각하면 범인을 빤히 보고도 놓치는 셈이다.

"옳은 일을 했다고 생각해요. 박사는 우리의 히간을 지켜준 거예요. 이건 원래 경찰이 개입할 일이 아니에요."

린데가 딱 잘라 말했다.

"몰랐다고 하면 돼요. 행사가 시작될 때까지 몰랐다고. 끝나고 나서 비로소 어떻게 된 일인지 알았다고."

마리코도 재빨리 말했다. 박사의 망설임을 없애주고 싶은 마음에서일 것이다. 그러나 준은 박사의 기분도 뼈저리게 알 수 있었다. 자기나 박사나, 히간에 관해서는 당사자이면서도 거의 제삼자적 입장에 가깝기 때문이다.

박사는 복잡한 표정으로 텅 빈 커피 잔을 내려다보았다.

"그래서, 오늘 아침 발견된 시체는 어땠습니까? 역시 '피투성이 잭' 소행인가요?"

지미가 자연스럽게 끼어들었다. 그는 대화 분위기를 바꾸는 재주가 있다. 주위를 배려할 줄 아는 젊은이라고 준은 생각했다.

"자세한 이야기는 할 수 없네만, 어제 도리이에서 발견된 시체와 마찬가지로 '피투성이 잭'과 수법이 극히 비슷하다고 하네."

"어제 피해자는 아직 누군지 모르고요?"

"그래, 신원을 알 수 있는 건 아무것도 안 갖고 있었다는군. 본청에 사진을 보내 지금 조사중인 모양이야."

"오늘 아침 피해자는요?"

"'기도의 성'에서 일하는 여자 종업원이라는 소문이 있지만, 신원은 아직 알 수 없는 것 같네."

"저런, 이게 무슨 일이람."

갑자기 살인사건이 가까운 일로 느껴졌는지 여자들이 몸을 부르르 떨었다.

그 기분은 모르는 바도 아니다.

어제 아침까지 '피투성이 잭'은 연감 속의 사건이었다. 피해자가 아는 사람인 것도 아니고, 텔레비전 생방송 뉴스쇼 속의 허구에 가까웠다. 도리이의 시체도 신원불명이라면 역시 남의 일에 불과하다. 그러나 자기들과 같은 어나더 힐에 사는 여자가 피해자라면 이야기는 달라진다.

"어차피 내일쯤 되면 다 알려질 테니 이야기하죠. 삼직에 따르면, 그 여자는 '기도의 성' 대문에 어제 도리이에서 발견된 시체와 마찬가지로 매달려 있었습니다. 목이 베여 피가 거의 다 빠져나간 상태였습니다. 다른 곳에서 살해당하고 매달린 모양입니다. 오전 네시 반경에 심상치 않은 기운을 느낀 라인맨이 맨 처음 시체를 발견했습니다. 그리고 달걀 배달원이 바로 옆을 지나가다가 제2발견자가 됐고요. 그 사람이 토머스에게 연락했습니다."

"살해된 시각은 몇시쯤이에요?"

"피가 빠지는 시간 등을 고려할 때, 오전 세시경에는 이미 죽은 뒤가 아니었을까 하더군요."

"누구나 용의자가 될 수 있겠네."

"하지만 우린 괜찮아. 어젯밤에는 바람이 굉장해서 다함께 있었잖아."

"맞아, 어젯밤 바람은 굉장했어. 잘도 그런 상황에서 범행을 저질렀네."

"뒤집어 생각하면, 그렇게 시끄러웠기 때문에 비명을 질러도 아무도 눈치 못 챈 거야."

"오늘 아침 사건도 박사님이 조사하십니까?"

준은 물었다. 만약 그렇다면 박사의 부담이 보통이 아니겠다고 생각했기 때문이다.

박사는 쓴웃음을 지었다.

"그렇게 될 것 같군. 게다가 어제 사건에 관해 물어도 다들 오늘 아침 사건 이야기를 하고 싶어할 테고. 하지만 아무리 그래도 나 혼자는 무리라고 생각했는지, 유이의 세 사람도 수사에 협력하기로 했어."

"어쩔 수 없죠."

"흐음, 그 세 사람이 말인가."

교수가 의미심장하게 중얼거렸다.

"뭐예요, 교수님? 그 세 사람 중에 범인이 있기라도 하다는 거예요?"

마리코가 농담처럼 말하며 웃었다.

교수도 흐흥 코웃음을 쳤다.

"난 모든 가능성을 검토하는 걸세. 이 내가 범인일 가능성까지 말이야."

"어머나. 하지만 그 세 사람이 범인이라면 적어도 어나더 힐에선 살인 안 할 것 같은데요. 경찰이 개입하는 걸 뭣보다도 싫어하는 사람들 아니에요?"

"그게 맹점인 게야."

"맹점?"

"그래. 다른 사람들에게 그런 인상을 주니까 그 사람들은 용의선상에서 배제되는 거지."

"그 사람들이 '피투성이 잭'이라고요?"

"그런 말은 안 했네. 오늘 아침 살인사건의 범인이 그 사람들일지도 모른다는 것뿐이야."

"편승살인?"

"그럴 수도 있겠지."

"어쩌다가 그 여자를 죽이는 바람에 '피투성이 잭'의 소행으로 보이게 꾸며놨다고요? 연쇄살인의 일환으로 보이게?"

"으음, 그것도 좋은 착안점이군."

"여전히 변죽을 울리네요, 교수님. 하고 싶은 말씀이 있으면 확실하게 해보세요."

마리코의 신랄한 말에 교수는 어깨를 으쓱했다.

"이런, 이런, 좀더 즐기게 해주면 안 되겠나. 내 유일한 낙인데."

"뭐예요, 술이랑 단것도 교수님의 유일한 낙이잖아요."

"이거야 원, 못 당하겠군."

"그래서 유이의 세 사람, 아니면 그중 한 사람이라도 상관없지만, 그 사람들이 범인일 때 어나더 힐에서 살인을 저질러서 좋은 점이 뭐예요?"

하나가 냉정하게 물었다. 교수는 의기양양하게 고개를 끄덕였다.

"그래, 그래, 내가 말하려는 게 바로 그 점일세. 그 사람들은 이 어나더 힐에서 권력자지. 그것도 절대적인. 그렇기 때문에 그걸 실행할 수 있는 사람은 그 사람들뿐이야."

"'그거'라뇨?"

"아까 임시 집회에서 듣지 않았나."

"설마 갓치는 아니겠죠?"

"맞아."

여자들조차 말문이 막힌 것 같았다.

교수는 점잔 뺀 얼굴로 말을 이었다.

"그 사람들은 갓치를 결행하는 일이 가능하네. 그리고 갓치에서 누군가를 죽이면 그 사람이 사건의 범인이 돼버리지. 이 정도로 순조롭게 타인에게 죄를 뒤집어씌울 수 있는 기회는 또 없을 게야."

여자들이 신음 같은 소리를 냈다.

"아무리 그래도 갓치를 트릭으로 이용하는 건 그만두는 게 좋을 것 같은데요. 아, 맙소사, 난 도저히 그렇게 못 할 것 같아. 그러다 천벌 받아요, 교수님."

린데가 십자를 그었다.

"교수님은 갓치를 안 믿으세요? 트릭이란 말씀인가요? 인위적인 살인이라고 생각하시는 거예요?"

하나가 빠른 말투로 물었다.

교수는 고개를 가로저었다.

"아무리, 그럴 리 있나. 나 역시 믿네. 대단히 무섭다고 생각해. 그렇기 때문에 더더욱 트릭이 된다, 은폐 수단이 된다고 생각한 것뿐이야. 난 이래봬도 탐구자일세. 가능성이 조금이라도 있으면 검토해야지."

"무섭네요, 그 탐구자라는 거."

린데가 빈정거리듯 중얼거렸다.

조용한 오후였다.

여섯 시간 늦어졌다고는 해도 기도의 종이 울리면 전날과 똑같은 히간의 일상이다.

어나더 힐은 쥐죽은 듯 고요했다. 오늘 아침 임시 집회가 벌써 먼 옛날 일만 같다.

준은 의외의 해방감에 놀라며 비탈길을 천천히 내려갔다.

그가 이런 곳을 걷는 데는 까닭이 있었다.

혼자 어슬렁어슬렁 어나더 힐을 걸어보고 싶기도 했고, 또 우표를 사러 가자는 생각이 들었기 때문이었다. 꼭 꿈 때문은 아니지만, 슬슬 도쿄에 있는 소노코에게 편지를 써야겠다 싶었다.

꽤 오랜만에 혼자 있는 것 같다.

준은 한가로운 산책을 즐기고 있었다. 오래된 석조 주택, 울창한 나무들, 나무 그늘에 흔들리는 그네. 벤치에 앉아 책을 읽는 부인. 주민일까, '손님'일까.

처음에 하나가 설명해준 에티켓대로 모르는 척 지나간다.

하늘은 여전히 흐리고, 미약한 햇살이 언덕과 건물을 부옇게 비추고 있었다. 발밑을 내려다보니 엷은 그림자가 불안정하게 따라온다.

새삼 이상한 곳이라는 생각이 들었다.

여기에는 기묘한 평온함이 있다. 이렇게 그로테스크하고 부조리한 세계건만, 친근함과 포용력 같은 것이 느껴진다.

단순히 오래된 곳이라 그런 걸까? 성지라서?

준은 자문해보았다. 싸늘한 공기를 허파 가득 들이마신다.

아니, 아니다. 아마도 늘 황혼의 분위기가 그득한 곳이라 그런 것이 아닐까.

걸음을 멈추고 하늘을 올려다본다.

커튼처럼 나부끼는 구름. 곳곳에 보일 듯 말 듯한 빛. 시간감각을 잃을 듯한 풍경. 생각해보면 어렸을 때 기억은 늘 황혼녘이다. 세상의 슬픔, 무정함을 예감케 하는 석양의 기억. 그때 느꼈던 공기가 이곳에는 늘 가득하다.

게다가 이 그림책 같은 풍경. 유럽에 가본 적은 없지만, 예전에 그림

책이나 사진에서 보고 동경하던, 이를테면 그리운 서양이 여기에 있었다. 그 때문에 자궁을 닮은 이 언덕이 더더욱 옛날이야기 속 풍경처럼 보이는 것이 아닐까.

준은 좋은 냄새가 나는 펍 앞에서 코를 벌름거리다가 우체국으로 들어갔다.

러시아 인형 같은 국장, 어제 본 로버트 호리카와가 카운터 안에서 책을 읽다가 딸랑거리는 종소리에 고개를 들었다. 준을 알아보는 눈치다.

다른 손님은 없었다.

"안녕하세요. 우표를 사러 왔는데요."

"어제는 실례가 많았네."

호리카와는 고개를 가볍게 숙였다.

그러고 보니 그는 리틀 풋을 잃었다. 오늘 아침 소동 때문에 까맣게 잊고 있었지만.

준은 짤막하게 애도의 말을 했다.

"우리야말로 폐를 끼쳤지."

"리틀 풋은 어떻게 됐습니까?"

"유이하고 의논해서 오늘 아침에 숲 외곽에 묻었어. 괜히 다른 사람들이 소란피우는 것도 싫고. 말하기 뭐하네만, 오늘 아침 소동이 없었더라면 집회소에 간 사람들이 죄 이리로 몰려왔을 거야."

"그렇습니까."

리틀 풋의 죽음은 이번 일련의 사건과 관련이 있을까, 없을까. 테리가 범인인, 전혀 다른 사건일까. 어제 본 청년의 뒷모습이 뇌리를 스쳤다. 착각인가, 아니면 무슨 속셈이 있는 걸까.

"기념우표 어때? 친구한테 보내주지그래?"

226

"예에."

도리이가 그려진 기념우표를 보고 준은 저도 모르게 쓴웃음을 지었다. 그 도리이.

"인기가 대단해. 금방 다 팔릴 거야."

그 말을 듣고 준은 두 시트 사기로 했다.

"그밖에 또 살 게 있나? 지금 잠깐 집사람이 밖에 나가고 없네만."

"꽃 있나요? 작은 풀꽃이라도 괜찮습니다."

"으음, 꽃은 없는데. 선착장 경사면이나 숲 쪽으로 가면 데이지 정도는 피어 있을 것 같군."

"그렇군요. 고맙습니다. 한번 가볼게요."

딸랑딸랑 종소리를 들으며 밖으로 나온 준은 다시 비탈길을 내려갔다. 정자에서 차 마시는 여자와 벤치에서 낮잠 자는 남자를 곁눈질하며 어젯밤 갔던 가게 근처까지 내려가, 이나리 사당이 보이는 숲으로 발걸음을 옮겼다.

문득 숲 안쪽에 검은 개가 보였다.

라인맨이 데리고 있던 개다. 그도 근처에 있을까.

동시에, 오늘 아침 시체를 맨 처음 발견한 사람이 그였다는 이야기가 생각났다. 뭔가 들을 수 있을지 모른다는 막연한 희망도 있었으나, 그는 우선 축축한 풀이 무성한 숲속으로 발을 들여놓았다.

별다른 목적은 없지만 어젯밤 서맨서에게 준 꽃을 대신할 것을 찾고 싶었다. 딱히 꽃을 좋아하는 것은 아니지만, 텅 빈 꽃병이 어쩐지 허전하게 느껴졌거니와, 꽃을 꽂아두면 그 소녀가 또 나타날지 모른다는 마음도 있었다. 준은 자신이 소녀를 다시 한번 만나고 싶어한다는 것을 깨달았다.

'손님'인데도.

그 사실을 아무렇지도 않게 받아들이는 자신이 놀라웠다. 이 언덕의 수수께끼 같은 풍경, 어젯밤부터 벌어진 일들. 그것들을 어느새 소화해내고 있었다.

볕이 드는 곳에 작은 보라색 국화가 점점이 피어 있었다. 잔인한 짓 같았지만 "미안" 하고 중얼거리며 몇 송이 땄다.

문득 눈앞에 검은 개가 나타났다.

털을 곤두세우고 위협하는 개.

어?

준은 등골이 오싹했다. 이런 개가 덤벼들었다가는 살아남지 못할 것이다. 훈련된 사냥개를 당해낼 리가 없다. 그런 공포가 머리를 스쳤다.

그러나 개는 준을 보고 있지 않았다. 개가 시선을 고정시킨 채 움직임을 좇는 것은 그의 뒤쪽에 있는 듯했다.

뒤를 돌아보자, 그곳에도 개가 있었다.

준은 어안이 벙벙했다. 어느 틈에.

작은 개. 다리가 짧은 갈색 개다.

어라? 이 개, 어디서 본 적 있는데?

기억을 뒤지는 준의 발치를, 작은 개가 꼬리를 흔들며 뛰어다녔다.

뭘 하고 싶은 거지, 이 개는?

준이 허리를 굽히고 쓰다듬어주려 하자, 개가 달리기 시작했다. 때때로 뒤를 돌아보고는 꼬리를 흔든다. 마치 자기를 따라오라고 하는 것처럼.

준은 개를 따라가기로 했다. 개는 준이 따라오는 것을 확인하며 경사면을 올라갔다.

228

가파른 경사면을 오르기는 쉽지 않았다. 개가 어느 지점에서 멈춰서서 한층 더 세차게 꼬리를 흔들었다.

뭐지, 대체.

숨을 몰아쉬며 준은 개가 있는 곳으로 갔다.

문득 발에 딱딱한 것이 닿았다.

준은 수풀 속에 쭈그리고 앉아 발에 닿은 것을 집어들었다.

눈에 익은 잠자리테 안경.

이거 지미 것 아닌가?

아무래도 개는 이것을 줍게 하려고 준을 안내한 모양이다.

"어이."

무심코 그렇게 중얼거린 준은 자신이 그곳에 혼자 있음을 깨달았다.

그를 이리로 데려온 개는 어디에도 없었다.

"어어이, 너 어디 간 거야."

준은 주위를 둘러보았으나 아무도 없었다.

그럴 리가. 방금 전까지 바로 저기 있었는데.

멍하니 서 있는데 누가 숲 안쪽에서 걸어왔다.

검은 개를 데리고 있는 라인맨이다.

라인맨의 여유 있고도 긴장감 어린 유연한 움직임은 그의 파트너인 개와 완벽하게 일체화되어 있었다. 준은 그 우아한 동작을 넋을 잃고 바라보았다.

"안녕하세요. 저, 갈색 개 못 보셨습니까? 다리가 짧고 작은 개인데요."

라인맨은 어째선지 쿡 웃었다. 웃는 얼굴이 대단히 아름다워서 준은 깜짝 놀랐다.

"재미있는 분이군요."

"네?"

검은 개가 훌쩍 달려가 조금 전까지 개가 있던 언저리를 킁킁 냄새 맡고 다녔다.

빙빙 맴돌더니 곤혹스러운 듯 낑낑거리며 라인맨을 올려다본다.

"확실히 여기 있긴 있었던 모양인데요."

"네, 갈색 개가."

라인맨은 친근함 어린 얼굴로 준을 유심히 살펴보았다. 준은 가슴이 철렁했다. 그 뚜렷한 이목구비는 여러 민족의 핏줄이 뒤섞여 있는 듯 보였다. 어쩐지 신화 속의 인물과 대면하는 기분이었다.

"아직 모르겠습니까? 그건 당신들이 '손님'이라 부르는 존재입니다."

"어, 그 개가?"

그렇게 말하고 나서야 준은 그 개를 어디서 봤는지 생각났다.

리틀 풋이다!

안마당에 누워 있던 작은 개. 머리가 부서진 상태로 눈을 감고 있던 그 개……

"그, 그, 그게 리틀 풋."

"당신은 히간이 처음인 모양이군요. '손님'을 만나는 것도 처음입니까?"

"아뇨, 어젯밤하고, 어제 낮에도."

"호오, 당신은 감도가 상당히 좋은 모양인데요. 닳아빠진 데가 없으니 찾아오기 쉬운 걸지도 모르겠군요."

"저, 당신한테도 '손님'이 보입니까?"

"당신들과는 다소 다르게 보이긴 합니다만."

두 사람과 한 마리는 나란히 걷기 시작했다.

"당신한테는 어떤 식으로 보이죠? 개는 보였습니까? 갈색 개였는데요."

준은 흥미가 생겨 물었다.

"당신들에게 개로 보인다는 건 압니다. 당신들이 인식하는 형태로 보인다는 걸 말이죠. 저에게는 좀더 유동적으로 보입니다. 설명해도 이해할 수 있을지 모르겠습니다만."

"유동적?"

"에너지랄지, 기氣랄지. 뚜렷한 실체가 아니라 존재 그 자체가 느껴진다고 설명하면 조금은 상상이 되겠습니까?"

"예에."

준은 필사적으로 상상해보았으나, 유령처럼 흐릿한 것밖에 떠오르지 않았다.

그것을 눈치 챘는지 라인맨은 그 이상 설명하지 않았다.

"실례되는 질문입니다만, 어디서 주무시죠? 어젯밤에는 우박도 심했는데 노숙은 힘들지 않으신가요? 당신이 교수님 댁에 오신다면 기뻐할 사람은 있어도 반대할 사람은 아무도 없을 것 같은데, 괜찮으시면 오시지 않겠습니까? 방도 아직 많이 남았고요."

준은 조심스럽게 제안해보았다.

라인맨에게는 어떤 신비롭고 이해하기 힘든 벽이 느껴지는 한편, 사람을 끌어당기는 크나큰 매력이 있었다.

라인맨은 또다시 아름답게 미소 지었다.

"감사합니다. 아직은 괜찮습니다. 어쩌면 가까운 시일 내에 신세를 질지 모르지만요. 그때는 폐가 되든 말든 반드시 찾아가겠습니다."

예언 같은 말을 중얼거리고 라인맨은 준에게서 슥 멀어졌다.

"아, 저기."

"조심하는 게 좋겠습니다. 당신이 주운 것에서 상당히 사악한 기운이 느껴집니다. 당신은 그런 것도 끌어들이기 쉬운 체질 같습니다."

준은 어리둥절해서 멀어지는 라인맨의 뒷모습을 배웅했다.

손에 든 잠자리테 안경을 내려다본다.

사악한 기운?

무심코 안경을 눈앞에 들어올려본 그는 경악했다.

그 안경에는 도수가 전혀 들어 있지 않았다.

"테리 거예요. 역시 테리가 여기 와 있는 겁니다."

테이블 위에 놓인 안경을 내려다보며 지미는 부들부들 떨었다.

"진정해, 지미. 테리가 너한테 꼭 해를 가할 거라는 보장은 없잖아. 그냥 장난을 치는 것뿐인지도 모르고."

"장난? 개를, 개를 죽였단 말입니다."

마리코가 달래려 하자 지미가 신경질적으로 부르짖었다.

"그건 그렇지만."

그 기세에 마리코도 압도당했다.

"어쩌면 오늘 아침 시체도 테리 짓일지 모릅니다. 테리라면 충분히 그럴 수 있어요."

지미는 어깨를 축 늘어뜨리고 머리를 싸안았다.

"'손님'이 사람을 죽인 적이 있습니까?"

준은 작은 목소리로 교수에게 물었다.

232

"몇 번 있었다고 하네만 확실치는 않네. 죽임을 당할 이유가 있는 인간은 이젠 아예 히간에 안 오니까."

"그렇군요. 하지만 '손님' 이…… 예컨대 테리가 오늘 아침 살인을 저질렀다면 갓치에 관해서도 모를 테고, 설사 안다 해도 이미 상관없으니까 두려워할 필요도 없겠군요."

"흐음. 그런 수도 있었나."

"그건 그렇고, 준은 진짜 적중률이 높네. 이렇게 '손님' 이 노상 접근하는 사람은 또 처음 봤어. 우리도 이번엔 아직 아무도 못 만났는데."

린데가 준을 유심히 보았다.

"아, 예, 죄송합니다."

"사과는 왜 해? 이상한 사람이네."

하나가 준의 등을 탁 쳤다.

"하지만 대단해. 완전히 익숙해졌잖아. 기절한 사촌 조지한테 보여주고 싶네."

마리코도 감탄한 듯 중얼거렸다.

"그런데 누가 자수했다는 소문은 있어?"

"아직 못 들었어. 다들 숨죽이고 귀 기울이고 있을 텐데. 하긴 자수했다고 해서 바로 유선방송으로 발표하진 않겠지. 없어진 사람을 찾으면 누가 자수했는지 바로 들통 날 테니까."

"혹시 벌써 자수했는지도 모르겠네."

"오늘밤 열두시까지 애태울지도. 나라면 그러겠어."

"너라면 그럴지도 모르지."

"어머, 너무해. 농담이야."

"어쩐지 기분이 복잡해. 갓치, 하고 싶은 것 같기도 하고, 하기 싫은 것 같기도 하고."

"그런 건 안 할 수 있으면 안 하는 게 나아. 살인사건은 재미있지만 이쪽에 불똥이 튀는 건 영."

여자들의 여전한 수다를 듣던 준은 작게 움츠러든 지미의 모습을 보며 가슴이 아팠다. 괜히 그런 것을 갖고 왔다.

"저기, 미안해. 지미한테 겁을 주려는 생각은 없었는데."

준은 가만히 지미에게 말을 걸었다. 지미는 퍼뜩 놀라 준을 보더니 겸연쩍은 표정을 지었다.

"죄송합니다, 준. 괜한 소란을 피워서. 당신 탓이 아니에요."

"그 안경 어떻게 할 거지? 내가 갖고 있을까? 뭐하면 내가 지미의 부모님께 보내고."

"아뇨, 제가 갖고 있겠습니다. 고마워요, 준. 원래는 유품을 찾아줬다고 기뻐해야 하는데, 나도 참."

지미는 다리를 접은 안경을 살짝 집어 셔츠 가슴 주머니에 넣었다.

"자, 이제 곧 일몰의 종이 울릴 때가 됐네. 오늘 저녁식사는 어떻게 하겠나?"

교수는 벌써 저녁식사 쪽으로 관심이 옮아간 것 같다.

"그러네요. 갓치도 있고 하니 간단히 때울까요? 집에 있는 재료로 가볍게 먹고 잠깐 쉬자고요. 갓치가 무사히 끝나면 돌아와서 한잔 하고. 어때?"

린데의 제안에 모두가 동의했다.

"왜 그렇게 밤늦게 하죠? 낮이라도 별 상관 없을 것 같은데요."

준이 소박한 의문을 제기하자 린데가 묘한 웃음을 띠었다.

"정령은 낮보다 밤에 기분이 나쁘거든. 바꿔 말하면 밤에 거짓말에 더 민감해지는 거야. 따라서 갓치의 성공률도 높아지고."

갈가리 찢긴 시체를 떠올리며 준은 부르르 몸을 떨었다.

"준, 조심하는 게 좋아. 너무 벌벌 떨면 정령이 언짢아한다네."

"그러지 마세요. 농담으로 안 들린단 말입니다."

윙크하는 교수에게 준은 겁에 질린 목소리로 항의했다. 그 처량한 목소리에 다들 웃고 말았다.

"좋아, 오늘은 모둠전골을 해볼까."

린데는 혼자 고개를 끄덕였다.

냄비는 일본에서 보는 질그릇 냄비인데 내용물은 서양식이다. 닭 육수로 끓인 야채수프라고 할까.

그러나 여럿이 전골을 둘러싸고 먹는 즐거움은 어느 나라나 마찬가지다. 다들 이 뒤에 갓치라는 무서운 미지의 행사가 기다리고 있다는 사실을 의식하면서도 식사를 즐겼다. 갓치가 끝날 때까지 술은 조금만 마시자고 해놓고, 히간의 금욕에서 풀려났다는 해방감에 자꾸만 술잔을 비웠다.

그러나 쉴새없이 걸려오는 전화가 여전히 식사를 방해했다. 오늘도 교수와 린데가 번갈아 전화를 받았는데, 누구누구가 자수했다는 둥 안 했다는 둥, 어나더 힐에는 가짜 정보가 판을 치는 모양이었다.

열시경에는 누가 자수했다더라, 갓치는 없다, 하고 확신에 찬 전화가 잇따라 걸려왔으나, 유선방송이 나올 기미가 전혀 없었으므로 다들 반쯤 화가 나서 술을 계속 들이켰다. 그러나 역시 마음 한구석으로는 긴장이 풀리지 않는지 취하는 사람은 아무도 없었다.

시간이 서서히 지나는 동안, 준은 위가 쭈그러드는 느낌이 들었다.

스스로 의식하는 것 이상으로 긴장한 모양이다. 그러나 처음에는 태연해 보이던 다른 사람들도 이따금 얼굴에 어두운 그림자가 스치고 시계를 슬쩍 훔쳐보는 것으로 보아, 역시 다들 몹시 긴장했음을 알 수 있었다. 어지간히 특별한 행사인가보다.

명랑함과 평정을 가장하는 데 지쳤을 무렵.

멍하니 시계를 보니 열한시 반을 가리키려 하고 있었다.

밤의 언덕에 얼빠진 벨소리가 울려퍼졌다.

모두들 일제히 동작을 멈추고 서로를 보았다.

주위가 쥐죽은 듯 고요해졌다. 이 순간, 언덕 전체에서 입을 연 사람은 아무도 없으리라고 준은 확신했다.

여러분, 안녕하십니까.

오늘밤 갓치는 예정대로 진행합니다.

준비된 분부터 '기도의 성' 으로 와주십시오.

여러분, 안녕하십니까.

오늘밤 갓치는 예정대로 진행합니다.

준비된 분부터 '기도의 성' 으로 와주십시오.

집을 나서서 돌아올 때까지 잡담은 금합니다. 엄수해주십시오.

집을 나서서 돌아올 때까지 잡담은 금합니다. 엄수해주십시오.

다함께 숨죽이고 그 느긋한 목소리를 듣다가 맥이 빠져 한숨을 내쉬고 말았다.

"진짜 하네."

마리코가 멍하니 중얼거렸다.

"어쩌겠나? 가겠나?"

교수가 다른 사람들의 얼굴을 둘러보았다.

모두 긴장한 얼굴로 고개를 끄덕였다.

"얼른 끝내고 오자고요."

린데의 말을 신호로 모두 일어섰다.

준비라 해봤자 대단한 것은 없다.

찻잔이든 유리컵이든 어디에든 받쳐 촛불을 하나 들고 갈 것. 이것이 갓치에 참가할 때의 규칙이다. 그리고 스카프나 천으로 얼굴을 가릴 것. 누가 예배당으로 들어갔는지 다른 사람들이 모르게 하기 위해서다.

준과 교수는 비옷을 뒤집어쓰기로 했다. 후드가 달려 있기 때문에 얼굴을 가릴 수 있다. 그러나 체형과 옷을 보면 아는 사람은 알아볼 수 있을 것 같다.

바깥 공기는 차가웠다.

준은 후드 밑으로 주위를 둘러보았다. 비탈길을 올라가는 촛불이 불안정하게 떨리고 있다. 집의 불빛과 주민들이 든 양초의 불빛이, 밤의 어나더 힐에 환상적인 분위기를 자아냈다.

준은 내로 보트를 탔을 때 느꼈던 그 신비한 기분이 되살아나는 것을 느꼈다.

그래, 종교적인 분위기. 마치 순례를 떠나는 승려 같은 기분이다.

두 손으로 받쳐든 촛불의 온기에 얼굴이 어렴풋이 따스하다.

말없이 비탈을 올라간다. '기도의 성'에 가는 것은 처음이었다.

그때, 생각에 잠겨 있던 준의 옆구리를 누가 쿵 들이받는 통에 양초를 떨어뜨릴 뻔했다.

"으악!"

저도 모르게 소리를 질렀다. 주위에서 "쉿!" "쉬잇!" 하는 소리가 날아든다.

뛰어가는 그림자를 보자 작은 얼굴이 씩 웃으며 이쪽을 돌아보았다.

어린아이다. 어라, 어디서 본 적이 있는데. 선착장에서 본 주근깨투성이 얼굴……

아이는 눈 깜짝할 새에 어둠 속으로 사라졌다.

"마티아스! 얘, 어디 가니, 마티아스!"

나지막이 외치는 어머니의 목소리가 들린다.

개구쟁이 돌보기도 여간 힘든 일이 아니겠다. 준은 숨을 헉헉 몰아쉬는 어머니를 동정했다.

어둠 속으로 커다란 돌문의 실루엣이 보이기 시작했다.

저곳에 오늘 아침, 시체가 있었던 건가.

그런 생각을 하자 이상하게도 시체가 매달려 있는 모습이 보일 것만 같다.

혹시 발밑에 핏자국이라도 있지 않을까 싶어 살펴보았으나, 어두워서 아무것도 보이지 않았다.

성의 크기는 중간 정도. 아담한 석조 성 창문에서 부드러운 주황색 불빛이 흘러나온다. 저 안에 누가 있는 걸까. 전원이 대상이라면 저곳에 있는 사람도 예배당에 들어가야 한다. 벌써 끝내고 안도하고 있을까. 아니면 다른 사람들이 모두 가고 나서 이 의식에 참가하려는 걸까.

성 옆 오솔길에 사람들이 줄을 짓고 있었다. 움직임이 완만하다. 앞쪽이 정체되나보다.

이따금 한 발짝씩 줄이 움직이는 것을 보고 있으려니, 심장의 고동이 차츰 빨라지는 것을 느낄 수 있었다.

진정해. 진정해라. 나는 아무 짓도 하지 않았으니 무서워할 필요가 없다.

그렇게 생각해도 긴장은 점차 심해지기만 했다.

아닌 게 아니라 무섭다. 린데가 아드레날린이 일 년치 분비된다고 했던 말이 실감이 났다.

살인은 분명히 일어났다. 즉, 이 줄 어딘가에 범인이 있다는 뜻이다. 그러나 정말 전원이 참가했을까?

문득 그런 의문이 들었다. 이렇게 얼굴을 감추고 있지 않나. 참가하지 않는 사람이 있어도 모르지 않을까. 혹은 대역을 써서 같은 사람이 두 번 참가하면……

갑자기 꺅 하는 무시무시한 비명 소리가 들려와 다들 동요했다.

"누구지?"

"누가 범인이야?"

조용히 입 다물고 있던 사람들이 일제히 흥분했다.

"누가, 누가 좀 도와줘요! 애가 긴장해서 경기를 일으켰어요!"

"여기 좀 도와줘."

앞쪽에서 누가 소리 지르는 것을 듣고 모두들 한숨을 후 내쉬었다.

"뭐야, 그냥 애가 기절한 건가."

"사람 좀 놀래지 마라."

"범인을 찾은 줄 알았잖아."

나지막이 투덜거리는 소리들이 들려왔다.

"역시 전원은 너무 심해. 어린애가 이런 극한 상황을 견딜 수 있겠느냐고."

"쉿!"

축 늘어진 아이를 업은 남자와 걱정스레 따라가는 어머니가 비탈을 도로 내려가는 것을 줄 선 사람들이 지켜보았다.

아닌 게 아니라 어른들조차 이렇게 긴장할 정도니, 예민한 아이라면 이 분위기에 압도되고 말 것이다.

또다시 정적이 주위를 지배했다.

갓치를 끝낸 사람은 보아하니 다른 길로 돌아가는 것 같다. 자세히 보자 비탈을 내려가는 사람들이 있다. 갓치를 끝낸 시점에서 촛불을 끄기 때문에 몰랐을 뿐이다. 어둠 속을 내려가는 사람들이 이렇게 부러운 적은 없었다. 누가 손을 흔들고 있다. 앞서 갓치를 끝낸 교수와 마리코다.

아아, 얼른 비탈길을 내려가 따뜻한 집에서 맥주를 마시고 싶다.

조금 전까지 앉아 있던 식당이 아득히 멀게 느껴졌다.

줄이 찔끔찔끔 움직인다.

감정이 점차 마비되어, 자기가 지금 어디에 있는지, 왜 줄을 서 있는지 알 수 없어졌다. 아마 마음이 긴장을 견디지 못하고 감정을 어디론가 밀어낸 모양이다.

작은 숲 저편에 동그마니 서 있는 예배당이 보였다.

석조 건물에 나무문이 달려 있고, 작은 창문에서 불빛이 흘러나오고 있다.

문 앞에 사람들이 꼼짝 않고 서서 차례를 기다리고 있었다.

저곳에 선 기분은 어떨까? 자기 차례를 기다리는 기분은?

문이 열리고 한 여자가 나오는 것이 보였다. 안도감과 해방감이 역력한 표정이다. 여자는 예배당 근처의 쪽문을 열고 비탈길로 나갔다.

이제 곧. 이제 곧 끝난다. 나는 아무 짓도 하지 않았다. 무서워할 필요가 없다.

준은 필사적으로 자신을 설득했다.

그러나 이 기분 나쁜 느낌은 뭘까. 아무리 괜찮을 것이라고 생각하려 애를 써도 치미는 이 불안. 게다가 어쩐지 살갗이 찌릿찌릿하다. 뭔가 기분 나쁜 것이 다가오는 듯한 예감은 그냥 기분 탓일까.

준은 가만히 주위를 둘러보았으나, 벌레 우는 소리가 어렴풋이 들리고 차가운 밤바람이 조용히 초목을 흔들 뿐이었다.

준은 의식을 집중하려 했으나 묘한 느낌은 사라지지 않았다.

왜? 이유가 뭐지? 이런 기분이 드는 것은 태어나서 처음이다.

그는 공포에 압도당할 것만 같았다. 단순한 긴장이 아니다. 뭐지, 이 기묘한 불안감은.

문득 라인맨의 모습이 뇌리에 떠올랐다.

저도 모르게 뒤를 돌아보았다. 뒤에 서 있던 하나가 움찔 놀라는 것이 느껴졌으므로 허둥지둥 다시 앞을 향했다.

그때, 그는 확신했다.

가까이에 라인맨이 있다. 라인맨이 이쪽을 보고 있다. 그도 지금 뭔가를 느끼고 있는 것이다.

모습도 보이지 않는데 그렇게 확신한 것이 스스로도 이상했다. 그러나 자신의 확신이 옳다는 것도 그는 깨닫고 있었다.

갑자기 눈앞이 밝아졌다. 저도 모르게 손을 쳐들어 빛을 가렸다.

눈앞에 문이 열려 있었다. 어느새 준의 차례가 된 것이다.

"다음 분, 들어오십시오."

토머스의 목소리가 들리고, 문 안에 검은 수반이 보였다.

침을 꿀꺽 삼켰다.

준은 불안감을 안은 채 "네" 하고 대답하고, 수반을 향해 걷기 시작했다.

작은 예배당 안은 의외로 평온하고 따뜻했다.

들어서기 전까지 심하게 긴장하고 있었건만, 안에 들어선 순간 오히려 안도에 가까운 기분이 들어 준은 놀랐다. 역시 예배당이구나 하고 엉뚱한 것에 감탄했다.

달걀 같은 방이다.

준은 재빨리 안을 관찰했다.

베이지색 벽이 완만하게 곡선을 그리고, 천장은 돔형이다. 정말로 세워놓은 달걀 안에 있는 것 같다.

안은 지극히 수수했다. 정면에 십자가가 있고, 작은 나무 제단이 놓여 있다. 그곳에 커다란 붉은 양초가 조용히 타고 있었다.

공기는 건조했다. 제단 앞, 바닥 한복판에 놓인 검은 수반의 물에 촛불 그림자가 비쳐 일렁이고 있다.

유이의 삼직은 그림자처럼 안쪽에 서 있었다. 너무나도 조용히 공간 속에 녹아들어 있는 탓에 예배당에 안치된 성상으로 착각할 것만 같았다.

가운데가 회장인 토머스 베커, 마주 보는 왼쪽이 부회장인 데이비드 아오키, 마주 보는 오른쪽이 서기인 닉 스카이라크. 모두 무표정한 얼굴로 이쪽을 보고 있다. 다시 봐도 동그라미, 세모, 네모 모양의 실루엣이다.

242

"이름은?"

베커가 엄숙하게 물었다.

"준이치로 이토입니다."

"아아, 시노다 교수 댁에 있는 친구로군."

"도쿄 대학 대학원생이라고?"

"어떤가? 좀 익숙해졌나?"

세 사람이 목소리를 낮추고 말을 붙였다. 이러니저러니 해도 이런 엄숙한 자리에서조차 호기심을 억누르지 못하는 것은 역시 이 나라 사람들답다.

"네, 덕분에요. 매우 흥미롭게 보고 있습니다."

준 역시 저도 모르게 목소리를 낮추고 대답했다.

"무섭지는 않고? 가끔 거부반응을 일으키고 돌아가는 외국인도 있네만."

"아뇨, 지금으로선. '손님'도 몇 번 만났습니다."

"벌써 만났나?"

"네. 세 번요."

"대단하군."

한동안 잡담을 나누다가, 베커가 갑자기 몸을 꼿꼿이 세웠다.

"자, 그럼, 갓치의 내용은 들었겠지?"

"네."

"마음의 준비는 됐나?"

"네, 괜찮습니다."

준은 저도 모르게 자세를 바로 했다. 순식간에 온몸에 긴장이 되살아났다.

"그럼 긴장을 풀고, 수반에 두 손을 담그게."

베커가 느릿한 목소리로 지시했다. 최면 효과가 있을 듯한 기분 좋은 목소리다.

묵직한 검정 수반은 비젠 도자기처럼 거칠거칠했다. 공원의 물 마시는 곳처럼 받침대 위에 둥근 그릇이 놓여 있는 형태다. 새까맣게 보이는 수면에 예배당 천장이 비쳤다. 말 그대로 검은 거울이다.

준은 가만히 두 손을 물에 담갔다. 물에 비치던 빛이 부서져 흔들렸다. 물은 부드럽고 차가웠다. 꽤 많은 사람들이 손을 담갔을 텐데 그리 따뜻하지 않았다. 물을 자주 가는 걸까.

"수반을 봐."

느릿한 목소리가 들린다. 직접 머릿속에 울리는 듯한 목소리.

"손바닥으로 불꽃을 뜨듯 해보게."

일렁이는 수면. 준은 시키는 대로 두 손을 모으고 수면에 비친 촛불 그림자를 뜨듯 손바닥을 둥글게 했다. 흔들리는 불꽃을 뜨는 데 의식을 집중시키고 있으려니, 수반이 점차 크게 느껴졌다. 순식간에 수면이 넓어지고 자신이 수반에 들어갈 것 같은 착각마저 들었다.

"좋아. 잘하는군. 훌륭해."

베커의 목소리가 머릿속에서 속삭인다.

"어떤가? 불꽃 속에 뭔가 보이지 않나?"

"……아뇨."

"마음을 비우고 가만히 바라보게."

준은 손바닥 안의 불꽃을 응시했다.

뭔가 보인다고? 그럴 리가……

문득 불꽃이 휘청 흔들린 것 같았다. 수면은 움직이지 않았다. 불꽃이 흔들린 것이다.

세 사람이 희미하게 움찔한 것이 느껴졌다. 그들도 그것을 알아차린 것이다.

왜 불꽃이 흔들릴까. 이 예배당 안에 바람이 있을 리 없는데. 문은 정면에 있는 것 하나뿐. 제단 뒤에 사람이 드나들 수 있는 작은 문이 있지만, 지금 그 문은 굳게 닫혀 있고 그 앞에 세 사람이 서 있다.

"아!"

준은 저도 모르게 소리 질렀다.

수면의 불꽃 속에 뭔가가 동그마니 떠올랐다. 둥근 머리…… 몸. 사람이다. 작다. 어린아이?

주위를 둘러보고 싶었으나 몸이 움직이지 않았다. 머리는 수면 쪽으로 고정되어 있고, 눈조차 깜박거릴 수 없었다.

어린 소녀…… 서맨서다.

준은 기절초풍했다. 왜 여기에 저 아이가 나오지?

소녀는 주위를 두리번거리고 있다. 위를 올려다보았다가, 뒤를 돌아보았다가 한다. 어두운 곳을 걷는 것 같다. 소녀의 주위에는 아무것도 보이지 않았다. 뭘 하는 걸까. 어디에 있는 걸까. 준은 손바닥 위에 떠오른 소녀의 모습을 꼼짝 않고 바라보았다.

문득 천진했던 소녀의 표정이 변했다. 그때까지는 천천히 놀면서 걸었는데, 갑자기 발걸음이 빨라졌다. 뭔가에 겁을 먹고 그로부터 도망치려는 기색이 역력했다.

서맨서, 왜 그러지? 누구에게 쫓기는 거야?

준은 속으로 그녀에게 말을 걸었으나, 물론 그녀가 대답할 리 없다.

갑자기 아이가 '앗' 하는 표정을 짓더니 어딘가에서 떨어졌다. 두 손이 허공을 휘젓고, 깊은 어둠 속으로 빨려든다.

떨어졌다!

준은 심장이 멎는 줄 알았다. 그녀는 어딘가에서 떨어졌다. 깊은 곳. 상당히 깊다. 저렇게 깊은 곳에 떨어졌으니 살았을 리 없다.

나는 지금 그 소녀가 죽은 순간을 보고 있구나.

준은 그것을 깨닫고 놀랐다. 왜? 왜 나에게 이런 것이 보이지? 그때 우연히 만났기 때문에? 온몸에서 식은땀이 왈칵 흘러나왔다.

그래도 몸은 움직이지 않았다.

아직 더 남았나?

수면은 여전히 어두웠다. 그런데 그 안쪽에서 뭔가가 움직였다. 누가 어둠 속에 있다. 움직이고 있다.

누구지? 준은 신경을 집중했다.

어둠 속에 꿈틀거리는 남자. 체격이 크고, 나이는 그렇게 많지 않다. 남자가 고개를 들었다.

새파랗게 질린 얼굴에 무척이나 슬픈 표정을 띤 남자……

나다.

준은 머릿속이 새하얘졌다.

아무리 봐도 그 남자는 자기였다. 눈 밑이 거뭇하고 몹시 수척해지기는 했어도, 역시 자기와 똑같이 생겼다. 어떻게 된 일이지? 이 남자가 서맨서를 떨어뜨렸다고?

내가?

추락하는 서맨서의 표정이 머릿속에 맴돈다. 이것은 과거? 미래?

온몸에서 핏기가 가셨다.

문득 소녀의 목소리가 뇌리에 되살아났다.

어머, 이상하기도 하지. 준은 우리 아빠랑 아주 비슷하게 생겼는걸.

소녀는 분명히 그렇게 말했다.

진짜 똑같이 생겼네. 아빠보다 많이 젊지만.

의혹이 풀렸다.

그렇구나. 이 남자는 서맨서의 아버지다. 정말 많이 닮았다. 세상에 똑같이 생긴 사람이 셋은 존재한다고 하는데, 이렇게까지 똑같다니 소름끼친다.

문득 뇌리를 스치는 것이 있었다. 그러고 보니 최근에 누구와 많이 닮았다는 말을 들은 적 있는데……

한 번 더 자세히 보려고 했으나, 남자는 이미 어둠 속으로 사라지고 없었다.

혹시 서맨서의 아버지가 그 아이를 죽였나? 준은 오싹했다.

그래, 아버지가 딸을 죽이고 잠자코 있으면 연감에든 속보에든 실릴 리 없다. 딸은 분명히 눈에 잘 띄지 않는 어두운 곳에 암매장되어 있을 것이다. 아무도 모른 채로, 지금쯤 백골이 되었을지 모른다.

소녀가 나를 찾아온 것은 자기를 죽인 아버지와 똑같이 생겼기 때문이 아닐까. 그러나 그 천진한 태도를 보면, 그녀는 자기를 떨어뜨린 사람이 아버지임을 모를 수도 있을 것 같다. 적어도 원한이나 슬픔 같은 감정은 그녀에게서 느껴지지 않았다.

서맨서. 어디 묻혀 있지? 여기가 어디야?

준은 한 번 더 소녀를 불렀으나, 역시 대답은 없었다. 어느새 손 안에는 다시금 불꽃이 흔들리고 있을 뿐이었다.

"뭔가 보인 게 있나? 준, 지금 뭘 봤나?"

베커가 조금 빨라진 말투로 물었다. 준의 반응으로 그가 뭔가를 봤다는 것을 알아차린 모양이다. 즉, 여기 온 사람은 많든 적든 이 수반에서 뭔가를 본다는 이야기다.

"아이가…… 여자애였습니다. 어나더 힐에서 만난 '손님' 중 한 명입니다."

"호오. 그렇게 선명하게 보이는 것도 흔치 않은 일인데. 자네는 정말 운이 좋군."

베커가 감탄한 듯 말했다. 몇 번이고 그런 말을 듣다보니 점점 자기가 무슨 희귀동물처럼 느껴졌다.

"그럼 자네에게 묻겠네. 자네는 평온한 마음으로 살고 있나?"

"네."

무의식중에 대답했다. 시선은 여전히 수반을 향하고 있다.

"자네는 어나더 힐에서의 생활 규칙을 따르고 있나?"

"네."

"자네는 법률을 준수하는 사람인가?"

"네."

몸이 차츰 뜨거워지는 것 같다. 예배당의 온도가 올라간 것 같은데, 착각일까?

질문은 담담히 계속된다.

"자네는 도리이에서 벌어진 살인사건을 알겠지?"

"네."

"그 사건의 범인은 자네인가?"

"아뇨."

"그 사건의 범인을 아나?"

"아뇨."

관자놀이에 땀이 맺히기 시작했다. 덥다. 이 방, 어째 덥지 않나?

"'기도의 성'에서 벌어진 살인사건을 아나?"

"네."

"그 사건의 범인은 자네인가?"

"아뇨."

갑자기 오른쪽 어깨가 무거워졌다.

어? 뭐지? 준은 동요했다. 어깨 위에 영靈이 올라앉는 이야기를 들은 적이 있는데, 딱 그런 느낌이다.

아니, 아니다. 뭔가 무거운 것이 있다. 준은 냉정을 잃지 않으려 필사적으로 노력했다.

주머니에 뭐가 들어 있다. 이것이 급속하게 무거워진 것이다. 뭔가 무거운 것이 비옷 왼쪽 주머니에 들어 있다. 대체 뭐가 이렇게 무거워진 거지? 뭘 넣어둔 기억은 없는데.

주머니 속에 든 물건은 점점 더 무거워졌다. 마치 발밑에서 누가 주머니를 세게 잡아당기는 것 같다.

으으, 아프다. 준은 이를 악물었다. 그래도 몸은 움직이지 않는다.

세 사람도 준의 괴로워하는 표정을 알아차린 것 같았다. 그들의 얼굴도 서서히 긴장되어갔다. 이 예배당에서 무슨 일이 일어나고 있는 것이다.

역시 착각이 아니라 실내 온도가 차츰차츰 상승하는 모양이었다. 아오키와 스카이라크의 얼굴에서도 땀이 줄줄 흐른다. 금방이라도 몸에서 김이 피어오를 것 같다.

베커는 침을 꿀꺽 삼키고 입을 열었다.

"……자네는."

짧은 침묵.

"이 어나더 힐에서 사람을 죽였나?"

"아뇨."

준은 이를 필사적으로 악물었다.

"이 성스러운 어나더 힐을 범죄로 더럽혔나?"

"아뇨!"

"이 성스러운 어나더 힐을 범죄로 더럽히고 싶은가?"

"아뇨! 아뇨!"

갑자기 철썩 하고 물소리가 들렸다.

"오오!"

세 사람이 부르짖었다.

순식간에 수반 속의 물이 사라져버렸다.

물은 안개처럼 온 방 안에 흩어지고, 동시에 준의 몸은 붕 날아가 벽을 세게 들이받았다.

"윽!"

천장에 가까운 벽에 부딪혀 고통으로 숨이 멎을 것 같았다. 준은 속수무책으로 미끄러져 떨어졌다.

갈가리 찢긴다.

머리 한구석을 그런 말이 스쳤다.

말도 안 돼. 왜 내가? 나는 아무 짓도 하지 않았는데.

욱신거리는 몸을 달래며 일어나려 하자, 뭔가가 소매를 세게 잡아당겼다.

"으악!"

몸이 바닥 위를 질질 끌려다녔다.

엄청난 힘이다. 우람한 남자가 날뛰는 것 같다.

준은 머리가 어질어질했다. 아냐. 나는 아무 짓도 하지 않았어. 살인 따위는 하지 않았어. 거짓말도 하지 않았어. 정령은 틀렸어. 왜 죄 없는 나에게 이런 짓을 하지?

노여움과 공포에 더해 이리저리 끌려다니는 통에, 말 그대로 머리가 빙빙 돌았다.

세 사람의 경악에 찬 얼굴이 시야 끄트머리에서 함께 돌고 있었다.

살려줘. 어떻게 좀 해줘.

말을 하려 해도 워낙 엄청난 기세로 끌려다니는 통에 그럴 정신이 없었다. 바닥이나 벽에 머리가 부딪히지 않게 감싸안는 것이 고작이었다.

그러던 중에 준은 이 보이지 않는 힘이 원하는 것이 자신이 아니라 비옷임을 깨달았다.

혹시 이걸 벗으라는 뜻인가?

준은 이리저리 끌려다니면서도 고생해서 겨우 비옷을 벗었다.

그 순간, 준은 구석에 휙 던져졌다. 마치 자기에 대해 관심을 잃은 것 같아 그것도 마냥 좋은 기분은 아니었다. 준은 숨을 헉헉 몰아쉬며 온몸의 아픔이 가라앉기를 기다렸다.

공중에 카키색 비옷이 떠 있었다.

마치 누가 입고 있는 것 같은 형태로 비옷이 떠 있는 것이다.

방금 전의 아비규환이 거짓말인 양 예배당은 쥐죽은 듯 조용했다.

유이의 세 사람도, 준도, 홀린 듯이 그 비옷을 응시했다.

예배당은 여전히 몹시 더웠다. 기분 탓이 아니다. 양초가 빠른 속도로 녹아내리고 있었다.

모두들 창백한 얼굴로 땀을 줄줄 흘렸다.

대체 무슨 일이 벌어지고 있는 거지? 이제 어떻게 되는 거지?

그러나 정령의 목적이 그 비옷임은 분명했다. 왜 이런, 아무런 특징도 없는 비옷을?

"저, 저걸 봐."

아오키가 쉰 목소리로 부르짖었다. 모두들 놀라 눈을 휘둥그렇게 떴다.

공중에 뜬 비옷이 조금씩 부풀기 시작했다. 비옷을 입은 투명인간이 조금씩 뚱뚱해진다. 소매와 등이 순식간에 팽팽하게 부풀어올랐다. 화학섬유 옷감은 그 힘에 필사적으로 버티고 있었다. 여기저기가 부들부들 떨리고, 어깨솔기에 큰 힘이 가해진다.

이대로 가다가는 분명히.

그렇게 생각한 순간, 비옷이 폭발했다.

팡, 하는 엄청나게 큰 파열음이 나서, 네 사람은 저도 모르게 귀를 틀어막고 바닥에 엎드렸다.

침묵. 그에 이어지는 정적.

준은 기온이 급속도로 내려가기 시작한 것을 깨달았다.

그때까지의 열기가 거짓말인 것처럼 기온이 쭉쭉 내려간다. 동시에 온몸의 땀이 식었다.

조심조심 고개를 들자, 다른 세 사람도 몸을 일으키는 중이었다.

예배당 공중에 솜 같은 것이 팔랑팔랑 날렸다. 안개처럼 방 안 전체를 뒤덮고 있다.

비옷이다. 준은 바닥에 천천히 쌓이는 섬유를 집어보고 새삼 오싹했다.

무시무시한 힘이다. 화학섬유를 순식간에 이렇게 잘게 찢어놓다니.

"끝난 것 같군."

베커가 이마의 땀을 닦으며 휘청휘청 일어섰다.

"어이구, 대단했어."

"왜 비웃을 그러지?"

다른 두 사람도 창백한 얼굴로 몸 여기저기를 문지르며 이쪽으로 다가왔다.

"앗!"

준은 방 한복판에 뭔가 떨어져 있음을 알아차렸다.

"저기 뭔가,"

네 사람은 방 중앙에 모여들었다.

목장갑이 한 짝 떨어져 있었다. 평범한 흰색 목장갑이다.

그러나 그것은 희미하게 더러워져 있었다. 흙과 검붉은 얼룩.

"혹시 이건,"

아오키의 눈이 날카로워졌다.

"범인의 유류품인가."

다들 조심조심 목장갑을 들여다보았다.

"그렇군. 알았어. 이게 비웃 주머니에 들어 있었던 거야. 그래서 정령은 이 비웃을……"

흥분해서 중얼거리던 준은 흠칫 놀라 세 사람을 둘러보았다.

"하, 하지만 전 이런 것 모릅니다. 믿어주십시오. 누가 제 비웃 주머니에 집어넣은 겁니다."

"그런 것 같군. 자네가 범인이었으면 비웃이 아니라 자네 자신이 지금쯤 이렇게 됐을 테지."

베커는 냉정한 목소리로 말하고는 주위를 팔랑팔랑 날아다니는 섬유를 훅 불었다.

"그 비옷은 어디서 났나?"

아오키가 물었다.

"제 겁니다. 늘 여행가방에 넣어두던 겁니다. 어디서나 살 수 있는 시판 제품이고요."

"여기 오기 전에도 입었나?"

"오늘 처음 입었습니다. 갓치를 하러 올 때 얼굴이 안 보이는 편이 좋다고 해서, 저와 시노다 교수님은 비옷을 입고 가기로 한 겁니다."

"그럼 여기로 오는 길에 누가 집어넣었다는 이야기군."

갑자기 입구의 문을 쿵쿵 두들기는 소리가 났다.

"준! 왜 그래, 준! 무사해?"

하나의 당황한 목소리가 들려왔다. 주위에서 웅성거리는 소리도 난다. 사람들이 예배당을 에워싼 것 같다.

"하긴. 다들 그 소리를 들었을 테니."

"그럴 만도 하지."

준과 베커는 마주 보았다.

"어떻게 하죠?"

"지금 여기에 사람들을 들이면 곤란하네."

"하지만 다들 그냥 안 넘어갈 텐데요."

"다음 갓치도 있으니 일단 청소를 해야 하는데."

넷이 얼굴을 맞대고 나지막이 의논했다.

"준! 대답해! 지금 그 소리는 뭐야?"

하나가 비명을 지르듯 소리쳤다. 다른 사람들도 문을 두들기고 있다.

"우선 대답해주게."

베커가 준에게 신호했다. 준은 문을 향해 소리쳤다.

"괜찮아! 지금 치울 테니까 잠깐 기다려!"

문 밖이 조용해졌다.

"다행이다! 무사한 거지?"

하나의 안도한 목소리가 들렸다.

"뭘 치우는데?"

"아무것도 아냐. 금방 끝나."

"지금 그 소리는 뭔가?"

"누가 다친 건 아니고?"

남자들 목소리도 들린다.

"잠깐 사고가 있었네. 아무것도 아냐. 조용히 기다려주게."

베커도 소리쳤다.

호기심으로 폭발 직전인 사람들도 앞 사람이 나오기 전에 들어가면 안 된다는 갓치의 규칙만은 그리 쉽게 어길 수 없는 모양이다. 다른 데였더라면 순식간에 밀고 들어왔을 것이다.

스카이라크가 제단 뒤쪽의 문을 열고 빗자루와 쓰레받기를 들고 왔다.

"하지만 이 먼지는 모으기 쉽지 않겠어."

"역시 오늘은 일단 중지하는 게 좋지 않겠나."

공중에 떠다니는 섬유는 말 그대로 먼지가 되어 천장 가까이까지 예배당을 가득 메우고 있었다. 전부 내려앉으려면 상당한 시간이 걸릴 것 같다.

"그렇겠지."

"물이라도 뿌리지 않으면 어렵겠는데."

세 사람은 생각에 잠겼다.

"오늘 갓치를 마친 사람은 얼마나 되나?"

"절반은 넘었을 거야."

"나머지는 내일 밤에 하는 게 어때?"

"하지만 갓치는 한 번에 끝내야 하는데."

준이 보기에도 이 방에 날아다니는 섬유를 치우려면 시간이 상당히 걸릴 것 같았다. 하룻밤 놔두었다가 내일 아침 쓸어내는 편이 좋을 것 같다.

"장소를 변경하겠나?"

"하지만 조건이 바뀌면 정령도……"

"갓치를 마친 사람들의 이름은 기록해놨어. 역시 내일 하는 게 낫지 않겠나?"

"오늘은 범인이 발견 안 됐네. 생각하기 나름으로는 운이 좋았는지 몰라. 하루 더 범인에게 시간을 주자고. 내일 밤 열두시까지 한 번 더 기회를 주면, 이번에야말로 자수할지 몰라. 범인은 갓치가 어떤 건지 몰랐기 때문에 만만히 봤던 게 아닐까? 오늘 이 기이한 분위기를 맛봤으면 범인도 빠져나갈 길이 없다는 걸 알았겠지."

"흠, 그렇군. 그야 우리도 희생자가 나오길 원하는 건 아니니."

"그럼 유선방송을 준비하지."

결론이 내려진 듯, 세 사람은 고개를 들었다.

베커가 준에게 손짓했다.

"좋아, 자네도 같이 나가세. 오늘밤 갓치는 이걸로 끝이야."

"저, 전 다른 사람들한테 뭐라고 설명합니까?"

"여기서 무슨 일이 일어났다는 건 이미 다들 눈치 챘으니 완전히 숨길 수는 없어. 정령은 거짓말을 안 하니 말이네. 그러니까 솔직하게 범인의 유류품으로 보이는 물건이 자네 비옷에 들어 있었다고 하게. 잘 들어, 여기서 나가면 우리도 그렇게 발표하겠지만, 그 물건이 뭔지는 밝히지 말도록. 시노다 교수에게도 말하면 안 돼. 다들 무슨 수를 써서라도 알아내려 할 테지만."

"아, 예."

아오키가 뒤집은 비닐봉지로 목장갑을 가만히 집어들어 조심스럽게 봉지에 넣었다.

"알겠나, 침착해야 해. 지금 여기서 밖으로 나가면 큰 소동이 벌어질 테니까. 정신 똑바로 차리도록."

베커가 준의 등을 세게 탁 쳤다. 벽에 부딪혔던 곳이 욱신거려 준은 펄쩍 뛰어올랐다.

"네, 넷!"

네 사람이 줄줄이 밖으로 나가자 눈 깜짝할 새에 주민들이 그들을 둘러쌌다.

"어떻게 된 거야?"

"무슨 일이 있었던 거지?"

"엄청났어. 무슨 난투극이라도 벌이는 소리던데."

"그 폭발음은 뭔가?"

"준!"

새파랗게 질린 하나가 덥석 매달렸다. 힘껏 부둥켜안는 바람에 준은 당황하는 동시에 아파서 얼굴을 찡그렸다.

그녀의 커다란 눈에는 아직 공포가 남아 있었다.

"깜짝 놀랐어. 얼마나 놀랐는데. 준이 갈가리 찢긴 줄 알았어."

"괜찮아. 난 괜찮아. 내가 그럴 리 없잖아."

"그건 알지만, 정말 엄청난 소리였단 말이야. 무슨 일이 있었던 거야?"

"여러분, 조용히!"

베커가 소리쳤다. 어느새 확성기까지 준비했다.

밀치락달치락하던 주민들이 베커를 보았다. 기다리던 사람들까지 이곳으로 모여든 모양이다.

"오늘 갓치는 여기서 중지하겠습니다. 나머지는 내일 밤에 하겠습니다."

엑! 하는 비명 같은 소리가 터져나왔다.

"말도 안 돼, 지금까지 이렇게 긴장하면서 기다렸는데, 내일 또 그러란 말이야?"

한 여자가 상기된 얼굴로 부르짖었다.

준은 동정했다. 그 심정을 모르지 않았다. 이렇게 심한 긴장감을 맛봐야 했는데 얼른 끝내고 싶은 것이 인지상정일 것이다.

"예기치 못한 사태가 벌어졌습니다. 여기 있는 준이치로 이토의 비옷 주머니에 범인의 유류품을 넣은 자가 있습니다. 그것에 정령이 반응해서 아까 같은 소동이 벌어진 겁니다. 소리가 들렸으니 아시겠죠. 정령은 화가 났습니다. 여기 이 친구가 입고 있던 비옷은 완전히 분쇄되어 말 그대로 먼지가 되고 말았습니다. 지금 예배당 안은 온통 먼지로 뒤덮여 있는 터라, 치우는 데 상당한 시간과 노력이 필요합니다. 그러므로 갓치를 일단 중지할 수밖에 없게 됐습니다."

베커는 거기서 일단 말을 끊었다. 사람들이 잘 듣고 있는지 확인하듯 주위를 빙 둘러본다.

이중에. 준은 불현듯 생각했다.

이중에 범인이 있다. 이 나머지 주민들 중에.

그런 생각을 하니 저도 모르게 소름이 돋았다. 범인은 줄을 서서 자기 차례가 오길 기다리고 있었던 것이다. 그자는 방금 전의 소란을 듣고 평온을 잃지 않을 수 있었을까?

"자수해주십시오."

베커는 엄숙한 목소리로 말했다.

주위가 쥐죽은 듯 조용해졌다.

"정령은 화가 났습니다. 그 위력을, 무시무시한 힘을 범인도 소리를 듣고 깨달았을 겁니다. 비옷은 원형을 찾아볼 수 없을 정도로 파괴됐습니다. 만약 예배당에 범인이 있었더라면 말 그대로 피바다가 됐을 겁니다. 그렇게 되고 싶지는 않겠죠?"

베커가 무서운 목소리로 말했다. 주민들도 마른 침을 삼키고 그를 보고 있었다.

"오늘밤에는 운이 좋았습니다. 내일, 아니, 벌써 오늘밤이군요. 오늘밤 열두시에 나머지 갓치를 하겠습니다. 그러니 그전에 자수해주십시오. 오늘밤 열두시 전까지 저희에게 오면 비밀리에 경찰에 넘기겠다는 조건은 변함없습니다. 그러니 자수해주십시오. 정령은 화가 났습니다."

주위는 여전히 조용했다.

베커는 가볍게 한숨을 쉬었다.

"그럼 나머지 분들은 죄송하지만 돌아가주십시오. 명부는 정확하게 기록했습니다. 갓치를 받지 않은 분들은 정직하게 내일 다시 한번 이리로 와주십시오. 아시겠죠? 그럼 이만 돌아가주십시오. 안녕히 주무시고요."

베커가 고개 숙여 절하자, 사람들은 서로 마주 보다가 줄줄이 발길을 돌리기 시작했다. 피로에 젖은 공기가 주위에 감돈다.

"준, 괜찮아? 세상에, 그런 일이 있었다니. 많이 놀랐지?"

하나가 상냥하게 말했다.

"응, 깜짝 놀랐어. 정령이 정말 있구나."

"준의 주머니에 들어 있었다고? 그 비옷에?"

"그래. 전혀 몰랐지 뭐야."

갑자기 하나가 얼어붙은 듯 우뚝 멈춰 섰다. 팔을 붙들린 준도 덩달아 멈춰 섰다.

"왜 그래?"

"마티아스야."

"뭐?"

"마티아스라고! 아까 준이랑 부딪쳤잖아. 그애가 준의 주머니에 그걸 집어넣은 거야."

"아!"

자신을 보고 씩 웃던 소년의 얼굴이 뇌리를 스쳤다.

주위에 있던 주민들도 걸음을 멈추고 하나를 보았다.

"그게 그애 버릇이잖아! 주운 걸 다른 사람 주머니에 집어넣는 버릇. 다들 똑같은 일을 당했잖아!"

하나는 동의를 구하듯 주위 사람들을 둘러보았다. 남자가 소리쳤다.

"맞아, 그 녀석, 내 주머니에 민트 아이스크림을 넣었어."

"난 개구리였어."

"찾아!"

"녀석을 찾아!"

"마티아스! 어디 있니?"

"줄 뒤쪽에 있었을걸."

군중이 갑작스레 움직이기 시작했다.

"저런, 기다려! 진정하라고!"

뒤쪽에서 베커가 소리쳤지만, 일단 불이 붙은 군중은 멈출 줄 몰랐다. 어둠 속 비탈길을 사람들의 촛불이 일렁이며 이동한다.

무슨 수색 작전 같다. 하나가 잡아끄는 대로 달리며 준은 생각했다.

위험하다. 다들 흥분했고, 갓치가 중단되는 바람에 성이 나 있다. 공포가 순식간에 흥분으로 전환되었다. 상대는 어린애니 설마 난폭한 짓을 하지는 않겠지만.

범인도 마티아스가 유류품을 주운 것을 알았다.

문득 그런 생각이 들어 준은 가슴이 덜컥 내려앉았다.

마티아스는 어디서 유류품을 주웠을까? 설마 범인을 본 것은 아니겠지? 이 사실을 안 범인이 마티아스를 어떻게 하려들지는 않겠지?

"마티아스!"

"마티아스!"

여기저기서 큰 소리로 아이의 이름을 불렀다.

하나에게는 아직 말하지 않는 편이 좋겠다. 자책감에 빠질 것이 틀림없다. 어차피 언젠가는 이 사실을 깨닫는 사람이 있을 것이다.

비탈을 내려가던 중에, 준은 다른 사실도 알아차렸다.

범인은 혹시 다른 사람이 범행에 사용된 물건이나 흉기를 지니면, 그 사람이 범인으로 여겨질 것이라 생각한 것이 아닐까?

정령은 정확하게 찾아냈다. 물론 그 사람에게 죄가 있는지 없는지도 정확하게 가려낸 셈이지만. 준은 새삼 자신이 갈가리 찢기지 않은 것을 진심으로 안도했다.

그도 그럴 것이, 갓치를 경험해본 사람이 거의 없었다. 정령이 범인을 어떻게 판정하는지 아무도 정확히 몰랐다. 그렇다면 흉기를 갖고 있는 사람, 범인의 물건을 갖고 있는 사람을 범인으로 판정할지 모른다 생각해도 이상할 것이 없다. 누군가가 흉기를 지니게 해서 정령이 그 사람을 범인으로 판정하고 갈가리 찢으면 범인은 유유히 달아날 수 있다. 누군가가 갈가리 찢으면 그 자리에서 갓치는 종료될 것이기 때문이다. 그런 생각으로, 누가 마티아스를 이용한 것이 아닐까?

어둠 속에서 촛불 불꽃이 일렁일렁 흔들린다.

뭐든지 주워 다른 사람의 주머니에 집어넣는 마티아스. 마티아스의 버릇은 널리 알려져 있다.

그의 눈에 띌 만한 곳에 피 묻은 목장갑을 버려두면, 마티아스는 경찰에 제출하기보다 다른 사람의 주머니에 넣으려 할 가능성이 높다. 그렇게 해서 죄 없는 사람이 갓치를 받게 한다. ……지나친 해석일까.

모두가 소년의 이름을 부르고 있다.

……혹은 시험해본 것일지도 모른다.

준은 걸으며 생각에 잠겼다.

정령의 판정이 어느 정도인지 미리 시험해보고 싶었다. 그래서 다른 사람에게 유류품을 들렸다. 그런 가능성도 있을 수 있다.

소년을 찾아 곳곳에서 흔들리는 불꽃을 보니, 별안간 조금 전 수반에서 본 광경이 되살아났다.

서맨서. 자신과 똑같이 생긴 소녀의 아버지.

그것은 대체 뭐였을까. 왜 나에게 그런 것이 보였을까.

하지만 소녀는 역시 죽었다는 이야기다. 어딘가에 아무도 모르게 묻혀 있는 것이다.

대체 내가 뭘 할 수 있을까? 그 소녀는 나에게 도움을 청하고 싶었던 것이 아니었을까? 그래서 나를 찾아온 것이 아니었을까?

그런 생각을 하니 애가 탔다.

가능하면 여기 있는 동안 해결해야겠다. 준은 굳게 결심했다.

"마티아스!"

"대답하렴, 마티아스!"

어느새 소년의 어머니도 군중 속에 끼어 있었다. 아무래도 아까 소년을 놓친 이래로 찾지 못한 것 같다.

"괜찮을까?"

하나가 새파랗게 질린 얼굴로 준의 팔을 붙들었다.

"어쩌지? 내가 괜한 말을 해서."

그녀도 준이 생각한 것과 같은 가능성을 깨달은 모양이다.

"어차피 조만간 누군가 눈치 챘을 거야."

"하지만, 하지만 만약 아까 그 줄 중에 범인이 있었다면."

"괜찮아, 어디 숨어 있을 거야. 약삭빠른 애니까 그렇게 간단히 붙들리진 않아. 게다가 아까 하나가 한 말을 듣고서야 범인이 그 사실을 깨달았다 해도, 쉽사리 줄에서 빠져나갈 순 없었을 거야. 마티아스가 어디 있는지 찾아내진 못해."

"아아, 어쩌지. 그애한테 무슨 일이 생기면."

하나는 두 손으로 얼굴을 가렸다.

준은 기운을 북돋워주듯 그녀의 어깨를 감싸안았다.

"오히려 일찍 눈치 채서 다행이었는지도 몰라. 다함께 찾으면 범인도 쉽사리 어떻게 하진 못할 테니까. 범인이 마티아스의 버릇을 알고 이용한 건지도 모르고."

"그럼 좋겠지만."

어둠의 밑바닥을 촛불 불빛이 일렁일렁 이동한다.

그러나 장시간의 수색에도 불구하고, 결국 그날 밤, 소년은 발견되지 않았다.

5장

달걀과 오믈렛과 고양이에 관한 문제

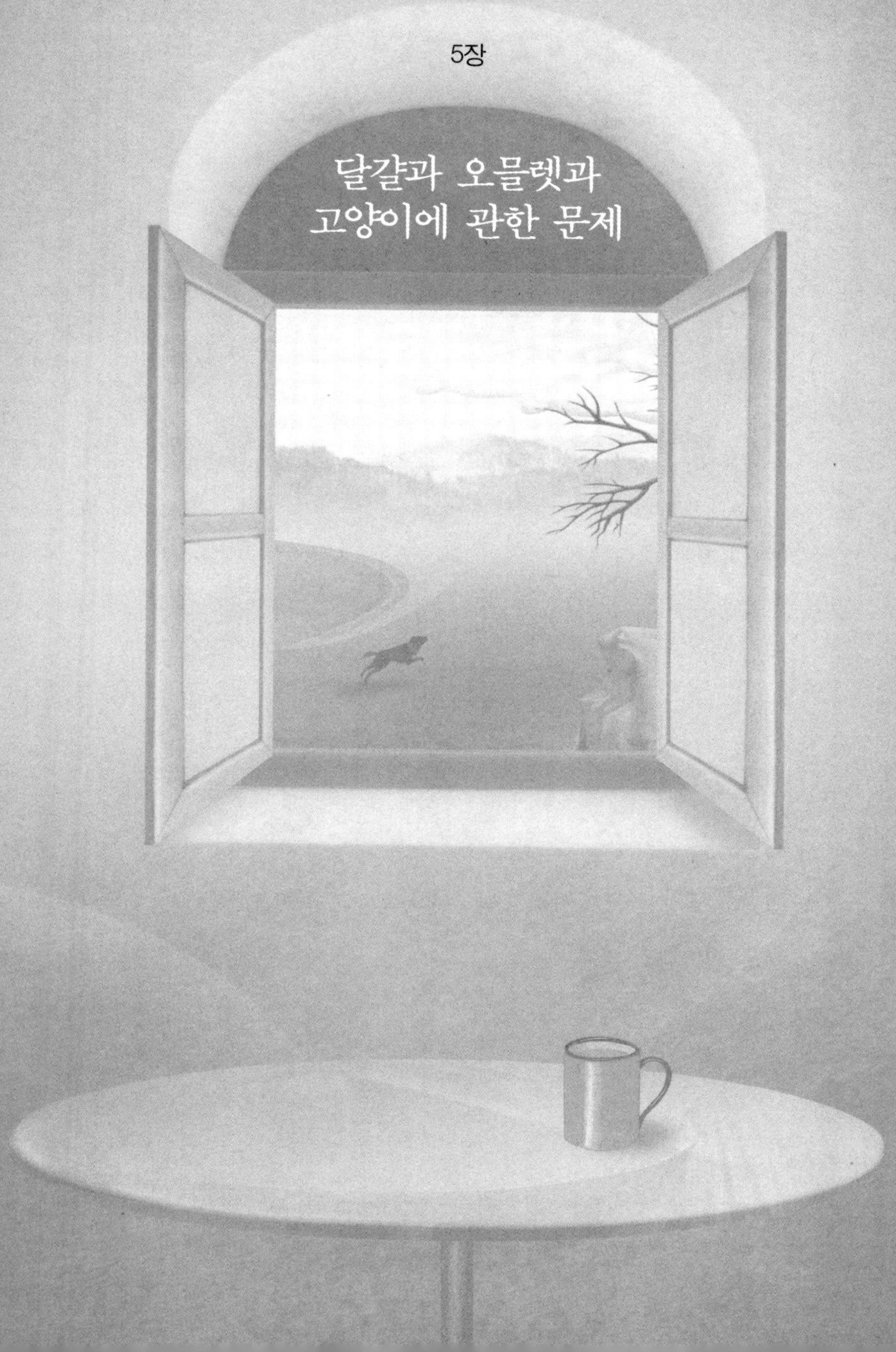

기도의 종이 울리고 있다.

여느 때 같으면 엄숙하게 아침이 시작됐을 테지만, 오늘 아침에는 집집마다 반응이 굼뜨다.

어젯밤에 있었던 갓치, 그리고 갓치의 중단. 나아가 소년의 수색 때문에, 주민들이 잠자리에 든 것은 심야라기보다 아침에 가까운 시간이었다.

어나더 힐에는 전에 없이 피로감이 감돌고 있었다. 날씨도 여전히 찌뿌드드하고, 흐릿한 초겨울 햇살이 언덕에 힘없이 내리쬔다. 그래도 오늘 아침에는 달걀이 아무 탈 없이 배달됐는지, 사람들이 달걀 배달통 서랍을 여는 소리가 곳곳에서 들려온다.

시노다 교수 집에서도 피로의 빛은 짙었다. 준이 갓치에서 충격적인 체험까지 한 탓에 흥분이 좀처럼 가라앉지 않아 결국 알코올의 힘을 빌려야 했다. 그 때문인지 여느 때는 종이 울리기 전에 일어나는 린데나 교수의 방도 오늘 아침에는 여전히 조용했다. 준은 말할 것도 없고, 마리코와 지미, 그레이 박사까지 꿈도 꾸지 않고 곤히 잠들어 있는 것 같다.

그러나 여기 한 명, 부스스 일어나 복도를 걷는 사람이 있었다.

하나다.

어젯밤에 그녀는 한잠도 자지 못했다. 마티아스가 발견되지 않은 것은 그녀에게 큰 충격이었다.

그때 내가 그런 말을 하지 않았더라면. 나머지 주민들 중에 범인이 있으리라는 것을 알면서 왜 그런 말을 했을까. 범인이 내 말을 듣고 마티아스를 잡으러 갔다면……

하나는 무심코 몸을 부르르 떨었다.

야옹야옹 가느다란 고양이 울음소리가 들려온다. 서니와 사이드다. 둘 다 어나더 힐에 온 이래로 기운이 없었다. 라인맨의 개와, 첫날 밤 벌어진 소동에 겁먹은 나머지, 하나의 침대 밑에 숨어 좀처럼 밖으로 나오려 하지 않았다. 그래도 이제 겨우 이곳에 익숙해졌는지 넓은 곳으로 나올 마음이 든 모양이다.

바깥에는 안개가 자욱했다. 우윳빛 안개를 보고 있으려니 꿈결 같은 기분이 든다.

마티아스가 영영 발견되지 않으면 어쩌지? 아니, 발견되면 어쩌지? 그것도 죽은 시체로……

하나는 자신을 질책했다. 왜 그렇게 생각이 짧았을까. 입은 화禍의 근원이라는 말이 딱 맞네.

무거운 발걸음으로 현관에 있는 달걀 배달통으로 갔다. 달걀 의식 준비나 하자. 마음을 가라앉히는 데는 그게 제일이야. 무슨 일이 일어났는지를 알기 위해서도.

하나는 한숨을 쉬고 달걀 배달통 서랍을 열었다. 서랍은 삼단이고, 달걀을 놓을 수 있게 칸막이가 있다. '기도의 성'에 미리 이야기해두었으니 그레이 박사 것을 포함해 일곱 개가 배달됐을 것이다.

그러나 서랍 안에는 달걀이 다섯 개밖에 없었다.

어떻게 된 거지? 배달에 착오가 있었나? 하지만 주문서에 수량을 정확히 기입했는데. 달걀 배달원은 꼼꼼한 사람이라 수량을 틀릴 리는 없다.

배달 실수가 아니라면.

하나는 달걀 배달통 앞에서 생각에 잠겼다.

설마.

어떤 가능성에 생각이 미친 그녀는 뒤를 돌아보았다.

"좋아."

서니를 안아들고 "자, 따라오렴" 하며 사이드를 내려다보았다.

야옹야옹 울며 먹이를 달라고 조르던 고양이들은 주인을 따라가지 않으면 아침밥도 없다는 것을 깨달았는지 얌전하게 따라왔다.

우선 식당을 들여다보았다.

아무도 없었지만, 싱크대에 소쿠리가 뒹굴고 있는 것이 보였다.

옆에 놓인 전기포트를 무심코 들어보니, 밤에 분명히 더운 물을 가득 채워놓았는데도 물 한 방울도 없이 가벼웠다.

"아하."

하나는 중얼거리고 서니를 안은 채, 가만히 복도로 나섰다. 발치에서 사이드가 자기도 안아달라고 애원하듯 울었으나, 그녀는 상대하지 않았다.

싸늘한 아침 공기 속에 조용히 복도를 나아간다.

사용하지 않는 방을 하나씩 살짝 들여다보았다.

여기는 아니네. 여기도 아니고. 하지만 분명히 이층은 아닐 거야.

갑자기 사이드가 수염을 꿈틀하더니 뛰어나갔다.

"앗!"

하나는 당황해서 손을 뻗었으나, 사이드는 경쾌하게 달려 린데 방 옆의 빈 방으로 뛰어들었다. 하나도 그 뒤를 쫓아갔다.

사이드의 울음소리와 함께 "쉿, 쉿, 저리 가" 하고 소곤거리는 목소리가 들렸다.

역시.

"마티아스! 너 여기 있었구나!"

하나는 저도 모르게 소리쳤다.

방구석에서 담요를 뒤집어쓰고 달걀 반숙을 먹던 마티아스가 놀란 얼굴로 하나를 올려다보더니 윽 하고 가슴을 부여잡았다. 달걀이 목에 걸린 모양이다.

"괜찮니?"

"으으으."

하나는 소년의 등을 두들겨주었다. 간신히 노른자를 넘긴 듯, 마티아스가 크게 심호흡했다.

"사람 놀래지 마. 숨 막혀 죽을 뻔했잖아."

주근깨투성이 얼굴로 하나를 째려본다.

하나는 바로 몇 분 전까지 이 소년의 생사를 진지하게 걱정하던 것이 생각나 화가 치밀었다.

"그래, 달걀 맛은 어떠니? 전기포트에 넣고 반숙으로 삶았다 이거지. 그리고 그걸 소쿠리에 받혔다가 드시는 중이라. 뒷정리 정도는 좀 해놓지그래?"

"배고파 죽는 줄 알았단 말이야. 원래는 완숙을 좋아하는데 기다릴 수가 있어야지. 게다가 어젯밤 채워넣은 물이라 미지근해서 잘 안 삶겼어. 오히려 배만 더 고파졌다고."

마티아스는 발밑에 흩어진 달걀 껍데기를 원망스러운 눈길로 내려다보았다.

서니와 사이드가 달걀 껍데기로 장난치며 놀고 있다.

"어젯밤부터 여기 있었니? 다들 널 찾느라고 난리가 났었단 말이야. 네 어머니가 얼마나 걱정하셨는데."

이번에는 하나가 째려보자, 마티아스는 겁에 질린 표정으로 시선을 피했다.

"알아. 그러니까 무서워서 여기 숨은 거잖아."

"왜 다들 널 찾았는지 아니?"

"아니. 그냥 없어져서 그런 거 아냐?"

마티아스는 천진한 얼굴로 고개를 흔들었다.

하나는 점점 더 화가 났다. 걱정해준 것이 아깝다.

"네가 주머니에 넣은 물건 때문에, 준이 엄청난 일을 당했단 말이야."

"뭐? 어, 왜? 그냥 지저분한 목장갑인데?"

마티아스는 새파랗게 질려 설명을 청하듯 하나를 쳐다보았다.

자신이 또다시 실언한 것을 깨달은 하나는 얼굴을 찡그리고 자기 머리를 때렸다. 그러나 동시에 소년이 한 말을 머리에 분명하게 새겨두었다.

목장갑. 그렇군, 유류품은 목장갑이었나. 목장갑은 가볍다. 그렇기 때문에 준도 주머니에 들어간 것을 알아차리지 못한 것이다.

"애, 마티아스, 너 그 목장갑 어디서 주웠니?"

"주운 게 아니고, 어제 아침에 우리집 현관에 누가 갖다놨던데."

"너희 집에?"

"응. 내가 우리집에서 제일 일찍 일어나기 때문에 달걀을 갖고 오는 일은 내 몫이거든. 그래서 밖에 나갔더니 현관에 떨어져 있었어."

"그래서 네 손에 들어갔다 이 말이네."

마티아스는 범인에게 이용당한 건지도 모른다.

어젯밤 준이 한 말이 생각났다. 위로라고 생각하고 신경 쓰지 않았지만, 그 생각이 옳았던 모양이다. 남의 집 현관에 있었다면 범행을 저지르고 돌아가는 길에 실수로 떨어뜨렸다고는 생각하기 어렵다. 범인은 일부러 마티아스의 손에 들어가게 유류품을 남겨놓은 것이다. 그리고 마티아스가 그것을 다른 사람의 주머니에 넣기를 기대한다. 어제는 아침 일찍 시체가 발견되어 다들 되도록 집에 있으라고 했기 때문에, 이 개구쟁이가 다른 사람의 주머니에 목장갑을 집어넣을 기회는 거의 없었다. 즉, 그가 누군가의 주머니에 목장갑을 집어넣을 수 있는 것은 밤에 갓치를 하러 갈 때뿐이었다.

하나는 오싹했다.

범인의 계획은 너무나도 주도면밀했다. 주민의 버릇과 히간의 습관을 숙지하고 있다. 그야말로 우리 이웃의 범죄다. 그는 자기가 무슨 일을 하는지 잘 알고 있다. 오히려 우리보다도 냉정하고, 주변을 잘 관찰하고 있다. 그런 사람이 바로 가까이에, 어젯밤 그 군중 가운데 있었다. 그리고 지금도 이 언덕에 있다.

하나는 반사적으로 팔을 문질렀다.

범인은 갓치의 효과를 시험한 걸까. 범행에 사용한 목장갑으로 정령을 속일 수 있는지를. 그렇다면 어젯밤의 결과도 보았을 것이다. 정령은 정확히 유류품만을 가려내 무시무시한 노여움을 퍼부었다. 오늘밤에는 어떻게 나올까? 자수할까? 아니면 스스로 갈가리 찢기는 길을 선택할까?

하나는 자신이 세웠던 가설이 생각났다. 쾌락살인. 누가 중단시켜주기를 바라고 있다. 역시 그런 것이다. 나는 진상에 근접했다.

은밀히 회심의 미소를 지었다가, 문득 생각을 달리했다.

그렇다면 구태여 꾀를 써서 시험 같은 것을 할 것이 아니라, 순순히 갓치에 참가했으면 되지 않나?

"있잖아, 그 형한테 무슨 일 있었어?"

마티아스가 진지한 눈으로 자기를 보는 것을 깨닫고 하나는 허둥지둥 웃음을 지었다.

"괜찮아, 잠깐 정령 때문에 놀랐을 뿐이야. 어젯밤에 정령이 그 목장갑에 장난을 쳤거든."

"뭐? 어, 어, 왜?"

마티아스는 놀라 몸을 뒤로 젖혔다.

이야기할까 말까 망설이던 하나는 결국 진실을 알려주기로 했다.

"어차피 언젠가 알게 될 테니까 이야기하는데, 그 목장갑은, 어제 '기도의 성'에서 일어난 살인사건의 범인이 썼던 거야."

"그 지저분한 목장갑이?"

마티아스에게는 목장갑이 지저분한지 깨끗한지가 더 큰 문제인 모양이다.

"범행에 사용했으니까 지저분해져도 이상할 것 없잖니."

하나가 묻자, 마티아스는 불만스레 고개를 갸웃했다.

"하지만 내가 봤을 때는 그 녀석, 목장갑 같은 거 안 쓰던데."

"뭐?"

하나는 소년의 말뜻이 이해되지 않아 얼굴을 들이댔다.

"무슨 뜻이야? 그 녀석이라니 누구?"

"라인맨."

"라인맨? 걔 데리고 여기 우리랑 같이 온 사람 말이니?"

하나의 눈이 둥그레졌다.

"응."

소년은 시원스레 고개를 끄덕였다.

생각지도 못한 이름에 하나는 놀랐다.

라인맨이라고? 라인맨이 왜 여기 나오지?

그러나 소년의 다음 말은 하나를 더욱 경악하게 했다.

"나 어제 아침에 '기도의 성'에서 그 녀석이 그 여자 매다는 거 봤단
말이야."

늦은 아침식탁이 발칵 뒤집혔다.

"라인맨이라고?"

교수가 성난 목소리로 말하며 하나를 노려보았다.

"제가 한 말이 아니잖아요. 마티아스가 그랬다니까요."

하나는 당황해서 손을 내저었다.

사람들 앞에는 똑같은 크기로 나눠 자른 오믈렛이 모락모락 김을 피
우고 있었다.

274

"아무튼 식기 전에 들어. 치즈가 금방 굳어버릴 테니까."

린데가 자칫 소란스러워질 것 같은 기미를 눈치 채고 음식으로 주의를 돌렸다.

원래는 달걀을 일 인당 한 개씩 받아, 내로 보트에서 한 것과 같은 의식을 엄숙하게 치러야 했다. 조상과 정령의 기분이 어떤지를 묻는 그들의 신성한 습관이다.

그러나 오늘 아침에는 마티아스가 두 개를 먹어치운데다가 겨우 일어나 나온 사람들이 그가 이 집에 있었다는 사실에 흥분한 바람에, 린데가 재수가 나쁘다며 남은 달걀을 모두 프라이팬에 깨넣고 치즈 허브 오믈렛으로 만들어버렸다.

"라인맨이라고?"

교수는 다시 한번 중얼거리고는 오믈렛을 쓱쓱 잘라 입 속에 던져넣었다.

"아 뜨, 뜨거."

입을 뻐끔뻐끔하더니 린데가 내민 물을 마셨다.

"그래요, 라인맨이래요. 그 사람이 여자를 매다는 걸 봤다고 하더라고요."

하나는 난처한 얼굴로 대답했다.

마티아스는 교수와 린데와 박사가 집까지 데려다주었다. 어머니는 아들의 얼굴을 보고 왈칵 울음을 터뜨리더니, 울었다 화냈다 웃었다 하느라 한동안 난리가 났다. 그것이 진정된 다음, 부모가 마티아스를 데리고 유이 삼직의 집으로 갔다. 박사는 함께 가서 삼직과 오늘 예정을 상의하는 중이다.

준은 베커가 소년에게 그 목장갑을 보여주는 장면을 상상해보았다.

이게 네가 주운 목장갑이냐?

마티아스는 아뇨, 라고 대답하고, 수반에서 물이 튀어나오고, 그의 옷은 공중에서 부풀어……

안 되지, 안 돼. 준은 허둥지둥 머릿속의 이미지를 떨쳐버렸다.

어젯밤부터 뭘 보든지 부풀어올라 폭발하는 모습을 상상하고 만다.

역시 갓치의 체험은 강렬했다. 아드레날린이 일 년치 분비된다는 린데의 말도 납득이 갔다. 아드레날린이 문제가 아니라 트라우마가 될 지경이다.

"라인맨이 어나더 힐에서 범죄를? 말도 안 돼. 애초에 그 사람들은 어나더 힐 사람들이랑 접촉을 안 한다고. 접촉을 안 하는데 무슨 살인 동기가 있겠어?"

마리코가 어깨를 으쓱했다. 하나나 마리코는 그 승려를 닮은 청년에게서 고결한 인품을 감지하고 호감을 품은 것 같았다. 아닌 게 아니라 그 청년이 범죄에 연관되는 것은 상상하기 힘들었다. 그런 속사에 얽힐 사람 같지 않다.

"뭐, 눈 하나 깜짝 않고 그런 일을 해낼 듯한 분위기는 있네만."

교수는 입천장을 덴 듯, 홍차 잔을 조심스럽게 입으로 가져갔다.

"어머, 그거 편견이에요. 그런 일이라니 그게 무슨 뜻이죠?"

하나가 대들었다.

"하지만 그자가 여자를 매달았다며?"

"그러니까, 내가 그런 게 아니라니까요. 본 사람은 마티아스라고요."

"어떻게들 생각해? 그 아이 증언은 믿을 수 있겠나? 혹시 여자를 매다는 게 아니라 내리려는 걸 본 건 아니겠나?"

교수가 의견을 묻듯 테이블을 둘러싸고 앉은 사람들을 둘러보았다.

"장난꾸러기에다 촐랑대고 남의 주머니에 물건을 집어넣는 나쁜 버릇은 있지만, 거짓말을 할 애는 아니죠."

린데가 신중하게 입을 열었다.

"관찰력은 있는 편인가?"

"눈치 빠르게 물건을 곧잘 줍는 걸 보면 없을 리 없잖아요."

"정말 라인맨이었을까요?"

지미가 입을 열었다. 모두 그를 주목했다.

"망토를 두르고 머리에도 후드를 푹 덮어쓰고 있잖습니까. 다른 사람이 그런 복장을 해도 사람들 눈엔 라인맨으로 보이지 않을까요?"

"응, 나도 그렇게 생각해. 그 사람 복장은 워낙 인상적이니까. 다들 그 복장으로 라인맨을 기억하니까. 아침 안개 속에 그런 모습으로 다니면 누구든지 라인맨이라고 생각할걸."

준도 동의하고 이야기를 이었다.

"하지만 아닌 게 아니라 라인맨이라면 가능하지. 그 사람이라면 갓치도 문제없어. 지금 이 언덕에서 갓치를 받지 않아도 되는 건 그 사람뿐이야."

준은 문득 어젯밤 예배당에 들어가기 전에 이상한 기척을 느꼈던 것이 생각났다.

"그러고 보니, 그 사람 어젯밤에 예배당 근처에 있었던 것 같은데. 우리를 관찰하고 있었나?"

"그럼 마티아스네 집 현관에 목장갑을 던져넣은 사람도 라인맨이라고? 그 사람은 마티아스에 대해 잘 모른단 말이야."

하나가 반론했다.

"그애는 눈에 띄잖아. 하루만 지켜봐도 그애가 호기심에 가득 차서 여기저기 누비고 다니면서 눈에 띈 걸 줍는 모습이 인상에 남을걸. 뒤를 밟으면 집은 금세 알 수 있고."

"왜 그애한테 목장갑을 갖다놔야 하는데?"

"역시 갓치가 어떤 건지 알고 싶었던 게 아닐까? 그 사람이 어나더 힐에 들어온 건 처음이니까 말이야."

"하지만 그 사람들은 우리보다 영적인 사람들이란 말이야. 그런 사람들이 정령을 시험하겠어?"

하나는 어디까지나 라인맨을 옹호할 생각인가보다.

준은 그것이 어쩐지 마음에 들지 않았다.

"실질적인 이야기로 돌아가서, 달걀 배달원이 시체를 목격한 건 어제 몇시쯤이라고 하데?"

린데가 입을 열었다.

"어제 달걀 배달을 시작하자마자 라인맨이랑 함께 매달린 여자를 목격했다니까, 한 네시 반쯤일까. 마티아스가 라인맨이 여자를 매다는 걸 본 건 몇시래?"

하나는 고개를 살짝 갸웃했다.

"그게 영 확실치 않아. 아침 일찍, 기도의 종보다 훨씬 더 전이라고만 하더라고."

"훨씬 더 전이라. 달걀 배달이 시작됐더라면 시간을 좀더 한정시킬 수 있을 텐데. 날씨가 줄곧 이 모양이니 그걸로 시간을 판단하기는 어려울 테고."

린데는 진한 홍차를 홀짝이며 머리를 빙빙 돌렸다.

"흐음."

교수는 턱을 쓰다듬고 홍차에 설탕을 넣었다. 늘 그렇지만 참 많이도 넣는다.

"저런, 교수님, 설탕 양이 더 늘어난 거 아니에요?"

마리코가 교수가 들고 있는 스푼을 차가운 눈으로 바라보았다.

교수는 콧방귀를 뀌었다.

"아침엔 당분이 필요한 법이야. 나처럼 뇌를 활발하게 사용하는 사람은 더욱 그렇지. 체스 클럽 시합을 본 적 있나? 방구석에 초콜릿이 산더미처럼 쌓여 있다네. 시합중에도 초콜릿을 먹으면서 시시각각 뇌에 당분을 보급하는 걸세. 그건 그렇고,"

교수는 헛기침을 하고 다른 사람들을 둘러보았다.

"방금 생각났네만, 라인맨도 경시청과 마찬가지군."

"경시청?"

"어디가요?"

사람들이 일제히 이의를 제기하자, 교수는 손을 가볍게 내저었다.

"저런, 저런, 예를 들어 그렇다는 걸세. 맨 처음 도리이 살인사건 말이네만, 그때 내가 한 말 기억하나?"

"그 시체는 가짜고, 경시청이 히간에 개입하기 위해서 일부러 매달아놨다는 이야기 말이죠?"

마리코가 간결하게 설명하자, 교수는 만족스레 고개를 끄덕였다.

"그래. 이렇게 보면 그 조건이 라인맨에게도 그대로 해당되지 않나?"

다들 생각에 잠겼다.

"라인맨이 어나더 힐에 잠입하기를 은밀히 바라고 있었다고 생각해보세. 하지만 그 사람들은 재야의 특별한 존재. 그런 사람들이 어나더 힐에 들어가려면? 그게 용납되는 건 어떤 경우인가?"

"당연히 라인맨으로서 불려왔을 때죠. 그 이름 그대로."

마리코가 대답하고 홍차를 마셨다.

"그래. 그러니 그 도리이에 시체를 매달아두면 반드시 그 자리에 불려오겠지. 그 사람은 시체가 경계선상에 있다고 선언하고, 자기가 어나더 힐에 들어갈 필요성을 주장하네. 이렇게 해서 그 사람은 어나더 힐에 들어갈 권리를 간단히 손에 넣고, 안에서 마음대로 움직일 자유를 획득하는 걸세."

교수는 주먹을 휘둘렀다.

다들 반신반의하는 얼굴로 교수의 설을 음미했다.

"왜 라인맨이 구태여 어나더 힐에서 살인을 저질러야 하죠? 이 살인은 '피투성이 잭'이랑은 별개인가요? 설마 그 사람이 '피투성이 잭'이란 말은 아니겠죠?"

마리코가 회의적인 눈길로 교수를 보았다.

"아무리 그래도 나 역시 그 사람이 '피투성이 재키'라곤 생각 안 하네. 뭐니 뭐니 해도 난 범인이 여자라는 설을 지지하잖나. 하지만 생각해보게, 수렵민족에게 목을 딴다는 건 가장 익숙하고 일반적인 방법이야. 어떤 짐승이든 목을 찔러 피를 빼지. 그렇게 하면 순식간에 숨통을 끊을 수 있고, 단시간에 피가 빠져나가니까 몸통에 상처도 생기지 않거든. 애초에 '피투성이 재키'의 살인 방법은 그리 특수한 게 아니야."

모두가 머릿속으로 라인맨이 여자의 목을 따는 장면을 떠올렸다. 묘하게 생생한 이미지라, 그가 마치 수수께끼의 괴인처럼 느껴졌다.

"우리가 그 사람들에 대해서 뭘 안다는 거죠?"

갑자기 지미가 성난 어조로 중얼거렸다.

모두들 이상하다는 듯 지미를 보았다.

"어나더 힐의 성립 과정에 수수께끼가 많다는 건 여러분도 아시겠죠. 하지만 딱 하나 확실한 사실이 있습니다. 원래 여기가 그 사람들 성지였다는 것, 그리고 우리는 나중에 와서 그 사람들 성지를 빼앗았다는 겁니다. 그 사람들은 정신적으로 우리보다 훨씬 성숙됐고, 자연의 섭리를 따릅니다. 그에 반해 우리는 해가 갈수록 정신적인 것에서 멀어집니다. 젊은 사람들은 히간 따위는 시대착오적이다, 쓸데없이 돈만 들 뿐이라고 경원합니다. 다들 어나더 힐이 필요 없어진 거예요. 그걸 어렴풋이 눈치 챈 그 사람들이 이제 그만 자기들의 성지를 돌려받고 싶어졌다 해도 이상할 것이 없다는 생각 안 드십니까?"

"즉, 성지 탈환을 위해서 라인맨이 무차별 살인을 저지르고 있다?"

마리코는 여전히 회의적인 태도였다.

지미는 쓴웃음을 지었다.

"저도 뭐, 라인맨이 일련의 연쇄사건을 저지른 범인이라는 말은 아닙니다. 다만 우리가 생각지도 못한 동기를 갖고 있는 사람이 있지 않을까 하는 거죠."

"우리가 생각지도 못한 동기……"

교수가 지미의 말을 멍하니 되뇌었다.

"흠, 재미있군. 확실히 이 사건은 만만치 않은데. 다시 한번 겸허하게 동기 면을 생각해보는 것도 좋을 것 같네."

"……그런 이야기를 지금쯤 유이 삼직도 하고 있을걸."

린데가 냉정한 목소리로 중얼거렸다.

너무 진하게 우러나버린 남은 홍차에 뜨거운 물을 더 부었다.

"마티아스의 이야기를 들으면 누구든지 라인맨을 의심할 거야. 즉,"

"즉?"

"라인맨도 조사를 받는 거지."

"설마."

"삼직도 달리 도리가 없을 거야. 마티아스가 그 정도로 분명하게 증언했으니."

린데는 언짢은 얼굴로 모두를 노려보았다.

"마티아스의 증언 내용은 금방 주민들 사이에 퍼질 거야. 주민들이 라인맨을 오늘밤 갓치에 참가시키라고 주장해도, 난 놀라지 않겠어."

라인맨이 오늘밤 갓치에 참가한다.

놀랍게도 그 소문은 순식간에 어나더 힐에 퍼져, 점심때 지나서는 이미 기정사실화되어 있었다. 주민들의 밝은 귀, 린데의 정확한 예상에 놀라지 않을 수 없었다.

사흘에 한 번 들어오는 배로 새로운 입산자들이 항구에 도착했다. '시필식'을 끝낸 그들이 묵묵히 집으로 가는 모습이 보인다.

"저 사람들도 갓치 이야기를 들었을까?"

"아마 했겠지. 숨겨봤자 금세 들통 날 테니까. 다만 오늘 온 사람들은 어제 사건이랑은 무관하다는 게 명백하니까, 갓치에 참가하진 않을 거야."

준과 하나와 마리코는 경사면에 있는 작은 정자에서 소곤소곤 이야기하고 있었다.

되도록 혼자 지내라는 히간의 불문율을 깨고 셋이 함께 있는 것은 물론 라인맨을 찾아내기 위해서다.

하나와 마리코는 의분에 사로잡혀 라인맨을 옹호하려는 것이고, 준은 두 사람에게 억지로 끌려나온 것이나 다름없었다. 두 여자는 고양이를 한 마리씩 안고 있다. 서니와 사이드가 바깥에 익숙해지게 해주려는 모양이다.

"경시청은 어젯밤에 갓치를 했다는 걸 알아차렸을까 몰라?"

"알지 않겠어? 아마 지금 어나더 힐은 이십사 시간 밖에서 감시당하고 있을 테니까. 오전 영시 넘어서 촛불 행렬이 보였단 이야기를 듣고, 이마무라 서장이 감 잡지 못했을 리가 없어."

"어떻게 나올까 궁금하네. 서장이 그냥 수수방관할 것 같진 않은데."

"유이랑 밀고 당기기가 되겠지. 어디 누가 이기나 볼까."

흔들흔들 조용히 들어오는 내로 보트의 행렬.

바로 며칠 전에 자기도 저렇게 배에 타고 있었건만, 벌써 먼 옛날 일처럼 느껴진다. 지금 자신은 이 이상한 나라에 어깨까지 푹 잠겨 있다.

며칠 전의 자신이 마치 다른 사람 같았다.

"그럼, 주민이 여기서 나가는 건 아직 안 되겠군?"

문득 생각나서 물어보았다.

"응. 적어도 오늘밤 갓치가 끝날 때까진 못 나가겠지."

"잘 감시하고 있으려나."

"물론이지. 그건 걱정 없어. 뭣보다도 힐에서 도망치려는 사람이 있으면 다른 주민들이 가만 안 있을 거야."

마리코가 고개를 끄덕였다. 아닌 게 아니라 이 나라 사람들 사이에는 상호 감시 체제가 깊숙이 침투해 있는 것 같다. 그것은 어느 공동체나 마찬가지일 것이다. 일부 도시 지역에서만 기능하지 않을 뿐이다.

"그런데 참 안 보이네. 대체 어디서 자는 거지?"

조용히 길을 걸으며 하나와 마리코는 주위를 두리번거렸다.

그러고 보니 어제 그 사람을 만났었지. 준은 꼬리를 흔들던 리틀 풋이 생각났다. 땅에 떨어져 있던 도수 없는 안경.

서맨서.

별안간 수반 속의 광경이 뇌리에 되살아났다. 동시에 며칠 전 대화도 되살아난다.

"저 말이야, 하나."

갑자기 쳐다본 통에 하나는 놀란 것 같았다.

"뭐?"

"여기 오기 전에…… 보트에 타기 전에 그런 이야기 했었지? 나하고 많이 닮은 친척이 있다고."

"아아, 켄트 아저씨?"

"하나가 만나고 싶다고 했던 사람?"

"응."

"그 사람 죽었어?"

"몰라. 말했잖아, 십 년 전 히간 도중에 어나더 힐에서 사라졌다고."

그 사람이다.

준은 확신했다. 내가 그곳에서 본 사람은 켄트였던 것이다.

수척한 모습이었다. 역시 죽은 걸까?

"처자식은 있었고?"

"아니, 독신이었어."

독신? 그렇다면 서맨서는? 그의 아이가 아닌가?

"뭔데, 준? 왜 그런 이야기를 묻는데? 아, 설마."

하나가 갑자기 돌아보았다.

"설마 켄트 아저씨를 만난 건 아니겠지? 또 '손님'을 만났어? 너무해, 내가 만나고 싶었단 말이야."

부조리한 불만을 터뜨리는 하나를 보고 준은 쓴웃음을 지었다.

"아니, 아니, 그런 거 아냐. 그저께 밤에 만난 '손님'이 어린 여자애란 이야기는 했지?"

"뭐야, 만난 게 아냐?"

하나는 겸연쩍은 표정을 지었다.

"응. 그애가 내 얼굴을 보고 그랬거든. 자기 아빠가 나하고 똑같이 생겼다고."

"아아, 그래서? 하지만 이상하네. 켄트 아저씨는 독신이었는데."

"모르는 일이야. 어쩌면 숨겨둔 애가 있었는지도."

마리코가 중얼거렸다.

"에이, 아무리."

하나는 일소에 부쳤다. 그러나 마리코는 진지했다.

"켄트 아저씨는 비밀주의자였거든."

마리코는 준에게 이야기하기 시작했다.

"당시엔 소위 독신 귀족이었어. 적잖은 수의 유부녀들까지 포함해 온갖 염문을 뿌렸는데, 호기심 많은 친척들한테도 꼬리 잡히는 법이 절대 없었어."

"대단한데요."

준이 저도 모르게 감탄하자, 마리코가 쓴웃음을 지었다.

"성격 나쁘지, 포커페이스지, 청개구리 띠였어. 얼굴은 똑같아도 너랑은 정반대라고."

준은 칭찬인지 욕인지 잠깐 고민했다.

"뭐니 뭐니 해도 당시 염문을 뿌렸던 상대 중에 그 흑부인, '피투성이 메리'가 있었을 정도인걸. 만만치 않은 사람인 건 분명해."

"뭐라고?"

하나가 놀라 소리쳤다.

"그거 진짜야? 켄트 아저씨가 그 '피투성이 메리'랑?"

준은 집사를 대동하고 검은 옷으로 몸을 감싼 자존심 센 여자를 떠올려보았다.

"여기 온 뒤로는 안 보이는군요."

"상중이라는 핑계로 집에 있겠지, 뭐. 바깥을 다니다가 자기가 죽인 남편이랑 마주치는 장면을 다른 사람한테 보이고 싶지는 않을 테고. 그러고 보니 그 여자, 갓치는 했나 몰라? 삼직도 그 여자가 살인을 했는지 안 했는지 물어볼 좋은 기회야."

"아! 설마 '피투성이 메리'가 죽인 건 아니겠지?"

하나가 소리쳤다.

"켄트 아저씨를?"

"웅. 그 여자 아니면 아내의 바람에 분노한 당시의 남편일지도 모르고."

"그거야말로 난센스야. 여기는 어나더 힐이란 말이야. 이런 데서 살인을 저지르면 피해자가 당장 돌아올 거 아냐."

준은 흠칫했다.

"그렇군요. 이번 연쇄살인사건의 피해자도 돌아오겠네요. 그럼 범인을 바로 알 수 있지 않을까요?"

"그럼 좋겠지만. 그러고 보니 '피투성이 잭'의 희생자가 돌아왔다는 이야기는 아직 없네?"

"오자마자 사건이 연발했으니 말이야. 아직 그럴 경황이 없다고, 그 사람들이나 우리나."

"저, 하나 궁금한 게 있는데, 여쭤봐도 됩니까?"

준은 주저하듯 물었다.

"그래. 뭔데?"

마리코가 고개를 끄덕였다.

"'손님'은 거짓말을 안 한다고 하셨죠? 그 사람들이 하는 말은 법적 증거가 된다고요."

"그래. 그래서 블랙 다이어리를 기록할 의무가 있는 거야. 준, 지금까지 빠짐없이 기록했어?"

"네, 물론이죠."

"그래서, 뭐가 궁금한데?"

"'손님'은 거짓말을 안 하고, 그 사람들 말을 기록한 블랙 다이어리는 법적 증거가 된다. 그럼 기록한 사람이 거짓말한 경우에는 어떻게 됩니까?"

"뭐?"

마리코와 하나는 어리둥절한 표정을 지었다.

당연히 생길 만한 의문 아닌가? 준은 말을 이었다.

"예컨대 어떤 사람한테 살해당한 남자가 돌아왔다고 생각해보죠. 부인한테, 난 친한 친구 A한테 살해당했다고 말한다. 그런데 실은 부인은 그 A하고 눈이 맞았다. 그래서 부인은 블랙 다이어리에 남편이 친한 친구 B한테 살해당했다고 말했다고 기록한다. 그 결과, 무고한 B가 체포당한다. 이렇게 될 가능성은 없습니까?"

"준, 넌 아직 근본적인 점을 이해 못 하는구나. 이건 히간이야. 너도

'시필식'에 참석했잖아. 우리는 그때 선서한 규칙을 따라야 해. 안 그러면 히간이 아니잖아?"

마리코가 아무 일도 아니라는 듯 말했다.

준은 물고 늘어졌다.

"하지만, 하지만 개중에 그런 사람이 있을지 모르는 일 아닙니까? 자기 범죄를 은폐하려고 여기 온 사람이요."

"그야 흑부인 같은 사람도 있긴 해. 하지만 그 여자도 거짓말은 안 해. 자기가 죽인 남편이 찾아오면 남편이 한 말을 한마디도 안 빠뜨리고 기록할걸. 남편이 자기를 고발하지 못하도록 전부터 세심한 주의를 기울여왔다는 자신이 있기 때문에 여기 올 수 있는 거야. 만약 그 여자가 블랙 다이어리에 적는 말을 날조하거나 하면,"

마리코는 하나를 보았다.

하나가 그 뒤를 이어 말했다.

"달걀이 깨지지, 나쁜 바람이 불지, 난리도 아닐걸. 어나더 힐에 못 있게 돼."

"이웃 사람들한테도 금세 들킬 테고."

"그럼 왜……"

준은 두 사람의 얼굴을 뚫어지게 보았다.

"왜 이번에는 범인의 집에 아무 일도 안 일어나는 거죠? 이미 오래전에 이웃 사람들한테 들켰을 법도 하잖습니까."

"그러니까 이상사태라니까. 여느 때 같으면 이미 오래전에 들통 났을 텐데, 전혀 모르잖아. 그래서 올해는 이상하다는 거야. 갓치까지 한다는 건 그런 뜻이야."

"으음, 어쩐지 알 듯 말 듯 하군요."

288

"있잖아, 나 방금 이상한 생각이 났어."

하나가 멍하니 말했다.

"뭔데?"

마리코가 물었다.

"무슨 정당한 동기가 있는 거 아닐까?"

"정당한 동기?"

"응. 오늘 아침에 지미가 한 말을 생각해봤거든. 도리이랑 '기도의 성'에서 살해당한 두 사람한테, 살해당할 만한 정당한 이유가 있었던 거 아냐?"

"정당한 살인 이유라니, 무서운 말이네."

하나는 손을 가볍게 내저었다.

"물론 어디까지나 어나더 힐 기준으로 말이야. 갓치도 결국 그런 거 잖아? 어나더 힐을 더럽힌 자를 단죄하는 시스템이라고. 그럼 어나더 힐을 더럽히는 자한테 벌주는 건 어나더 힐의 입장에서 보자면 정당한 일 아닐까?"

"피해자한테도 잘못이 있었다고? 그래서 아무 일도 안 일어난다는 뜻이니?"

"하지만 정령은 어젯밤에, 범인의 유류품에 그렇게 무서운 반응을 보였는데요."

준은 불만스레 끼어들었다.

"아, 그리고 보니 그러네."

하나는 생각에 잠겼다.

"하지만 방금 문득 그런 생각이 들었어. 지미 말대로 동기 면에서 여러 모로 검토해볼 여지가 있는 것 같아."

세 사람은 선착장 부근의 숲에 이르렀다. 작은 이나리 사당이 점점이 보인다.

하나와 마리코는 안고 있던 고양이를 풀 위에 내려놓았다.

"의외로 깊은 숲인데."

준은 중얼거렸다. 숲속으로 구불구불 이어지는 길은 끝이 보이지 않았다.

"어나더 힐의 삼분의 일을 차지하고 있으니까. 하지만 우리가 들어갈 수 있는 건 그중 삼분의 일뿐이야."

"못 들어가는 삼분의 이에는 뭐가 있지?"

"글쎄. 비밀 예배당이 있다느니 뭐니 하는데, 거기는 삼직만 들어갈 수 있고 삼직도 어지간해선 못 들어가. 아주 가끔 비밀 의식이 거행되는 건 확실한 모양이지만."

"비밀 의식?"

"어나더 힐에 진정한 위기가 닥쳤을 때만 거행하는 의식이래."

"그래?"

셋이 숲 안쪽을 들여다보았다.

울창한 나무들에서 뿜어져나오는 오라가 침입을 거부하는 듯 보였다.

준은 검은 개를 데리고 걷는 라인맨의 모습을 떠올려보았다.

"라인맨은?"

"응?"

"혹시 라인맨은 늘 이 안에 있는 게 아닐까? 그 사람은 숲 안쪽에 있어도 되는 거 아냐?"

"아아, 그럴지도 모르겠네. 말하자면 초월한 존재니까."

그런 생각을 하니 숲 안쪽이 더욱 신비하게 보였다.

"그 사람, 진짜 오늘밤 갓치에 소집됐을까?"

하나가 겁에 질린 목소리로 중얼거렸다. 서니와 사이드는 이나리 사당 주위를 빙빙 돌며 장난치고 있다.

"삼직도 마티아스의 증언 내용이 널리 퍼진 이상 어떤 조치를 취하지 않을 수는 없잖니. 라인맨을 위해서나, 자기들을 위해서나."

"하지만 납득 못 하겠어. 그 사람을 우리 방식으로 재판하는 건 이상해."

"어쩌면 그 사람들 방식인지도 모르잖아."

하나와 마리코는 어쩐지 거북한 표정이 되었다.

"켄트 아저씨가 사라졌을 때의 상황을 알 수 있을까요?"

준은 두 사람의 표정을 알아차리지 못한 척하고 물었다.

마리코가 아아, 하고 고개를 끄덕였다.

"상황이랄 것도 없어. 그냥 홀연히 사라져버렸으니까. 하지만 참 이상하지. 수문이 열려 있지 않는 한, 어나더 힐 자체가 거대한 밀실인 셈인데."

"짐은 남아 있었습니까?"

"그래. 고스란히 남아 있었어. 그중에 뭐가 없어졌다 해도 몰랐을 수 있지만."

"예컨대 힐 어딘가에 숨어 있다가 수문이 열렸을 때 다른 사람 보트를 타고 밖으로 빠져나갔을 가능성은 없고요?"

마리코는 고개를 갸웃했다.

"아예 없진 않지만, 왜 그럴 필요가 있는지 모르겠는걸. 힐에서 나가고 싶으면 그냥 나가면 되는데. 원래 역마살 같은 게 있는 사람이었기 때문에 휙 왔다가 휙 떠나도 상관없었단 말이야. 다들 켄트 아저씨는 원래 그런 사람이라는 걸 알고 있었으니까 뭐라 하지도 않았을 텐데."

"으음, 이상하군요."

"그렇지? 게다가 맨 마지막으로 목격된 게 그 안마당이라고."

"안마당? 시노다 교수님 댁 말입니까?"

"그래. 어느 날 오후에 '안마당에서 명상하겠다'고 혼자 그리로 들어가서 안 나왔어."

준은 창밖으로 보였던 테리의 뒷모습을 떠올렸다.

그 안마당에서?

"그 안마당에서 사라졌다고요?"

저도 모르게 쉰 목소리가 나왔다.

"그래. 아무도 모르게 살짝 나갔을 거라고들 했지만, 식당에 있던 린데 아줌마는 아무도 나간 사람이 없다고 주장했거든. 린데 아줌마의 증언이 사실이라면 켄트 아저씨는 이중 밀실에서 사라진 셈이야. 안마당이라는 밀실이랑, 어나더 힐이라는 밀실."

"굉장하다, 이중 밀실이라니."

하나가 황홀한 목소리로 말했다. 미스터리 마니아의 피가 끓어오르는 모양이다.

"그 뒤로 오늘까지 아무도 아저씨를 본 사람이 없어. 어쩌면 미국 쪽에 있는지도 모르지. 나로선 어나더 힐에서 아저씨를 만나는 일이 없길 바라지만 말이야."

마리코는 어깨를 과장되게 으쓱하고, 서니와 사이드를 불렀다.

또다시 일몰의 종이 울릴 때가 다가왔다.

오후는 지루하게 지나갔으나, 모두들 앞으로 다가올 밤의 예감에 긴장하고 또 기대에 차 있었다.

오늘도 쉴새없이 전화가 걸려왔다.

범인은 오늘도 자수하지 않았다. 역시 오늘밤에도 갓치를 할 것 같다.

주민들 간에 온갖 억측과 예상이 난무했다.

범인은 오늘도 자수하지 않았다. 왜냐하면 범인은 라인맨이기 때문이다. 라인맨은 갓치를 겁내지 않는다.

어느새 그런 이야기가 되어 있었다.

마티아스의 증언, 비옷에 들어 있던 목장갑. 그런 것까지 모두들 알고 있었다. 어나더 힐 주민들을 상대로 비밀을 지키기는 불가능한 일 같았다.

시간이 초조하게 지나간다.

준은 도쿄에 있는 소노코에게 가까스로 편지를 써 부쳤다.

하나는 어젯밤 부족했던 수면을 보충하느라 방에서 자고, 린데는 포크 스튜 만들기에 전념하는 중이다. 마리코는 방에서 조이스를 읽고, 교수와 지미는 각자 연구와 공부에 몰두하고 있었다. 박사는 아직 돌아오지 않았다. 서니와 사이드는 식당 바닥에서 스튜 냄새를 맡으며 하품하고 있었다.

오늘밤 갓치가 중지됐다는 소식은 아직 없다. 즉, 아직 아무도 자수하지 않았다는 이야기다.

일몰의 종이 울리고 시간이 색을 되찾는다.

줄줄이 펍으로 가는 사람들. 그러나 그곳에는 미묘한 긴장감이 감돌고 있었다. 특히 어젯밤 갓치를 마친 사람들과 아직 마치지 못한 사람들 사이에는 어딘지 모르게 싸늘한 벽이 있었다. 이미 마친 사람들 입장에서는 남은 사람들 중에 살인범이 있는 셈이고, 아직 마치지 못한 사람들에게는 그 시선이 불쾌하다.

교수와 마리코, 아직 돌아오지 않은 박사를 제외한 네 명은, 오늘은 펍에 가지 않고 린데의 포크 스튜를 곁들여 홀짝홀짝 술을 마셨다. 준을 제외한 세 명은 아직 갓치를 마치기 전이라 영 마음이 편치 않았고, 준은 펍에 가면 어젯밤 일에 관해 질문이 쏟아질 것이 뻔했으므로 외출을 삼간 것이다.

라인맨은 지금 어디 있을까.

준은 시계를 보며 그런 생각을 했다.

펍 폐점 시간이 지나 사람들이 줄줄이 돌아온 뒤에도 한동안 조용했다.

답답하리만큼 천천히, 시곗바늘이 열두시를 향해 나아갔다.

그리고 마침내 오늘도 유선방송이 나왔다.

마치 어제가 반복되는 듯한 기시감이 느껴졌다.

여러분, 안녕하십니까.

오늘밤 갓치는 예정대로 진행합니다.

어젯밤 갓치를 마치지 않은 분은

준비된 분부터 '기도의 성'으로 와주십시오.

여러분, 안녕하십니까.

오늘밤 갓치는 예정대로 진행합니다.

어젯밤 갓치를 마치지 않은 분은

준비된 분부터 '기도의 성'으로 와주십시오.

집을 나서서 돌아올 때까지 잡담은 금합니다. 엄수해주십시오.

집을 나서서 돌아올 때까지 잡담은 금합니다. 엄수해주십시오.

모두들 한숨을 후우 내쉬었다.

하나와 린데, 지미가 무표정한 얼굴로 일어나 나갈 채비를 했다.

"그럼 갔다 올게."

"잘 다녀와."

조용히 배웅한 뒤, 교수가 준과 마리코를 보았다.

"우리는 어떻게 하겠나? 집에서 기다려?"

준은 주저했다.

집에 남아 있는 편이 나을 것 같기는 하지만, 어쩐지 남아 있기도 찜 찜했다.

"어쩐지 마음에 걸리네요. 도중까지 따라가도 되려나요?"

"줄만 서지 않으면 괜찮겠지."

다른 사람들도 같은 기분인 듯, 세 사람은 수런수런 상의한 끝에 결국 따라가기로 했다.

셋이 한 덩어리가 되어 빈손으로 집을 나섰다.

어젯밤의 필름을 되감은 것 같았다.

어둠의 밑바닥을 촛불 불빛이 흔들거리며 이동한다.

어쩐지 꺼림칙한 느낌이 든다. 또 그런 일이 일어나지 않으면 좋겠는데.

준은 가슴속에 퍼지는 불길한 예감을 떨치려 필사적으로 노력했다. 그러나 아무리 떨쳐내도 시커먼 불안은 점점 확산되었다.

말없이 비탈을 올라가는 군중.

준 일행과 마찬가지로 어젯밤에 갓치를 끝낸 사람들도 그 가운데 여럿 포함되어 있었다. 촛불을 들고 있지 않기 때문에 분간할 수 있다.

비탈 위에 '기도의 성'이 보이고, 그 앞에 줄 선 사람들이 보였다.

준은 침을 꿀꺽 삼켰다. 또다시 기시감이 느껴졌다.

저기로 들어가…… 수반에 손을 넣고…… 물이 안개가 된다. 옷이 부푼다. 파열된다.

인간도, 안개가 된다.

공중에 팔랑팔랑 날아다니던 섬유가 눈에 선했다.

어느새 식은땀을 흘리고 있음을 깨닫고 준은 움찔했다.

이런, 또다. 역시 어젯밤 사건이 마음속 깊은 곳에 뿌리를 내린 모양이다.

준은 소름이 좍 돋았다.

나는 저 예배당이 무섭다. 이제 저곳에는 못 들어갈지 모르겠다.

준은 허둥지둥 고개를 흔들고 관자놀이를 마사지했다.

마티아스는 어디 있을까? 그 아이도 아직 갓치를 하지 않았을 것이다. 그 아이도 오늘밤 갓치를 받을까? 베커는 '예외는 없다'고 했지만, 어제 그런 일이 있었는데 갓치를 받게 하면 너무 가혹하지 않나.

그때, 뒤에서 기이한 술렁거림이 일었다.

아무도 소리를 내지는 않았지만 동요하는 기미가 어둠을 타고 전해졌다.

"저기 봐."

마리코가 목소리를 낮추고 조그맣게 소곤거렸다.

뒤를 돌아본 준은 숨을 훅 들이마셨다.

비탈을 천천히 올라오는 호리호리한 사람의 형체.

라인맨.

모두들 길을 비켰다. 그 사이로 레드카펫이라도 걷듯 유유하게 남자가 올라왔다.

그의 사냥개가 조용히 뒤를 따랐다.

사람들의 호기심 어린 시선 따위는 개의치 않는 듯, 그는 입가에 미소까지 띤 채 비탈을 올라왔다.

준을 비롯한 세 사람은 길 한편에 발걸음을 멈추고, 지나치는 라인맨을 지켜보았다.

준의 앞을 지날 때, 그가 준을 얼핏 보았다.

그는 빙긋 웃었다.

준은 당황했다.

뭐지, 이 미소는? 무슨 말을 하고 싶은 걸까.

그것은 한순간의 일이었고, 그는 줄 서 있는 사람들을 지나쳐 예배당 문을 노크했다.

안에서 베커가 진지한 표정을 하고 나왔다.

"여러분, 안녕하십니까."

확성기를 통해 들리는 베커의 목소리에 모두가 발걸음을 멈추고 조용해졌다.

베커는 긴장한 표정으로 주위를 둘러보았다.

"오늘밤에는 어젯밤에 이어 갓치를 하겠습니다. 모쪼록 냉정하게, 정숙하게 협조 부탁드립니다. 그리고 오늘밤에는,"

베커는 가볍게 헛기침을 하고 옆에 서 있는 라인맨을 흘깃 보았다.

"대단히 이례적인 일입니다만, 지난 며칠 동안 여기 어나더 힐에 머물렀던 라인맨 분도 참가해주시기로 했습니다. 깊은 의미는 없습니다.

처음부터 예외는 없다고 말씀드렸으니 양해해주시지요."

마지막 말은 라인맨에게 한 말이었다.

물론 라인맨이나 주민들이나 그 말의 숨은 뜻은 잘 알고 있었다. 여기서 갓치에 참가하지 않으면 그가 범인 취급을 받으리라는 것은 누가 봐도 뻔했다.

모두가 라인맨을 주목했다.

라인맨이 조용히 입을 열었다.

"여러분, 안녕하십니까."

그 낭랑하고 맑은 목소리에 모두 흠칫 놀라 겸연쩍은 표정이 되었다.

라인맨은 온화한 표정으로 주민들을 둘러보았다.

"오늘 이런 기회가 주어진 것을 대단히 영광스럽게 생각합니다. 여러분의 정령을 뵐 것이 기대됩니다."

라인맨은 가볍게 고개를 숙였다.

그의 말을 어떻게 해석하면 좋을지 몰라 베커를 위시한 주민들은 당혹한 표정을 띠었으나, 라인맨은 "그럼" 하고 베커를 재촉했다.

"그럼 오늘밤에는 이분부터 시작하겠습니다. 여러분은 밖에서 조용히 차례를 기다려주십시오."

베커에 이어 라인맨이 예배당으로 들어가고 문이 닫혔다.

정적.

예배당 밖에 촛불을 들고 줄 서 있는 사람들도, 그것을 먼발치에서 바라보는, 어젯밤 갓치를 끝낸 사람들도 모두 예배당을 주시했다.

주위에는 기이한 긴장감이 감돌고 있었다.

그렇지 않아도 무거운 밤공기가 더욱 무거워진 것 같았다.

엄청난 긴장감이다. 숨이 막힐 것 같다.

298

준은 관자놀이에 맺힌 땀을 닦았다.

문득 예배당에 서 있는 라인맨의 모습이 눈앞에 떠올랐다.

라인맨은 지금 수반에 손을 담그고 있다.

베커가 질문을 하고 있다.

준은 심장이 쿵쿵 뛰는 것을 느꼈다.

수반 속의 불꽃. 서맨서. 나와 똑같이 생긴 아버지.

라인맨은 지금……

숨막힐 듯한 침묵이 이어졌다.

퍼뜩 정신을 차리자 그새 시간이 상당히 경과했다.

그러나 침묵은 여전히 이어지는 중이었고, 예배당 문이 열릴 기미도 없었다.

준은 교수와 마리코를 보았다. 두 사람도 준을 본다.

불안이 서서히 퍼져나갔다. 촛불을 들고 기다리는 사람들도, 주위에서 지켜보는 사람들도 굳은 표정으로 자꾸 서로 마주 보았다.

길다. 너무 길다. 어제의 나 같다.

심장 뛰는 소리가 점점 커졌다.

"무슨 일이 일어나고 있는 거지?"

마리코가 나지막이 중얼거렸다.

"모르겠군."

교수도 혼잣말처럼 중얼거렸다.

모두들 침묵이 견디기 힘들어졌다. 그 가운데 작은 석조 예배당만이 조용히 정적에 휩싸여 있었다.

견딜 수 없는 분위기가 이어지던 중에 준은 서서히 머리가 무거워지는 것을 깨달았다.

두통? 감기인가?

관자놀이에 무딘 아픔이 느껴졌다.

뭐지, 이 아픔은? 무의식중에 관자놀이를 눌렀다.

아니, 아픈 것이 아니라 무겁다. 몸에 중력이 가해지고 있다.

어젯밤에 정령이 주머니에 든 목장갑을 잡아당겼던 생각이 나, 뭔가 특정한 것에 힘이 가해지는지 자기 몸을 둘러보았다. 그러나 몸의 일부라기보다 몸 전체가 땅 속으로 꺼질 것 같은 느낌이다.

동시에 자신이 어딘가 다른 곳에 있다는 것을 깨달았다.

함께 있던 교수도, 마리코도 보이지 않았다. 어두운 탓인가 했으나 비탈에 줄 서 있던 군중도 사라지고 건물도 사라졌다.

여기가 어디지?

준은 무거운 머리를 느릿느릿 움직여 주위를 둘러보았다.

그는 무음無音의 공간에 있었다. 주위는 어둡고, 지붕이 없는 곳이라는 느낌이 들었다.

그러나 무음의 세계는 되레 어떤 거대한 소리로 가득한 것처럼 느껴졌다. 투명한 스펀지, 혹은 수지 같은 것이 주위에 꽉꽉 채워져 있는 것 같다.

그때, 멀리서 소리가 났다.

바람 소리. 태고의 공포를 불러일으킬 듯한, 마음을 뒤숭숭하게 하는 소리다.

예배당만이 있었다, 같은 자리에. 지금 것보다 훨씬 화려하다. 이 건물만 지어진 시대가 다르다고 누가 말하지 않았던가? 예배당의 부속인 듯한 거무튀튀한 건물들이 주위에 늘어서 있다.

바람이 등뒤에서 불어닥쳤다. 준은 그쪽을 돌아보았다.

언덕. 언덕 위다. 그는 나지막한 숲이 펼쳐지는 언덕 위에 서 있었다.

여명인가, 황혼인가. 흐린 하늘과 언덕 사이로 태양이 천천히 움직이고 있다.

뭔가가 반짝 빛났다. 준의 시선은 그쪽으로 쏠렸다.

뭐지? 숲속에서 뭐가 빛난 것 같았는데.

그러나 아무리 열심히 찾아봐도 어둠 속에 흔들리는 숲이 펼쳐져 있을 뿐이었다.

돌연히 등뒤에서 낮은 목소리가 들려와 준은 용수철 튕기듯 돌아보았다.

어두운 예배당 안에 누가 무릎을 꿇고 앉아 있다.

누구지? 라인맨?

온몸에 소름이 좍 돋는 것이 느껴졌다.

누, 누구?

준은 예배당 안을 들여다보려 했다.

검은 승복 같은 것을 입은 사람이 무릎을 꿇고 열심히 기도하고 있었다. 나지막한 기도 소리 같은 것이 끊임없이 들려온다.

준은 승복 밑으로 드러난 발을 보았다.

가늘고 붉은 나뭇가지 같다. 새의 발이다.

게다가 발이 세 개?

그것을 깨닫고 오싹했다. 발밑에서부터 치미는 생리적 혐오감에, 그는 예배당 안에서 읊고 있는 기도가 사악한 것임을 깨달았다.

안 된다. 저 기도가 계속되면 안 된다. 식은땀이 왈칵 쏟아졌다.

바람이 그의 머리를 희롱한다. 구름이 머리 위를 흘러간다. 어슴푸

레한 세계의 역광 속에, 준은 식은땀을 흘리며 우두커니 서 있었다. 기도를 중지시켜야 한다는 것은 아는데, 발이 뿌리를 내린 양 꼼짝도 하지 않았다.

갑자기 시선이 느껴졌다. 예배당 안의 마물이 아니다. 누가 뒤에서 나를 보고 있다.

아아, 어떻게 하지. 못 움직이겠다. 못 움직이겠다. 못 돌아보겠다. 뒤에는 더욱 사악한 뭔가가 있다.

그때, 작은 회오리바람이 윙 불어닥쳤다.

옆으로 몰아치는 변덕스러운 바람에 비틀거리며 뒤를 돌아보았다.

언덕 위에 여자가 서 있었다. 검은 드레스, 검은 베일. 그러나 베일 안에서 두 개의 눈이 그를 쏘아보는 것을 멀리서도 알 수 있었다.

저건…… 흑부인?

준은 공포도 잊고 자세히 살펴보았다.

검은 베일이 바람에 흩날린다. 그러나 그녀는 조각상처럼 똑바로 서서 꼼짝도 하지 않았다.

그때, 귓가에서 개 짖는 소리가 났다.

준은 퍼뜩 정신을 차렸다.

라인맨의 사냥개가 예배당 문을 향해 맹렬한 기세로 짖어대고 있었다. 그렇게 얌전하던 개가 흥분해서 예배당 주위를 빙빙 돌고, 밤의 정적을 메우려는 듯 세차게 우짖었다.

라인맨! 그에게 무슨 일이 있나보다!

주위 사람들이 동시에 불길한 예감을 느끼고 한꺼번에 움직이려는 기색이 느껴졌다.

바로 그 순간, 뒷문이 아니라 정면 문이 열리고, 라인맨이 태연한 얼굴로 나왔다.

예배당으로 밀려들려던 사람들은 움직이다 말고 어안이 벙벙한 얼굴로 라인맨을 응시했다. 마지막으로 남은 케이크 한 조각에 덤벼들려는 찰나 접시를 빼앗긴 듯한 얼굴들.

"오, 그래, 그래. 괜찮다."

라인맨은 온화한 목소리로, 아직 흥분해서 빙빙 맴돌며 예배당 안을 향해 짖어대려는 개를 달래고 쓰다듬어주었다.

사람들이 머뭇머뭇 예배당 안을 들여다보니, 안에서 삼직이 창백한 얼굴로 이쪽을 흘금거리고 있었다.

무슨 일이 있었지? 왜 이쪽을 보는 거지?

예배당 안과 밖에서 의혹 어린 시선이 교차했다.

"무슨 일이 있었습니까?"

그 이상 참지 못하고 누가 물었다. 토머스 베커가 흠칫 놀라 질문한 남자를 보았다. 겨우 눈의 초점이 맞은 듯한 표정이다. 비로소 그들의 모습이 눈에 들어온 모양이다.

"아, 아냐, 아무 일 아니네."

메마른 목소리로 중얼거리며 가볍게 손사래를 쳤다.

"꽤 오래 걸렸네요."

"정말. 영락없이 무슨 일 난 줄 알았는데요."

잇따라 질문이 쏟아졌다. 모두 삼직의 표정에서 심상치 않은 기색을 느낀 것이다. 그만큼 그들의 창백하게 질린 얼굴은 예사롭지 않았다.

"아아."

라인맨이 방금 깨달았다는 듯 큰 소리로 말했다.

"제 개가 소란을 피워서 죄송합니다. 이 독특하고 장엄하고 신비한 분위기에 압도됐나봅니다. 여러분, 부디 용서를 빕니다. 그럼 삼직 여러분, 계속해주시지요."

그는 흥분을 가라앉히듯 조용한 목소리로 말하고는 주위를 빙 둘러보며 고개를 숙였다. 그 어조가 너무나도 온화하고 처음과 똑같았으므로 모두들 독기가 빠진 듯 서로 얼굴을 마주 보았다.

라인맨은 멀쩡했다. 어디 다친 데도 없고, 달라진 데도 없었다. 그는 갓치를 통과한 것이다.

베커가 에헴 하고 헛기침했다.

"에, 아무 일 없습니다. 이분은 무사히 끝났습니다. 그럼 다음 분."

모두들 미련이 남은 얼굴로 그를 쳐다보다가 결국 포기했다. 갓치는 계속된다. 범인은 아직 잡히지 않았다.

모여들려던 군중이 말없이 줄로 돌아간다.

맥 빠진 공기 대신 또다시 희미한 긴장감이 감돌기 시작했다.

라인맨은 유유히 비탈을 내려갔다.

교수가 주먹을 꽉 부르쥐었다.

"웃기지 마. 아무 일 없었을 리 있나. 저 사람들 얼굴을 좀 보게. 저 승사자라도 본 얼굴 아닌가. 나중에 꼭 실토시키고 말겠어."

"맞아요. 괜히 뜸들이지 말고 가르쳐주면 뭐 어때서."

교수와 마리코가 불만스레 중얼거렸다.

그러나 준은 라인맨의 뒷모습을 꼼짝 않고 지켜보고 있었다.

무슨 일이 있었던 걸까. 그리고 조금 전 자기가 본 것은?

관자놀이의 땀을 살짝 닦았다. 조금 전 쏟아진 땀 때문에 등과 겨드랑이가 젖어 불쾌했다.

그렇게 생생했건만, 이렇게 교수와 마리코의 호흡을 느끼고 있으려니 선 채로 잠깐 꿈을 꾼 것만 같았다. 하지만 아니다. 이따금 피곤할 때 전철에서 선 채로 졸며 꿈을 꿀 때는 있지만, 방금 것은 그런 것이 아니었다. 나는 분명히 보았다.

준은 방금 전에 본 이미지를 되살리려고 필사적으로 노력했다.

'손님'인가? 하지만 그것과 전혀 달랐다. '손님'이 나타나는 순간은 정말 일상생활의 연속이다. 그렇게, 지금 있는 모든 것(아니, 엄밀히 말해 모든 것은 아니었지만)이 사라지고 완전히 다른 세계가 되어버리지는 않는다.

준은 혼란에 빠졌다. 어나더 힐과 히간 체험은 내 정신구조를 근본적으로 바꿔놓고 있는 걸까.

"잠깐, 저기 봐요."

마리코의 목소리에 고개를 들었다.

그녀는 준을 의미심장하게 흘깃 보더니, 교수에게 턱짓을 했다.

"다른 의미에서 볼거리가 왔네요."

준은 움찔했다.

아까 꾸었던 꿈이 연이어 눈앞에 펼쳐진 기분이다.

줄 가운데에 서 있는 호리호리한 모습. 검은 후드 달린 망토를 걸치고 드레스를 입은 여자.

흑부인이다.

역광 속에 펄럭거리는 검은 베일이 보인 것 같았다.

그녀는 아까 나를 보고 있었다. 그 언덕 위에서.

그렇게 생각한 순간, 그녀가 이쪽을 보았다.

흰 얼굴에 경악의 빛이 떠오르고, 옛날 초상화 같은 눈이 그의 눈을 쏘아보았다. 서로의 머릿속이 연결된 듯한 착각이 들었다. 그러나 그녀는 곧 눈길을 돌려, 얼굴이 도로 가려졌다.

뭐지, 지금 그건.

"뭐야, 지금 그건. 뭘 본 거지?"

두 사람은 흑부인과 눈이 마주친 사람이 준임을 눈치 채지 못한 것 같았다.

아니면 내가 아니었나? 갑자기 자신이 없어졌다.

준은 주위를 두리번거렸다. 갓치를 구경하러 나온 사람은 그들만이 아니다. 곳곳에 먼발치에서 지켜보는 주민들이 있다.

점점 자신이 없어졌지만, 그녀와 눈이 마주친 사람이 자기라는 확신은 사라지지 않았다.

아까 그건 정말 그녀였을까?

언덕 위의 여자와 방금 눈이 마주친 그녀를 비교해보았지만, 역시 동일인물 같았다. 그렇다면 대체 어떻게 되는 걸까.

준은 머릿속을 정리하고 싶어졌다.

"저, 여기 더 계실 겁니까?"

"어머, 넌 '피투성이 메리'의 결과가 안 궁금해?"

"어쩐지 피곤해서요."

준이 탄식하는 척하자, 교수도 고개를 끄덕였다.

"그렇군. 아직 끝나려면 멀었고 말이야. 오늘밤의 하이라이트도 끝난 것 같으니 호박색 액체가 기다리는 집으로 돌아가서 다른 사람들을 기다리지."

"계속 서 있었더니 다리가 아프긴 하네요."

마리코는 아직 흑부인에게 미련이 남은 것 같았으나, 두 발을 번갈아 들었다 놨다 하는 것을 보면 집으로 가고 싶은 것도 사실인 모양이

306

다. 긴장 속에 이틀 연속 밤을 새우려니 실제로 꽤 고달프기는 했다.

"으음, 뭐, 무슨 일 있으면 누가 바로 연락 주겠죠. 하나랑 다른 사람들도 있고."

마리코는 미련이 남는 듯 자꾸만 뒤를 돌아보며 교수와 준을 따라 걷기 시작했다.

"아, 지미다."

린데와 하나에게서 조금 떨어진 곳에 지미가 서 있었다. 후드 밑으로 보이는 얼굴은 잔뜩 굳은 채 발밑을 뚫어지게 보고 있었다. 괜찮으리라는 것을 아무리 잘 알고 있어도 저 줄에 서 있으면 역시 기분이 좋지 않다. 분명히 그도 불안한 마음으로 지금 저곳에 서 있을 것이다.

혹시 저기 있는 사람이 테리라면.

불현듯 그런 생각이 떠올랐다.

테리가 예배당에 들어가면 어떻게 될까.

"'손님'은 갓치에 참가할 수 있습니까?"

준은 반사적으로 물었다.

"뭐?"

마리코가 귀를 갖다댔다.

"만약 이 줄에 '손님'이 섞여 있다면, 그 '손님'도 갓치를 받을 수 있을까요?"

"글쎄. 생각해본 적도 없는데."

마리코가 어이없다는 듯 말했다.

"애초에 갓치 자체가 흔한 일이 아니니 말이야. 게다가 '손님'이 참가하다니, 가능성 자체가 생각하기 어려운걸. 뭣보다도 '손님'은 갓치 같은 거 할 필요가 없잖아."

"왜죠?"

"잊어버렸어? '손님'은 거짓말을 안 한다고."

"아, 그렇군요."

"그러니까 '손님'이 참가할 필요성이 없는 거야."

"그렇겠네요."

준은 몇 번씩 고개를 끄덕였다. 별 이상한 생각을 다 했다.

세 사람은 말없이 비탈을 천천히 내려갔다.

촛불 불빛이 깜박깜박 흔들린다. 갓치를 기다리는 줄이다. 정말이지 묘한 광경이다. 이미 어지간한 일로는 놀라지 않게 되었지만, 지금 자기가 있는 곳에 대해 다시금 생각하면 머리가 어질어질하다. 논리에 익숙해진 머릿속에 별도의 사고회로가 생성되는 느낌이다. 그러나 익숙해진 것 같아도 머리가 가끔씩 받아들이기를 거부해 합선을 일으키고 도피하려 한다.

도쿄에 있을 때는 일 때문이 아니면 술을 거의 마시지 않았는데, 이곳에 온 이래로는 마시지 않을 수가 없다. 시계를 보니 벌써 한시 반이 지나려 하고 있었다.

어이구, 이래서야 오늘도 제때 못 일어나겠군.

예배당에서 멀어지자 고요한 어둠이 세 사람을 감쌌다.

이 불빛을 멀리서 이마무라 서장이 보고 있을까. 이틀 밤 연속으로 갓치. 이대로 넘어갈 리 없다.

눈에 익은 집이 보이자 어쩐지 마음이 놓였다.

쉬지 않고 걸어온 덕분에 몸이 따뜻해졌다.

"어라?"

방금 누가 집에서 휙 나온 것처럼 보였다.

가로등이 없는 어나더 힐의 밤. 식당 불빛만이 그 모습을 희미하게 비추고 있었다. 어둠에 익은 눈이라 이 정도 거리에서도 발견할 수 있었을 것이다.

"누구지?"

그림자는 세 사람을 알아차린 듯했다. 걸음을 멈추고 이쪽을 돌아본다.

하얀 얼굴이 어둠 속에 흐릿하게 떠올랐다.

"어, 저건."

마리코가 작게 부르짖었다.

조금 긴 듯한 머리. 탄탄한 체격.

안경을 쓰지 않은 눈이 커다랗게 벌어졌다. 조금 전 줄 가운데서 본 얼굴. 불안과 긴장으로 굳어 있던 표정.

"지미?"

준은 저도 모르게 이름을 불렀다.

상대방이 그 소리를 들은 것을 알 수 있었다. 몸이 움찔했기 때문이었다.

다음 순간, 그는 입술을 들어올리고 이를 내보였다.

아니, 웃었다.

익숙한, 그러나 생판 낯선 얼굴이 세 사람을 보고 웃었다.

공기가 하얘진 것 같았다.

준은 온몸에 소름이 돋았다. 공포다. 세 사람의 공포가 밤공기를 휘저어 흐려놓았다.

그림자가 불현듯 움직였다.

"앗!"

경사면 숲속으로 뛰어내려가 순식간에 사라져버렸다.

"잠깐!"

마리코가 부르짖고, 세 사람은 용수철 튀듯 뛰기 시작했다. 각자 청년이 사라진 곳으로 뛰어들어 나뭇가지를 헤쳐봤지만, 그의 모습은 어디에도 없었다.

세 사람이 움직이는 바스락바스락 소리만이 어둠에 빨려든다.

"왜 지미가 여기 있죠?"

"우리 아까, 분명히 줄 서 있는 거 봤잖아."

세 사람은 나뭇잎을 털어내고 저마다 고함치며 집 앞으로 모였다.

"어이."

교수가 나지막이 중얼거렸다.

"아까 그건 테리야. 봤지? 안경을 안 쓰고 있었네. 저번에 준이 주웠으니 말이야. 그런데도 저 거리에서 우리 얼굴을 알아봤어."

교수가 낮은 목소리로 중얼거렸다.

마음 한구석으로는 예상했어도, 그 이름이 나오니 역시 동요되었다.

"저게 진짜……"

마리코가 뒷말을 삼켰다. '손님'이었나?

준은 마리코의 표정을 훔쳐보았다. 망연한 얼굴이다. 그녀는 이번에 '손님'을 만나는 것이 처음이었는지 모른다.

"'손님'이 이렇게 여러 번 나타나기도 합니까? 한 번이 아니고요?"

준은 물었다.

"좌우지간 사람마다 다 다르니까 말이야. 나타나는 녀석은 몇 번씩, 몇 년씩 나타나기도 한다네."

"아, 소름끼쳐. 똑같은 얼굴인데 도무지 같은 사람 같지가 않네. 지미 말대로 성격이 상당히 나쁠 것 같아."

마리코가 한기를 떨쳐내려는 듯 팔을 문질렀다.

"'손님'은 정말 존재하는군요. 밤의 어둠 속에도. 희미한 식당 불빛을 받고 있었어요."

준은 멍하니 중얼거렸다.

"그래, 여기선 '손님'은 실재하는 걸세."

대꾸를 하면서도 교수는 무슨 생각인가를 하는 것 같았다.

"지미가 여기 없어서 다행이네요. 그애가 저 얼굴을 봤더라면 신경이 더 날카로워졌을 거예요."

마리코가 한숨을 쉬자, 교수가 어깨를 으쓱했다.

"다소 꺼림칙한 조우였군."

"교수님도 이번이 처음이에요?"

"처음이야."

둘이 마주 본다.

"뭘 하러 왔을까요? 집에서 나온 것 같았는데요."

준은 안마당을 들여다보았다.

"그래? 내 눈에는 덤불에서 나온 것처럼 보였네만."

"어머, 길 건너편에서 온 거 아니에요?"

세 사람의 의견이 어긋났다. 같은 것을 봤을 텐데 어떻게 이렇게 다른지.

그런 말을 듣고 나니 그가 어디에서 나왔는지 벌써 기억이 흐려지기 시작했다. 하얀 얼굴을 이쪽으로 돌리고 집 앞에 서 있던 모습밖에 생각나지 않는다.

"뭐, 됐네. 들어가지. 일기를 써야겠어."

교수가 두 사람을 재촉하듯 중얼거렸다.

"그렇군요."

그가 아직 부근에서 이쪽 동정을 살피고 있을 것 같아 영 마음이 놓이지 않았다. 개방적인 집 구조가 지금은 무방비하고 불안해 보였다.

"식당에서 망을 보죠. 이렇게 어두워서야 잘 안 보이겠지만."

비슷한 생각을 했는지 마리코도 목소리를 낮춰 말했다.

자리에 앉아 맥주를 한 모금 마시자 긴장이 풀렸다.

"그나저나 예삿일이 아니군, 그 테리는."

"굉장하던데요. 그 웃음 봤죠? 문 잠그는 게 좋지 않겠어요?"

"저러니 지미가 겁낼 만도 해."

비뚤어진 웃음. 사악함이 어린 표정.

식당의 불빛이 여느 때보다 약하게 느껴진다. 전에는 그 침침함이 기분 좋게 느껴졌는데, 지금은 빛이 닿지 않는 어둠 속에 뭔가 숨어 있을 것만 같다. 누가 그런 웃음을 띠고 이쪽을 향해 무릎을 끌어안고 웅크리고 있지 않을까. 지금 당장에라도 일어나 이쪽을 보고 웃지 않을까.

휑뎅그렁한 안마당을 둘러싼 집에서, 지금 자기들이 있지 않은 빈방이 마음에 걸렸다. 어느 방인가에 누가 있는 것이 아닐까. 자리에 누운 순간, 자기 위로 몸을 굽히고 아까 본 웃음 띤 얼굴을 갖다대는 것이 아닐까.

공포심에 사로잡힌 사람은 준만이 아닌 것 같았다.

"이거야 원, 센 걸 마셔야지, 안 그러면 못 견디겠군."

교수는 부스럭부스럭 위스키 병을 꺼냈다.

셋이서 의식이라도 거행하듯 쭉 들이켰다.

얼마 동안 침묵이 테이블을 뒤덮고, 각자 자기 잔에 위스키를 따르는 소리만 들렸다.

위가 확 뜨거워지고 온몸이 후끈 달아올랐다.

"후."

"저 녀석이 '피투성이 잭' 아니에요?"

마리코가 두 사람을 노려보며 중얼거렸다.

"설마. 저 녀석은 여기 어나더 힐에서만 존재할 수 있잖나."

"그러니까, 여기서 일어난 범죄 말이에요. 그 불경스러운 범죄는 이미 죽었기 때문에 가능했던 거예요. 저 녀석한테는 그냥 장난이라고요. 현세에서 일어난 사건을 흉내 낸 거예요."

"대도리이에 매달려 있던 시체도?"

"그래요. 경계선 안쪽에서 매단 거죠. 저 녀석 같으면 사람들의 혼란도 웃으며 보고 있을 게 틀림없어요."

마리코는 테리의 사악한 이미지가 완전히 뇌리에 박힌 듯, 밉살스럽다는 표정으로 술을 들이켰다.

"'손님'은 여기 있는 사람들에게 위해를 가할 수 있습니까?"

준은 물었다. 교수는 고개를 갸웃했다.

"못 할 건 없을 게야. 어지간해선 없는 일이네만."

"어지간해선…… 아직 모르는 게 많군요. 과학적으로 조사해본 사람은 없습니까? 그, '손님'의 몸을 조사해본다든지, 출현시의 자료를 수집한다든지."

준이 무심코 묻자 교수와 마리코는 묘한 표정으로 그를 보았다.

"자네가 무슨 말을 하고 싶은지는 알겠네만, 이건 히간이네. 그런 일을 하면 정령의 노여움을 살 뿐이야."

교수가 타이르는 어조로 말했다. 내가 무슨 창피한 말이라도 했나 싶어 준은 당황했다. 하나나 린데도 이따금 이런 얼굴을 한다. 오늘 오후, 블랙 다이어리에 거짓말을 쓰면 어떻게 되느냐고 물었을 때도 어째서 그런 것도 모르느냐는 얼굴을 했었다.

싹싹하고 지적이고 유쾌한 사람들이지만, 이런 때는 자신이 타지 사람임을 실감하게 된다. 아직 근본적으로 이해하지 못한, 몸에 배지 못한 뭔가가 있다.

허전한 것 같기도 하고 무서운 것 같기도 한 기분. 어라? 방금 뭔가가 생각날 것 같았는데. 방금 내가 무슨 생각을 하고 있었더라? 나는 타지 사람. 근본적으로 이해하지 못한, 몸에 배지 못한 뭔가. 갑자기 생각지도 못한 말이 입에서 튀어나왔다.

"아까 예배당에서 삼직은 뭘 봤을까요?"

"뭐?"

"아아, 그렇군. 잊어버리고 있었어. 라인맨의 갓치 때 말이지?"

교수가 테이블을 가볍게 쳤다.

그래, 나는 그때 이상한 것을 보았다. 기이한 세계에 있었다. 예배당 안에 있던 새 발, 언덕 위에 있던 검은 옷을 입은 여자. 그때는 경황이 없었지만, 지금 생각해보면 어디서 봤던 세계가 아닌가? 대체 어디였을까? 불길하지만 어딘지 모르게 친숙한 그 세계. 그것은 분명히……

"아, 왔네."

마리코가 창밖을 보고 소리쳤다.

린데와 하나가 바깥 공기의 냄새를 풍기며 들어왔다.

"아아, 피곤해. 나도 한잔 줘."

"난 진한 홍차가 좋겠어."

두 사람은 초췌한 얼굴로 웃옷을 벗었다.

"어때? 무슨 일 있었어?"

마리코가 몸을 내밀었다. 하나가 지친 얼굴로 고개를 흔들었다.

"아무 일 없었어. 여자들 차례가 계속되는 바람에 좀 신경질적이 돼서 분위기가 묘했을 뿐이야."

"혹부인은 어땠어?"

"아무렇지도 않더라. 당당하던데. 역시 대단해."

린데는 마리코가 건네준 위스키 스트레이트를 단숨에 마셔버렸다. 얼굴에 겨우 혈색이 돌아왔다.

"역시 꺼림칙하고 싫네, 갓치는. 수명이 줄어들었어."

위 언저리를 문지르는 린데 옆에서 하나가 두 팔을 벌렸다.

"기다리는 동안 히스테리를 일으키질 않나, 픽 쓰러져버리질 않나, 난리도 아니었어."

"하지만 주위 사람들 반응은 의외로 썰렁했지?"

"갓치를 모면하려고 그런다고 생각했겠지, 뭐."

"진짜 짜증나긴 하더라."

"하지만 지은 죄가 없어도 괜히 켕기던데. 경찰에 끌려가면 짓지도 않은 죄를 자백하는 사람이 있다는 거 이해돼."

하나가 남겨두었던 비스킷을 접시에 냈다. 괜히 모두들 집어들어 와삭와삭 씹기 시작했다. 어느새 고양이들도 일어났다. 테이블 위에 폴짝 뛰어올라 비스킷 냄새를 맡는다. 하나가 "어머, 얘들도 참, 버릇없게" 하며 황급히 바닥에 내려놓았다.

"지미는?"

"지미 차례는 아직 좀더 있어야 해서 먼저 와버렸어. 좌우지간 빨리 집에 오고 싶어서."

"길을 모르진 않을 테지."

"갓치를 해서 그런가? 어제나 오늘이나 바람이 조용하네."

어색한 침묵이 흘렀다.

교수와 마리코와 준이 순간 시선을 마주한 것을 놓치지 않은 하나가 준을 째려보았다.

"왜, 무슨 일 있었어?"

"아니, 그게 저,"

준은 어물거렸다.

"지미랑 상관있는 일이야?"

린데도 힐문하듯 물었다.

"내가 설명하지."

교수가 헛기침을 하고 세 사람에게 테리를 목격한 이야기를 했다. 옆에서 마리코가 극악무도한 이미지를 불어넣는 바람에 린데와 하나는 불안에 휩싸이고 말았다.

"어쩌지? 문단속 단단히 해야겠네."

"히간이잖아. 낮에는 어떻게 하고?"

"저런, 진정하게. 낮에는 괜찮아."

"그렇다는 근거가 어디 있어요?"

모두가 한꺼번에 입을 여는 바람에 한밤중 같지 않게 시끌시끌해졌다.

준은 다른 사람들이 이야기하는 것을 바라보며, 예배당에서 나온 라인맨 생각을 하고 있었다. 그도 그 수반에 손을 넣었을 것이다. 왜 그렇게 시간이 걸렸을까? 삼직은 똑같은 질문을 했을까? 아니면 다른 질문을?

양말에 고양이 이빨이 느껴졌다.

허둥지둥 손으로 고양이를 밀어내던 준은 간신히 대화에 끼어들 기회를 포착해 하나에게 물었다.

"삼직이 아무 말 안 해?"

"무슨 말?"

"라인맨 말이야. 꽤 오래 기다렸잖아."

"아아. 그럴 상황이 아니었는걸. 자기 갓치만 해도 벅찬데."

"⋯⋯그렇겠네."

하나는 금세 준의 질문을 잊고 다른 사람들의 이야기에 끼었다. 앞으로의 방범 대책에서 어느새 '왜 흑부인의 갓치는 무사히 끝났나' 하는 이야기로 옮겨간 것 같다. 게다가 어느 틈에 새 술병까지 따, 준 앞에 놓인 술잔에도 위스키를 가득 따라놓았다.

"그야 그렇겠지. 이번 갓치는 '피투성이 잭'에 관한 거니까."

"그 여자가 지금까지 저지른 죄는 그냥 넘어간다고? 밖에서 아무리 손을 더럽혀도 여기서만 조신하게 지내면 된다는 이야기네?"

"그게 히간이야. 당연하잖아."

"저기요."

느긋한 목소리로 준이 끼어들었다.

세 여자가 그제야 그의 존재가 생각났다는 듯 준을 보았다.

"하나 여쭤봐도 됩니까?"

"그래."

힘이 들어간 여자들의 눈을 보고 준은 저도 모르게 주춤해서 헛기침을 했다.

"갓치에 대해 이렇게 설명하셨죠? 예배당 안에 있는 '진실의 입'이라 불리는 수반에 손을 넣은 상태에서 거짓말하면 정령한테 벌을 받는다. 맞습니까?"

"그래, 맞아."

"거짓말을 한다는 건 즉, 삼직의 질문에 대해서 말입니까?"

"응, 그런데?"

마리코가 의아한 얼굴로 준을 보았다.

"그럼 빠져나갈 구멍이 꽤 되는 것 같은데요?"

"빠져나갈 구멍?"

교수가 즉각 반응했다.

"네. 누구나 똑같은 질문을 받는 거죠? 음, 저 때는 분명히 이런 질문이었습니다. 전부 기억나진 않습니다만."

준은 정신을 집중하고 기억을 더듬었다.

"자네는 평온한 마음으로 살고 있나. 도리이에서 벌어진 살인사건을 아나. 그 범인을 아나. 어나더 힐에서 사람을 죽였나. 어나더 힐을 범죄로 더럽히고 싶은가. 그 외에도 몇 개 더 있었습니다만, 좌우지간 이런 느낌이었어요."

"대충 비슷해."

"나도."

다른 사람들이 모두 고개를 끄덕였다. 준은 말을 이었다.

"꽤 추상적인 질문이 포함돼 있죠. 거짓말이란 건 주관적입니다. 어나더 힐을 범죄로 더럽히고 싶은가 같은 건 특히 그렇지 않나요? 본인이 범죄라고 생각 안 하면 문제가 아닌 겁니다. 예컨대 남이 보기엔 살인이라도 본인에겐 정의일 수 있고, 정당방위일 수 있죠. 정령은 그런 걸 어떻게 판단할까요? 극단적으로 말해서, 삼직이 질문을 안 하면 거짓말을 할 일도 없어요. 그렇다면 '피투성이 잭' 본인이라도 갓치를 무사히 마칠 수 있지 않겠습니까?"

이의를 제기하는 목소리가 일제히 터져나왔다.

"그런 건 궤변이야. 마음속 진실이 진실이란 말이야. 정령은 준의 주머니에 들어 있던 목장갑을 찾아냈어. 거짓말뿐 아니라 종합적으로 선악을 판별한다는 게 명백하잖아."

하나가 거센 어조로 말했다.

"하지만."

준은 망설이면서도 반박했다.

"여러분 말대로 흑부인이 무사히 돌아왔다는 이야기는…… 물론 그 사람이 남편을 살해했다는 대죄를 지었다는 전제하에 말입니다만, 정령은 그 죄에 관해선 종합적으로 아무 반응도 안 했습니다. 삼직은 그 죄에 관해선 묻지 않고, 어나더 힐에 관련된 범죄에 관해서만 물었습니다. 즉, 역시 정령은 삼직의 질문에 대한 답의 진위만을 판정한다는 이야기입니다. 그렇다면 역시 질문이 중요하다고 생각할 수밖에 없죠."

준은 다른 사람들을 둘러보았다.

"흠, 재미있군. 지금까지 그런 식으로 생각해본 적이 없는걸. 애초에 갓치 자체가 전설에 가까운, 대단히 흔치 않은 일이니 말이야."

여자들이 반론을 생각하는 사이에 교수가 끼어들었다.

"요컨대 자네가 하고 싶은 말은 이런 거지? 삼직이 범인을 알고 있고 범인을 감싸줄 요량이라면 갓치를 통과하는 일이 가능하다. 그렇지?"

"아니면 삼직이 범인인 경우라든지."

린데가 나지막이 중얼거렸다.

"그렇지, 그럴 가능성도 있지."

교수도 의미심장한 얼굴로 고개를 끄덕였다.

"삼직은 갓치 안 해?"

"맨 처음에 자기들끼리 한다고 들었는데."

하나와 마리코가 중얼거렸다.

"하지만 그럼 갓치가 안 되지 않아? 남은 이렇게 긴장했는데."

"글쎄요, 어떨까요. 어쩌면 갓치를 했다는 사실 자체가 중요한지 모릅니다. 전 눈앞에서 비옷이 가루가 되는 걸 보기도 했고, 정령이 존재한다는 것도 확실하니, 억제력은 발군이에요. 그걸 삼직이 교묘하게 이용한 게 아닐까요?"

"준은 역시 학자구나."

린데가 한숨을 쉬었다. 감탄하는 것인지 어처구니없어하는 것인지 잘 알 수 없는 어조였다.

"그건 그렇고, 이제 슬슬 갓치가 다 끝날 때 되지 않았어?"

하나가 고개를 들고 시계를 보았다. 벌써 세시가 지났다.

"지미는 어떻게 됐지?"

준은 묘한 불안을 느꼈다.

다른 사람들도 같은 생각을 했는지 공연히 얼굴을 마주 보았다.

모두들 입을 다물고 방 안에 침묵이 흐른 순간, 가느다란 고양이 울음소리가 발치에서 들려왔다. 내내 울고 있었는데 사람들의 말소리가 시끄러워 들리지 않았나보다.

"서니?"

울음소리가 들리는 쪽을 돌아보자, 고양이 두 마리는 식당 구석에서 밖을 향해 울고 있었다. 마치 벽 너머에 있는 누군가를 부르듯.

"사이드? 너희들 왜 그러니?"

하나가 낮은 목소리로 고양이들을 부르며 살살 다가갔다.

준은 반사적으로 벌떡 일어섰다.

밖이다.

마찬가지로 일어선 교수와 함께 식당을 나서서 밖으로 뛰어나갔다.

발에 뭔가 채었다.

뭉클한 감촉.

"지미!"

바로 밖에 지미가 쓰러져 있었다.

후드가 벗겨져 머리에서 피가 흐르는 것이 보였다.

"어이, 정신 차리게!"

교수가 소리치며 일으켰다.

"으…… 으……"

신음 소리를 듣고 안도했다. 살아 있다.

"머리를 다쳤으니, 안 움직이는 게 낫지 않겠습니까?"

"음."

천천히 바로 눕히자, 안경에까지 피가 튀어 있었다. 보아하니 머리를 맞아 관자놀이를 다친 모양이다.

"갑자기 뒤에서…… 공격…… 테리……"

지미는 헛소리처럼 중얼거렸다.

준과 교수는 마주 보고 전율했다.

그 무시무시한 미소가 뇌리에 떠올라 몸이 부르르 떨렸다.

맙소사. 어떻게 자기 쌍둥이 형제를.

"왜 그래?"

안에서 여자들이 나왔다. 그녀들의 발치에서 서니와 사이드가 털실 뭉치 구르듯 뛰쳐나와 지미의 얼굴을 핥으려 했다.

"너희는 알고 있었구나. 지미가 여기 쓰러져 있는 걸."

준은 고양이들을 내려다보았다.

아까부터 끈덕지게 양말을 물어당긴 것은 그런 까닭이었다.

"우리가 큰 소리로 이야기한 탓에 신음 소리가 안 들린 게로군. 미안하네, 지미. 여기 타월 좀 갖다줘. 하나, 갓치는 이미 끝났을 테니 데이비드 아오키를 불러와. 그 친구는 진료소 소장도 겸하고 있으니까. 아, 혼자 가지 마라. 아직 이 근처에 있을지 몰라."

"네!"

"잠깐, 손전등 갖고 올게."

하나가 힘차게 고개를 끄덕이고, 마리코가 식당으로 달려가 커다란 손전등을 갖고 오더니 함께 뛰어나갔다.

"으…… 아……"

갑자기 지미가 손을 마구 휘저어대기 시작했다. 누군가와 격투하는 줄 아는 모양이다.

느닷없이 어깨를 맞아 당황한 교수는 허둥지둥 지미의 팔을 붙들었다.

"지미! 괜찮네, 지미. 움직이면 안 돼. 머리를 다쳤어."

몸을 굽히고 귓가에 대고 소리쳤다.

"아야!"

갑자기 교수가 얼굴을 찡그리더니 지미의 손을 놓았다.

"교수님, 괜찮아요?"

린데가 들여다보니 교수의 손에서 피가 나고 있었다. 문득 지미의 손을 보자 많지는 않지만 역시 곳곳에서 피가 흘렀다.

"왜 그래요?"

"유리 조각 같군."

"아, 혹시 저거 아닙니까?"

준은 벌어진 비옷 앞자락 사이로 셔츠 가슴 주머니에서 삐져나온 안경을 가리켰다. 준이 경사면에서 주워 지미에게 준 안경. 꺼림칙한 테리의 유류품. 그것이 쓰러지면서인지 격투하면서인지 깨진 모양이다. 가슴팍이 반짝거리는 것은 파편이 붙어 있기 때문일 것이다. 자세히 보니 주위 땅바닥에도 파편이 떨어져 있었다.

"이거 위험한데. 만지지 마, 지금 치울 테니까."

린데가 식당으로 달려가 작은 탁상용 빗자루를 들고 와서는 지미의 가슴을 꼼꼼히 털어냈다.

"교수님, 괜찮아요? 손에 파편 남은 거 아니에요?"

"아니, 괜찮네."

"엄청난 밤이군요."

지미는 여전히 뭐라 헛소리를 되풀이했으나, 무슨 말인지 알아들을 수는 없었다.

준과 린데는 작게 한숨을 쉬고 일어나 어둠 속을 살펴보았다.

그곳에는 고요하고 짙은 어둠이 있을 뿐, 아무런 기척도 느껴지지 않았다.

6장

고전문학의 고찰

이튿날 아침에도 임시 회의가 열린 탓에 기도의 종은 정오로 연기되었다.

집회소 안에는 당혹감 어린 공기가 감돌고 있었다.

토머스 베커도 당혹한 표정이었다.

어젯밤 전 주민의 갓치가 종료되었다.

그것도 무사히, 순조롭게.

정령의 노여움을 산 사람은 아무도 없었다(준의 비웃을 제외하고).

그런 발표를 듣고 모두들 술렁대며 옆 사람을 보았다.

말도 안 돼. 그럼 누가 그 범죄를 저질렀나? 대도리이와 성문에 시체를 매단 사람은 누구란 말인가?

"이래선 교수님의 가짜 시체 설을 비웃을 수가 없겠는데."

하나가 준에게 소곤소곤 말했다. 눈 밑이 거뭇해졌다.

준은 힘없이 웃었다. 그러는 그 역시 수면 부족이다.

어젯밤, 데이비드 아오키가 와서 지미를 진찰하고 조심스럽게 방으로 운반했을 때는 이미 네시 반이 가까웠다. 다친 곳이 머리이다보니 출혈이 심했으나, 상처 자체는 깊지 않은 모양이었다. 안색도 나아지고 머리에 혹도 생겨서, 일단 응급처치만 하고 안정을 취하다가 날이 밝으면 검사를 받기로 했다.

아오키는 '손님' 습격설에 의아해했으나 교수와 마리코의 설명을 듣고 마지못해 납득한 눈치였다.

"역시 질문 문제가 아닐까?"

준은 앞을 본 채로 소곤거렸다.

"그럴까."

"'죽인' 게 아닐지 몰라. 질문은 '죽였습니까?'였잖아? 사실은 우연히 사고로 죽은 시체를 제의적인 의미로 매달아둔 걸 수도 있어. 오랑우탄처럼 팔힘이 센 동물은 그런 걸 나무에 매달 수도 있을걸? 원래 나무 위에서 살기도 하고."

"오랑우탄이 어나더 힐에 산다는 이야기는 못 들어봤어. 여기를 모르그 가에 비유하는 건 좀 무리야."

하나가 경쟁심을 드러내며 준을 째려보았다. 이런 우등생 타입 여자가 수척해져 눈 밑이 거뭇해져 있으니 어쩐지 매력적이다.

"우리는 용서받았습니다. 우리 중에 범죄자는 없습니다. 히간을 속행하겠습니다."

토머스 베커가 반론을 용납하지 않는 단호한 어조로 선언했다.

사람들이 술렁거렸다. 그럴 만도 하다. 참혹하게 살해당한 시체가 어나더 힐에 뒹굴고 있었는데, 여기에는 범죄자가 없다는 말이니까.

"그러나,"

328

사람들의 질문을 앞지르듯 토머스가 바로 말을 이었다.

"몹쓸 인간이 침입했을 가능성은 부정할 수 없습니다. 저희는 자주적 순찰을 강화함과 동시에, 정박중인 보트 안과 힐을 샅샅이 수색할 예정입니다. 오늘 기도의 종이 울리기 전까지 여러분도 일제히 집 주위를 점검해주시길 부탁드립니다. 한동안 쓰지 않은 방이나 정자 같은 곳에 누가 있었던 흔적이 없는지 조사해주십시오. 그 일이 끝나면 모두 여느 때처럼 히간을 보내십시오. 또 항상 주위에 신경 쓰시면서, 침입자의 흔적을 발견하거나 기색을 느끼면 즉각 연락 주시길 부탁드립니다."

침입자.

주민들의 머릿속에 그 이미지가 흐릿하게 떠오르는 듯했다. 그러나 영 회의적인 이미지다.

숨어 있을 공간이 얼마든지 있는 것은 사실이고, 보트 안에 숨어 있다가 입산 체크가 끝난 뒤에 힐에 숨어드는 것도 불가능하지는 않을 것이다. 하지만 미지의 침입자가 정말 존재하는가? 지금도 어느 나무 그늘에 숨어 있나? 아니면 어느 집 식품 저장실에서 쿨쿨 자고 있나?

납득할 수 없다는 표정으로 주민들이 또다시 술렁거렸다.

"그런 녀석이 있으면 벌써 오래전에 라인맨이 발견하지 않았겠어?"

하나가 소곤거렸다.

라인맨. 그는 지금 이 소동을 어떻게 보고 있을까? 어젯밤에 갓치를 마치고 유유히 비탈을 내려가던 그의 뒷모습이 눈앞에 떠올랐다.

숲은 어떻게 하나? 누가 소리쳤다. 주민이 들어갈 수 없는 성스러운 숲 이야기 같다.

"우리 삼직이 책임지고 조사하겠습니다."

토머스는 눈썹 하나 까딱하지 않고 대답했다.

그러고 보니 그레이 박사님이 안 보이는데. 준은 불현듯 단상 위를 보았다. 여전히 '자주적' 조사에 협조하는 중일까.

주위를 두리번거렸으나 박사의 모습은 보이지 않았다.

"준, 왜 그래?"

"그레이 박사님이 안 보이는데."

"어머, 그러네. 분명히 사람들이 몰려오는 데 질려서 '기도의 성'에 틀어박혀 있을 거야."

"안됐네."

준은 쉴새없이 걸려오는 전화를 피해 초췌한 얼굴로 소파에 앉아 있던 박사의 얼굴을 떠올려보았다.

"우리는 이 성스러운 땅의 자치권을 지켜야 합니다. 경찰의 간섭만은 반드시 피해야 합니다."

토머스는 강한 어조로 말했다. 이 점에 관해서는 사람들이 박수로 동의했다.

그러나 잔인한 살인자가 이 밀폐된 공간에 숨어 있다면 이야기는 달라진다. 그렇지 않아도 히간중에는 주민들이 무방비한 상태에 놓여 있다. 통상적인 히간과 신변 안전은 양립될 수 없다.

토머스는 사람들의 안색을 읽고 앞질러 말했다.

"범행이 일어난 시각은 모두 심야에서 새벽 사이입니다. 낮에는 모두 깨어 있고 어디서 누가 보고 있을지 모르니 범행을 저지르기 쉽지 않습니다. 밤에는 문단속을 엄중히 하고 외출을 피하며 혼자 행동하지 않도록 주의하면, 어느 정도 범죄를 막을 수 있습니다."

토머스는 사람들을 빙 둘러보았다.

"이곳은 성스러운 곳입니다. 우리의 히간을, 우리의 힐을, 그리고 우리 자신을 우리가 지켜야 합니다. 우리 손으로 지킵시다. 그리고 기도합시다. 우리는 갓치를 견뎌냈고, 정령은 우리를 용서했습니다. 우리는 정령과 우리 자신을 믿어야 합니다."

반론은 용납하지 않겠다는 강한 의지가 담겨 있었다. 온후한 첫인상은 간 데 없고, 그가 히간에 관해서는 철저한 보수파라던 말이 생각났다.

사람들도 압도되어 이의를 제기할 의욕을 잃은 것 같았다.

토머스는 가볍게 고개를 끄덕이고 말을 맺었다.

"그럼 각자 집으로 돌아가 일제점검을 시작해주십시오. 본에 나란히 서신 폐하께 영광 있으라!"

그레이 박사의 전화가 걸려온 것은 다함께 집 안 및 주변 점검을 끝냈을 때였다. 물론 '수수께끼의 침입자'가 드나든 흔적은 어디에도 없었다.

"어머, 박사. 수사 상황은 어때요? 네, 그야 그렇겠죠. 다들 아직 자기 추리를 피력할 기회를 호시탐탐 노리고 있으니까요. 당연하잖아요? 갓치는 어땠나요? 박사한테는 흥미로운 체험이었을 것 같은데요."

린데가 떠보는 어조로 이야기하는 동안 다들 귀를 쫑긋 세우고 있었다. 예기치 못한 혼란이 연속되는 바람에 대도리이의 시체는 까맣게 잊고 있었다.

"네, 언제라도 상관없어요. 기다리죠. 네? 준요? 잠깐 기다리세요."

린데가 손짓하는 바람에 준은 순간 어안이 벙벙했다.

"전화 받아, 준. 박사가 바꿔달라는데."

"저를요?"

"그래. 얼른."

허둥지둥 수화기를 받아들었다.

"여보세요."

"아, 준, 꽤 스릴 넘치는 체험을 했더군."

박사의 냉소적인 목소리가 들려왔다. 갓치 이야기인가보다.

"네, 간 떨어지는 줄 알았습니다."

"어때, 잠깐 이리 오지 않겠나? 하고 싶은 이야기도 좀 있고."

"그쪽에 말입니까?"

"여전히 밖에 나가기 힘든 상황이라서 말이야. 오라 가라 해서 미안하네만, 이름을 대면 방으로 안내하도록 말해두겠네. 될 수 있으면 기도의 종이 울리기 전에 만나고 싶은데."

잡담을 가장하고 있지만 절박한 어조였다.

무슨 일이지? 왜 구태여 나를?

"알았습니다. 지금 가죠."

"자네 혼자 와줘. 다른 사람들은 데리고 오지 말았으면 고맙겠네."

박사는 다짐을 받았다.

"알겠습니다."

"그럼 기다리지."

전화가 끊어졌다.

"무슨 일이야?"

즉각 네 사람의 시선이 대답을 재촉했다.

"어, 저, 잠깐 저하고 학술적인 이야기를 하자고 하시는데요."

"저런, 그런 일이라면 나도 같이 가지."

교수가 곧바로 나섰다.

준은 적당한 말을 골랐다.

"아뇨, 저, 뭐랄까, '타지 사람끼리'라는 뉘앙스 같았습니다."

"아아, 그런가? 그렇군. 흐음. 섭섭하군그래."

교수는 허를 찔린 것 같기도 하고 유감스러운 것 같기도 한 복잡한 표정을 지었다.

린데가 교수의 어깨를 탁 쳤다.

"그 기분 모르지 않잖아요. 준은 곧잘 하고 있지만, 다른 나라에서 와서 이 어나더 힐에서 생활하려면 이해가 안 될 일도 많을 테니까요. 자, 다녀와, 준."

준은 분위기를 수습해준 린데에게 감사하며 고개를 가볍게 숙였다.

그러나 린데는 곧 목소리를 낮추고 덧붙여 말했다.

"단, 박사를 꼭 데리고 와야 돼. 우리도 박사한테 물어보고 싶은 게 잔뜩 있으니까."

주민들이 총출동해서 부근을 뒤집어엎는 중이다.

연말 대청소와 비슷한 느낌이다. 뒤집어엎은 김에 청소하는 사람도 많은 것을 보면, 꼭 엉뚱한 연상만은 아닌 것 같다. 기도의 종이 울리기 전까지 다 끝나려나. 이렇게 시끌시끌한 곳을 걷고 있으려니 어젯밤 갓치와 테리를 봤을 때 느낀 공포가 꿈만 같았다.

지미는 괜찮을까.

오늘 아침에는 제법 안정된 것 같았다. 걸을 수 있으니까 괜찮다며 혼자 진료소로 갔다. 지금은 검사를 받는 중일 것이다.

여전히 무겁고 혼탁한 하늘에는 끈적끈적한 구름이 인간의 활동 따위는 아랑곳하지 않고 흘러간다.

흐릿한 빛, 시시각각 색이 달라지는 구름.

시간과 날짜 감각이 나날이 바뀌어간다. 문득 정신을 차려보면, 자신이 이 어스름 속을 한없이 방황하고 있는 것만 같다.

어젯밤에도, 그 전날 밤에도 지난 길인데, 낮에 '기도의 성'으로 올라가는 비탈은 왠지 모르게 자애에 찬 아름다운 풍경으로 보였다.

시체가 매달려 있었다는 돌문도 지금은 장엄한 아름다움을 되찾았다.

입구로 이어지는 오솔길은 꾸불꾸불했다. 거리는 얼마 되지 않는데도, 애기동백 비슷한 덤불이 성을 도로에서 보이지 않게 교묘하게 가려주었다.

듬직한 아치형 포치 안쪽으로 커다란 문이 보였다.

노커를 똑똑 두들기자, 잠깐 있다가 문이 열렸다.

"어서 오십시오."

진지해빠진 남자의 얼굴 뒤로, 의외로 넓은 로비가 보였다.

노란 유리를 끼운 천창에서 부드러운 빛이 비쳐들었다.

정면에 보이는 기다란 통로 안쪽은 막다른 곳 같다. 앞쪽 로비는 열 평쯤 될까. 통로를 보고 오른쪽으로 소파와 커피 테이블이 놓여 있고, 소파에 노인 둘이 앉아 조용조용 이야기를 주고받고 있었다. 왼쪽에는 작은 프런트가 있는데, 지금은 아무도 없었다.

"무슨 일로 오셨습니까?"

남자가 표정을 알 수 없는 눈으로 물었다. 작은 체형도 그렇고, 커브를 그린 수염도 그렇고, 딱 에르퀼 푸아로가 생각나는 얼굴이다.

"조녀선 그레이 박사님을 뵈러 왔습니다. 준이치로 이토라고 합니다."

"아아."

미리 이야기를 들었는지 남자가 고개를 끄덕였다.

"기다리고 계십니다. 정면 통로를 지나 안마당의 회랑을 따라가다가, 오른편 계단으로 올라가서 삼층 안쪽, 비숍의 방을 찾으시면 됩니다."

"비숍?"

"네. 문 옆을 보면 아실 겁니다."

남자는 공손하게 고개를 끄덕이며 통로를 가리켰다.

준은 잠시 주저하다가 안쪽으로 걷기 시작했다.

방향감각을 잃을 듯한 건물이다. 통로 정면이 벽으로 보였던 것은 칸막이가 놓여 있기 때문이었고, 그곳이 안마당을 둘러싸는 회랑이었다.

안마당은 전통적인 구조를 따라 교수의 집과 마찬가지로 십자형 벽이 둘러져 있다. 그러나 교수의 집처럼 벽으로 막혀 있는 것이 아니라 난간으로만 구분되는 개방적인 구조다.

기도중인 중년 여성의 뒷모습이 보여서, 준은 발소리를 죽이고 지나쳤다.

투숙객들이 쉽게 마주치지 않도록 하기 위해서인지, 계단도 작고 좁았다. 원래는 호텔이 아니었으니 당연한 것일지 모른다.

복도를 따라가자 객실 같은 문들이 늘어서 있었다. 문 옆에 플레이트가 박혀 있다. 객실은 번호가 아니라 플레이트에 그려진 의장意匠에서 따온 이름으로 부르는 모양이다. 체스로 통일되나 했더니 그렇지는 않고, 장미가 그려진 플레이트가 있는가 하면 올빼미 그림도 있고 하트의 여왕도 있는 등 제각각이다.

비숍이라, 비숍.

준은 두리번두리번 플레이트들을 훑어보았다.

보기에는 아담한 곳 같은데 제법 넓었다. 안내도가 없어서 전체상이 잘 파악되지 않았다.

찾고 있던 플레이트를 발견하고, 순간 주저하다가 노크했다.

"누구지?"

안에서 불분명한 목소리가 들렸다.

"준이치로 이토입니다."

"오, 잘 왔네."

목소리가 가까워지고, 그레이 박사가 문을 확 열었다. 복도를 둘러보고 준을 안으로 들였다.

"어떻습니까? 수사에는 무슨 진척이 있습니까?"

"아시다시피 계속 그럴 경황이 없었다네."

"그러게 말입니다. 한 일 년은 여기 있었던 것 같습니다."

"동감이군."

간소하면서도 고급스러운 방이었다.

작은 발코니 밖으로, 우거진 나뭇가지 끄트머리가 보인다.

"다들 박사님을 모시고 오라던데요. 여쭤보고 싶은 게 잔뜩 있다고요."

발코니의 커피 테이블을 사이에 두고 마주 앉으며 그렇게 말하자, 박사는 쓴웃음을 지었다.

"맙소사, 다들 입 아 벌리고 날 기다리고 있군."

커피 향이 방 안에 가득 찼다.

"저번 배로 도착했다네. 역시 커피가 있어야겠더라고."

역시 미국인이다.

"커피 문화와 홍차 문화는 역시 다르죠."

준은 잔을 받아들며 중얼거렸다. 이 나라에 온 이래로 콧구멍 깊숙이 배어든 홍차 향기가 일소된 기분이었다.

"커피는 역시 일하다 말고 휴식을 취한다는 느낌이 듭니다. 일이 주主고, 커피는 어디까지나 기분 전환이에요. 하지만 홍차는 홍차를 위한 휴식이거든요. 홍차가 주가 돼서 하루를 지배하고, 그 외의 시간은 홍차에 예속되어 있어요."

준은 자신이 말수가 많아진 것을 자각했다.

린데의 지적대로, 자기가 얼마나 이 나라 사람이 아닌 사람과 이야기하고 싶어했는지를 깨달았다.

"음, 애초에 이 사람들에게는 근무중의 휴식 시간이라는 게 없어. 생활방식 자체가 취미랄지, 기호嗜好적인 성격을 띠지. 그 언저리에 홍차를 좋아하는 비밀이 숨어 있을 듯하네만."

박사도 고개를 끄덕이고 얼마 동안 향기로운 커피를 음미했다. 오랜만에 속세에 나온 기분이 들었다.

"갓치는 어떠셨습니까?"

"어이구, 솔직히 꽤 겁나더군."

"하지만 아무 일 없으셨잖습니까? 전 정말 죽을 뻔했습니다."

"아아, 자네 때는 난리가 났었지. 비옷이 날아갔다고? 상식을 뛰어넘는 힘이군."

"제 눈으로 보고도 믿기지가 않습니다."

준은 비옷이 공중 분해된 경위를 상세히 설명했다.

"흐음. 봤으면 좋았을걸."

박사는 애석한 듯 중얼거렸다.

"영상 기록이라도 남길 수 있으면 좋겠는데요. 그런 짓을 했다간 정령이 가만히 안 있겠지만 말입니다."

준이 무심코 대답하자, 박사의 표정이 순간 굳어졌다.

이상한 생각이 들어 박사를 보자, 그는 정색을 하고 입을 열었다.

"본 적이 있네."

"네?"

"미국에서."

"뭘 말씀입니까?"

"사진과 팔 밀리 필름."

침묵이 흘렀다. 준은 박사의 얼굴을 빤히 응시했다.

"농담이십니까?"

박사는 쓴웃음을 지었다.

"아니. 어나더 힐 내부와 히간의 모습을 촬영한 건데, 학술 관계자들 사이에는 꽤 유명하다네."

박사는 일어나 커피를 더 끓였다.

준은 불만스러운 얼굴이 되었다.

"대체 누가 그런 일을. 사진이나 영상이나 터부 아닙니까?"

"도촬한 모양이야. V.파 출신자라 익명으로 제공한 것 같네만. 나도 그 사람을 한 번 본 적이 있어. 한 오 년쯤 전인가."

"V.파 출신자? 용케 그런 천벌 받을 짓을 하고도 무사했군요."

"그 뒤로 V.파에는 한 번도 안 돌아간 모양이더군. 이 일이 발각됐다간 지명수배자 신세가 될 게 확실하니까."

당연하다. 상상만 해도 무서운 일이다.

"언제 촬영한 겁니까?"

"십 년쯤 전이야."

"순수한 흥미에서 한번 보고 싶긴 하군요."

"도쿄에도 아마 본 사람이 몇 명은 있을 거야. 히간에 관심 있는 학자는 전 세계에 수도 없이 많으니까."

박사는 의미심장한 표정으로 말을 끊었다. 자기를 가만히 바라보는 시선에 준은 어쩐지 불편해졌다. 박사가 왜 자기를 불렀는지 다시금 의문이 들었다.

무슨 말을 하고 싶은 걸까? 단순히 타지 사람끼리 이야기를 하고 싶은 것은 아닌 것 같다. 무슨 특별한 이유라도 있나?

준의 의아스러운 시선을 슬그머니 피하며 박사가 말했다.

"그 오 년쯤 전에 만났다는, 사진을 들고 왔다는 남자 말이네만, 실은 자네와 많이 닮았어."

준은 입을 딱 벌렸다.

"네?"

박사는 손을 가볍게 내저었다.

"물론 자네가 아니라는 건 알아. 오 년 전에 자네는 십대였지. 하지만 내가 본 남자는 사십대쯤이었거든."

수반에서 본 남자의 얼굴이 퍼뜩 생각났다.

"켄트 아저씨? 켄트 아저씨가 미국에 있었습니까?"

준이 몸을 내밀고 빠른 말투로 묻자, 박사는 엄숙하게 고개를 끄덕였다.

"아마도. 그 사람 친척 중에 영화관을 경영하는 여성이 있다는 이야기를 얼핏 들은 적이 있어. 그 친척의 영향으로 어렸을 때부터 영상에 관심이 있었다더군. 여자가 영화관을 경영하는 경우가 그렇게 많진 않으니 말이야."

"그럼 만나기 전부터 린데 아주머니를 알고 계셨군요? 교수님 댁에 오신 것도 우연이 아닙니까?"

"자네 친척일 거라고 추측한 건 사실이네. 하지만 이렇게 간단히 교수님 댁에 숨어들 수 있을 줄은 몰랐어. 싹싹한 사람들이라 다행이야."

"켄트 아저씨는 지금 어디 있습니까? 아직 미국에 있나요?"

온갖 질문이 꼬리에 꼬리를 물고 떠오르는데, 한 번에 하나씩밖에 물을 수 없는 것이 답답했다.

박사는 표정이 흐려져 고개를 흔들었다.

"모르겠네. 아무도 그 사람 소식을 몰라."

"미국에 있는지 아닌지도 모르십니까?"

"그래. 생사도 불명. 혹시 여기 돌아와 있는 게 아닐까 했네만 누구의 앞에도 안 나타난 것 같더군. 죽었다고 생각하는 사람도 있는 것 같고."

"박사님도 켄트 아저씨를 찾으러 오신 겁니까?"

"그것도 한 이유야. 촬영한 장본인한테 묻고 싶은 것도 있고, 논문도 쓰고 싶고. 혹시 죽었다 해도 여기서 만날 수 있을지 모르니까 말이야."

두 사람은 동시에 커피를 마셨다.

"박사님은……"

준은 머뭇머뭇 물었다.

"여기 오시기 전부터 히간을 믿으셨습니까?"

"아니."

박사는 단호하게 고개를 내저었다.

"그래서 난 그 사람이 들고 온 필름을 무슨 트릭이라고 생각했었네. 죽은 사람이 멀쩡하게 존재하고 있으니 말이야. 하지만 트릭치고는 너무 훌륭했거든. 난 V.파는 사기꾼과 과대망상증 환자의 나라라고 생각했었어."

박사는 거침없이 대답했다. 아닌 게 아니라 나 말고 다른 사람들에게 들려줄 수 있는 이야기가 아니다. 그런 생각을 하던 준은 다른 사실을 깨달았다.

"필름에 찍히는군요."

무의식중에 중얼거렸더니 박사도 고개를 끄덕였다.

"찍혀 있더군. 사진에도."

"역시 실재하는군요."

"음. 그 점을 난 줄곧 의심해왔어. 전에도 잠깐 이야기한 적이 있네만, 히간은 어나더 힐이라는 특수하고 폐쇄적인 환경이 보여주는 집단환상이라고 생각했지. 하지만 켄트가 들고 온 사진과 필름에는 죽은 이가 물질적 존재로 찍혀 있었어. 그 진위를 확인해보고 싶었네. 그 사람이 아무리 저승에서 돌아온 사람이라고 주장해도, 이쪽에는 확인할 방도가 없으니 말이야. 내 눈으로 직접 확인할 수밖에 없다고 생각했어."

"트릭이라고 생각하신 영상은 어떤 거였습니까?"

"친구 중에 V.파 출신 학자가 있었네만, 벌써 몇 년 전에 사고로 죽었거든. 미국에서 객사한 거지. 그런데 켄트가 촬영한 필름에 그 죽은 친구가 찍혀 있었던 거야. 그 친구가 죽기 전에 찍은 건 아니야. 필름에 찍혀 있던 잡지와 책은 그 친구가 죽고 나서 출판된 것이었네."

"그렇군요."

준은 고개를 크게 끄덕였다.

"그래서 어떻습니까? 지금은 히간을 믿으시나요?"

두 사람의 시선이 마주쳤다. 상대방의 의중을 탐색하는 것이다.

"모르겠어. 다만 첫날 밤에 있었던 일이나, 자네 갓치에서 벌어진 소동으로 보건대, 단순한 집단환상 같지는 않아. 물론 나도 이미 여기에 들어와 이곳의 자장에 사로잡혔으니 나까지 같이 넘어간 건지도 모른다는 염려는 있네만."

박사는 살피는 듯한 눈초리로 이쪽을 보았다.

준이 히간을 전적으로 믿는지 아닌지 가늠하려는 것처럼 느껴졌다.

"박사님은 '손님'을 만나보셨습니까?"

"아니. 유감이지만."

"전 만났습니다. 전혀 무섭지 않았고, 정말 당연한 것처럼 존재하고 있었습니다. 전 히간을 믿습니다. 현재로선요. 자기가 본 걸 부정할 수는 없어요. 다만 그 구조엔 관심이 있습니다. 교수님이나 다른 사람들은 어떻게 그런 일이 일어나는지 생각하려들지를 않아요. 있는 그대로 받아들일 뿐이죠. 하지만 전 어떻게 해서 그런 일이 일어나는지 알고 싶습니다. 과학적으로 설명할 수 있는 부분이 있지 않을까 생각합니다."

준은 적당한 말을 골라가며 이야기했다.

박사는 준의 표정을 살피며 가만히 듣고 있었다.

"음, 나도 뭔가가 있다고 생각하네. 집단환상을 포함해서 합리적 설명이 가능한 뭔가가."

"어젯밤에 갓치를 끝내고 돌아오는 길에 지미가 습격당했습니다."

"뭐?"

"테리의 소행입니다. 저와 교수님과 마리코 셋이 테리를 목격했습니다."

"'손님'을?"

박사는 반신반의하듯 물었다. 직접 보지 않으면 절대 믿지 않을 것이다.

"네. 테리는 지미와 얼굴은 똑같이 생겼는데 전혀 딴 사람이었습니다. 그 사악함은 보지 않으면 아마 모를 겁니다."

그 얼굴을 생각만 해도 등골이 오싹했다.

"'손님'은 실재합니다. 빛도 반사하고, 실체도 있어요. 어쩌면 박사님은 '손님'을 보고도 못 알아차리신 것뿐인지 모르죠. 길에서 지나친 정도로는 그냥 보통 사람처럼 보이니까요."

"그렇게 말하니 점점 자신이 없어지는군."

박사는 고개를 갸웃하고 기억을 더듬는 표정을 지었다. 그러더니 고개를 들고 복잡한 웃음을 띠었다.

"자네는 순수한 사람이군. 선입견이 없어. 그에 비해 난 선입견에 사로잡혀 있는 건지 모르지. V.파 사람들이라고 누구나 '손님'을 만나는 게 아니거든. 만난 적 없는 사람도 많다던데."

이번에는 준이 쓴웃음을 지었다.

"멍청해 보여서 다가오기 편한 것 아니냐고 하나가 그러더군요."

"나 같은 사람은, 만났어도 마음 한구석으로 부정하는 걸지도 몰라."

"그런데, 살인사건 쪽은 어떻게 됐습니까?"

박사는 노골적으로 어깨를 으쓱했다.

"손들었네. 다들 자기 추리만 이야기하고, 목격했다는 사람은 전혀 없어."

"마티아스가 '기도의 성' 문에서 여자를 매다는 라인맨을 봤다는 이야기는 들으셨습니까?"

박사는 고개를 끄덕였다.

"그래. 하지만 누가 라인맨 복장을 하고 있었다고 생각하는 편이 이치에 맞아."

"네, 저도 그렇게 생각합니다. 게다가 라인맨도 어젯밤 갓치를 마쳤으니 말이죠. 경찰에선 역시, 범인은 수도를 떠들썩하게 한 '피투성이 잭'과 동일인물이라고 보고 있습니까?"

"음, 그럴 가능성이 높은 것 같아."

"그러고 보니 '잭'의 피해자가 '손님'으로 돌아왔다는 이야기는 아직 없군요."

"삼직도 피해자의 근친자들에게는 신경을 쓰는 모양이더군. 근친자 중에 아직 안 온 사람도 있는 것 같으니 나타난다면 이제부터겠지."

"그건 그렇고, 모든 주민이 갓치를 마쳤는데 범인이 없다니 대체 어떻게 된 걸까요?"

준은 어젯밤 내놓았던 '질문'에 관한 의견을 박사에게 설명했다.

잠자코 듣고 있던 박사가 이윽고 고개를 끄덕였다.

"그렇군. 일리 있는 이야기인데. 히간을 관장하는 삼직이 어떤 비장의 수단을 쥐고 있다 해도 이상할 건 없지. 누군가를 정령에게 갈가리 찢기게 할지 말지는 그 사람들 뜻에 달려 있다는 거군. 이거, 생각해보면 강대한 권력 같지 않나?"

"그렇군요. 하지만 삼직도 정령을 완전히 제어할 순 없을 것 같은데요. 그런 의미에서 위험 부담이 크고, 또 뭐니 뭐니 해도 이런 국민들, 이런 나라인데, 다른 사람들의 승인이 없으면 좀처럼 오를 수 없는 지위 아닙니까?"

"하지만 일단 되고 나면 사실상의 지배자지. 생사도 좌우할 수 있으니 말이야."

"하지만 이번 경우는 범인을 밝혀내지 못한 셈인데, 오히려 역효과 아닙니까?"

"누가 갈가리 찢기는 편이 나았다는 이야기인가?"

"그런 게 아니라…… 어쩐지 놓아줬다는 생각이 들어서요. 범인에게 유예를 준 것 같은."

"그거야말로 역효과야. 갓치의 효과가 없어지지 않나. 범인을 찾아내 단죄함으로써 주민들에게 초자연적 공포를 경험하게 해야 질서 유지에 도움이 되지."

"삼직의 친척이라면? 그 사람이 범인이라는 게 누군가에게 몹시 불명예스러운 일이라면 어떨까요?"

커피를 세 잔째 마시려니 역시 속이 거북해졌다.

"자네에게 부탁이 있네."

박사가 넌지시 말을 꺼냈다.

"무슨 부탁이십니까?"

준은 경계했다.

"혹시 켄트가 나타나면 물어봐주게. '손님'은 거짓말을 안 한다는 것 같으니까."

"뭘 물어보면 됩니까?"

"언제 어디서 죽었는지, 왜 죽었는지, 미국이나 V.파에 유품은 없는지. 특히 남아 있는 사진이나 필름은 없는지 물어봐주면 좋겠어."

준은 침을 꿀꺽 삼켰다.

켄트를 만나면.

나와 많이 닮았다고 하지만 만난 적은 없는 친척.

언제 어디서 죽었는지. 왜 죽었는지.

수반 속의 얼굴. 만약 그를 만나면 묻고 싶은 말이 하나 더 있다.

서맨서는 어떻게 되었나. 그녀와 어떤 관계인가. 그녀는 정말 그의 딸인가?

"알겠습니다."

"내가 직접 만날 수 있으면 좋겠네만."

"저, 그 사진은 여기 안 갖고 오셨나요?"

준은 과감히 물어보았다. 켄트가 남겼다는 사진에 강한 흥미를 느꼈기 때문이다.

박사는 고개를 흔들었다.

"조심하느라 여기엔 안 갖고 왔네. 누가 봤다간 큰일 나. 게다가 난 미국인이니 말이야. 국외로 히간 사진이 반출됐다는 사실이 알려지면 심각한 외교 문제로 비화될지 몰라."

"그렇겠군요."

준은 사려가 부족했던 자신이 부끄러워졌다.

"자네는 논문을 쓰고 있나?"

"아뇨, 아직. 블랙 다이어리를 기록하는 게 고작입니다. 계속해서 밤을 새우니 졸려서 말이죠."

"그것도 그렇군."

"경찰이 개입할까요?"

준은 가장 우려되는 문제를 물었다.

"지금은 아냐."

박사는 짤막하게 대답했다.

"하지만 다음번에 또 무슨 일이 일어나면 그땐 반드시 이마무라 서장이 들어오겠지."

"갓치를 했다는 건 물론 알고 있겠죠."

"알고 있네. 삼직에게 외부와 연결되는 핫라인이 있는데, 매일 서서히 압력을 가해오는 모양이야. 사실은 지금 당장에라도 밀고 들어오려는 걸 베커가 간신히 막고 있어."

"그렇겠죠."

"몇 년 전부터 삼직과 경찰의 대립이 심각해진 것 같더군. 워낙 험악한 세상이니 유이의 자치에만 맡겨두긴 불안하겠지. 무슨 일이 일어나면 비난은 경찰이 받을 테고 말이야."

박사는 담뱃불을 붙였다. 커피 향을 뒤덮듯 담배 냄새가 방 안에 퍼졌다.

"베커는 상당한 보수파 같더군요."

"음, 지난 십수 년 동안에도 으뜸가는 보수파인 모양이야. 아오키나 스카이라크는 그 정도는 아닌 것 같네만."

"삼직들끼리도 의견이 나뉩니까?"

"완전히 같진 않아. 하지만 베커가 워낙 강경해서 다른 두 사람은 따를 수밖에 없는 실정인 것 같더군."

"아무것도 바뀐 게 없는 성지처럼 보여도 실제로는 정치가 얽혀 있군요."

"히간도 해마다 참가 인구가 줄어드는 모양이고 말이야. 또 라인맨들 선주先住민족 문제도 있고."

"지미는 그 사람들에게 어나더 힐을 돌려줘야 한다고 하더군요."

"그래. 지금 세계적으로 그런 풍조가 강해지는 중이야. 선주민족의 권리를 우선해야 한다는 거지. 이런 식으로 히간이 계속 쇠퇴되면 그런 목소리가 더욱 높아지겠지."

"선주민족은 수가 얼마나 됩니까?"

"글쎄. 영국인, 일본인과 상당히 동화됐지만, 이 부근에 흩어져 살고 있는 건 몇백 명쯤 될까."

"그 사람들은 어떻게 생각하고 있을까요? 별로 자기주장을 하는 사람들이 아닌데요. 애초에 이번에 라인맨은 왜 힐에 온 걸까요? 원래 그 사람들은 이곳에 들어올 수 없다고 했죠. 성역에 대한 현세의 간섭을 막기 위해 왔다는 그 말은 무슨 뜻일까요?"

박사는 고개를 흔들었다.

"아직 모르는 것투성이야. 어나더 힐이나 힐에서의 히간이 성립된 과정에도 공백 부분이 많지. V.파에서도 터부에 가까운 곳이다보니 국민이 조사에 큰 저항감을 갖고 있고. 여기를 조사하려면 상당히 시간이 걸릴걸세."

"아까 박사님은 이 나라 사람들을 사기꾼과 과대망상증 환자 집단이라 생각했다고 하셨는데요, 지금은 어떻습니까?"

준이 묻자 박사는 씩 웃었다.

"아직도 반쯤은 그렇게 생각하고 있어."

그때, 내선 전화에서 느긋한 전화벨이 울렸다.

348

박사가 일어나 수화기를 들었다.

"아, 알겠습니다. 지금 가죠. 가리비의 방이죠?"

고개를 끄덕이고 수화기를 내려놓았다. 누구와 약속이 있나보다.

"그럼 전 이만 가보겠습니다. 손님을 만나신다고 설명하면 박사님을 안 모시고 가도 다들 이해해주겠죠."

준이 일어서자, 박사가 손을 들어 제지했다.

"아니, 자네도 같이 만나주면 좋겠어."

"네?"

"자네를 부른 건 켄트 건을 부탁하기 위해서만이 아니거든. 이쪽도 중요한 용건이야."

준은 어리둥절했다.

"중요한 용건? 제게 말씀입니까?"

박사는 의미심장한 표정으로 고개를 끄덕였다.

"그래. 흑부인이 자네를 만나고 싶어해. 자네를 소개해달라는 부탁을 받았네. 같이 부인 방으로 가주지 않겠나."

흑부인의 방은 두 개의 방이 이어진 큰 객실이었다.

문 옆에 붙은 가리비 플레이트를 보고 박사가 노크하자, 전에도 본 고목 같은 인상의 집사가 문을 열었다.

옛날 영화라도 보는 것 같다. 준은 자신이 먼 나라에 와 있음을 새삼 자각했다.

"들어오시지요."

집사는 정중하게 머리 숙여 절하고는 두 사람을 안으로 들였다.

다리가 곡선을 그리는 긴 의자에 앉아 있던 흑부인이 두 사람을 맞이했다. 오늘도 검은 드레스를 입었지만 베일은 쓰고 있지 않았다. 비스크 인형 같은 얼굴 속에서 날카로운 눈이 이쪽을 응시하고 있었다.

준은 인기 없는 궁정화가가 된 기분이 들었다. 그녀가 초상화처럼 완벽한 포즈로 앉아 있는 탓인지도 모른다. 그냥 이대로 금박 액자에 끼워도 될 것 같은 구도다.

"안녕하십니까, 윈체스터 부인."

박사가 정중하게 머리를 숙였다.

그렇군. 흑부인의 성은 윈체스터였나.

준은 그때까지 그녀의 정확한 이름을 몰랐다는 사실을 깨달았다.

"그냥 메리라고 불러요. 성이 여러 번 바뀌었으니 말이에요. 남편 이름으로 불리는 것도 이제 지겹군요."

그녀가 입을 열었다.

준은 놀랐다. 좀더 격식 차리고 새된 목소리를 상상했는데, 내용은 정중하지만 말투는 의외로 서글서글한 것이 오히려 린데와 비슷하다.

박사도 크게 내색하지는 않았지만 뜻밖이었던 듯, 순간 놀란 얼굴로 메리를 바라보았다.

"자, 앉아요. 그쪽 분도요. 미국 분은 홍차가 이제 지겹겠죠? 커피는 이미 마신 것 같으니 위스키라도 들겠어요?"

메리는 스스럼없는 어조로 말하며 두 사람에게 손짓했다.

그녀의 예민한 후각과 날카로운 관찰안에 놀랐다. 두 사람의 옷에서 커피 냄새를 맡은 모양이다. 비슷한 느낌을 받은 듯, 박사가 준을 흘끔 보았다.

"앤서니, 위스키를 내와요."

"아뇨, 아직 낮이고, 또 이제 곧 기도의 종이 울릴 텐데요."

박사는 사양했으나 이미 집사가 술잔을 들고 그림자처럼 곁에 서 있었다.

"그럼 조금만 마실까요."

박사는 난처한 얼굴로 잔을 받아들었다.

"그쪽 젊은 분에게도 드려요."

어젯밤 꽤 마셨기 때문에 솔직히 위스키는 사양하고 싶었으나, 도저히 거절할 분위기가 아니었다. 준은 하는 수 없이 술잔에 입을 댔다.

"성함이?"

첫 잔을 비우고 나서 메리가 짤막하게 물었다.

"저는 조너선. 이쪽은 준이치로 이토입니다."

"데려와줘서 고마워요. 두 분 다 멀리서 왔다죠?"

메리는 냉정하게 관찰하는 눈으로 두 사람을 번갈아 보았다.

"조너선과 준이라 불러도 되겠어요?"

"물론입니다."

박사가 고개를 끄덕이고, 뒤이어 준도 고개를 끄덕였다.

"준, 당신은 시노다 교수 댁에 묵고 있다면서요?"

메리가 느긋한 목소리로 물었으므로 준은 노골적으로 긴장했다.

"린데와 마리코, 그 귀여운 대학생도 같이 있다죠? 나에 대해서 무슨 말을 들었는지 가르쳐주지 않겠어요?"

메리는 여전히 무표정했다. 스스럼없는 어조도 변함없다. 그러나 그 어조에서, 다른 이들이 자기에 대해 뭐라고 하는지 정확히 인식하고 있다는 것을 알 수 있었다.

"에, 그게, 그러니까, 아뇨, 아무 말 못 들었습니다. 바깥분을 잃는 불행을 여러 번 당하셨다는 것밖에."

준은 횡설수설했다. 어젯밤에 자기가 '남편을 살해했다는 대죄를 지었다는 전제하에'라고 말했던 것이 머릿속을 맴돌았다.

얼마 동안 준의 얼굴을 보던 메리는 웃음을 풋 터뜨리더니 하늘을 우러러보고 아하하 큰 소리로 웃었다. 끈적끈적한 데가 전혀 없이 산뜻한 웃음소리였다.

박사와 준은 어안이 벙벙해서, 배꼽을 쥐는 메리를 지켜보았다. 집사만은 여전히 무표정한 얼굴로 사이드보드 옆에 서 있었다. 메리는 손을 팔랑팔랑 내젓고 술잔을 집사 쪽으로 내밀었다. 집사가 위스키를 따랐다.

"그렇게 마음 쓰지 않아도 돼요. 나에 대해서 뭐라고들 하는지 잘 아니까. 여자 푸른 수염, 부자 남편을 차례차례 죽이고 남편이 죽을 때마다 재산을 늘린다, 그렇게들 말하겠죠. 린데 목소리가 들리는 것 같군요. 세상에, 잘도 히간에 왔네, 어지간히 교묘하게 죽인 게 아닌가보지? 히간에 안 오면 더 의심받을 테니까 말이야. 대충 이렇지 않나요?"

너무나 정확하게 들어맞은 탓에 준은 얼굴이 빨개졌다.

"저, 린데 아주머니를 아십니까?"

가까스로 그렇게 묻자, 메리는 과장되게 고개를 끄덕여 보였다.

"그럼요, 잘 알고말고요. 초등학교부터 고등학교까지 같은 학교를 다녔는걸요."

"그러셨군요."

준은 놀랐다. 린데의 어조에서는 어렸을 때 친구라는 것을 전혀 알 수 없었다.

"린데는 날 친구라고 생각 안 하는 것 같지만요."

352

메리는 어깨를 가볍게 으쓱했다. 그런 포즈는 고상하고 지체 높은 여성 같은데, 어조는 명백히 린데와 다른 사람들과 비슷하다. 린데를 비롯한 사람들은 그녀를 싫어하는 것 같던데, 혹시 동족 혐오인 걸까.

"전혀 몰랐습니다."

준은 머리를 긁적였다. 어떻게 반응해야 좋을지 알 수 없는 듯 어중간한 웃음을 띠고 있던 박사가 과감하게 입을 열었다.

"그런데 무슨 일로 보자고 하셨는지요? 무슨 하시고 싶은 말씀이 있다고 하셨는데요. 혹시 이 친구와 단둘이 말씀하고 싶으시다면, 소개는 끝났으니 저는 이만 가볼까 합니다만."

메리는 갑자기 정색했다. 그때까지 보이던 스스럼없는 표정도 계산된 연기였음을 알 수 있었다.

"아뇨, 조녀선. 당신도 같이 들어주면 좋겠어요. 분명히 흥미 있는 이야기일걸요. 어나더 힐과 히간에 관심이 있다면."

메리는 자세를 고쳐 앉았다. 덩달아 박사와 준도 자세를 고친다.

"내가 남편들을 죽였는지 아닌지 하는 문제는 일단 차치하고."

갑자기 험악한 이야기를 꺼냈으므로 두 사람은 움찔했다.

"……문제는 아무도 안 돌아온다는 거예요."

"네?"

박사와 준은 동시에 얼굴을 앞으로 불쑥 내밀었다.

"안 돌아온다고요."

메리는 다시 한번 말했다.

"내 심정 같아선 지금 당장에라도 눈앞에 나타나 원망하는 말 한마디라도 해주면 좋겠어요. 해마다 얼마나 기다렸다고요. 이렇게 상복까지 갖춰 입고 조신한 미망인 노릇을 하면서 말이에요. 뭐, 원래 검은 옷을 좋아하긴 해요. 이래봬도 매번 디자인이 다 다르답니다. 남자분들은 알아보실까 몰라?"

"저도 검은 터틀넥을 열 벌 갖고 있습니다. 게이지와 목 길이가 미묘하게 다른 걸로요."

박사가 빈틈없이 대꾸했다. 메리는 빙긋 웃었다.

"그래요, 검정은 심오하죠."

"그래서, 돌아오지 않는다는 건…… 요컨대 '손님'으로서 어나더힐에 나타난 적이 없다는 말씀이시죠?"

박사는 주의 깊게 물었다. 메리는 고개를 끄덕였다.

"그래요. 나는 고사하고 다른 사람들에게도 나타난 적이 없어요."

"그렇군요. 하지만 V.파 국민들 중에서도 히간에 찾아와도 '손님'과 접촉해보지 못한 사람도 많다고 들었습니다. 그러니 그렇게 비관하실 일이 아닌 것 같은데요?"

박사는 의아한 목소리로 물었다. 이 이야기와 준을 소개해달라고 한 이유가 어떻게 연결되는지 이상한 모양이다. 준도 그녀의 이야기를 들으며 자기와 어떤 관계가 있는 건지 이상하게 생각하던 참이었다.

"네, 그건 나도 알아요. 나처럼 몇 년씩 히간을 보내러 오는데도 '손님'이 와주지 않는다고 한탄하는 사람도 여럿 알죠."

메리는 조용히 중얼거렸다.

"하지만 내 경우는 좀 다르거든요."

"어떻게 다릅니까?"

아직 무슨 이야기인지 짐작이 되지 않았다.

"우리 집안에는 선주민족의 피가 섞여 있어요. 라인맨은 알죠? 그 사람들의 독특한 종교관과 세계관도요? 실제로 그 사람들은 여러 신비한 능력을 갖고 있답니다. 듣자 하니 우리가 '손님'이라 부르는 존재도 그 사람들에게는 다르게 보인다고 하더군요. 한동안 V.파에서도 동화 정책이 활발하게 추진돼서, 정부가 적극적으로 선주민족과의 결혼을 장려한 시기가 있었다고 해요. 그때의 흔적인지 우리 집안에는 이따금 신비한 능력을 가진 아이가 태어났답니다."

메리는 담담히 이야기를 계속했다.

"우리 할머니도 그런 아이였다고 해요. 할머니는 어렸을 때부터 절대 어나더 힐에 오래 계시지 않았어요. 너무 오래 있으면 언덕과 공명해서 '저쪽'으로 끌려간다고요."

"'저쪽'이라고요?"

준은 저도 모르게 되물었다.

"그래요, '저쪽.'"

메리는 무표정하게 고개를 끄덕였으나, 일별이라기에는 긴 시간 준의 얼굴을 응시했다.

준은 당황해서 눈길을 돌렸다. 파란 눈 금발 여성의 시선에는 아직 익숙해질 수 없었다.

"할머니는 나에게 말씀하셨어요. 넌 이미 길이 열렸구나, 길이 생기고 말았어. 그렇기 때문에 너를 찾아오는 '손님'은 너를 그냥 지나쳐 '저쪽'으로 가버릴 거다. 어렸을 때 그러시더군요."

부자연스러운 침묵이 흘렀다.

박사와 준은 얼핏 마주 보고 그녀가 뒷말을 잇기를 기다렸다.

애태우는 건지 기다리는 건지 그녀는 좀처럼 입을 열지 않았다.

"저……"

준이 참지 못하고 입을 연 순간, 메리가 별안간 그를 보고 말했다.

"거기서 만났었죠, 우리?"

"네?"

준은 순간 머릿속이 하얘졌다.

"어젯밤에 라인맨이 갓치를 하고 있을 때 말이에요."

메리는 담담한 어조로 말했다.

설마 그 일을 말하는 건가?

"저."

준은 희미하게 떨리는 목소리로 중얼거렸다.

"거기라고 하신 건……"

"어머, 기억할 텐데요?"

메리의 말투는 지극히 자연스러웠다.

"그 언덕 말이에요. 예배당이 있고, 멀리 성스러운 숲이 보였잖아요?"

준은 머리를 얻어맞은 것 같은 기분이 들어 입을 뻐끔거렸다. 온몸에서 식은땀이 왈칵 쏟아졌다.

"언덕?"

박사는 무슨 이야기인지 전혀 모르는 것 같다. 당연하다. 그 체험은 준의 내적 체험이었으니까.

메리는 참을성 있게 준의 대답을 기다렸다.

준은 필사적으로 호흡을 가다듬었다.

"그럼 꿈이 아니었군요. 당신은 그때 언덕 위에 서 있었죠."

메리는 희미하게 웃음을 지었다.

"그래요. 그때 우리는 거기 서 있었어요."

"그건 왜……"

"당신에게도 길이 열린 거예요."

"길?"

"거기는 아마 태곳적, 처음 시작됐을 무렵의 어나더 힐일 거예요."

"네?"

대답하는 어조는 너무나도 자연스러운데, 그 내용은 터무니없다.

"하, 하지만 전 '손님'을 여러 번 만났는데요. 실제로 어젯밤에도 만났습니다. 당신과 언덕에서 만난 다음에 말입니다."

준은 자신이 왜 이렇게 발끈해서 기를 쓰고 호소하는지 알 수가 없었다.

"날 만나고 나서? '손님'을?"

메리는 눈살을 찌푸리고 얼마 동안 생각에 잠겼다.

"그건 이상하네요. 당신에게 길이 열린 건 분명한데요. 거기서 당신을 봤으니 말이에요."

메리는 문득 생각난 듯 준을 보았다.

"먼 나라에서 왔죠? 이 나라에 발을 들여놓은 건 처음인가요?"

"네."

"그럼 어나더 힐이나 히간이나 다 처음이겠군요?"

"네."

"그래서 그렇군요. 아직 혼란스러운 거예요. 하지만 대단한데요. 첫 히간에서 벌써 몇 번씩 '손님'을 만나고, 나와도 언덕에서 만나다니 말이에요."

메리의 표정이 서서히 심각해졌다.

"준, 당신 위험해요."

"네?"

준은 가슴이 철렁했다.

메리의 표정은 이제 어렴풋이 창백해져 있었다.

"우리 할머니처럼. 아니, 그 이상일지 몰라요."

이번에는 준이 창백해졌다.

"'저쪽'이란 건 뭡니까?"

"글쎄요. 그건 나에게도 미지의 세계예요."

"저, 죄송합니다만, 무슨 말씀을 하시는지 잘 모르겠습니다."

박사가 불안한 목소리로 말했다. 느닷없이 준과 메리 둘이서만 서로 이해한 것 같아 혼자 버림받은 기분이 들었을 것이다.

"음, 잘 설명할 수 있을지 모르겠는데요, 조녀선."

메리는 머릿속으로 적당한 말을 찾는 것 같았다.

"이 어나더 힐은 죽은 이들이 지나는 통과 지점이라고 생각해요. 다른 사람들은 죽은 이들이 여기로 '돌아온다'고 하지만, 사실 여기는 '저쪽'으로 가는 통로인 거죠. V.파 국민은 장소와 습관의 힘으로 이곳을 통과하는 죽은 이를 볼 수 있어요. 하지만 여기가 아닌 다른 곳에선 볼 수 없고, 하물며 그 뒤 어디로 가는지도 알 수 없죠. 여기까지는 알 겠어요?"

"네, 일단."

박사는 조심스럽게 고개를 끄덕였다.

"이 사실을 아는 사람은 아마 많지 않을 거예요. 선주민족의 피를 물려받고, 또한 그 사람들의 능력을 가진 사람이 아니라면 말이죠."

"그럼 저는요? 제 조상 중에도 그 사람들이 있다고요?"

준이 흥분한 어조로 묻자, 메리는 조용히 고개를 끄덕였다.

"십중팔구 그렇겠죠."

"그래서요?"

박사는 메리의 설명이 더 마음에 걸리는 모양이었다.

"하지만 라인맨들 선주민족은 장소에서 받는 힘이나 습관의 힘이나 모두 우리와는 비교가 안 되게 강하거든요. 죽은 이를 보는 건 물론이고, 의식하지 않아도 죽은 이와 동화돼서 '저쪽'으로 함께 가버리는 거예요. 그렇기 때문에 그 사람들은 보통 여기에 발을 들여놓을 수 없어요. 발을 들여놓으면 정신적으로나 육체적으로나 위험하니까. 그런 의미에서도, 이곳은 그 사람들의 성지랍니다."

"그럼 라인맨은 지금 정말 위험을 무릅쓰고 이곳에 있는 겁니까?"

"그래요. 그러니, 어떤 이상사태가 벌어진 것만은 틀림없어요."

메리는 준에게 고개를 끄덕이고 나서 박사를 보았다.

"그래서 선주민족의 능력을 가진 사람은 선주민족이 보는 이 언덕의 원형을 볼 때가 있어요. 나나 준처럼."

"원형? 그건 대체 어떤 겁니까?"

박사가 호기심에 사로잡혀 소리쳤다.

메리와 준은 당혹해서 순간 마주 본 뒤, 그들이 본 것을 설명하려 애썼다. 전부를 파악하지는 못했겠지만 박사는 열심히 두 사람의 설명을 들었다.

"흐음, 이거 놀라운데요. 이 언덕은 이중의 의미에서 성지군요. 라인맨은 이곳에서, 적어도 우리와는 다른 걸 보고 있다는 뜻입니까."

"그렇게 되겠죠."

준은 한층 큰 혼란에 빠졌다. '손님'만 해도 충분히 버거운데, 성지의 원형이니 '저쪽'이니 하는 개념까지 뇌가 처리할 수 있을 것 같지 않다.

"그럼 당신은 그 '언덕'에서 봤다는 걸 알려주기 위해서 이 친구를 여기로 부르셨군요?"

박사가 확인하듯 묻자, 메리는 묘한 웃음을 띠었다.

준은 불안을 느꼈다. 근래 이따금 느껴지는, 반드시 적중하는 불안이다.

설마 또 이상한 부탁을 받는 것은 아니겠지.

"부탁하고 싶은 게 있어서요."

메리는 유난스럽게 천천히 말했다.

뭐지? 얼른 말해줘.

"어나더 힐을 통과하는 남편을 붙잡아주면 좋겠어요."

방 안이 조용해졌다.

집사는 여전히 장식품처럼 사이드보드 옆에 서 있다.

여기가 가리비의 방이던가? 가리비는 엄청난 속도로 헤엄친다지? 수중에 물을 분사하면서. 뱃사람들은 옛날부터 가리비가 바다를 헤엄치는 모습을 목격했다고 하는데, 제대로 된 영상으로 기록된 적은 지금까지 한 번도 없다. 애초에 가리비의 또다른 이름인 범립패帆立貝는 돛을 올리듯 입 벌린 상태로 파도 위를 헤엄치는 데서 붙여진 이름이다. 사실일까, 거짓말일까. 가리비가 그런 식으로 나란히 헤엄치고 있으면 꽤 아름다운 광경이겠는데.

준은 자신의 뇌가 도피하고 있음을 깨달았다.

아니, 방금 어쩐지 엄청난 부탁을 받은 것 같았는데.

"그게 무슨 뜻입니까? 어떻게 하면 되는 거죠?"

준을 대신해 박사가 질문해주었다.

"난 남편이 순간적으로 지나쳐버리니까요. 그러니까, 지나칠 것 같으면 불러 세우고 나에게 연락을 주면 좋겠어요."

"어떻게 그런…… 하지만 저도 이제 그냥 지나쳐버릴지 모르잖습니까?"

"아뇨, 당신은 아직 괜찮을 거예요. 실제로 당신은 다른 국민들과 마찬가지로 '손님'을 만날 수 있으니까요."

"어떻게."

준은 또다시 혼란에 빠졌다.

"무리한 부탁은 안 하겠어요. 남편 사진을 맡겨둘 테니 찾아내줘요. 남편은 분명히 날 찾아올 거예요. 난 얼마 동안 방을 봉인하고, 남편이 못 들어오게 하겠어요."

"혹시 이 며칠 사이에 이미 당신을 지나친 건 아닐까요?"

박사가 물었다.

"아뇨, 그건 아니에요. 만날 수는 없어도 지나치는 순간만은 느껴지거든요. 남편은 아직 날 찾아오지 않았어요."

메리는 자신 있게 대답했다.

준과 박사는 당혹한 표정으로 마주 보았다.

토머스 윈체스터의 사진을 보며 두 사람은 박사의 방으로 돌아갔다.

준은 난감하기 그지없었다. 메리의 이야기는 뜬구름 잡는 것 같았다. 언덕에서의 체험을 공유한 것은 사실이지만, 이런 기묘한 부탁을 받게 될 줄은 몰랐다.

"어째 미안하군. 내 부탁에 이어서 이번엔 이런 것까지."

박사는 쓴웃음을 지었다.

커피와 위스키로 위가 요동치고 있었으므로, 그냥 발코니에 테이블을 사이에 두고 앉았다.

천객만래千客萬來. 그런 말이 생각났다.

수많은 죽은 이들…… '손님'들이 줄지어 자기에게 다가오는 기분이다.

"자네에겐 성가시겠지만, 내 입장에서 보면 좀 부러워."

박사가 조심스럽게 말했다.

"그 심정은 모르지 않습니다만."

아닌 게 아니라, 자료를 수집하는 방법으로 직접체험만큼 편리한 것은 없을 것이다.

"요컨대 지금까지의 남편들은 맨 먼저 메리부터 찾아왔기 때문에, 이야기할 겨를도 없이 메리가 '저쪽'으로 보내버렸다는 이야기군."

박사가 혼잣말처럼 중얼거렸다.

"방을 얼마 동안 봉인해두겠다고 했죠? 봉인은 또 뭐죠? 들어보신 적 있습니까?"

"아아, 들어본 적 있네. 창문과 문을 닫고 부적을 붙여둔다더군. 그러면 '손님'이 안으로 못 들어온다고."

일본과 마찬가지다.

"그렇지만 원래 히간은 '손님'이 들어오기 수월하게 하는 행사니까, 좀처럼 안 한다고 하네만."

"그건 그렇겠군요. 메리 씨가 방을 봉인한다, 그러면 메리 씨를 찾아온 '손님'은 들어가지 못하고 주위를 어슬렁거린다, 그렇게 되면 다른 주민들에게 모습이 보인다, 이런 이야기인가요?"

"메리의 설명으론 말이지."

"사실일까요?"

362

"메리의 설명 말인가? 하지만 자네는 메리와 그 경험을 공유했잖아."

"경험은 공유했지만, 죽은 이가 메리 씨를 지나쳐버린다는 이야기는 별개입니다. 전 그걸 본 게 아니니까요."

"글쎄. 무슨 속셈이 있는 걸까."

"메리 씨는 정말 남편을 죽였을까요?"

"느닷없이 피비린내 나는 이야기가 나오는군."

박사는 담배를 꺼냈다.

준은 시계를 보았다. 이제 곧 정오다. 기도의 종이 울리기 전에 돌아가야 한다.

"아아, 그만 가볼 시간인가? 좋아, 이 앞까지 배웅 나가지."

박사도 시계를 보더니 일어섰다.

"죽이지는 않았다 해도, 메리 씨 이야기대로 죽은 자의 세계로 통하는 길을 메리 씨가 갖고 있다면, 그 길이 남편들을 끌어들였다는 해석도 가능합니다."

그런 말을 하며 준은 자신에게도 '길이 열렸다'고 했던 메리의 냉정한 얼굴이 생각나 경악했다.

준, 당신 위험해요. 그녀의 목소리가 머릿속에서 들려왔다.

그럴 리 없다. 고작 한 달도 안 있는데. 아마 두 번 다시 이곳에 올 일은 없을 테고, 그렇게 불길한 일이 일어날 리 없다. 나에게, 그런 일이 일어날 리가.

"하지만 거짓말이라 하기엔 너무 황당무계해. 만약 메리가 정말 남편을 죽였다면, '손님'으로 돌아온 남편을 다른 사람과 만나게 하겠다는 생각은 절대 안 할 거야. '손님'의 증언은 법적 증거가 된다는 건 메리도 잘 알고 있어. 스스로 자기 목을 조르는 일을 왜 하겠나?"

"그렇겠죠?"

두 사람은 각자 생각에 잠겨 말없이 호텔 입구까지 왔다.

"그건 그렇고 참 묘하군."

헤어질 때, 박사가 중얼거렸다.

"아까 두 사람이 묘사한 그 원형의 언덕이라는 풍경. 어디서 들었거나 본 것 같네만."

열심히 고개를 갸웃거리는 박사를 보고 준은 놀랐다.

박사도 똑같은 생각을 하고 있다. 준 역시 어제 그 체험을 하고 나서 묘한 친숙함을 느꼈던 기억이 선명했다.

"뭐, 생각해보겠네. 자네도 자기 체험을 자세히 기록해주면 좋겠어. 힘들겠지만, 그래도 난 역시 자네가 부럽군."

박사는 가볍게 웃었다.

"같이 안 가시는 겁니까?"

준이 항의하듯 묻자, 박사는 쓴웃음을 지었다.

"그게 있었군. 오늘밤에는 몰래 그쪽에 가겠네. 물론 일몰의 종이 울린 다음에지만."

"네, 그래주세요. 아니면 제가 다른 사람들에게 야단맞습니다. 그렇게 이야기해둘 테니까, 꼭 와주셔야 합니다."

준이 애원하자 박사는 가슴을 부여잡는 시늉을 했다.

'기도의 성' 문을 나섰을 때 종이 울리기 시작했다.

주위는 이미 한산했다. 서둘러야겠다. 이미 기도 시간이 시작된 것이다.

아까 올라왔을 때 떠들썩하던 것이 거짓말 같았다.

삼직은? 순찰은 어떻게 됐을까? 이렇게 조용하니 되레 무섭다.

준은 걸음을 빨리했다.

발치를 보며 걷는다.

그림자가 옅다. 햇볕이 약한 탓이다.

자박자박 자기 발소리만 귓가에 울린다.

왜 그런지 심장이 쿵쿵 뛰기 시작했다.

어이, 왜 그래? 무서워할 이유가 어디 있다고?

그러나 아무리 자신을 그렇게 타일러도, 걸음은 점점 더 빨라지고 심장은 더욱 요란하게 뛰었다.

거의 뛰다시피 걸음을 재촉했다.

바보 같긴. 바보 같긴.

머릿속으로 그렇게 부르짖는데, 등에 들러붙은 공포는 사그라질 줄 몰랐다.

교수의 집이 보이기 시작한 다음에야 겨우 진정되었다.

어휴. 피해망상이 따로 없군.

준은 호흡을 가다듬고 땀을 닦으며 걸음을 늦추었다.

그 순간이었다.

"사람 살려."

별안간 목소리가 들렸다.

"어?"

준은 저도 모르게 소리 내어 중얼거리고 뒤를 돌아보았다.

아무도 없었다.

구름 낀 하늘 아래 아무도 없는 길이 부옇게 뻗어 있을 뿐.

회색 풍경은 윤곽도 희미하고, 생물의 존재는 느껴지지 않았다.

잘못 들었나?

준은 고개를 갸웃하고 다시 걷기 시작했다.

"사람 살려."

준은 또다시 멈춰 서서 주위를 둘러보았다.

하지만 여전히 흐릿한 풍경이 펼쳐져 있을 뿐이었다.

어디서 들린 거지? 귀 뒤에서 들린 것 같았다. 마치 직접 뇌에 대고 이야기하는 듯한 목소리. 남자인지 여자인지도 알 수 없는 가느다란 목소리.

준은 섬뜩해졌다.

당신에게도 길이 열렸다.

메리의 말이 뇌리에 되살아났다.

나는 죽은 자의 세계와 연결되고 만 건가?

준은 허둥지둥 그 생각을 부정하고 서둘러 집으로 갔다.

안으로 들어가려다가, 이번에야말로 "앗!" 하고 크게 소리쳤다.

"준, 왜 그래?"

식당에 있던 하나가 말했다.

"아, 다녀왔어."

"조용히 해. 벌써 종 울렸으니까."

"미안."

안으로 들어가자, 역시 경계하는지 모두 식당에 모여 제각각 자기 할 일을 하고 있었다.

그러나 준은 그들 틈에 끼지 않고 자기 방으로 서둘러 올라갔다.

생각났다. 그 기시감의 이유.

준은 흥분했다.

그 기묘한 언덕. 태고의 원형.

제임스의 『언덕의 품에서』. 19세기에 씌어진 소설이다. 처음으로 어나더 힐을 그린 소설. 사실은 어나더 힐 체류기였으나, 당시에는 환상소설로 읽힌 그 소설. 그 속에 자신의 체험과 비슷한 묘사가 있었다.

친숙한 기분이 들 만도 했다. 그 책은 과거에 여러 번 되풀이 읽었다.

박사도 그 책을 읽었을 것이다. 그렇기 때문에 그 이야기를 듣고 나와 마찬가지로 친숙함을 느낀 것이다.

그러나 여러 번 읽은 것도 이미 꽤 오래전 일이라, 내용은 상당 부분 잊어버렸다.

분명히 갖고 왔을 것이다.

준은 방으로 들어가 짐 가방을 열었다.

갖고 온 책들을 뒤졌다.

야나기타 구니오의 수필과, 구전으로 전해지는 어나더 힐의 전설을 모아놓은 책과 더불어, 낡아빠진 책 한 권이 있었다.

갈색으로 변색된 작은 책.

『언덕의 품에』

이 속에 무슨 힌트가 있을 것이 틀림없다. 이 기이한 세계에 사는 지금의 나에게 도움이 될 힌트가.

준은 의자에 앉아 곧바로 책을 폈다.

문득 정신을 차려보니 낯선 곳에 있었다.

몹시 쓸쓸한 곳인데, 그러면서도 누군가의 기운이 강하게 느껴지는 황야였다. 어디서 겪어본 느낌이라는 생각이 들어 얼마 동안 그곳에 우두커니 서 있다가 드디어 이해했다. 묘지다.

　과거에 함께 생활하고 잘 알던 사람, 그리고 지금은 이 세상에 존재하지 않는 사람이 묻혀 있는 묘지에 갈 때, 우리는 결코 그곳이 아무도 없는 공허한 곳이라고 생각하지 않는다. 그가 지금도 그곳에 잠들어 있다고 느끼고, 많은 사람들이 더불어 흙 침상에서 안면하고 있음을 알고 있다. 그들이 지금도 대화하고 다른 세계에서 살고 있음을 우리는 마음속 깊은 곳에서 알고 있는 것이다. 그것이 남은 자의 일시적 위안, 꿈같은 이야기라고 비난받을지언정.

　나는 혼자였다. 방금 전까지 사람들이 오가는 힐의 비탈길에 있었는데. 왜 별안간 이런 고독한 상황에 처하게 됐는지는 알 수 없었다.

　나는 잠시 주위를 둘러보았다.

　힐과 비슷한 것 같기도 하고, 다른 세상 같기도 했다. 공기의 감촉은 조금 전까지와 다르지 않은데 다소 선선하게 느껴졌다.

　하늘에는 구름이 조용히 이동하고 있었다. 여느 때의 힐과 마찬가지로 황혼인지 여명인지 알 수 없는 불투명한 빛이 군청색 구름 테두리를 물들이고 있었다.

　언덕은 그대로 비바람에 노출되어 있고, 건조물이나 사람은 보이지 않았다. 고향인 호수 지방에서도 그런 풍경을 보곤 하지만, 이곳에는 놀고 있는 양이나 개도 없었다.

　아니, 건조물이 없는 것은 아니었다. 그것을 건조물이라 부를 수 있다면.

　언덕의 조금 높은 곳에 회갈색 돌을 쌓아올린 곳이 있었다. 선조들이 산길을 가는 나그네를 위해 쌓았던 이정표처럼 서툴고 무질서한 돌무더기. 그러나 관찰 결과, 직사각형으로 쌓아올린 벽 안쪽에는 초석, 혹은 제단이라고도 볼 수 있는 네모난 바위가 있었다. 그곳에 갖다놓은 것인지 원래 있던 바위를 조각했는지는 알 수 없었지만, 인위적인 가공의 흔적이 명백히 보였다. 예배당으로 보지 못할 것도 없었다. 혹은 어떤 제사나 종교 행사에 사용됐는지 모른다.

나는 겨우 산책할 생각이 들어, 그 황량한 언덕을 걸었다.

아래쪽에 검은 숲이 보였다.

준은 그 부분에 찌지를 붙였다.

똑같다. 이 부분이 기억에 남아 있었던 모양이다.

작가 해리 E. 제임스가 어나더 힐에 체류한 것은 1890년대였다고 전해진다. 체류하게 된 경위는 이 책에서 그리 상세히 언급되지 않으나, 외조모가 어나더 힐 출신이기 때문인 것 같다. 그의 이력은 거의 알려지지 않았으며, 남아 있는 작품도 이것 하나뿐이다. 본머스의 지방 관리였다는 설도 있지만 정확한 정보는 아니며, 『언덕의 품에』도 처음에는 극히 개인적인 사가판私家版 형태로 출판되었다.

워낙 개인적인 것인데다가, 당초 내용은 판타지에 가까운 것이라 여겨졌다. 19세기 전반까지 V.파의 실태는 본국에 별로 알려져 있지 않았기 때문이다. 게다가 V.파는 본국에서 볼 때 딱히 큰 시장도, 원료 산지도 아니었다. 말하자면 제국주의 열풍 속에서 획득한 덤 같은 나라였으므로, 본국에서는 낡아빠지고 폐쇄적인 촌구석이라고만 여기고 거의 상대하지 않았다.

V.파가 발견된 것은 전쟁 후였다.

이국취미, 오리엔탈리즘. 평화로운 사회와 민중은 늘 새로운 패션을 원한다. 그들은 해외로 관광유람 여행을 떠나고 기념품을 사들고 와

실내장식을 바꾼다. 그래도 V.파는 무시되었다. 민족의 뿌리 찾기와 자연 회귀, 지역성 등이 재인식되는 시대가 도래하기까지.

맨 처음 V.파를 발견한 사람은 영화감독 새뮤얼 가네다일 것이다.

그는 V.파판 〈라이언의 딸〉을 찍으려 했던 것이 틀림없다. 시대에 뒤떨어진 촌구석, 경제 수준도 높지 않은 고도孤島 V.파는 참신한 배경으로 알맞았다. 그래서 그는 원작으로 적합한 것이 없을지 옛날 서적들까지 뒤지다가, 제임스의 『언덕의 품에』를 발견한 것이었다.

하룻밤 만에 그 책을 다 읽은 가네다는 이 특이한 판타지가 영상화에 적합한 매력을 갖고 있다고 생각했다. 그리하여 그는 동분서주해서 자금을 모으고, V.파 정부로부터 올 로케로 삼 주간 촬영할 수 있는 허가를 얻었다.

결과부터 말하자면, 영화는 별볼일없었고 흥행 성적도 좋지 못했다.

그러나 영화는 홍보 비디오의 역할을 다했다. 사람들은 그를 통해 V.파를 발견한 것이다. 아니, V.파가 아니라, 수수께끼의 성지 어나더 힐을.

사실 가네다 감독은 촬영 도중에 픽션이 아니라 다큐멘터리로 방향을 바꾸어야 했다. 이번이 두번째 극장 영화인 그가 직접 각본을 썼는데, 예산 때문에 되도록 움직임을 줄인 단순한 각본보다 처음 보는 V.파 사람들과 풍속 쪽이 훨씬 재미있었기 때문이다.

물론 어나더 힐 자체는 촬영되지 않았다. 그러나 가장 중요한 것은 영화를 통해, 제임스의 저서 『언덕의 품에』가 논픽션이자 기행문학이라는 사실이 판명된 점이었다. 책을 읽은 V.파 사람들은 이 책에 나오는 것이 사실이며 어나더 힐에서는 실제로 이런 일이 일어난다고 서슴없이 긍정했던 것이다.

관객은 경악하면서도 반신반의했다.

저 나라에서는 주술사가 마약을 써서 환각이라도 일으키는 것이 아닐까? 저 나라 국민들의 집단 히스테리가 아닐까? 아니면, 저 나라 국민들은 단순히 사기꾼 집단이 아닐까?

의혹은 전염되었으나, 그것은 동시에 호기심을 확산시키고 선전 효과를 높였다.

그리하여 본국에서 고고학자와 민속학자, 박물학자, 심리학자 등이 몇 번인가 대규모 조사단을 파견했으나, 결과는 지리멸렬했다. 귀국한 조사단의 반응은 제각각이었다. 신비의 나라라고 칭송하는 자, 악마의 나라라고 욕하는 자, 심신상실 상태에 놓인 자, 잊고 싶어하는 자. 유일하게 공통된 반응은, 모두들 정식 보고를 회피했다는 것이다.

본국은 또다시 조사단을 파견하려 했으나, 이번에는 V.파 측에서 완곡히 고사했다. 그들은 자기들의 성지에 조사단을 들인 것을 후회하고 있었다. 그도 그럴 것이, 왔던 자들은 트릭이 있을 것이라고 악을 쓰거나 저주받았다고 욕하며 주위를 어지럽히고 자기네 국민을 모욕했을 뿐이었다. 처음에는 별 이의 없이 조사단을 받아들였던 당국도 비위가 상하고 말았다. 본국은 트러블을 피했다. 어차피 V.파가 없어도 곤란할 것은 없었다. 일부러 거기까지 가서 문화 마찰을 일으키고 트러블을 짊어질 필요가 어디에 있다는 말인가?

조사는 거기서 어중간하고 거북한 형태로 중단되었다. 그러나 V.파와 성지 어나더 힐은 사람들의 마음에 온갖 억측과 편견을 심었고, 그것이 지금까지도 이어져온 셈이다.

준은 『언덕의 품에』를 훑어보았다.

그렇게 긴 책은 아니다. 지금 여기서 읽으면 순수한 기행문임을 납득할 수 있지만, 모르는 사람이 읽으면 정말 환상소설이나 고딕소설이라고 생각할 것이다.

그가 찌지를 붙인 장면은 제임스가 기도의 종이 울리기 전에 산책하다가 갑자기 '묘지' 같은 곳으로 빠져들어 당혹해하는 부분이었다.

제임스의 작품에는 히간의 규칙에 대한 기술이 별로 없다. 굳이 말하자면 서정적인 심상 풍경 묘사가 이어지기 때문에, 죽은 조모가 그의 앞에 나타나는 장면도 그 연장으로 보인다. 그러나 준은 이제 그가 얼마나 사실寫實적이고 카메라처럼 정확한 관찰안을 갖고 있었는지 경탄하지 않을 수 없었다. V.파 사람들이 '똑같다'고 평가한 것도 당연하다.

준은 꼼꼼하게 살펴보았다. 이 기묘한 장소에 관한 기술이 없는지 찾아볼 필요가 있었다.

문득 어떤 문장이 눈에 들어왔다.

식당으로 돌아가 차갑게 식은 홍차를 망연히 마시고 있으려니, 벨머가 뜨거운 물을 들고 왔다.

안색이 나쁘다, 왜 그러느냐고 하기에 아까 본 것을 이야기했다.

그러자 그녀는 묘한 반응을 보였다. 경악과 공포와 신기함이 뒤섞인 표정으로 오랫동안 나의 얼굴을 응시했다.

왜 그러느냐고 되묻자 그녀는 불가사의한 웃음을 띠었다.

미사그에 갔었구나, 하고 그녀는 말했다. 그녀는 눈을 깜박이는 간격이 길고, 흑요석 같은 눈으로 다른 사람을 말끄러미 쳐다보는 버릇이 있다.

미사그가 무엇이냐고 묻자, 그녀는 먼 곳이라고 대답했다.

미사그.

그 말이 눈에 번쩍 띄었다.

이것이 그곳의 명칭인가. 당시에 이미 그 존재가 알려져 있었나. 하긴 그도 그렇다. 흑부인을 비롯해서 그곳을 아는 사람은 꽤 있을 것이다. 그러나 그녀는 명칭까지는 말하지 않았다.

미사그. 뭘까.

준은 고개를 갸웃했다. 나중에 교수에게 물어보자.

책을 책상에 내려놓고 침대에 드러누웠다.

오랜만에 본래 생활로 돌아온 기분이다. 여기에 온 이래로 놀라움의 연속이었기 때문에 책을 숙독한 것은 꽤 오랜만이었다. 머릿속에 『언덕의 품에』의 문장이 들려온다. 제임스가 있었던 곳에 자기가 있다는 사실이 믿기지 않기도 하고 또 기쁘기도 했다.

혈연관계라는 것도 솔직히 이곳에 오기 위한 핑계에 불과했다. 자신이 그들의 먼 친척이라니 더없는 행운이라고 기뻐했지만, 어차피 자신은 국외자이며 관찰자라고 생각했었다. 그러나 그랬던 자신이 점점 이곳에, 히간에 깊이 얽혀드는 것이 느껴졌다. '손님'을 만나지 않나, 갓치에서 엄청난 일을 당하지 않나, 선주민족의 피가 흐른다는 말을 듣지 않나. 이런 체험은 하고 싶다고 할 수 있는 것이 아닐 것이다.

그렇게 생각하니 기록을 꼼꼼하게 해야겠다는 책임감이 솟았다. 블랙 다이어리뿐 아니라 당초 예정대로 상세한 일기를 적어야겠다.

준은 벌떡 일어나 다시 책상 앞에 앉고는, 일기장을 펼치고 진지하게 종이를 메워나갔다.

겨우 며칠밖에 지나지 않았는데 써야 할 것이 산더미처럼 많다. 지금 분명히 자신은 이곳에 있다.

이렇게 석조 주택의 방에서 이미 익숙해져버린 흐린 하늘을 보고 있으려니, 어렸을 때 상상하던 이미지에 빨려들 것만 같았다.

옛날에 어머니가 읽어준 아동문학 속의 서양은 늘 동경과 이국의 향취가 가득했다. 세상에서 가장 유명한 토끼, 수학교사의 롤리타, 하늘을 나는 가정교사, 오트밀 죽과 머핀, 안개, 템스 강, 지붕 밑 다락방, 체스, 크로케, 마녀와 괴도.

그 가운데 조금 다른 위치에서 따스한 빛을 발하는 것이 V.파의 존재였다. 조금은 무섭고 흐릿한, 그러면서도 어딘지 모르게 매혹적인 세계.

V.파는 어떤 데야?

지구본에 그려진 섬을 손가락으로 짚으며 어머니에게 물었던 기억이 있다.

어머니는 조금 난처한 얼굴을 하더니 노래하듯 대답했다.

퀸과 엠퍼러와 고스트의 나라란다.

어리둥절해하자 어머니가 살짝 웃었다.

그게 지금도 공존하는 나라래요.

그때는 공존이라는 말의 의미는 몰랐지만, 막연히 그 이미지가 머리에 떠올랐다. 새빨간 가운을 입은 여왕님과, 미카도와, 허옇게 비쳐 보이는 유령이 나란히 서 있는……

지금 생각하면 어머니도 V.파에 가본 적이 없었으니 남들과 같은 이미지밖에 없었을 것이다. 일본에서 생각하는 V.파의 이미지도 영국과 별반 다르지 않았다. 굳이 말하자면 일본의 경우가 좀더 키치적이고 그로테스크했지만.

그러나 이렇게 보면 어머니의 이미지가 옳았던 셈이다. 그 이미지를 어떻게 얻었는지는 알 수 없지만.

그때 뭔가가 번뜩했다.

준은 일기를 쓰던 손을 멈췄다.

뭐지? 방금 무슨 말에 반응한 걸까.

재빨리 직전의 기억을 재생해보았다.

어머니의 이미지는 옳았다. 어머니는 V.파에 간 적은 없었다. 어머니의 이미지. 나란히 서 있는 퀸과 미카도와 고스트.

퀸과 미카도와……

미사그.

느닷없이 그 말이 생각났다.

미사그에 갔었구나.

『언덕의 품에』의 한 구절.

황릉*이다.

머리에 그 말이 번쩍 떠올랐다.

능. 황릉. 미카도의 묘소.

준은 흥분했다. 맞다. 갓치와 마찬가지로 미사그도 일본어가 변화한 말이었다. 그러나 다음 순간, 다시 다른 생각이 들었다.

왜 그런 이름이 붙었을까. 그 성지는 황족이나 왕족의 묘소인가? 확실히 고분처럼 생기기는 했지만. 그러나 흑부인은 죽은 자가 통과하는 곳이라고 했다.

그것이 황릉이라는 이야기는.

---

* 일본어 발음으로 '미사사기'이다.

준은 생각에 잠겼다. 다른 사람들도 한 말이지만, 어나더 힐의 성립 과정에는 수수께끼가 많다. 이곳에 체류하는 동안 그 수수께끼에 얼마만큼 근접할 수 있을까.

오랜만에 지적 호기심과 탐구심이 뭉게뭉게 솟아 준은 자랑스러운 기분이 들었다. 몸도 후끈 달아올랐다.

그래, 나는 운이 좋다. 더없는 기회를 손에 넣은 것이다. 지금까지는 일방적으로 놀라 우왕좌왕했지만, 앞으로는 히간에 깊이 관여하게 된 것을 이용해서 적극적으로 연구해야겠다.

준은 가만히 있을 수가 없어서 식당으로 내려갔다.

다른 사람들은 모두 어디 가고, 마리코 혼자 찌푸린 얼굴을 하고 책을 읽고 있었다.

이렇게 보면 제법 엄격한 교사처럼 보이니 놀랄 일이다.

준은 몰래 웃음을 참으며 식당으로 들어갔다.

"왜 기분 나쁘게 혼자 실실 웃어?"

마리코가 낮은 목소리로 중얼거렸으므로 준은 소스라치게 놀랐다.

"보셨습니까?"

"날 뭐로 보는 거야. 내가 이래봬도 꼬맹이 마녀가 마흔 명이나 있는 반에서 수업하는 사람이야."

마리코는 책을 보며 말을 이었다.

"맞다, 그렇군요."

"왜 웃었는데?"

이유를 말하면 더 화낼 것 같았지만 정직하게 대답했다.

"지금까지 술 마시는 마리코 씨밖에 못 봤으니까요. 그러고 있는 모습을 보니 역시 교사라는 생각이 들었습니다."

마리코는 뜻밖에도 시선은 책을 향한 채, 입술 끝을 올리고 웃었다.

"시건방진 소리 말고, 나도 홍차 줘."

"네."

"아, 잠깐. 맞다, 마리코 스페셜 마시자."

뭔가 생각난 듯 일어선 마리코는 소리 나지 않게 조심해서 자기 방으로 뛰어갔다가 큰 깡통을 들고 내려왔다.

"홍차 블렌드군요."

"그래. 여기 온 이래로 계속 늦게 잤잖아? 잠도 부족하지, 이상한 시간에 자니까 영 졸리더라고. 전에도 그런 경험이 있었기 때문에 스페셜 블렌드를 챙겨왔어."

"그럼 졸음을 쫓아주는 그런 겁니까?"

"응. 스파이시하고 정신이 번쩍 드는 거."

"헉, 이거 대체 무슨 냄새죠?"

마리코가 뚜껑을 연 순간 기이한 냄새가 피어올라, 준은 반사적으로 뒤로 물러났다.

"어이쿠, 진짜 강하긴 하네. 계피랑 얼그레이랑 페퍼민트랑 음, 또 뭐가 있었더라. 각성 효과가 있을 만한 건 죄다 섞어봤는데."

마리코는 블렌드한 차 종류를 세어보았다.

준은 저도 모르게 코를 쥐었다. 이런 것을 끓였다가는 엄청난 냄새가 식당에 진동할 것 같다.

"저, 저기 그냥 보통 블렌드로 하면 안 될까요?"

"뭐 어때? 아무도 없을 때 시험해보고 싶었단 말이야."

마리코는 자기가 블렌드한 것이라 아무렇지도 않은지, 찻주전자에 서슴없이 찻잎을 넣었다.

"그렇게 많이 안 넣어도……"

"어머, 사람 수에다가 찻주전자를 위해 한 숟갈 더 넣는 건 너도 알잖아?"

"그야 알지만요."

해괴한 냄새가 진동하기 시작했다. 준은 화장실 방향제를 쏟아뜨린 방에 앉아 있는 기분이었다.

"어디 한번 마셔볼까?"

마리코는 태연히 찻잔을 입으로 가져갔으나, 준은 찻잔 가까이에 얼굴을 갖다댄 것만으로도 숨이 막힐 지경이었다. 슬그머니 찻잔을 도로 내려놓았다.

"응, 꽤 괜찮은데. 중독될 것 같아. 준도 제대로 마셔봐. 향기는 강하지만 마셔보면 그렇지도 않다니까."

마리코가 아무렇지도 않게 권했으므로 향기를 들이마시지 않게 조심하며 찻잔에 입을 대보았다.

"그렇지?"

동의를 구하는 그녀의 시선에 대답하려고 노력했으나, 좌우지간 엄청난 것을 입 안에 넣었다는 충격뿐 맛이 느껴지지 않았다.

"어쩐지, 에, 뭐랄까, 향기가 강한 것만 들어 있으니까 맛이·죽는 것 같은데요."

그런 감상을 말하는 것이 고작이었다. 잠이 확 달아난 것은 틀림없지만.

"그런데, 뭘 읽고 계셨습니까?"

준은 찻잔을 되도록 멀리 밀어놓고, 화제를 바꾸기 위해 마리코가 들고 있는 책을 보았다.

"일본 고전."

영역된 『겐지 이야기』다.

"이 기회에 준이 있는 동안 일본문학이라도 공부할까 해서."

마리코는 이래봬도 영문학 교사다.

V.파 인구 중 일본계는 삼십 퍼센트 좀 넘을까. 다양하게 섞였다고는 해도 문화 역시 영국 쪽에 가깝다. 마리코 같은 지식 계급 중에서도 일본 문화에 대한 일반교양 지식을 지닌 사람은 많지 않다.

"참 굉장한 이야기네. 수업 교재로 써볼까 했는데 관둬야겠어."

"일본에선 중학교 때부터 가르치는데요."

"이렇게 야한 이야기를? 이 히카루 겐지라는 녀석, 영락없는 변태잖아. 롤리타 콤플렉스에, 간통에, 근친상간에, 없는 게 없는데. 이 무렵의 일본은 일부다처제였고, 귀족이니까 할 일도 별로 없겠다, 여자랑 잘 생각만 했다곤 하지만, 용케 체력이 따라준다 싶네. 하는 일이라곤 여자 꼬이는 거랑 푸념하는 거랑 시 읊는 것밖에 없고. 역시 남자가 한가한 건 안 좋아."

준은 쓴웃음을 지었다.

"뭐, 맞는 말씀이긴 합니다. 하지만 뭐랄까, 이건 그런 이야기가 아니거든요. 이 정도로 아름답고 모든 걸 다 가진 남자가 여성 편력을 거듭하고 염문을 뿌려도 충족되질 못하는 겁니다. 마지막엔 인과와 무상의 이야기니까요. 실제로 히카루 겐지는 기호로서 중심에 놓여 있을 뿐이고, 정작 작가가 이야기하고 싶은 건 겐지를 둘러싼 여자들, 즉 자기들 이야기거든요."

"작가의 여성을 보는 눈이 예리하다는 건 인정해."

"잘 생각하면 외설스러운 데가 있는 건 사실입니다. 하지만 역시 전

훌륭한 작품이라고 생각해요."

"그러고 보니 그런 이야기를 들은 적 있어. 일본에선 유흥업이 번성한다고."

준은 눈을 껌벅였다. 『겐지 이야기』와 이 이야기가 어떻게 연결되는지 알 수 없었다.

"유흥업이 없는 나라는 없을 것 같은데요."

머뭇머뭇 대답했다.

"그런 게 아니라, 내가 들은 이야기로는 일본에선 판타지를 중요시한다던데?"

"판타지요?"

"응. 프로랑 손님이랑 연기를 한다든지, 실제 행위는 안 하고 갖가지 장치로 망상만을 즐기게 해주는 데도 있다고 들었어. 이 책을 읽고 나니까 그 말이 납득되던걸?"

"『겐지 이야기』를 읽고 말입니까?"

"응."

마리코는 자신 있게 고개를 끄덕이고, 무시무시한 마리코 스페셜을 꿀꺽 마셨다.

"뭐, 그야 어느 나라나 귀족은 체통을 차리느라고 남녀 교제를 시작할 때 번거로운 절차를 밟긴 해. 다만 일본의 경우엔 거기에 '시詩'가 들어가는 셈이야."

"네."

준은 흥미가 생겨 고개를 끄덕였다. 몸을 내밀었다가 마리코 스페셜의 향기가 콧구멍을 직격해서 슬그머니 얼굴을 뒤로 뺐다.

마리코는 말을 이었다.

"모든 절차의 접착제로 '시'가 나오거든. 늘 '시'를 통해서 스스로를 보는 습관이 배어 있는 거야. 이미지가 항상 이중으로 존재해. 즉, 자기 존재조차 제삼자가 보는 것처럼 판타지로서 인식해. 자기를 뭔가에 비유한다고 할까. 현실 속의 자신의 의식이랑, 연애하는 자신의 의식 사이에 거리가 있어. 거기에 판타지가 존재할 틈새가 있는 거지. 그러다보니 어쩐지 다들 게임 같다고 할지, 거짓말 같은 느낌이 들거든. '시'에 의해 이미지화되는 자신을 연기하는 걸 전혀 이상하게 생각하지 않는다고 할까. 간단히 말하면, 거짓의 자신에 익숙해져 있기 때문에 진짜 자신하고의 간극을 고민 안 해. 귀족의 습관은 세대가 바뀌면서 서민한테까지 침투되잖아? 그런 귀족들의 습관이 현대 일본의 유흥산업에까지 연면히 이어진 게 아닐까?"

장대하고 재미있는 이야기지만 너무 한꺼번에 싸잡는 것 같다. 준은 저도 모르게 반론했다.

"하지만 그건 어느 나라나 안 그렇습니까? 중국도 그렇고, 영국도 그렇고, 연애 수단 하면 역시 연애편지잖아요. 귀족 계급한테는 원래 교양이 필수니까, 과거 유명한 사람들의 연애나 고전 속의 에피소드를 인용하고 자기 상황에 적용시키는 건, 유럽을 비롯해서 어느 나라에서나 기본일 텐데요. 누구나 아는 유명한 커플이나 에피소드에 자기들을 중첩시켜서 연애의 환상에 젖는 건 일본인만이 아닙니다. 오히려 환상을 구축하는 능력은 서양인 쪽이 더 강하죠."

"응, 환상을 구축하는 능력이라는 점에선 마찬가지라고 생각하지만, 일본인의 경우엔 그 다음이 다른 거야."

"그 다음? 그 다음이라뇨?"

"서양인은 그래봤자 현실적이거든. 동물적이라고 해도 돼. 귀족이

든 서민이든, 번거로운 절차를 밟든 안 밟든, 결국에는 자기들이 동물이라는 걸 잘 알고 있어. 존재하는 것, 즉물적인 것밖에 안 믿어."

"하지만 종교가 있잖습니까. 신이라는 존재가."

"그건 자기들이 너무나도 즉물적인 존재라는 걸 알기 때문에, 필요에 의해 만들어낸 거야."

"아아, 그건 일리가 있을지도 모르겠네요."

"그런데 일본인의 경우엔 존재하는 것, 자기 육체라든지, 그 안에 있는 지금 이 순간 느끼는 감정마저도 환상으로 만들어버릴 수 있어. 있는 걸 없는 걸로 만들 수 있다는 말이 더 정확하려나. 그렇기 때문에, 성에 관해서도 꾸며낸 망상에 쉽사리 빠져들 수 있는 게 아닐까? 벌레가 날갯짓하는 소리에서도 음악을 듣고, 없는 걸 있다고 망상할 수 있잖아? 그렇다면 그 반대도 가능하지. 현실적인 자신의 육체를 부정하고 없는 걸로 해버릴 수 있지 않겠어? 그러니까 이미지만으로 즐길 수 있는 거야."

"흐음, 재미있는데요. 그럼 마리코 씨는 어떻습니까?"

"나?"

"마리코 씨는 판타지에 동화하실 수 있나요? 아니, 그보다 전부터 여쭤보고 싶었는데, V.파 사람들은 신을 믿습니까? 이 나라는 일단 영국 국교회 계통이죠? 하지만 제가 받은 느낌으로는 일본인의 애니미즘하고 비슷한 것 같기도 하거든요. 그보다 더 이상한 건 이곳 어나더 힐의 존재입니다. 만약 신의 존재를 믿는다고 한다면, 이 어나더 힐은 어떤 위치에 놓여 있는 겁니까?"

"갑자기 핵심을 찌르네, 학자 선생님."

마리코는 떨떠름한 얼굴을 했다.

"그건 벌써 몇십 년 전부터 교회가 고민해온 문제야. 그렇기 때문에 어나더 힐은 오늘날까지 무풍지대로 남아 있을 수 있었던 거라고 할 수도 있고. 잘못 건드렸다간 교리의 근간까지 흔들리게 되니까. 하지만 우리는 그런 거 별로 고민 안 해. 영국만 해도 켈트 문화랑 기독교 문화가 공존하잖아? 서로의 존재를 부정하진 않지. 그러니까 우리도 어나더 힐을 생활의 일부로 생각하고 살 수 있어. 모든 걸 일률적으로 설명할 필요는 없는 거잖아."

"네, 그건 저도 동감입니다."

"어째 기쁘다. 너랑 이런 이야기를 하게 될 줄은 몰랐는데. 하지만 생각해보면 네가 하는 일이 이런 거잖아. 한 잔 더 마실래?"

"아, 전 아직 남아 있으니까 마리코 씨 드세요."

준은 마리코의 권유를 허둥지둥 거절했다. 그러나 마리코는 지금 당장이라도 차를 따를 기세로 준의 찻잔을 들여다보고 있었다. 어서 다음 이야깃거리를 찾아야 하는데.

준은 조바심이 났다. 다행히 물어보고 싶었던 것이 금세 생각났다.

"마리코 씨, 『언덕의 품에』는 물론 읽어보셨겠죠?"

"날 뭘로 보는 거야?"

마리코의 으름장에 준은 또다시 움츠러들었다.

"최근 히간 참가율을 높이겠다고 매년 전국적으로 그 책이 권장도서로 지정된다고. 책은 고사하고 엉터리 독서 감상문을 해마다 몇백 편씩 읽어야 하는 신세가 한번 돼봐."

마리코는 오히려 『언덕의 품에』에 깊은 원한을 품고 있는 것 같았다. 그러나 여기서 그만둘 수는 없는 노릇이었다.

"작가에 관해서 자세히 아십니까?"

"제임스?"

"네."

"안 알려진 게 너무 많지."

"V.파 쪽에도 기록이 전혀 안 남아 있나요?"

"그거 분명히 가명일 거야. 어나더 힐이랑 히간에 관해 글을 써서 발표한다는 게 지금도 이렇게 어려운데, 그 시대엔 엄청난 터부였을 거라고. 실명으로 발표할 수 있었을 리 없어."

"그럼 발자취나 경력도 일부러 지웠겠군요."

"그럴 가능성은 있어. 하지만 한때 머리글자가 같은 작가가 쓴 게 아닐까 하는 소문이 돌았었는데."

"머리글자가 같은? 설마 헨리 제임스 말입니까?"

"그래, 바로 그 사람."

마리코는 만족스레 고개를 끄덕였다.

"그런 거물이?"

준은 『언덕의 품에』의 문장을 떠올려보았다. 그건 아닌 것 같은데. 속으로 고개를 갸웃했다.

그러나 마리코는 검지를 치켜세우고 해설을 늘어놓았다.

"시기적으로도 일치해. 헨리 제임스는 여행기도 썼고, 1895년에 상연된 첫 극작품이 혹평을 받았기 때문에 기분전환 삼아 신분을 감추고 V.파에 체류했던 게 아닐까 하는 거지. 헨리 제임스가 유령 이야기인 『나사의 회전』을 발표한 건 1898년이야. V.파에서의 체험이 바탕이 됐다고 생각해도 이상할 것 없잖아."

"하지만 헨리 제임스는 뉴욕 출신 미국인이잖습니까. 영국에 귀화했다곤 해도 V.파에 친척이 있었을까요? 19세기에 친척도 없는 사람이 V.파에 체류하기란 쉽지 않았을 텐데요."

"반대로, 지금처럼 입산 허가증 같은 것도 없었어. 당시 영국엔 V.파로 이민 간 사람들의 친척이 많이 남아 있었을 거고, 유럽 여행을 좋아했던 제임스가 V.파에 관심을 가졌을 때 갈 수 있게 도와줄 만한 사람도 있지 않았을까?"

"이야기로선 재미있습니다만…… 하지만 그럼 왜 사가판으로 냈을까요?"

"역시 터부였기 때문 아니겠어? 발표할 수 없다는 건 알지만, 그래도 작가고 소재에 관심을 갖고 있었기 때문에 안 쓸 수 없었겠지. 기록으로 남겨두고 싶었던 거야. 그래서 아는 사람들한테 보여주기 위해 사적인 형태로 발표한 거고."

"그럼 본머스의 지방 관리였다는 소문도 위장이고요?"

"글쎄. 진위는 아무도 몰라. 설은 수두룩하지만. V.파 사람이 몰래 썼다느니, 여왕 폐하의 기록이라느니. 하지만 실은 웬 공무원의 퇴직 기념 여행 기록인지도 모르지."

마리코는 어깨를 으쓱했다. 헨리 제임스 설도 그렇게 적극적으로 지지하는 것 같지는 않았다.

하지만 반대로 보면. 준은 내심 생각했다.

이렇게 인상적이고 흥미로운 소재인데, 기록으로 남기지 않는 것이 이상하다. 작가나 역사가, 학자라면 그야말로 일생을 걸고 다룰 테마가 될 수 있을 텐데.

"V.파에는 히간이나 어나더 힐을 다룬 문학은 없습니까?"

"그러고 보니 없네. 바로 곁에 있고 해마다 하는 일이니까 굳이 기록할 생각을 안 했을지도 모르지. 그렇잖아. 미술 시간에 오늘은 좋아하는

데를 그려보라고 할 때, 구태여 동네 묘지를 사생할 사람은 없잖아?"

"그럴까요? 이렇게 진기하고 재미있는 테마인데요."

"물론 정부에선 여러 모로 조사하고 있어. 지질 조사나 라인맨들 대면 조사 같은 것도 하고. 하지만 어나더 힐에 관한 자료는 국가 기밀로 취급되거든."

"네? 그건 왜죠?"

"글쎄. 그렇다고 히칸을 못 하는 건 아니니까."

"그건 그렇죠. 옛날부터 해온 행사니까요."

준은 고개를 끄덕였다. 물리 법칙을 몰라도 자전거는 탈 수 있다.

"게다가, 준이 제트코스터를 탔다고 해서 그걸 소설로 쓰겠다는 생각이 들까? 제트코스터가 어떤 거냐고 누가 물어보면, 그냥 직접 한번 타보라고 하지 않겠어?"

"아아, 그 비유는 알 것 같은데요."

준은 중얼거렸다. 그렇군. 정말 지금 상황은 제트코스터를 타고 있는 상황과 비슷했다. 도저히 냉정하게 기록 따위를 할 수 없었다. 이제야 겨우 일기장을 폈을 정도다.

"헉, 이 냄새 뭐야?"

어느새 하나가 입구까지 와 있었다. 하나의 팔에 안겨 있던 서니와 사이드가 펄쩍 뛰어내려 준의 발치에 엉겨붙었다.

"마리코 스페셜 블렌드야."

마리코가 하나를 째려보았다.

"홍차야? 무슨 약탕처럼 엄청난 냄새가 나는데."

하나가 겁에 질린 얼굴로 주위를 둘러보았다.

"잠깨기 용으로 특별히 블렌드했어. 마셔볼래?"

"사양할게."

하나는 당황해서 고개를 흔들었다.

"준도 맛있다고 했어."

마리코가 태연하게 말하는 것을 듣고 준은 엉겁결에 그녀의 얼굴을 보았다. 누명을 쓴 기분이었다. 그러나 하나는 날카롭게 상황을 꿰뚫어보았다.

"난 그냥 인스턴트커피 마실래. 홍차는 아침부터 많이 마셨고. 그러고 보니 준, 그레이 박사님은?"

하나는 과연 마리코를 다루는 데 능숙했다. 직접 인스턴트커피 병을 가지러 가면서 슬쩍 화제를 바꾸자 마리코도 거기에 응했다.

"맞아, 준, 데려온다고 했잖아."

상황이 다소 난처한 방향으로 흘렀다.

"나중에 오시겠다던데요. 일몰의 종이 울리고 나서 꼭 오시겠다고 하셨습니다."

필사적으로 그렇게 대답했지만 두 사람의 눈은 의심에 차 있었다.

"두고 봐야 알지."

"그나저나 왜 준 혼자 불려간 건데?"

두 사람에게 동시에 공격 받고 여느 때처럼 움츠러들었다.

켄트가 미국에 들고 갔다는 필름과 사진 이야기는 할 수 없다. 그 이야기는 비밀로 해두자. 하지만, 흑부인 이야기는?

준은 재빨리 머리를 굴렸다. 이건 나 혼자 감당할 수 있는 일이 아니다. 어차피 다른 사람들에게 묻고 싶은 것도 있고 하니, 이야기해도 괜찮지 않을까.

"흑부인이 린데 아주머니하고 어렸을 때 친구라면서요?"

뜻밖의 이름이 나온 듯, 두 사람은 놀라움을 감추지 못했다.

"어렸을 때 친구라니, 준, 흑부인 만났어?"

하나가 눈을 동그랗게 뜨고 물었다. 또 못됐어, 하고 소리칠 것 같은 분위기다.

"응, 그레이 박사님 주선으로. 요는 흑부인이 날 불러낸 모양이야."

그렇게 대답하자 두 사람은 더욱 의심스러운 표정이 되었다.

"왜? 이번엔 준을 찍었나?"

"여섯번째 남편으로?"

얼굴을 마주 보고 속닥거린다.

준은 힘없이 웃었다.

"이유는 좀 있다 이야기하겠지만, 아무튼 그 두 사람 사이가 안 좋은 것 같던데요. 린데 아주머니가 일방적으로 흑부인을 싫어하는 겁니까? 초등학교부터 고등학교까지 같은 학교를 다녔다면서요."

준이 묻자, 마리코가 난처한 얼굴이 되었다.

"같은 학교를 다녔다고 할지, 린데한테는 아마 천적 같은 존재였을 거야. 공부든 뭐든 늘 경쟁했다는 것 같으니까."

"어머."

처음 듣는 이야기인 듯, 하나도 열심히 귀를 기울였다.

마리코는 혀를 찼다.

"난감하네. 린데 아줌마한테는 내가 이런 이야기 했다고 절대 말하지 마. 옛날에는 그렇게 사이가 나쁘지 않았던 것 같아. 오히려 좋은 라이벌 아니었을까. 하지만 젊었을 때 한 남자를 두고 삼각관계가 된 적이 있었나봐. 그리고 린데 아줌마가 졌고. 그 이래인 것 같아, 지금 같은 관계가 된 건."

"오, 린데 아주머니가 삼각관계."

"그것도 그 흑부인이랑."

준과 하나는 동시에 탄성을 질렀다.

"비밀이야."

마리코는 무서운 얼굴로 다짐을 두었다.

"그래서, 제가 불려간 건요."

준은 헛기침을 하고 순서대로 설명했다. 라인맨의 갓치를 기다리는 동안 기묘한 언덕에 있었던 것. 그곳에서 흑부인을 만난 것. 그녀도 준을 만난 것을 알고 있었다는 것. 흑부인의 이야기에 따르면 선주민족의 피가 원인 같다는 것. 그녀의 특질. 그녀가 방을 봉인하고 남편들을 만나려 한다는 것. 준에게 그들을 붙잡아달라고 부탁한 것.

두 사람은 잠자코 이야기를 들었으나, 표정에는 의심이 가득했다.

"어째 영 수상한 이야기네."

"왜 준이 흑부인 남편을 붙잡아줘야 하는데?"

"역시 준을 찍은 거 아냐?"

"타지에서 온 준을 느닷없이 자기 히간에 끌어들이다니."

제각기 불평하는 두 사람을 준은 허둥지둥 달랬다.

"다른 사람들 말처럼 거만한 사람도 나쁜 사람도 아니던데요. 오히려 린데 아주머니처럼 서글서글하고 덤벙거리는 부분도 있었어요. 린데 아주머니도 자기하고 비슷해서 더 마음에 안 드는 걸지 모르죠."

준은 자신이 실수한 것을 깨달았다. 두 사람은 그가 흑부인을 옹호한 것이 마음에 들지 않은 모양이다.

"저거 봐, 벌써 넘어갔어."

"다섯 명씩이나 죽었다고, 다섯 명. 그게 우연이란 말이야?"

두 사람의 서슬에 준은 움츠러들었다.

"아, 아니, 하지만 그 기묘한 체험은요? 제가 그때 그 기묘한 곳에 간 건 사실이란 말입니다. 혹부인 말이 죄다 거짓말이라고 단언할 순 없어요."

준이 필사적으로 반론하자, 그 점에 관해서는 두 사람도 대꾸하지 못했다.

준은 『언덕의 품에』에 비슷한 기술이 있었다는 것을 설명하고 그곳이 미사그라 불린다는 것, 일본어로 황릉이 변화된 말이 아닐까 생각한다는 것을 설명했다.

두 사람은 그에 대해서는 순수한 호기심을 보였으므로, 방에서 책을 가져와 그 부분을 보여주었다.

"흠, 태고의 장소라."

"먼 곳이란 말이지. 확실히 멀긴 하네, 시간적으로."

"선주민족이라. 왜 준한테는 나타나고 우리한테는 안 나타나지?"

"우리 집안도 복잡하니까. 게다가 그런 건 오히려 격세유전하지 않아?"

"그래서 준은 처음부터 그렇게 자주 '손님'을 만난 거였구나."

두 사람이 냉정을 되찾고 나지막이 이야기하는 것을 듣고, 준은 가슴을 쓸어내리며 슬쩍 물어보았다.

"봉인이라는 건 뭡니까?"

문에 부적을 붙인다는 것이 마음에 걸렸다. 마치 「귀 없는 호이치」*

---

* 앞이 보이지 않는 비파 법사가 원령들에게 『헤이케 모노가타리』를 들려주고 귀를 잃는다는 내용의 일본 괴담.

같다.

마리코는 고개를 가웃했다.

"실제로 한다는 이야기는 처음 듣는데."

"올해는 처음인 게 왜 이렇게 많담."

"하지만 적어도 여기 어나더 힐에서 봉인을 한다는 건 꽤 위험하다고 봐."

마리코는 생각에 잠겨 대답했다.

"위험하다고요?"

"그렇잖아. 우리는 '손님'을 만나러 여기 온 거라고. '손님'이 모이는 곳에 만나기 쉽게 일부러 통로를 열어놓고 기다리는 셈이잖아?"

"네."

"고속도로 톨게이트를 상상해봐. 다들 지나갈 수 있게 해놓은 건데, 게이트가 닫혀 있으면 흐름이 정체되고 기다려야 하는 이용자들은 화나지 않겠어?"

"'손님'이 화를 낸다고요?"

"화는 안 내더라도 곤혹스러워하겠지. 어떤 행동으로 나올지는 상상도 안 되지만."

"역시 준을 위험에 빠뜨리려는 거잖아."

하나가 화가 나서 소리쳤다.

"남편이 자길 지나치는지 어쩐지는 몰라도, 아무 관계 없는 젊은 남자를 자기 목적을 위해 이용하려는 그 근성이 마음에 안 들어. 혹시 그렇게 해서 알리바이를 만들려는 거 아냐? 난 남편을 안 죽였다. 왜냐하면 남편이 만나러 안 오니까, 라고."

"에이, 그건 지나친 생각이야. 게다가 타이밍 좋게 혹부인 남편들이 날 만나러 온다는 보장이 어디 있어? 성공하는 게 오히려 이상하다고."

"하지만 준."

준이 달래자, 하나는 분한 표정이 되었다.

"괜찮아."

웃으며 대답하자, 하나는 입을 다물어버렸다.

"헉, 뭡니까, 이 냄새?"

그때, 이번에는 지미가 돌아왔다.

머리에 붕대를 칭칭 감은 모습이 측은했다. 검사를 받고 돌아온 것이다.

"어머, 지미."

"안 아파?"

"검사 결과는?"

셋이 동시에 말하는 바람에 지미는 놀란 얼굴이 되더니 겸연쩍은 듯 머리를 긁적였다.

"걱정 끼쳐서 죄송합니다. 피는 많이 나왔지만, 원래 머리를 다치면 피가 많이 나와서 놀란다더군요. 검사 결과, 아무 이상 없답니다."

"다행이다."

"어제는 깜짝 놀랐어."

셋이 지미를 자리에 앉혔다.

고개를 움직이면 아픈지 지미는 시선을 앞으로 고정한 채 슬금슬금 앉았다.

"놀랐습니다. 그 진료소, 꽤 설비가 갖춰져 있더라고요."

"부상자나 병자가 생겼을 때, 구조대가 올 때까지 여기서 어느 정도 대응할 수 있어야 하니까 대충은 갖춰놨다고 해. 야전병원 수준으로는."

"야전병원. 정말 그렇던데요."

지미는 천천히 고개를 끄덕였다.

"그런데 이 냄새는 뭐죠? 무슨 소독약 냄새 같은데요."

준과 하나는 무심코 마주 보고, 마리코는 벌레 씹은 얼굴을 하더니 벌떡 일어나 찻잔을 들고 와서는 지미 앞에 놓고 홍차를 벌컥벌컥 따랐다.

"헉!"

냄새에 기겁한 지미가 눈을 희번덕거렸다.

"진통제야. 맞다, 홍차가 지혈 작용도 한다던데? 자, 사양 말고 듬뿍 마셔. 내 스페셜 블렌드야."

"예에."

"진짜, 지미, 상처에서 피가 나. 오면서 또 피가 났구나."

하나가 지미의 관자놀이를 가리켰다. 어젯밤 그가 피를 흘린 곳이다. 관자놀이는 혈액순환이 잘 되기 때문에 피가 잘 나는 것이다. 거즈에 피가 배어나와 눈으로 흘러들 것 같았다.

마리코도 그것을 깨닫고 허둥댔다.

"거즈를 갈아야겠어."

"안경 벗고 잠깐 서봐."

지미는 스페셜 블렌드를 면할 수 있는 것이 반가운지 황급히 일어섰다. 안경을 벗어 테이블 위에 놓았다.

하나와 마리코는 그를 싱크대로 데려가 물로 피를 씻고 거즈를 다시 붙여주었다. 떼어낼 때 아팠는지 "아야야" "아, 미안" 하고 허둥대는 목소리가 들려왔다.

그건 그렇고, 이 블렌드는 역시 엄청나군.

준은 코를 벌름거렸다. 아까부터 계속 맡은 바람에 이미 익숙해졌지만, 밖에서 들어오면 엄청난 냄새가 날 것이 틀림없다.

서니가 지미가 앉아 있던 의자에 뛰어올랐다가, 이어서 테이블 위로 뛰어올랐다.

"저런, 그럼 안 돼. 내려가, 버릇없게."

준은 당황해서 지미가 놓아둔 안경을 집어들었다. 서니가 밟아버릴 것 같았기 때문이다.

서니는 불만스레 야옹, 하고 울며 항의했다.

"너 그럼 맴매 맞는다. 테이블 위는 안 돼요."

저도 모르게 갓난아기 대하듯 말한 것을 깨닫고 준은 살짝 얼굴을 붉혔다. 서니는 준의 무릎에 펄쩍 뛰어내려 빙빙 돌며 준이 든 안경에 앞발을 뻗으려 했다. 안경에 눈독을 들이고 테이블에 뛰어올랐던 모양이다. 준은 당황해서 서니의 앞발이 안경에 닿지 못하게 손을 쳐들었다.

"아참, 너 정말 맴매 맞을래? 이건 안 돼!"

손을 휘두르던 준은 문득 움직임을 멈췄다.

뭔가 마음에 걸리는 것이 있었다.

준은 손에 든 안경 렌즈를 무심코 들여다보았다.

다음 순간, 그는 위화감을 느낀 이유를 깨달았다.

등골이 오싹했다.

준은 안경을 빤히 응시했다.

그 렌즈에는 도수가 들어 있지 않았다.

2권에서 계속

옮긴이 **권영주**

서울대학교 외교학과를 졸업하고 동대학원에서 영문학을 전공했다. 옮긴 책으로『삼월은 붉은 구렁을』『흑과 다의 환상』『빛의 제국—도코노 이야기』『나의 미스터리한 일상』『초콜릿 코스모스』『다다미 넉 장 반 세계일주』『얼어붙은 섬』등이 있다.

문학동네 블랙펜 클럽

네크로폴리스 1

1판 1쇄 │ 2008년 8월 5일
1판 5쇄 │ 2019년 2월 11일

지은이 온다 리쿠 | 옮긴이 권영주 | 펴낸이 염현숙
책임편집 양수현 박여영 | 디자인 엄혜리 유현아 | 저작권 한문숙 박혜연 김지영
마케팅 정민호 정진아 함유지 김혜연 박지영 김수현
홍보 김희숙 김상만 이천희
제작 강신은 김동욱 임현식 | 제작처 (주) 상지사 P&B

펴낸곳 (주)문학동네
출판등록 1993년 10월 22일 제406-2003-000045호
주소 10881 경기도 파주시 회동길 210
전자우편 editor@munhak.com | 대표전화 031) 955-8888 | 팩스 031) 955-8855
문의전화 031) 955-8862(마케팅) 031) 955-2684(편집)
문학동네카페 http://cafe.naver.com/mhdn

ISBN   978-89-546-0642-4 04830
          978-89-546-0644-8 (전2권)

www.munhak.com